범우비평판 한국문학 28-❶

최승일 편
봉희(외)

책임편집 손정수

국립중앙도서관 출판시도서목록(CIP)

봉희(외) / 최승일 지음 ; 손정수 책임편집. -- 파주 : 범우, 2005
    p. ;   cm. -- (범우비평판 한국문학 ; 28-1 - 최승일 편)

ISBN 89-91167-18-7 04810 : ₩10000
ISBN 89-954861-0-4(세트)

810.81-KDC4
895.708-DDC21   CIP2005001517

발간사

한민족 정신사의 복원
― 범우비평판 한국문학을 펴내며

한국 근현대 문학은 100여 년에 걸쳐 시간의 지층을 두껍게 쌓아왔다. 이 퇴적층은 '역사'라는 이름으로 과거화 되면서도, '현재'라는 이름으로 끊임없이 재해석되고 있다. 세기가 바뀌면서 우리는 이제 과거에 대한 성찰을 통해 현재를 보다 냉철하게 평가하며 미래의 전망을 수립해야 될 전환기를 맞고 있다. 20세기 한국 근현대 문학을 총체적으로 정리하는 작업은 바로 21세기의 문학적 진로 모색을 위한 텃밭 고르기일뿐 결코 과거로의 문학적 회귀를 위함은 아니다.

20세기 한국 근현대 문학은 '근대성의 충격'에 대응했던 '민족정신의 힘'을 증언하고 있다. 한민족 반만 년의 역사에서 20세기는 광학적인 속도감으로 전통사회가 해체되었던 시기였다. 이러한 문화적 격변과 전통적 가치체계의 변동양상을 20세기 한국 근현대 문학은 고스란히 증언하고 있다.

'범우비평판 한국문학'은 '민족 정신사의 복원'이라는 측면에서 망각된 것들을 애써 소환하는 힘겨운 작업을 자청하면서 출발했다. 따라서 '범우비평판 한국문학'은 그간 서구적 가치의 잣대로 외면 당한 채 매몰된 문인들과 작품들을 광범위하게 다시 복원시켰다. 이를 통해 언

발간사 3

어 예술로서 문학이 민족 정신의 응결체이며, '정신의 위기'로 일컬어지는 민족사의 왜곡상을 성찰할 수 있는 전망대임을 확인하고자 한다.
'범우비평판 한국문학'은 이러한 취지를 잘 살릴 수 있도록 다음과 같은 편집 방향으로 기획되었다.

첫째, 문학의 개념을 민족 정신사의 총체적 반영으로 확대하였다. 지난 1세기 동안 한국 근현대 문학은 서구 기교주의와 출판상업주의의 영향으로 그 개념이 점점 왜소화되어 왔다. '범우비평판 한국문학'은 기존의 협의의 문학 개념에 따른 접근법을 과감히 탈피하여 정치·경제·사상까지 포괄함으로써 '20세기 문학·사상선집'의 형태로 기획되었다. 이를 위해 시·소설·희곡·평론뿐만 아니라, 수필·사상·기행문·실록 수기, 역사·담론·정치평론·아동문학·시나리오·가요·유행가까지 포함시켰다.

둘째, 소설·시 등 특정 장르 중심으로 편찬해 왔던 기존의 '문학전집' 편찬 관성을 과감히 탈피하여 작가 중심의 편집형태를 취했다. 작가별 고유 번호를 부여하여 해당 작가가 쓴 모든 장르의 글을 게재하며, 한 권 분량의 출판에 그치는 것이 아니라 작가별 시리즈 출판이 가능케 하였다. 특히 자료적 가치를 살려 그간 문학사에서 누락된 작품 및 최신 발굴작 등을 대폭 포함시킬 수 있도록 고려했다. 기획 과정에서 그간 한 번도 다뤄지지 않은 문인들을 다수 포함시켰으며, 지금까지 배제되어 왔던 문인들에 대해서는 전집발간을 계속 추진할 것이다. 이를 통해 20세기 모든 문학을 포괄하는 총자료집이 될 수 있도록 기획했다.

셋째, 학계의 대표적인 문학 연구자들을 책임 편집자로 위촉하여 이들 책임편집자가 작가·작품론을 집필함으로써 비평판 문학선집의 신뢰성을 확보했다. 전문 문학연구자의 작가·작품론에는 개별 작가의 정신세계를 더욱 구체적으로 살펴볼 수 있는 한국 문학연구의 성과가 집약돼 있다. 세심하게 집필된 비평문은 작가의 생애·작품세계·문학사적 의의를 포함하고 있으며, 부록으로 검증된 작가연보·작품연구·기존 연구 목록까지 포함하고 있다.

넷째, 한국 문학연구에 혼선을 초래했던 판본 미확정 문제를 해결하기 위해 최선의 노력을 기울였다. 특히 일제 강점기 작품의 경우 현대어로 출판되는 과정에서 작품의 원형이 훼손된 경우가 너무나 많았다. 이번 기획은 작품의 원본에 입각한 판본 확정에 특별한 노력을 기울여 근현대 문학 정본으로서의 역할을 다했다.

신뢰성 있는 선집 출간을 위해 작품 선정 및 판본 확정은 해당 작가에 대한 연구 실적이 풍부한 권위있는 책임편집자가 맡고, 원본 입력 및 교열은 박사 과정급 이상의 전문연구자가 맡아 전문성과 책임성을 강화하였다. 또한 원문의 맛을 최대한 살리기 위해 엄밀한 대조 교열작업에서 맞춤법 이외에는 고치지 않는 것을 원칙으로 했다. 이번 한국문학 출판으로 일반 독자들과 연구자들은 정확한 판본에 입각한 텍스트를 읽을 수 있게 되리라고 확신한다.

'범우비평판 한국문학'은 근대 개화기부터 현대까지 전체를 망라하는 명실상부한 한국의 대표문학 전집 출간을 목표로 한다. 따라서 권수의 제한 없이 장기적이면서도 지속적으로 출간될 것이며, 이러한 출판 취지에 걸맞는 문인들이 새롭게 발굴되면 계속적으로 출판에 반영할 것이다. 작고 문인들의 유족과 문학 연구자들의 도움과 제보가 지속되기를 희망한다.

2004년 4월
범우비평판 한국문학 편집위원회 임헌영·오창은

알러두기

1. 여기에 수록된 작품들은 모두 처음 발표된 지면을 근거로 하되, 독자들이 읽기 쉽도록 맞춤법과 띄어쓰기 등 작품의 의미를 훼손하지 않는 범위 내에서 현대어 표기로 바꾸었다.
2. 원문의 오식이나 잘못된 부문은 바로 잡았다.
3. 이해하기 힘든 단어나 내용을 비롯하여 필요하다고 생각되는 항목에는 편집자가 주석을 달았다.
4. 검열로 인한 복자는 ×로, 판독되지 않는 글자는 ○로 표시하였다.

최승일 편 | 차례

발간사 · 3
일러두기 · 7

소설 —— 11

무덤 · 13
아내 · 19
떠나가는 날 · 28
그 여자 · 36
새벽—어느 장편의 일절 · 47
기념식 · 60
김첨지의 죽음 · 67
걸인 덴둥이 · 74
바둑이 · 81
봉희 · 103
경매 · 128
콩나물죽과 소설 · 140
이 살림을 보아라 · 151
무엇? · 159
죄 · 165
소설이 싸구료 · 176
종이 · 183
도회소경 · 191
항쟁 · 194
이단자의 사랑 · 199

희곡 —— 211

　　이국의 사랑 · 213

수필 —— 217

　　신변잡사—동경행 · 219
　　라디오·스포츠·키네마 · 233
　　대경성 파노라마 · 242
　　누이 승희에게 주는 편지 · 246

해설/이념과 현실의 거리 —— 254

　　작가 연보 · 288
　　작품 연보 · 290

소설

무덤
아내
떠나가는 날
그 여자
새벽―어느 장편의 일절
기념식
김첨지의 죽음
걸인 덴둥이
바둑이
봉희鳳姬
경매競賣
콩나물죽과 소설
이 살림을 보아라
무엇?
죄
소설이 싸구료
종鍾이
도회소경都會小景
항쟁
이단자의 사랑

무덤

 마르고 시들었던 나뭇가지는 생명의 물을 먹어 살이 찌고 오그렸던 봉오리와 싹들은 제 각기 고개를 들며 고운 자태를 자랑하는 듯이 파룻파룻 솟아나고 애인의 한숨 같은 봄바람은 사람으로 피곤한 기운을 이기지 못하게 하는 이른봄도 그만 애처롭게 과거로 돌아가고 말았도다. 원산遠山의 황금 잔디! 푸른 벌판으로 화化하였고 앞내에 예 없던 이끼! 가볍게 흐르는 물을 따라 고요히 흘러간다. 이제는 늦게 피었던 척촉화*도 비단결 같은 잔디 위에 한 송이씩 떨어져 방향 없이 불어오는 청풍과 짝을 지어 멀리 멀리 굴러간다. 석양의 불은 외줄기 서산으로 넘어감을 아끼는 듯! 주인더러 오라는 듯! 비명인지! 우음偶吟인지! 한 마디 부르짖는 소리! 청산에 한가히 누워 아까 먹었던 잡풀들을 도로 씹어가며 주인 오기만 기다리는 누런 소(牛)! 이리저리 고개를 돌이킨다. 종일토록 헤어졌던 참새들도 짝을 지어 제 집 찾아 이 나무 저 나무로 날아든다. 아침부터 모(秧) 심기에 힘들이던 농부들도 차차 농기農機를 거두기 시작한다. 고요하고 적막하던 촌중에도 저녁 준비에 분주하다. 냇가에 물 길러 오는 부녀婦女! 괴로운 듯! 무거운 듯! 한 동이 두 동이 길어

---
* 躑躅花 : 철쭉.

가고 자연의 품속에서 뛰놀며 나무하던 목동들은 나무 한짐 짊어지고 흐르는 물, 높은 언덕을 넘어가며 자연을 노래한다.

　무학재無學峴 넘어 어느 이름 없는 묘지! 거기는 살기 싫은 세상, 티끌 많은 이 세상을 떠나 영靈과 육肉이 같이 살아가며 살아 있는 사람의 더러운 행동과 우스운 생활을 비웃는 듯이 서로 소곤거리는 신神의 저자이다. 그만한 신비의 나라는 없도다. 많은 무덤 많은 묘패墓牌 가운데 등 뒤에 난 그리 크지 아니한 청송의 두어 나무 석양의 부는 마른 바람을 좇아 신비의 음보音譜를 내고 앞에 난 고운 잔디 푸른 잎을 벗삼아 있는 무덤 하나! 그 앞에는 조그마한 목패木牌를 깎아서 거기엔

　　'辛丑生李漢永之墓'
라 씌어 있다. 아 신축생辛丑生이란 짧은 역사를 가진 그는 왜 그리 저 세계를 그리워했던고? 지금 그의 육체는 붉은 진흙으로 한 점씩 한 점씩 썩어가며 만일 그의 영靈이 있다 하면 그는 반드시 끝없는 창공에서 슬픈 목소리로 힘껏 이 사회를 저주할 것이며 모진 바람 뿌리는 비 오는 중에 섧게 우는 귀곡성에도 한 몫을 볼 것이다. 그러나 그는 지금 쓸데없는 신의 저자市 안에 한 사람으로 있다.

　그가 이 사회에 있었을 때에는 부모의 따뜻한 사랑 아래에서도 살아보았으며 차차 나이 차매 놀기 좋아하는 친우와 작반作伴하여 봄에는 꽃놀이! 여름에는 녹음綠陰! 가을에는 떨어지는 단풍의 붉은 잎사귀를 받아가며 노래도 불러보았다. 또한 이야기 좋아하는 동무를 만나 종교, 신문, 잡지, 예술, 정치니 경제니 하며 서로 아는 데까지는 모든 예와 모든 경험을 들어 승전의 월계관이나 받을 듯이 떠들어본 적도 있었다. 어느 때인지 자기를 얼마쯤 이해해준다는 애인과 어깨를 견주어 하루는 동소문 밖 성북동 길고 긴 산곡을 가벼운 걸음으로 걸어가며 이 세상엔 모든 것이 헛됨이라는 인생과 우주의 근본적 원리를 연구해본 적도 있었으며 또한 찔찔한 번 위 우둘투둘한 돌뿌리를 편안한 의자보다

도 편하게 여겨가며 해 지는 줄을 모르고 발 앞에 이름 모르는 풀꽃을 꺾어가며 꿀맛 같은 연애의 정화情話도 해보았다. 그러나 지금 와서는 모든 일이 한 장의 그림으로 돌아가고 말았으며 하룻밤 춘몽에 지나가고 말았다. 아아! 그가 살았을 제 서울 안 청년 가운데는 별로 모르는 이가 없었다. 사람마다 그의 앞길이 유망하다 하며 부러워하였다. 그를 혹은 시기하는 자도 있었으며 사랑하는 자도 많았다. 그러나 지금은 그를 청년 가운데서도 이한영이란 이름조차 거의 의아할 만치 되었다. 그가 죽음이란 사자*에게 끌려간 지 벌써 오래다. 일 년이나 되었다.

　서천의 저녁 햇발! 창공에 오렌지빛을 남겨두고 자꾸자꾸 떨어진다. 저 편 논두렁 좁은 길을 답파하며 오는 여자! 그는 굽 높은 구두를 신었으며 그의 손에는 하얀 파라솔을 들었다. 그는 묘지를 향하고 걸어온다. 그의 평화롭던 아미**에는 무엇인지 남 모르는 슬픔과 이기지 못할 고통에 싸여 이따금 이따금 어여쁜 눈썹에 수심愁心을 띠고 차마 묘지에 가기가 싫은 듯이 또 한편으론 어서 가보았으면 하는 마음을 가진 듯이 걸음은 발에 맡기고 먼 산을 바라보며 무덤이 많다는 듯이 혼자 속으로 세어가며 걸어간다. 조금 있다가 그는 깜짝 놀랐다. 그 옆으로 힘없이 걸어가는 동네집 검둥개가 마을 갔다가 돌아오는 길 밭고랑 논두렁으로 겅충겅충 뛰어가며 오다가 의외에 묘지로 가는 영원英媛의 가슴을 놀래었다. 영원은 멈추었던 걸음을 다시 걸어가며 아까 자기를 놀랜 검둥개를 원망하는 듯이 한 번 돌아보았다. 그러나 개는

'제가 설마 나를 어찌하리'

하는 듯이 천천히 걸어간다. 그는 조금 있다가 이 세계를 떠난 모든 사람, 한가히 누워 있어 청송과 조작鳥鵲으로 짝을 지어 있는 그들이 사는 집 그 가운데서 헤맨다. 금방 죽었던 사람이 일어나는 것도 같으며 누

---
* 使者 : 원문에는 便者로 되어 있으나 이는 使者의 오기.
** 蛾眉 : 원문에는 娥媚로 되어 있으나 이는 蛾眉의 오기인 듯.

가 김영원 씨라 부르는 것도 같았었다. 그는 또 다시 싫어하는 마음도 있으며 기쁨이 이에서 더없는 듯도 하였다. 그는 고개를 수그려 이 무덤 저 무덤을 살펴가며 조금씩 걸어간다. 그는 갑자기 공포, 슬픔으로 충만된 얼굴로 손으론 눈을 가리고 두로 한 걸음 물러났다. 힘 없는 손으로 양산(파라솔)을 걷어 잔디 위에 던져버렸다.

영원이 선 곳은 '辛丑生李漢永之墓'라는 목패를 세운 곳이다. 그는 그 옆에 쓰러졌다. 그리고는 그의 장미의 화판花瓣 같은 붉은 입술을 꼭 다물며 아미蛾眉를 숙이고 조그마한 수건을 들어 눈에 댔다. 모름지기 그 수건 위에는 비애에 느끼고 고통에 못 견디는 수정방울 같은 눈물이 얼마나 적셨는지 몰랐다. 그때 그는 눈물 고인 그 눈앞에 아련히 상상되었다. 무덤이 터지며 그 속으로부터 몸에는 백의를 입고 웃음 많던 그의 얼굴, 빛깔 희고 시원스럽던 그의 얼굴에는 저주의 노기怒氣를 띠고 주먹을 부르르 떨어가며 앞으로 가까이 달려든다. 그때 영원은 저 약한 자가 강한 자에게 굴복하며 무서워하는 듯이 얼굴에 공포를 머금고 손을 벌려 한영을 안으려 하면서

"아! 한영 씨! 한영 씨! 왜 이러세요, 저는 회개悔改한 당신의 예전 애인이에요"

하였다. 그런 무서운 상상이 영원의 앞에 나타날 때 다시 한 번 무서워하였다. 그의 몸에는 소름이 끼쳤다. 솔솔 부는 저녁 바람! 저 산 모퉁이를 지나 이 편 언덕을 넘어 영원의 앞까지 와서는 머리카락을 날리고 지나갈 뿐이었다. 그는 한 번 다시 몸이 떨렸다. 그리고는 손을 들어 반공半空을 가리키며 '아! 천국에 계신 나의 연인이시여. 나는 일 년 전 영원이가 아니에요. 몇 해 전 처음 당신을 사랑하던 영원이가 되어 당신 앞에 나아왔나이다. 사랑하여 주세요. 안아주세요. 나는 당신에게 죄악을 많이 졌습니다. 그러나 그것은 저 흘러가는 냇물에 던져버리고 회개한 죄인이 되었나이다' 라고 하는 의미를 포함한 들리지 않는 목소리!

남 모르는 언투로 혼자 중얼거렸다. 이제는 하룻밤 안식을 할 터라는 선언과 같이 들리는 까치의 지저귀는 소리! 한영의 묘 그 등 뒤에서 난다. 그러나 그 소리가 영원의 귀에는 이렇게 들렸다.

"들으라 영원이여! 나는 너의 죄를 용서할 수가 없다. 그러므로 나는 너를 내 있는 곳으로 잡아들일 터이다. 또한 너는 지금 나를 찾아올 것이 없다. 나한테는 죄를 졌으나 너의 두 번째 사랑하던 그에게는 죄를 짓지 말지어다. 아무리 이 사회의 모든 일이 순간에 지나지 못한다 하더라도 그럴 수는 없다. 어서 가거라. 빨리 가거라. 만일 너희 사회의 모든 여성이 다 너와 같다 할진대 나는 우리의 동무와 짝을 지어 힘있는 주먹, 굳센 발길로 너희의 사회를 파괴하여버리고 말 터이다. 너 같은 것이 순결한 저 사회, 진실한 저 사회에 해와 독을 얼마나 주는지 모른다. 보기 싫다. 보기 싫어……"

하는 소리로 들렸다. 영원은 소리쳐 울었다. 얼마 후에 그는 힘없는 다리를 끌며 아픈 가슴을 움켜쥐고 하염없는 눈물을 뿌려가며 조금 걸어보았다. 그의 발 앞에는 조그마하고 어여쁜 풀꽃이 종일 시들었던 낯을 기운 있게 떨치며 영원을 보고 웃고 있다. 영원은 그 꽃을 따 가지고 다시 무덤 앞으로 나아가 목패 세운 앞 말신한 땅을 조금 헤치고 거기다 꽂아놓았다. 또한 바람은 불어왔다. 영원은 다시 두 손을 붙이고

"아! 한영 씨. 이 꽃은 회개의 느낌으로 받아주소서. 이 꽃에 당신의 뜨거운 키스를 해주세요. 세상엔 저 같은 죄인이 또 어디 있사오리까?"

하며 부르짖었다. 벌써 서천에 그나마 남았던 햇발은 없어진 지 오래다. 그리고는 암흑의 장막은 내려와 온 세상을 그 품안에서 공포와 비애와 적막으로 만들어버렸다. 동천에 높이 솟은 초저녁달! 의미 있게 영원에게 비춰준다. 묘지의 푸른 잔디! 점점 촉촉함을 깨달았다. 저녁을 일찍 마친 촌가의 농부들! 담뱃대 들고 놀러오는 단소의 청아한 노래! 고요한 반공에 높이 솟아 영원의 이막耳膜을 울려준다. 슬픈 자는

어디를 가든지 슬픔을 못 이긴다. 아 자기의 이태 전 서로 사랑하던 한영이가 영원으로 하여금 내 앞으로 나오너라 하는 소리로 들렸다. 또 한 번 애곡哀曲이 바람을 좇아 촌중과 산곡을 울릴 제 영원을 손을 벌려 소리나는 곳을 향하여 부르짖었다.

"아…… 한영 씨. 저곳에 계신 한영 씨. 저는 오늘 저녁 당신의 앞으로 나아갈 터에요. 그러면 나를 힘있게 안아주시나요? 나아가지요. 그리고 영원히 영원히 당신의 옆을 떠나지 아니하지요. 하나님께 맹세합니다."

고개를 들어 외롭게 비춰주는 반조각달을 향하여 한숨지었다. 영원의 일생엔 이 날보다 더 기쁜 날은 없었으며 온 우주의 복작거리던 모든 일과 과거 2년 전 허영을 꿈꾸던 모든 일은 마지막으로 오늘 영원의 앞에서 사라지고 말았다. 영원은 일어서 떠나기 싫은 애인의 무덤 앞을 이별하고 죽은 한영의 따뜻한 키스를 맛보려는 결심을 가지고 컴컴한 논두렁으로 내려올 제 촌가에 짖는 개소리! 고요한 야막夜幕을 정복하는 단소 소리! '영원아 잘 가거라' 하는 듯이 멀리 멀리 들린다. 무학재를 넘은 영원은 인력거에 몸을 얹었다. 그가 탄 인력거는 남대문을 나섰다. 장차 어디로 가려는고? 듣기 싫은 자동차 소리! 홧증 나는 전차의 궤도 가는 소리만 마지막으로 들려준다.

—《신청년》(1921. 7).

아내

집안은 떠들썩하였다.

어린 누이는 언니가 와서 좋다는 둥 늙은 어머니는 주름살 잡힌 낯살에 어지간히 미소를 띠며 벙글벙글하고 방과 마루로 일없이 돌아다니는 둥 젊은 행랑어멈은 부엌에서 나올 때마다 생긋 웃는 둥—

이런 꼴을 보는 철수(哲洙)의 마음은 납덩어리가 가득찬 듯이 묵직하게 괴로웠다. 그의 머리는 또 오직 단순할 뿐이다. '사랑하는 사람은 갔거니 싫다는 아내는 도로 왔거니' 하는 단순한 생각밖에는 아무것도 없게 되었다.

철수는 가만히 안방 아랫목에 드러누워 아내의 얼굴을 생각해보았다. 어제 저녁에 왔을 때 모로 잠깐 보아도 해쓱하게 여윈 얼굴! 턱을 괴고 앉아 있는 아내의 팔목도 어지간히 가늘게 되었다. '지금 아랫방에서 무엇을 하노' 하는 생각까지 하다가도 갑자기 '아— 보기 싫어' 하는 생각이 들 때엔 그는 무거운 듯이 몸을 억지로 옮겨 아랫목 벽장을 향하고 돌아 드러눕는다. 그때 철수의 입에서는 긴 앙가슴이 나왔다.

윗목에 앉아서 겹저고리를 짓는 철수의 어머니는 물끄러미 아랫목을 내려다보다가는 자기도 한숨 한 번을 땅이 꺼지도록 쉬고서는 도로 바늘을 붙잡는다.

"얘 걔더러 올라오라구 그러련."

얼마 있다가 차마 아니 나오는 듯한 어조로 어머니는 억지로 말하는 모양이었다. 방안에 세 사람은 눈치만 보게 되었다. 어머니의 '아들이 어떻게 마음을 갖노' 하는 생각이며 철수의 '어머니는 어쩌나 이 일을 조처하려노?' 하는 의문이며 가운데 있는 누이동생은 '사건이 어떻게나 발전이 되어가노……' 하는 호기심이 가득찬 눈이 요리 살짝 저리 살짝 하는 몽롱한 눈치로 방안의 공기를 점령하게 되었다.

"글쎄 또 왜 왔어요."

하며 철수는 고개만 돌이켜 어머니를 보고 한 마디 던져놓고는 도로 돌아 드러누웠다.

"살러왔단다 살러왔어. 네 말대로 복종하구 산다구 한단다."

철수는 번연히 어머니의 말하는 뜻을 알면서도 시침을 떼고 퉁명스럽게 물어보았다.

"복종이 무슨 복종이에요."

어머니는 그 말이 뚝 떨어지자마자

"쟨 또 딴소리하네. 어저께 네가 왜 아니 그랬니. 같이 의좋게 살지는 못한다더라도 사람으로서는 동정하니까 우리 집에서 우리와 함께 사람으로서 살겠거든 살라구 넌덕스럽게 해놓고는 오늘 와서는 또 딴소리 하네."

그 말에 철수는 어머니 못 보게 빙그레 웃었다. 그리고 자기가 어머니나 아버지한테 반항하였다가 승리를 아주 확실히 얻은 것처럼 만족한 듯이 혼자 속으로 웃었다. 그러나 '자 이제부터는 모순된 생활을 하지 않으면 안 되게 되었다' 또 다시 생각하니 가슴이 답답하였다. 윗목에 앉아 있는 어머니가 얼마나 미웠는지를 몰랐었다. 될 수만 있으면 응석부리는 체하고 어머니의 넓적다리라도 한번 물어뜯고 싶은 생각까지 있었다.

철수는 기지개 한 번을 길게 키고는 일어나 앉으며 담배 하나를 피워 물었다. 그때 방안에 전등이 확 켜졌다.
　"아이그 그 불밖에는 시원한 것이 없고나!"
하며 어머니는 날마다 보는 전등이지만 전등불을 물끄러미 보다가는 철수의 눈과 마주칠 때 고만 고개를 외로 돌이켰다. 철수는 또 빙그레 웃었다. 그는 안방 문지방에다 턱을 괴고 전등불을 얼마든지 보고 있었다.
　"생활 생활!"
하고 입속으로 부르짖었다. 어쩐지 부르짖은 자기의 그 말이 자기를 에워싸고 찰라 찰라 좁혀드는 듯싶었다.
　때때로 어머니의 귀찮다는 소리는 들었지만 그래도 가정이란 환경을 떠나서 한 일 년 동안이나 지내던 과거를 생각할 때 철수는 다시금 돌아온 아내가 얼마나 미웠는지 몰랐다. '내가 약한 탓이다. 왜 진작 법률상 이혼까지 않았었던고' 하는 억지의 괴로움이 일 년이란 긴 역사를 등에다 짊어지고 이제야 철수의 면전에 당도하게 되었다.
　그는 그렇게 이혼하기까지에는 너무나 약하였다. 창백한 아내의 얼굴엔 수운이 떠돌고 말쑥한 그 눈엔 눈물이 괴어 가지고 힘없는 그의 손으로 인찰지 위에다 도장을 찍을 것을 생각할 때 철수는 어느 때든지 눈물을 머금었던 것이었다. 이래저래 그만 일 년이 휙 가버리고 만 것이었다. 근래까지 그는 죄악 관념이라든지 선악 비판까지 하여보게 되었다. 그러나 그 지경을 떠나 전연 사람과 사람 사이의 문제로도 생각하여보았다.
　얼마든지 하여보아도 얼마든지 이혼하라는 해결밖에는 아니 나던 그의 태도로 여태껏 끝이 나지 못한 것은 그가 너무도 사람으로서 약한 탓이었다. 원리 원칙으로나 이론으로는 얼마든지 옳은 의견을 가졌으나 그것을 실행하는 데는 제일 약한 그였다.
　그래서 어저께 그가 마지막 담판하러 왔을 때 그는 그렇게 대답한 것이 아내에게는 더 없는 서광으로 알게 되어 오늘도 또 온 것이었다. 철수는 흑흑 흐느껴 울고 싶었다. 살기 싫다는 자기나 그래도 좋다는 아내의 운명이나 모두 다 불쌍하게 생각되었다. 간다는 반항보다 온다는 굴복이 어떻게나 슬폈는지 몰랐다. 그래서 그만 철수는 울음을 참느라고 고개를 숙이고 딴 생각을 하게 되었다. 딴 생각은 자기에게는 가장 둘도 없는 어여쁜 꿈의 주인공, 곧 그의 사랑하는 사람이었다. 그는 그를 생각할 때만은 모든 것을 잊어버리게 되었다.

"여보게 이 일을 어떡하면 좋은가."
"글쎄 낸들 별다른 묘책이 없네그려. 자네 맘대로 하게그려."
철수는 입맛이 깔깔해서 밥도 먹지 못하고 뛰어나와 그의 친구 S를 찾아갔다. 그래 그는 하소연 비슷하게 물어본 끝에 S 역시 시원한 대답을 하여주지 못하게 된 것이다. 철수는 별로 이야기도 하지 않고 먹먹히 앉아 있었다. S는 철수를 건너다보며 한참만에
"웬만하면 타협하게그려. 하면 무엇이 시원하고 안 하면 무엇이 시원하겠나."
하며 일상 하는 허무주의와 같은 이론으로 들어간다. 마음과 마음끼리 싸웠다. 철수는 기가 막힌 듯이
"뭐야."
"왜 또 성났나. 나는 이 사회제도에 처음부터 끝까지 반항하기 때문에 이혼하는 문제 같은 것은 문제도 삼지 않네. 뭘 그런 것까지 가지고 보비작 보비작하나. 자네는 딱도 하이."
일종의 비웃는 듯한 웃음이었지만 S의 얼굴에는 엄숙한 빛이 떠돌았다.
어찌어찌하여 그들은 술을 먹게 되었다.
하늘에는 별 하나 볼 수 없이 구름이 잔뜩 끼었더니 어느 때인지 빗방울이 우두둑 우두둑 청요릿집 차양을 때린다.

"비가 오네그려."

하며 철수는 애써 어려운 이야기 같은 것은 아니 하려는 뜻으로 딴청을 척 붙였다.

"비가 오면 좀 좋은가. 축축한 날 들어앉아서 배갈 잔이나 마셔가면서 실컷 이야기나 하다가 가게그려."

철수는 아무 말도 아니하고 배갈을 쪽 들이마셨다. 가슴이 뜨끔하고 코가 알싸하였다. 마치 그 술을 들이마시는 것은 무슨 시대병時代病이나 마시는 듯이 가슴이 찌르르하였다. 또 한편으로 통쾌함을 깨달았다.

"그래 물론 자네 말과 같이 이혼이라는 것이 우리에게는 그 이유가 적당하니까 하자는 것이라든지 해야만 되겠다는 것도 우리의 고통이지만 이 바쁜 세상에 그리로만 머리를 부딪쳐가며 고통이니 번민이니 하며 떠들고 돌아다니면 무엇하나. 그래야 자네같이 약한 사람은 일 년이 되도록 하지도 못하고 도로 오게 만드는 것을…… 흥, 여보게 자네도 그런 지엽枝葉의 고통은 벗어버리고 이제는 확실한 강한 사람이 되어 ××하기에 전력하게. ××만 되면 모든 문제가 다 해결될 걸 왜 그러나?"

철수는 ××란 말에 무서워서 술 먹은 가슴이 으쓱하였다. 그리고

'사회주의자 허무주의자'

이 두 가지로 S를 판단하게 되었다. 그러나 확실히 자기보다는 강해진 것을 보았다. 그렇게 잘 먹던 술을 그 동안 한참 끊어가며 참되게 민중의 고통을 알아보려고 하는 것이라든지 더구나 오늘 와서는 술도 잘 아니 먹고 참마음으로 자기에게 하는 것을 볼 것 같으면 눈물이 날 만치 기뻤다. S는 말을 이어

"자네의 러브란 것만 하더라도 그렇지. 왜 자네가 그 사람에게 버림을 받았나. 자네는 약한 탓이야. 자네가 만일 강하였을 것 같으면 자네의 러브 문제가 어떻게든지 낙착이 났었을 것일세. 그러나 자네는 약하기 때문에, 늘 어둠 속에서 방황하기 때문에 기어코 파멸이 되고 말지

않았나? 우리가 보기엔 그것이다. 우스운 문제일세마는."
　S는 아주 모든 문제에 해결을 얻은 듯이 엄연히 모든 것을 판단해 말했다. 철수는 S가 미워도 보였다.
　"내가 약할까?"
　그는 스스로 자기에게 물어보는 듯도 하고 S에게 물어보는 듯도 한 말을 하였다. '그렇다. 내가 약한 탓이다' 하고는 아까 자기 집 안방 아랫목에서 생각하던 그대로 감정이 떠올랐다.
　"자네는 러브라는 것에게 타박상을 당하고 있지 아니한가. 그렇다. 러브라는 것은 우리 청춘에게 한 자국의 무서운 발자국을 남겨놓고 가는 것일세. 그것은 사라지지도 않고 또 다시 오지도 않을 것일세. 자네도 지금 그것을 모르면 언제인가 알 일이니까. 그때 가서는 정말 강한 사람이 되어 우리와 악수하세. 그래서 우리 자신의 불쌍한 처지와 우리들과 같은 운명에 있는 벗들을 위해서 싸워나가 보세."
하는 S의 말에는 한층 힘이 흘렀다. 그러나 철수는 그 말이 옳은 줄 알면서도 한편으로 믿지 못하였다. 그런 말을 듣는 한편으로는 혼자 가만히 꺼지지 않는 애인의 얼굴을 그려보았다. 그리고 집에 있는 아내의 얼굴을 눈흘겨보았다. 그러다가 또 애인을 눈흘겨보고 아내의 얼굴을 불쌍하게도 보았다.
　과거 십 년 동안 아내와의 거짓 생활 그것을 다 묻어버리려는 것이 잘못일까? 하는 그의 생각 조각 조각이 머리 위에 떠돈다. 그는 술이나 마음껏 먹어보자 하였다. 그러나 S는 술을 더 청하지 아니하였다. 그리고는
　"자네가 오늘은 술을 좀 많이 먹으려고 하네그려. 그러나 술로써 자기의 감정을 잊어버리려고는 하지 말게. 술 먹으로면 자꾸 더 고통만 생기느니."
하며 가장 착실하게 가장 은근하게 S는 철수의 손을 잡고 술잔을 치워

버렸다. 철수는 S의 하는 일이 옳은 줄도 알았지만 말할 수 없이 미웠다. 그는 고만 홱 일어서 버렸다. 그리고는 눈에 눈물이 핑 도는 것을 깨달았다. S는 언제든지 미소를 띠고 있었다. 층층대를 되는대로 내려와 문 밖으로 나와버렸다. 그래서 흐느적흐느적 걸어 올라가는 그의 귀에는

"잘 가게. 가서 신방이나 잘 치르게."
하는 S의 소리가 부슬부슬 내리는 비오는 밤중에 공간을 울렸다. 철수는 되는대로 닥치는 대로 모든 것을 부숴버리고 싶었다. 벌써 밤이 늦었는지 길에는 별로 가는 사람이 없었다. 전방 문도 대개는 다 닫혔다. 그는 아무도 없는 세상으로 혼자 걸어가는 듯싶었다.

비를 촉촉이 맞은 철수의 두루마기는 후줄그레하였다. 훗훗한 방안으로 들어가 두루마기를 벗어 걸고 자리에 쓰러졌다. 전에 없던 이부자리가 또 하나 깔려 있었다. 철수는 예전에 쓰던 원고를 펼쳐들고 이리 뒤

(2페이지 낙장)

"또."
"인물이 못생겨서 화가 나구."
"또."
"돈 없어서 화나구."
"또."
"고만이에요."
하고는 고개를 수그렸다. 철수는
"허허."
하고는 너털웃음을 한바탕 웃어버렸다. 웃음을 뚝 그치자 아내는 이상스런 시선으로 철수를 내려다본다. 철수는 세상 여자들이 다 저럴까 하면서 그는 도로 아랫목으로 와서는 옷을 활활 벗고 자리 속으로 들어갔

다. 방안은 고요하여졌다. 바깥도 조용하였다. 밤도 죽은 듯하였다. 시계는 새로 한 시를 쳤다. 그 소리는 오래도록 방안을 울렸다. 전등불은 꺼졌다. 아내의 옷고름 푸는 소리는 컴컴한 방안에 삭-삭 하고 났었다. 조금 있다가 아마 아내도 자리에 누운 모양이었다.

"여보, 내가 퍽 무정하다고 생각하였지. 무정뿐 아니라 몹쓸 놈이라구 생각했겠지."

하며 혼잣말하듯이 컴컴한 방안에서 눈을 멀뚱멀뚱 뜨고는 아내에게 이야기를 건넸다.

"아니요."

"어째서?"

"어째서는. 내 팔자라고 했어요."

모르는 동안에 철수의 손은 아내의 젖가슴에 얹혀 있었다. 그리고 그는 깜짝 놀랐다. 그것은 일 년 전보다 아내의 몸이 퍽도 파리하게 되었음이라. 통통하던 아내의 젖가슴이 아주 착 달라붙다시피 몸뚱어리는 파리해졌다.

(1행 누락)

가 만일 당신더러 가라는 말이 없으면 당신은 오래도록 나하고 같이 살겠소."

"암만해도 난 못 믿겠어요."

철수는 아까 S의 한 말이 생각났다. 그리고 또 지금 아내와 하던 이야기가 생각났다. 기가 막힐 듯이 아내가 밉다가도 몸을 어루만지면 가슴이 아플 듯이 불쌍하였다. 또한 지금 옆에 드러누운 아내가 자기가 사랑하던 사람이었더라면…… 그의 가슴엔 미움, 헛된 바람으로 가득 차게 되었다.

"두 사람이 여러 사람을 위해서 함께 희생되는 것…… 강해지는 것…… 사회주의자 허무주의자……."

자기를 내버리고 간 사랑하던 사람, 술 먹지 말라고 노리고 보던 S…… 어둠 가운데 환영과 같이 컴컴한 방안에 떠돈다. 철수는 '아! 그만 두어라. 내일부터는 나도 일하러 나가겠다' 하는 생각이 혼자 가슴 속에서 속살거리면서 아내의 왜밀* 바른 머릿내를 맡게 되었다. 그래서 비오는 그 밤은 고요히 지나갔다.

—《신여성》(1924. 6).

---

* 향료를 섞어 만든 밀기름.

떠나가는 날

또 눈이 오려는지 하늘은 잔뜩 찌푸렸고 날이 으스스하게 추운 오후 서너 점 된 때이다. 휑뎅그렁하게 빈 다다미 여섯 쪽 방안에 순철舜哲은 화로를 끼고 앉아서 화젓갈로 재만 뒤적뒤적하고 앉았고 그의 동생 명수明洙는 책상에 돌아앉아서 집에 보낼 편지를 쓰고 있는 때였다. 갈래갈래 떨어진 멀창에 뚫어진 구멍으로 약간 들어오는 바람은 꽤도 쌀쌀하였고 때때로 길로 난 유리창에는 바람이 와서 부딪고 가고 또 부딪고 가는 때였다.

그렇게 몹시 쓸쓸하게도 조용하게도 무슨 성이나 나고 화나 피우는 듯이 앉아 있을 때 문 밖에서 가장 가라앉은 여자의 지어내는 목소리가 들렸다.

순철은 심심하고 적적하던 차에 괜찮다는 듯이 빙긋이 웃고 생각을 해보아도 낯익은 여자의 목소리는 아니었다. 그는 하여간 옷깃을 여미고 바깥문으로 향한 미닫이를 열고는 들어오라 하였다. 급기 들어오래 놓고 보니까 어저께 선애善愛와 같이 놀러왔던 혜옥惠玉이었다. 그는 빙긋이 웃으며 들어서는 모양이 결코 부끄러워서 서슴서슴하는 선애와는 같지 않았다. 나이도 상당히 먹었고 또 듣기에 세상에 대한 풍파도, 연애의 역사도 많이 가졌다는 이 여자의 얼굴은 윤곽이 둥글고 허여멀건 것이 면광은 있지마는 어디가 아기자기하다든지 요모조모에 나타나는 예민한 감정과 신속한 신경의 소유자는 못 되었다. 또 얼굴도 가까이 앉아서 이리저리 뜯어보면 하나 쓸 곳이 없는 그 여자였다. 코는 나직하고 눈은 작고 귀는 참 그야말로 작고도 보기 싫은 거진 쪽박귀에 가까운 귀였다. 그러나 단지 한 가지 그의 특점을 억지로 잡아내려고 하면 그의 입모습이다. 통통하게 살이 찐 두 볼에 파묻혀 어여쁘게 찢어진 그의 입모습은 누가 보더라도 귀엽다 아니 할 이 없으리만큼 그만큼 어여뻤다. 그보다도 제일 이성의 눈을 끌게 하는 것은 그의 몸맵시였다. 조금 육감이 있는 살이 통통히 찐데다 키가 알맞고 또 어깨는 좁은 듯한데다가 옆으로 보면 허리서부터 엉덩이까지 내려오는 곡선曲線은 누구든지 끌 만한 매력을 가졌다.

"올라오시지요. 날이 대단히 춥습니다. 어제는 꽤 늦으셨지요."
하며 황급하게 이 말 저 말 끌어대는 순철은 자기가 하고 나서 생각하여도 웃을 만하게 행동을 가졌었다.

"아니에요. 선애 집에서 돌아가는 길에 잠깐 들렀으니까 곧 가야 해요."
하며 좀처럼 하여서는 올라오지 않을 모양을 보이면서도 머뭇머뭇 서 있는 동안에 안에 있던 명수가 튀어나오면서 이왕 왔으니 올라와서 놀다가라고 엄벙뚱땅하는 바람에 그는 마지 못하는 체하며 올라왔다. 그 꼴을 당하는 순철은 좀 이상스런 불만을 깨달았다. '계집아이 심방이란 대개 이러한가?' 하는 마음이 들면서 슬며시 아니꼽기도 하였다. 그러나 그것은 잠깐일이고 적적한데 여자 심방 받는 것이 해롭지는 않았다.

볕 안 드는 쓸쓸한 방안이나마 화로에 불을 잔뜩 피워놓은 덕택으로 후끈후끈한 기운이 묵직하게 떠돈다. 세 사람은 화로를 한가운데 갖다 놓고 모여 앉아서 얼마 동안은 이상하고도 긴장된 얼굴로 서로 약간 웃음을 띠고 건너다보고만 있었다. 그 웃음 속에는 엊저녁 일장풍파가 새로운 듯이 또 그것을 그리워하는 듯이 또 한 번 보고 싶어하는 듯이 그들의 머리속에 그 기억을 새롭게 하였다. 한참 마주 보던 순철은 두 사람보다 더 유표하게 방긋이 웃고는 암만하여도 그냥 있을 수가 없었다.

"선애 씨 잘 잤나요?"

하고 물었다. 혜경은 '그래도 못 잊어서 물어보는군' 하는 듯이 얼굴에 비웃는 듯도 하고 또 가엾게도 보는 듯한 빛을 띠고는

"네 잘 잤어요."

하고 아주 급작히도 말을 끊어버리고 말았다.

"같이 주무셨나요?"

하며 순철은 암만해도 그의 입에서 무슨 말이 나올 듯 나올 듯하여 자꾸 자꾸 연해 재우쳐 물었다.

"네 같이 자고 말고요. 왜 같이 잔 것까지는 물으셔요?"

"글쎄 좀 알고 싶어서."

"그러시거든 선애를 불러 물어보시지요."

하고 이제는 완연히 비웃는 듯이 픽 웃었다. 모를 일이다. 대체 그 계집애가 왜 선애하고 왔으며 또 오늘은 혼자 왔으며 또 자꾸 저렇게 픽 픽 대고 웃는지가 모를 일이다. 여자 사귐에 좀 서투른 순철은 아니 생각할래야 아니할 수 없는 일이었다. 그는 고개를 수그려 무엇을 생각하고 지난 일을 살펴보았다.

이것은 그 전날 저녁에 지난 일이었다. 순철의 사랑 선애가 그 전 같으면 문 밖에서 서슴지 않고 문을 홱 열어젖히고 들어와서는 "용서하십쇼" 하였을 것인데 웬일인지 유리창문만 덜컹덜컹 흔들리므로 '바람이 그러나' 하고 무심코 앉았으려니까 별안간 깔깔 웃는 소리가 들렸다. 순철은 한편으로는 기쁘고 또 한편으로는 이상하게 생각하면서 방 옆으로 달린 유리창을 열어보니까 뜻밖에 선애와 또 다른 여자 한 사람

이 서서 있다. 순철은 컴컴한 바깥에 섰는 선애에게 방안 전등불로 인해서 잘 보일 만한 자기의 얼굴에 반기고 또 기뻐하는 빛을 띄워서 선애의 눈앞에 보내고는 그 옆에 섰는 다른 여자에게는 공손히 허리를 굽혀서 인사를 마주쳤다. 그리고 차차 입을 열어 방으로 들어오라 하였다. 그들은 말에 따라 서로 얼굴을 들여다보면서 웃고는 올라왔다. 올라와서 인사를 시킨 그 여자가 지금 이(혜옥)였다. 그는 그 전부터 선애에게 말을 들었지만 그와 인사하기는 이번이 처음이었다. 그는 어제 저녁에 처음으로 혜옥을 볼 때 퍽도 마음의 깨끗함을 맛보았다. 그리고 그는 선애를 건너다보았다.

선애는 웬일인지 얼굴에 분이라고는 아니 바르고 눈썹만 가늘게 그린 그의 얼굴은 분 바르고 치장하였을 때보다도 오히려 나은 편이었다. 외씨 같은 그 윤곽, 시원한 눈, 오똑한 코, 어여쁜 입모습, 마늘쪽을 거꾸로 달아놓은 듯한 턱 근처. 다만 흠이라고는 얼굴은 큰데다가 귀는 그 비례로 작으며 또 그 시원한 눈 위에 눈썹이 조금 적은 것이 그의 흠이었다. 또 그의 어깨는 여자의 어깨로는 매우 벌어지고 또 넓은 어깨였다. 그러나 그 대신 키가 후리후리하게 크기 때문에 그리 보기 흉하지는 않았다.

선애와 혜옥은 올라와서 각각 순철이 내어놓는 방석 위에 올라앉아서는 아무 말도 아무 이야기도 없이 다만 서로 얼굴만 건너다보고 한참 동안 그대로 있었다. 선애가 먼저 입을 열 듯하다가는 그만두고 또 오늘 처음으로 온 혜옥이가 입을 열 듯 열 듯하다가는 그만두고 하다가 결국 혜옥이가 먼저 입을 열어

"무엇이든지 우리 장난하고 재미있게 노십시다그려" 하며 그는 순철이더러 트럼프가 있느냐고 물었다.

일본말로 지껄이며 웃는 혜옥은 어디로 보든지 이성과 접촉하고 또 여러 번 그런 경우를 당하여 본 솜씨라고 생각하였다. 그래서 그들은

트럼프를 하게 되었다. 워낙 사람이 네 사람이기 때문에 선애는 명수의 앞에 앉고 혜옥은 순철의 앞으로 앉게 되었다. 그리하여 알지 못하는 가운데 명수와 선애가 한패가 되고 또 혜옥과 순철이가 한패가 되어버리고 말았다. 말하자면 선애와 순철이가 한패가 될 것이지만 이와 같이 되는 것이 재미스러운 일이었고 또 그것이 흔히 있는 일이었다.

명수는 순철과 함께 지금 N대학 L과에 다니는 조그마한 사나이였다. 그는 일찍이 서울에 있을 때부터 순철을 자기의 형이라 불러주었고 또 그는 넓은 이상주의자에다가 그 대신 허무맹랑한 꿈을 잘 꾸는 사나이였지만 이번 순철과 선애 사이에 있어서는 없지 못할 한낱 이해자였고 또 아울러 그는 직접 관계자가 되어버리고 말았다. 그렇기 때문에 만일 선애로서 순철에게 직접 하지 못할 말이 있으면 그는 곧 명수에게 말하는 것이 예사였고 또 순철에게 그런 경우가 있으면 아무도 없이 단 두 사람이 잘 때면 반드시 이불 속에서 서로 의논하는 것이 흔히 있는 일이었다.

그러기에 선애가 명수에게 대하는 양을 볼 것 같으면 오히려 순철에게 대하는 것보다도 더 정답게 사랑스럽게 대하여주는 모양이었다. 이 눈치를 보는 순철은 어느 때 혹 쓸데없는 슬픔도 생겼지마는 그것을 생각하면 '내가 잘못이니' 하여가며 웃는 낯으로 두 사람을 번갈아 본 적이 한두 번이 아니었다. 그러함으로 인함인지 오늘도 이상하게 그는 명수에게로 바싹 다가앉아서 속살거리고는 이쪽을 건너다보면서 간혹 웃기도 하고 또 비웃는 듯한 기미도 보이기 때문에 순철 자신도 좀 이상스러운 생각 속에서 헤매고 더군다나 새로 놀러온 혜옥에게 대해서 미안한 마음도 없지 않았다.

밤은 깊어갈수록 방안은 조용한데 때때로 네 사람의 웃음소리와 뜻하지 못할 시선이 가고 오는 곳에 트럼프의 카드짝은 서로 왔다갔다 하였다.

다른 이야기는 다 그만 두고라도 선애는 한참이나 정신이 빠지도록 하다가는 그만 트럼프쪽을 내던지며
"아이 하기 싫어."
하고는 머리를 짚었다. 그리고는 쓰러질 듯 쓰러질 듯 하여가며 눈에는 눈물이 글썽글썽하였다. 이런 광경을 보면서도 순철은 일부러 혜옥이만 데리고 이런 이야기 저런 이야기 하는데 꽤 이지도 발달되었으며 자기의 개성도 얼만큼은 잘 아는 여자라고 생각하였다. 더욱이나 그는 많은 문학에 대한 책을 읽었기 때문에 어느 감정으로써 발달된 이지의 여자라고 이름 붙일 수도 있다고 생각하였다. 그러노라니까 순철의 가장 평범한 인생관이라든지 또한 좁혀들어 사회관에 자기의 의견을 주창할 능력은 없었지마는 그것을 듣고 깨달아 가지고 '그것이 옳다' '그것이 그르다' 할 만한 힘은 가지기 충분한 여자였다.

이 때문에 선애가 이 꼴을 볼 때에 그는 항상 자기의 배움이 없어 더구나 같은 여자와 같은 동무끼리 그만 못하다는 생각과 어느 저급의 질투로써 쓸데없이 혜옥을 미워하고 되지도 않는 이론으로써 뜻하지 않은 반박도 주는 모양이었다. 이런 꼴을 당하는 혜옥이도 어찌한 일인지 순철의 앞에서는 그에게 대하여 아무 항변도 아니 하지마는 순철에게 대해서는 좀 이상스럽게 생각될 원인이 되고 말았다.

그래서 혜옥은 극히 불안한 가운데 있고 또 순철은 말할 수 없는 의문 속에 잠겨 있으며 선애는 사랑을 저주하고 사람을 원망하게 될 만큼 눈이 샐쭉해져 가지고 쌔근쌔근하고 있었다. 그리고 명수는 그 연극을 구경하는 사람쯤 되어 있었다.
"아이 화나 술 먹고 싶어."
하며 선애는 험궂은 웃음과 아울러 눈물이 글썽글썽한 눈으로 순철을 바라보는 것을 순철은 알았으면서도 일부러 모르는 체하고 있었다.
"선생님 술 좀 사주시구려."

하는 선애의 말을 들은 순철은 가슴이 찢어지는 듯이 아팠다. 그는 극도로 흥분된 선애를 극도로 진정시키리라 생각함이었던지
"술이 정말 그렇게 먹고 싶으십니까?"
"네 먹고 싶어요."
하고 그는 거침없이 대답하였다. 이것을 보는 혜옥은 가장 침착한 태도로
"아무리 화나는 일이 있더라도 술을 먹어서는 못쓸 일이고 또 이런 곳에서 술을 먹다니, 우리가 어떠한 사람인지나 알구 있나?"
하며 어린 동생을 나무라듯이 선애에게 일러주었다. 그러나 선애는 종시 그 말을 듣지 아니하였다. 이때 순철은 '사다주면 먹나 보자' 하는 듯이 명수를 보고 눈짓을 하였다. 그러자 명수는 드디어 나가고 말았다.
얼마 있다가 들어오는 명수의 손에는 위스키 한 병을 들고 들어왔다. 그리고 또 약간 과실과 과자도 사 가지고 들어왔다. 명수를 본 선애는 조와라고 술병을 뺏어서는 마개를 빼고는 한 모금 마시려 할 때 그의 손을 잡은 이는 혜옥이었다.
"이게 무슨 일이람. 그러면 난 갈 테야. 이러려고 날 데리고 왔던가?"
그러나 이 말은 들은 체 만 체하고는 기어코 병에다가 입을 대고 한 모금 마신 모양이었다. 이것을 본 순철은 끓어오르는 감정을 억지로 참고는 가만히 앉아서 되어 가는 모양만 바라보고 있었다.
혜옥은 바깥으로 휙 나가버리려 한다. 그때 명수가 나가면서 앞을 가로막고는
"같이 오셨다가 혹 선애 씨가 잘못하시는 일이 있더라도 아무쪼록 그러지 못하게 해 가지고 가셔야 옳지, 혼자 가시면 어쩌자는 말씀입니까. 그건 안 됩니다."
하고는 가장 솔직하게 어린아이와 같이 말하였다. 순철이는 아무 말도 아니하고 가만히 앉았기만 하였다. 그러자 선애는 혜옥을 향하여
"혜옥 씨, 대단히 잘못되었습니다. 나는 내 화에 못 이기어 그러는 것

이지 결단코 혜옥 씨에게 무슨 불만을 가진 것은 아니에요. 그러니까 나하고 조금 있다가 같이 가십시다그려."

하고는 경상도 사투리로 될 수 있는 데까지 힘을 주어 말하였다. 아까까지는 언니라고 부르던 그가 갑자기 이름을 부르게 되었다. 방안은 다시금 엄숙한 공기로 팽창되었다. 혜옥은 다시 자리에 앉으며 선애의 손을 붙들고는

"생각해보구려. 우리는 아지도 그래두 처녀지 아무러 하가 난다구 해두 설령 죽을 만한 일이 있다드라도 더구나 사나이 앞에서 술을 먹다니 될 말이겠소."

그 후에는 다시 아무 말이 없다. 그러나 순철은 암만해도 그대로는 이 일을 해결할 수가 없는 줄로 알았다. 그래 그는 천천히 입을 열어

"선애 씨 대관절 웬일이십니까?"

하는 그의 목소리는 조금 떨렸다.

— 《신여성》(1924. 8).

그 여자
(떠나가는 날의 속)

"왜는 왜예요. 나는 갈 테예요."
하면서 혜옥을 보며
"혜옥 씨 가시지요."
하며 혜옥의 손을 붙들고 일어나려 하였다. 혜옥은 노련한 웃음과 '너희들 같은 시절은 벌써 지났다'는 듯이 선애와 순철을 번갈아 건너다보며
"이건 놀러오잤다가 또 가잤다가 어디 선애 데리고 다니겠나 호호."
하며 웃고는 일어나려 하였다. 선애도 일어나려 한다. 순철을 더 놀다 가란 말도 아무 말도 않고 다만 하는 대로 내버려두었다. 그때이다. 선애는 막 일어서려 하다가는 고만 다다미 위에 다시 엎어지고 말았다. 아마 정신이 극도로 흥분된 끝에다가 또 술을 마셨기 때문에 그런 듯하였다. 순철은 옆에 삼조방으로 들어가서 이불을 꺼내어 펴놓고 나와서는
"선애 씨! 좀 진정하여 가시지요" 하였다.
또 그리고 선애를 데리고 갈 혜옥에게도
"대단히 실례가 많습니다. 좀 안정을 시켜서 데리고 가시지요."
이 말을 아니할 수가 없었다.
혜옥은 순애를 끌고 옆방으로 들어갔다. 얼마동안 무엇이라고 속살거리는 소리가 들렸다. 조금 있다가 혜옥이가 나오면서

"선생님…… 선애가 잠깐……" 하고는 손을 들어 옆방을 가리켰다. 순철은 곧 옆방으로 들어가서 선애의 누운 자리 앞에 앉았다.

선애는 흐트러진 머리를 베개 위로 넘기고 고개를 이불 속에 파묻고는 손만 내민다.

순철은 그 손을 꼭 붙들고 얼굴을 들여다보며

"대관절 웬일이오?" 하였다.

"아녜요 선생님. 저는 선생님의 사랑을 받을 자격이 없어요. 저 이혜옥이와 같은 지식도 많고 훌륭한 여자가 많으니 저런 이를 사랑하시고 저 같은 사람은 내버려두세요."

하는 목소리는 총에 맞아 목숨이 까닥이는 어린 새가 마지막으로 지저귀는 소리와 같이 떨리고도 가엾었다. 순철은 하도 의외의 일이라

"그러면 선애 씨는 나를 사랑치 않았었던가요?"

"아니요."

또한 그의 뜻을 헤아릴 수 없었다. 순철은 선애의 마음을 알기에 애를 써보았다. 그러나 알 수 없는 것은 그의 마음이었다.

"아니요. 나는 당신을 사랑해요. 지금부터 더 뜨겁게 사랑할 터에요."

하는 선애의 감정은 갈수록 알 수 없었다. 순철은 마치 무슨 수수께끼나 하는 듯싶은 마음에 싸여서는 공연히 가슴이 묵직하게 타오름을 깨달았다. 그는 그만 문을 열고 나와서 혜옥을 보고

"혜옥 씨 나는 선애를 얼마 전부터 사랑하게 되었습니다. 또 그도 나를 사랑하게 되었습니다. 그런데 오늘 이렇게 된 것은 아마 나한테 대한 화풀이를 여러 사람 앞에서 한 것 같습니다. 용서하십시오."

조금 떨리는 어조로 동강동강 끊어지는 말을 하면서 핏발이 선 시선으로 혜옥을 건너다 보았다. 이 소리를 들은 혜옥은 크게 웃을 수는 없었던지 픽픽 웃으면서 반쯤 조롱하듯이

"예 대강 그렇듯이 짐작은 하였었어요. 용서구 무엇이구 있나요. 나

두 이런 경우를 많이 당해보았으니까 으레 동정을 하지요."
하는 혜옥을 볼 때 순철은 어지간히 대담하다고 생각하였다.
  명수는 철두철미 다만 빙그레 웃을 뿐이었다. 그리고 방 한 모퉁이에 쭈그리고 앉아서 붓장난만 하고 있을 뿐이었다. 순철과 혜옥은 거의 무릎을 한데 대일 만하게 그렇게 가깝게 앉아서는 가만가만 옆방에 들리지 아니할 만한 목소리로 이 얘기 저 얘기 하게 되었다. 혜옥이 하던 여러 말 중에
  "퍽 가엾습니다."
  이런 말을 들은 순철은 그 뜻을 알기는 알았으면서도 역시 물을 말은 그 말이었다. 무엇을 깨달은 듯도 하고는 또 막막하게 생각나지 않는 것은 혜옥이 해준 말이었다.
  조금 있다가 옆방 문이 부시시 열리며 선애가 나타났다. 머리가 헙수룩하고 옷매무새가 다 풀어진 채로 천천히 걸어나오는 모양을 본 순철은 마음이 으쓱하였다. 그리고 자기는 혜옥이와 무슨 비밀의 이야기나 하다가 들킨 듯이 마음이 꺼림칙하였다. 그래서 순철은 슬그머니 물러앉고 말았다. 선애 나오는 것을 본 혜옥은
  "좀 어떻소."
하며 얼마큼 능갈치게 웃고는 또 이번에는 선애와 순철을 번갈아 보았다. 선애는 슬며시 앞미닫이를 열고는 돌아서서 순철과 명수를 보며
  "실례 많이 하였습니다. 용서하십쇼" 하고는 뒤미처
  "안녕히 주무십쇼."
하는 목소리는 너무도 악센트가 똑똑하였다. 그는 일상 언제든지 자기의 마음에 수틀리는 일이 있다든지 좀 비꼬는 수작을 듣는 때면 반드시 악센트를 되게 붙여 가지고는 상대자의 얼굴을 물끄러미 건너다보면서 하는 말이었다. 그런 때를 당할 때마다 순철은 어느 험악한 감정을 참기에 어지간히 힘이 들었었다.

혜옥이도 일어섰다. 명수도 일어서고 맨 끝으로 순철이도 일어섰다. 순철은 좀 바래다줄까 하다가는 같이 가는 사람이 있는데 군더더기로 쫓아가는 것이 좀 우습기도 하고 이상하기도 해서 그만 두기로 작정하고 혜옥의 옆으로 가서 귓속말로

"저녁에 같이 주무시겠지요. 좀 위로라도 하여주십쇼. 대단히 미안한 청이지만……."

하고는 문 밖으로 나가는 선애를 보내며

"선애 씨 안녕히 주무십쇼"

하는 소리를 선애가 들었는지 못 들었는지 본체 만체하고 천천히 어둠 속으로 혜옥과 함께 사라지고 말았다. 이 풍파를 겪은 순철은 이때 비로소 목이 메도록 숨이 가쁘도록 슬픔을 깨달았다. 그는 그만 문간에 엎어질 듯하다가 그래도 명수가 있기 때문에 억지로 참고는 방에까지 기어 올라와서는 교의에 걸터앉으면서 명수더러 자리를 깔아달라고 하였다.

그는 자리에 누워 이불을 쓰고는 명수가 있거나 목을 놓고 울고 싶었으나 억지로 참고는 소리도 내지 못하고 훌쩍거려 울고 말았다. 그리고 우는 동안에 순철은 자기 자신에 갖다주는 운명을 저주하면서 고향에 있는 집안꼴을 생각해보았다. 아까 선애가 화낸 것도 술을 먹겠다는 것도 모두 순철의 집안일이 복잡하였기 때문에 그렇게 된 것이라고 생각하였다. 순철은 새로운 사랑에 파묻혀 옛 제도를 미워하고 아울러 깨뜨려버리려고 생각하고는 이리 뒤적 저리 뒤적 하여가며 '우선 서울로 가서 옛것을 쫓아보낼까?' 하는 마음을 또한 여러 번 생각하게 되고는 그 밤을 날밤으로 새운 때가 엊저녁 일이었다.

꿈과 같이 엊저녁 일이 생각되는 순철은 언제든지 잘 웃는 웃음이지만 또 한 번 빙긋이 웃었다.

"왜 웃으셔요?"

하는 혜옥의 묻는 말에 그만 그는 일어나서 딴전이나 붙이었다는 듯이 차기명을 꺼냈다가 코코아를 한 잔 만들어놓고 벽장 속에서 초콜렛 몇 개를 집어 내놓았다. 혜옥은 차를 마시면서 눈을 한 번 끔쩍하고는
"선애가 나 여기 온 줄만 알면 싫어하겠다."
하며 내던지는 말을 하였다. 순철은 의심이 버럭 아니 날 수 없었다. 혜옥이 여태껏 해내려온 행동과 또 말한 것이라든지 그 눈짓한 것을 모두 종합해보면 반드시 자기에게 대해서 무슨 요구나 그렇지 않으면 야심까지도 가졌는지도 모를 것이라고 생각하였다. 그런 것을 생각할 때마다 순철은 그 무슨 흥미있는 눈치로 혜옥의 일거일동을 바라보고 또 바라보았다. 실상 말이지 그가 만일 자기에 대해서 흥미와 호의를 가지고 또 직접 동정이라든지 기대라든지 하는 마음의 읊조림이 없으면 찾아오지를 아니하리라고 생각하여 보았다. 그러나 또 돌이켜 생각하면 그는 선애의 친한 친구이다. 친구보다도 친한 형이나 다름 없는 사이라고 한다. 그뿐 아니라 소문에 의지하면 선애와 혜옥이 사이에는 동성의 사랑까지도 있었다는 말이 있다. 만일 그렇다면 자기의 친한 아우와 같이 생각하는 동생의 사랑과 삼각관계를 좀처럼 해서는 안 될 듯이도 생각되었다.

'그러면 어떻게 된 일인가'
하는 것이 결국 순철의 머리를 어지럽게 할 뿐이었다. '옳다. 되어가는 것을 보자. 보면 알겠지!'
라는 억지로 갖다붙여 놓는 생각을 하고는 노래도 부르고 트럼프로 하여서 순철은 혜옥의 팔이 붉도록 때려주었다.

　어느 날엔지 문 밖엔 눈이 온다. 눈이 어찌나 몹시 내려퍼붓는지 소리 없이 내리는 눈은 치가 넘고 자가 넘도록 쏟아졌다. 세 사람은 무슨 경이나 깨달은 듯이 유리창 너머로 내다보이는 밤하늘에 내려퍼붓는 눈송이를 아무 힘 없이 내다보다가는 도로들 둘러앉아서는 잡담과 차

마시기로 밤이 깊어가도록 놀았다.

　아마 열 시나 넘었으려니들 생각한 때는 벌써 눈이 와서 하얗게 덮이고 마당으로 난 유리창은 흰 빛을 받고 있기 때문에 방안은 은을 보는 듯이 눈이 부시도록 환하였다. 아무 말 없는 가운데 눈은 내리고 방안의 전등불은 졸고 있는 듯이 매달렸고 사람들은 무슨 기적에나 싸인 듯이 얼굴엔 거룩한 표정으로 더불어 침묵을 지키고 있었다. 혜옥은 정신을 차린 듯이

　"아이 어떻게 가?"

　"못 가시면 주무시지요. 사람의 집에 사람이 왔는데 무슨 걱정입니까?"

하는 순철의 말은 너무도 대담하였다. 그리고 또 사귄 지 이틀째 되지마는 이상하게도 가까워짐을 깨달았다. 순철의 말에 혜옥은 별로 놀래거나 그렇지 않으면 성내는 기색도 그리 보이지 않고 그는 오히려 농담 비슷하게

　"잘까부다!"

라고까지 하였다. 이런 일을 당한 명수는 좀 기색이 좋지 못한 모양이었다. 눈은 그래도 쉬지 않고 내리지만 아까보다는 저으기 조금씩 내리는 모양이었다. 그는 일어났다. 아마도 가려는 모양이었다.

　그러나 순철은 붙잡을 생각도 가라는 말도 아니하였고 명수가 일어나서 자기의 목구두를 신으라거니 또 자기의 짧은 외투를 입으라거니 하는 바람에 그도 일어나서 외투를 입고 모자를 집어 쓰고는 바래다주마 하고는 둘이서 집 문을 나섰다.

　내린 눈에 발목이 파묻힌다. 바삭바삭하는 눈을 아까운 듯이 밟아가며 사람이 지나가지 않는 어두운 길을 걸어가는 것이 마치 여태까지 사람이 밟지 못한 길을 새로이 새로이 밟아나가는 것과 같이 생각되었다. 하늘은 어디인가 할 만치 어둠 속에 안기어 보이지 않고 다만 두 사람의 머리와 어깨 위에 눈발만 가볍게 내려앉을 뿐이었다. 눈을 밟고 걸

어가는 소리가 어두운 우주를 가볍게 울리는데 그 소리는 마치 녹말가루를 밟고 넘어가는 듯하였다.

혜옥의 집은 그때 지대*에 있었고 순철의 집은 목백**에 있었을 때였다. 목백의 높은 언덕 위에서 지대로 가노라면 그 중에 목백 정거장을 지나가게 되는데 순철의 집에서 목백 정거장으로 나가는 길에는 학습원學習院 앞뜰 넓은 마당 한모퉁이 길가에 백양목이 나란히 수십 개 서 있는 곳이 있었다. 혜옥은 그곳까지 와서는 한참동안이나 나뭇가지에 눈이 쌓인 것을 어여쁜 듯이 바라보고는 순철의 옆으로 다가들면서

"순철 씨! 이런 곳에를 선애와 함께 걸어갔으면 오죽이나 좋으시겠습니까?"

하고는 다시 말을 이어

"순철 씨! 그것만은 용서하시겠지요."

하는 말을 듣는 순철은 이제 와서 확실히 유혹을 깨달았다. 그는 그만 발을 돌이켜 지금 혼자 집에 있는 선애를 찾아가고 싶었다. 그는 못 견딜 만치 가슴이 아팠다. 그러나 그는 다시 무엇을 생각하고

'오냐 그렇게 하는 것이 재미있으리라' 하는 마음을 가지고 일부러 혜옥의 하는 대로 코대답을 하였다. 또 얼마쯤 걸어가다가 혜옥은 거의 순철의 몸에 실리듯이 붙어서며

"순철 씨! 당신과 나는 아주 신성한 친구지요? 네?"

하고는 새벽빛이 나타나는 눈 위에서 순철의 얼굴을 쳐다보고 이런 말을 하였다. 그는 하도 어이가 없는 듯이 한참 있다가 사실은 사실이기 때문에 그렇다고 대답을 하고는 그 집 문 앞에 이르기까지 아무 말도 없었다.

혜옥이를 바래다주고 목백 자기 집으로 돌아오는 순철은 별 생각을

---

* 池袋: 이케부쿠로(いけぶくろ). 일본의 동경에 있는 지명.
** 目白: 메지로(めじろ). 일본 동경에 있는 지명.

다 하여보았다. 그는 갈수록 또 생각할수록 선애가 그리웠다. 애가 타서 속이 상해서 술을 마시기까지 하던 선애의 번뇌의 사랑이 그리웠다. 그는 뛰어가고 싶은 마음을 억지로 참고 집으로 돌아와서는 그 밤이 다 가도록 이 생각 저 생각 해보았다.

그 이튿날이다. 아침에 일찍이 그는 선애의 집을 찾아갔다. 그는 선애를 만날 때 그 사이 무슨 풍파나 많이 치르고 만나는 듯이 서로 반겼다. 서로 기뻐하였다. 그 날 순철이는 선애의 집에서 혜옥의 사진을 보았다. 엊저녁 생각도 해보며 이리 뒤척 저리 뒤척 하느라니까 눈치 빠른 선애는 그 사진을 순철의 포켓에 집어넣어 주면서 "그 사진 잘 되었지요? 선생님 가지십시오그려" 그는 못이기는 체하고 그대로 내버려두었다. 그리고는 오늘 저녁에 혜옥의 집으로 놀러가자고 하였다. 선애는 좀 이상스런 눈치를 보였지마는 결국 놀러가게 되었다.

그날 저녁이다. 순철과 선애는 목백 정거장에서 차를 타고 지대 혜옥의 집으로 놀러갔었다.

혜옥은 일곱 점밖에는 아니 되었건마는 벌써 자리를 펴놓고 자기는 연분홍 자리옷을 입고 앉았었다. 순철과 선애는 좀 야릇한 기분이었지마는 그대로 꿀꺽꿀꺽 참아가며 한두 시간 가량이나 놀다가 돌아오려 하는 때였다. 그때이다. 선애는 마침 먼저 아래층으로 내려가고 순철은 아직 내려가기 전에 혜옥은 순철의 옆구리를 쿡 찌르고는 편지 한 장을 포켓에 집어넣어 주었다.

혜옥의 집을 나선 선애는 순철의 어깨에 꼭 매달리며 이야기는 물론이요 길에서 키스까지 허락하였다. 그럴 때마다 순철은 혜옥의 사진, 혜옥의 편지가 생각되었다. 그리고 웬일인지 그에게 사과하고 싶었다. 그뿐 아니라 그를 다시 없는 은인으로까지 알게 되었다. 선애는 이따금
"혜옥 씨 퍽 잘났지요 네."
할 때마다 그는 고개를 끄덕거려주었다. 그러면 선애는 깡충 뛰어올라

순철에게 키스하였다.

　순철은 잡사곡*에 있는 선애의 집까지 선애를 바라다주고 곧 돌아오는 길에 골목 안 어느 집 전등 밑에서 혜옥에게서 받은 편지를 뜯어보았다. 그것은 능란한 일본말로 쓴 편지였다.

　　존경하는 순철 씨!
　어젯밤에는 참으로 유쾌하게 잘 놀았습니다. 저는 어젯밤을 영원히 기억하여 두겠습니다. 또 흰 꽃과 같은 눈은 내리어 모든 것이 은빛으로 환하였을 때 더군다나 그 눈 위로 단 둘이서 우리 집까지 오는 그 정경은 영원히 잊지 못할 깊은 인상이었습니다. 또 그리고 저는 당신에게 한없는 동정을 해드리고 싶어요. 저와 당신은 아주 깨끗하고 티끌 없는 동무이지요. 그러므로 저는 깨끗하게 당신의 사랑에 대한 번뇌를 한없이 동정합니다. 우리 집까지 바래다주신 당신이 혹 길이나 잘못 들지 아니하셨나 하는 걱정이 끊이지 않습니다. 지금은 당신이 돌아가신 지 한 삼십 분쯤 지난 후이올시다. 혹시 댁에까지 가셨는지?
　내내 건강하심을 빌고 이만 눈속에 파묻힌 박혜옥은

　순철은 편지를 다 읽고는 무거운 번뇌 속에 잠기어 집으로 돌아왔다. 아주 간단한 편지였지만 그는 결코 그것을 평범하게 생각하지 아니하였다.
　그리고 집에 돌아와서 곧 혜옥에게 주는 편지를 썼다. 그렇게 동정하여주니 고맙다는 말과 나도 당신의 참으로 사랑하는 벗이 되고 싶다는 말을 간단히 써서 부쳤다. 그리고 그는 곧 선애가 그 편지를 어떻게 해서라도 보았으면 하는 생각과 그렇지 않으면 자기가 혜옥에게 다소간

---
* 雜司谷 : 조우시가야(ぞうしがや). 일본 동경에 있는 지명.

호의는 가졌다는 것을 보이려고 몇번이나 기회만 있으면 싫어하겠다고 생각하였다. 그리하여 이어 그는 혜옥을 생각하였다.

혜옥과 순철 사이에는 그 후에 몇번인지 편지 왕래가 있었다. 그러자 그는 어느 날인가 당신과 선애의 사이를 위해서 나는 고향으로 돌아가겠다고 말한 지 얼마 못 되어 그는 동경을 떠나 내지로 돌아가게 되었다.

그가 동경을 떠나던 날 순철이와 명수는 정거장까지 나가주었다. 그는 떠나가는 동경이 새로이 그리웠던지 그 동안 지낸 일이 우스웠던지 차에 올라 눈물이 글썽글썽한 눈으로 동무를 비롯하여 순철이며 명수의 전별을 받게 되었다. 그러나 그 날 선애는 정거장에도 아니 나오고 다만 순철이더러 안부나 전해달라는 말을 하였다.

혜옥이가 떠난 지 이틀만에 순철은 이런 엽서를 받게 되었다.

그대와 나 사귄 지 오히려 짧았건마는
이것도 한 숙명이라 벗이여 허물치 마라
—현해탄에서 혜옥은

하는 일본말로 쓴 하이쿠(俳句) 비슷한 한구절이었다. 순철은 괴로운 웃음을 내쉬고 엽서를 든 채 책 서랍에서 혜옥의 사진을 꺼내어 발기발기 찢어버렸다.

그리고 그는 선애의 집을 찾아가게 되었다. 선애는 반가이 맞았다. 그들은 힘껏 껴안았다. 선애는 빙그레 웃으면서 한참이나 순철의 얼굴을 쳐다보다가

"그이가 떠나서 퍽 섭섭하시지요."

하고는 비웃는 듯이 입모습을 한데 모아 가지고 씽긋 웃는다. 순철은 그 대꾸로 마주 웃으면서

"그인 우리에게 은인이야."

그리고 다시 두 몸은 한데 어우러졌다. 방안은 그들의 숨소리뿐으로 가득하게 되었다.

—《신여성》(1924. 10).

새벽–어느 장편의 일절

 춘실春實이와 은주銀珠의 사랑도 벌써 석 달이란 긴 역사(적어도 그들에게는)를 가지고 왔다.
 눈 오기가 드문 동경에도 그때쯤은 눈이 와서 땅이 질퍽질퍽한 것도 불쾌하고 둘이 놀러다니던 정월 초승이 엊그저께 같더니 벌써 삼월, 하고 생각하니까 날이 제법 따뜻하기도 한 듯하고 또 어떤 날 낮은 덥다고도 할 만하게 따뜻한 날이었었다. 추움은 가고 따뜻함은 왔다. 따라서 그들의 사랑도 으시시한 다다미방 속 화로를 끼고 앉아서 속살거리던 갇힘의 사랑이 이제는 말쑥하게 갠푸른 하늘 넓은 대공大空 밑으로, 그 잔디밭에 속잎이 나고 나무에 싹 돋고 재글재글 끓는 봄 아지랑이 가운데로 따뜻한 품속으로 너그러운 기분 속으로 해방되어 나오게 되었다. 그렇다. 춥고 쓸쓸하고 어둡고 떨리던 겨울로부터 그들의 사랑은 대공大空을 쳐다보면서 대호大呼하며 봄 가운데로, 봄 들 가운데로 걸어 나오게 되었다. 그리하여 방안에 갇혔던 그들의 감정은 방문 밖으로 나오게 된 것이었다.
 어떤 날 저녁, 그 날도 춘실은 은주의 집에 가서 이 이야기 저 이야기하면서 놀다가(웬일인지 그들에게는 무슨 이렇다는 큰 사건도 없이 앉으면 이야기가 많았다) 그는 그를 데리고 나와서 거기서 바로 얼마 아니되는 잡사곡雜司谷 묘지로 거닐기도 하다가 그럭저럭 어떻게 걸어간 것이 지대池袋라는 곳까지 나아가게 되었다. 그래서 그들은 "우리 이왕 여기까지 왔으니 봄 밭두렁이나 걸어보자!" 해서 아주 넓은 바다와 같이 끝도 보이지 않는 무장야*의 버덩을 거닐게 되는 그들의 감정은 공연히 혹 어떠한 때는 퍽 센티멘털하게도 되었다가 또 어찌 어찌하면 도로 희희낙락거리면서 모든 것을 잊어버리고 그 어떠한 형용할 수 없는 기쁨 가운데에도 뛰놀게 되었었다.

일본에 무장야라 하면 우리가 중학교 시절에 배운 바와 같이 퍽 가없는 넓은 들판이다.

그 날, 춘실이와 은주가 걸어가던 날, 그곳은 퍽도 조용하였다. (언제 아니 그런 것이 아니지마는) 새파란 하늘엔 솜덩이 같은 흰 구름이 한가히 걸어가고 또 오고 또 일어나고 하였다. 아래의 그 넓은 버덩에는 산도 물도 보이지 않고 다만 이따금 이따금 조그마한 수풀이 여기저기 있는데 그런 곳마다 그들은 으레 우리가 어렸을 적에 장난감 가게에서 금강산을 꾸민다고 사다가 놓은 조그마한 장난감 집 같은 그러한 집이 옹기종기 모드락 모드락 있는 것만을 볼 수가 있었다.

멀리 성선省線 정거장에서 뼁차(省線電車) 떠나가는 짧은 울림이 이따금 이따금 들릴 뿐이고 모든 것은 따뜻한 그 가운데 조용한 그 가운데 숨어 있고 안겨 있게 되었다. 그러한 가운데로 아직 새파란 풀이 무성하지는 않지마는 그래도 논두렁이나 밭두렁 같은 데에 양지 쪽을 볼 것 같으면 간혹 아주 새파란 풀싹이 고개를 달싹하고 있는 것을 볼 수가 있었다. 그럴 때마다 은주는

"아이고!"

하면서 그것을 덥썩 안을 듯이 어여쁜 부르짖음과 같이 한참이나 내려

---

* 武藏野 : 무사시노(むさしの). 일본 동경에 있는 지명.

다보고 들여다보다가는 발을 천천히 떼놓으며 걸어간다. 춘실은 그저 다만

"홍."

하고 다시금 먼 동리나 먼 지평선만을 볼 뿐이었다.

우리는 여기서 그들의 속살거림, 그들의 즐거움, 그들의 우스운 이야기는 다 약略하기로 하고 발을 좀더 그들의 생활의 실체라든지 감정의 유동되는 곳으로 옮겨야 하겠다.

그래 그들은 그날 온종일(일요일이었다)은 그렇게 해를 보내고 무거운 다리를 끌고 다 각각 집으로 돌아와서는 저녁을 먹고 난 그 날 저녁, 이것이 내가 맨 처음에 그 '어떠한 날 저녁'이라고 한 그 날 저녁이다.

그 날 저녁에 춘실이는 그 날 하루에 정화되었던 감정— 자기가 괴로운 자기 나라를 버리고 온갖 고통을 잊어버리려고 쫓겨나다시피하여 건너오게 된 그곳, 원인原因이 일어나는 원인계급原因階級 속으로 뛰어들어온 대담한 모순 속에서도 자기 고향에 있는 것만큼 못지 않게 그렇게 괴롭더니만 그러나 그 나라의 자연은 그에게 퍽 어여쁜 감정을 주었다. 보드라운 감정을 주었다. 건조무미한 반대륙적半大陸的 공기 속에서 우울하게 지내던 그에게는 퍽 어린 처녀의 감정과 같은 느낌을 그에게 주었다. 그리하여 그 정화된 자기의 감정을 품에 안고서 아까 자기들은 그 어느 그림과 같은 가운데 있었거니 하면서 자처自處를 해보는 그러한 기쁨도 머리에 떠오르면서 밤 동경의 거리를 혼자 그는 걷게 되었다.

"오! 리(李)상 어서오십시오. 긴(金)상은 자는 걸요."

은좌*의 거리를 걷기를 마치고 은주의 집을 찾아오는 춘실을 맞아주는 그 집 주인 노파의 저녁인사이다. 춘실은 아무 말도 아니하고 다만

---

* 銀座 : 긴자(ぎんざ). 일본 동경에 있는 지명.

구두끈을 풀고 올라가기에 바빴었다.
"퍽 고단했던 모양이에요."
하면서 노파는 은주가 있는 방을 지나가면서 더 커다란 목소리로
"긴상, 리상이 오시니 일어나요."
이렇게 한 마디 공중에 던져놓고는 그의 방으로 들어가서는 다시 아무 말이 없다. 춘실은 빠드득 빠드득 소리가 나는 현관방을 지나서 쿵쿵 소리가 나는 마루를 지나서 은주가 있는 방 쇼지(障子)에다가 가벼운 노크를 하였다.
"들어오세요."
자다가 일어났는지 부시시하는 소리가 나면서 이러한 소리가 난다. 이 소리가 떨어지자마자 춘실은 꽤 급속하게 그 문을 열었다. 방안에 일어서서 이불을 척척 개서 한 모퉁이로 치워놓고 있던 은주는 고개를 돌이켜 쌩긋 웃으면서 고개를 까딱하고는 다시금 돌이킨다. 춘실이도 빙그레 웃었다. 그때 은주의 머리는 풀어진 채 엉덩이 근처까지 내려 덮여 있는 것을 춘실은 그 어떠한 좋은 시선으로 그것을 바라보았다.
"앉으세요."
은주는 방석을 갖다놓으면서 자기도 앉고 춘실이도 앉게 했다.
"퍽 고단하시지요."
춘실은 은주의 손을 잡으면서 이러한 위로하는 말 비슷한 보드라운 말을 하였다. 은주는 그 말 대신에 다시 한 번 길게 웃었다. 그러나 그 웃음은 소리나는 웃음이 아니고 다만 고달프고 피곤하다는 것보다도 더 뜻 깊은 행복을 느꼈던 사람의 웃음이었다.
"주무시는데 아니되었습니다."
"아니요."
하면서 그는 '왜 그런 말을 하세요' 하는 듯이 춘실이가 쥔 자기의 손을 빼가지고 도리어 그가 춘실의 손을 꼭 쥐게 되었다.

그리고 그들은 아무 말 없이 고요히 앉아 있게 되었다. 밤이 거지반 아홉 시는 되었는지 밖에서는 우동 장사의 나팔 부는 소리가 난다.
'왜 이리 어색한가?' 하는 느낌을 다시금 춘실은 느끼게 되었다. 그와 그가 처음 한동안 그저 다만 친한 좋은 친구로서 대할 적에는 퍽 긴 이야기도 많고 더구나 세상에 대한 이야기 같은 것이 대부분을 점령했었건마는 그와 그렇게 된 다음부터는 그러한 이야기가 어디로 다 가버리고 혹 어떠한 때는 둘이 한데 붙잡고 몇십 분 동안을 가만히 앉아 있을 때가 꽤 흔하였었다. 그러나 만일 무슨 이야기가 시작되기만 할 것 같으면 밤새도록 해도 못 다 할 듯하지마는. 그리하여 그들은 처음 만나서 얼마동안은 퍽 이상스러운 분위기 속에 담기고 말게 되었었다. 그리고 또 처음 춘실이가 은주를 우상화해 가지고 생각할 때에는 만일 은주가 자기를 사랑한다고 할 것 같으면 자기는 밤마다 몇시간 동안을 틈을 타 가지고 세상살이에 대한 자기 아는 데까지의 강의라면 좀 어폐가 있지마는 하여간 자기보다 모르는 점은 아주 철저하게 일러주고 가르쳐주리라고 생각하였었다. 그러나 사실 당하고 보니 그는 그러한 자기의 이상을 누르는 그 어떠한 무거운 열熱이 먼저 자기의 전 인격을 누르는 듯이 생각되었다. 그리하여 그는 '이래서는 아니 되겠다' 하면서 혹은 이지적으로나 지식적으로 달아나려 했으나 웬일인지 가슴이 먼저 두근두근해지고 얼굴이 화끈화끈해짐을 쉴 새 없이 그는 맛보았다. 그리하여 '지금도 이러한 시련을 받고 있나 보다!' 하고 그는 얼마동안인지 그렇게 생각되었었다. 그는 다시금 그 늘씬한 체격에 턱 들어맞는 일본 옷을 입고 끓어앉아서 그 무슨 대리석보다도 더 훌륭한 돌로써 조각된 듯한 흰 손은 두 무릎 위에다 올려놓고 있는 것을 보았다. 그의 손은 때때로 움직여지면서 옷에 실 보푸라기 같은 것을 떼고 있는 모양이었다. 그리고 고개를 꼿꼿이 든 채 그 얼굴의 윤곽이 외(瓜)와 같이 된데다가 턱이 어여쁘게 뾰족하고 입 모습이 어여쁜데다 약간 미소를 띠면서 춘실을 건너다본다. 그러나 그 눈귀가 좀 위로 올라간 눈 가장자리에는 어딘지 모르게 약간 슬퍼하는 듯한, 괴로워하는 듯한 흔적이 감춰져 있는 것을 넉넉히 볼 수가 있었다. 춘실은 그의 손을 잡았다.
"은주 씨!"
그리고 그의 한 편 손은 왼편 호주머니로 들어갔었다. 그리하여 조금 있다가 그의 왼편 손에 들려나온 것은 조그마한 상자 하나였다. 그는 그것을 은주의 손에다 쥐어주었다.
"무어에요?"
"펴보면 아시지요."
이제야 이야깃거리가 생겼다는 듯이 춘실은 가만히 그가 하는 양만 보고 있었다.
"아이그 반지!" 하고 뒤미처
"이것은 왜 사오세요?"
춘실은 조금 어떻게 대답할는지 몰랐었다. 약간 의문이 떠오르는 시선으로 그를 보면서
"당신께 주고 싶어서요" 하고 뒷대어
"끼어보십시오."
하였다. 은주는 고요히 그것을 왼손 넷째 손가락에다 껴보면서 별안간 아주 놀랄 만하게
"그러면 나와 선생님과 약혼하나요?"
이에 또 춘실은 대답할 말을 잃어버리고 말았다. 그리하여 두루뭉수리의 대답을 해버리고 말았다.
"아마 그런가 봅니다, 은주 씨! 그것은 내가 아까 저녁에 은좌통銀座通을 갔다가 사 가지고 온 것이외다. 물론 그 사 가지고 온 이유라든지 기분은 다만 내가 당신에게 그것을 사다가 주고 싶은 마음밖에는 없습니다. 바른대로 말하면 내가 당신과 그것을 사다가 주는 것으로 인하여서

약혼을 하겠다는 욕망도 그렇게 해야만 되겠다는 관념까지도 없었습니다. 그러나 은주 씨! 또한 나는 그것을 당신께 사다가 드리면서 '그것은 나의 생명의 심볼이올시다' 하고 어느 시나 소설에 있는 말과 같은 말을 하기는 싫습니다. 왜 그럴까요! 그것은 나는 그러한 일부러의 로맨틱한 행동도 하기 싫은 탓이올시다. 그러니까 다시 솔직하게 나의 양심대로 말할 것 같으면 나는 그 물건을 당신께 사다드리고 싶은 마음밖에 없었습니다. 그러나 그것이 지금 이 자리에 와서는 공리적 색채를 띠고 있게 되었습니다그려."

반쯤 연설이나 하듯이 한숨에 죽 내리 설명해버리고 말았다. 이에 은주는 어떠한 느낌을 받았던지 그는 그만 춘실의 앞으로 가까이 와서는 자기의 이마를 춘실의 가슴에 대었다. 그리하여 고요한 방안에 가볍게 그의 이마에다가 주는 춘실의 키스는 반짝거리는 붉은 루비 반지와 함께 웃는 듯이 빛났다.

그러나—
"이거 보세요 선생님."
하면서 은주의 부르는 소리는 어떠한 기가 딱 막히는 갑갑함을 견디지 못하여서 악착스러운 하소연을 말하려는 듯한 어조였다.
"네?"
하고 대답하는 춘실의 가슴은 '또 무슨 말이 나오려나?' 하는 의심이 넘칠 듯이 가득해 있었다.
"이왕 이것을 가지고 오셨으니 말이지……."
은주의 고개는 그만 왼편으로 떨어져 가지고 그 손에 낀 반지를 내려다보면서 풀이 다 죽고 시름이 없어 하는 사람의 목소리였다.
"당신은 나를 속이셨지요?"
하면서 별안간 그는 커다란 목소리로써 춘실을 원망하는 듯이 눈가가 새빨개지며 부르짖는 목소리로 말하였다. '이게 또 무슨 소린구?' 하고는 춘실은 장차 일어날 풍파를 생각하면서

"무엇을 속여요?"

그는 되채처 물었다.

"당신은 양심으로 모든 것을 나에게 말씀하셨다고 하였지요?"

이 말에 그는 "예" 하고 대답할밖에 별수가 없었다. 왜 그런고 하니 그는 지금 은주의 돌연히 발작되는 말과 행동에 대해서 더 큰 의문을 가졌기 때문이다.

"당신은 내게다가 당신의 본처되시는 이는 자기 친정으로 가 있고 민적民籍에도 실려 있지 않다고 하였지요? 네?"

춘실의 몸은 부르르 떨렸다. '또 저 문제가 나오는구나! 아 지긋지긋한 그 문제!' 하면서 이가 덜덜 떨릴만치 몸이 부르르 떨리고 말았다. 그러나 그의 대답은 역시 사실 그렇게 말해놓은 것이니까

"네."

하고 대답하였다. 여태껏 눈물이 글썽글썽한 눈으로 쏘는 듯이 춘실을 바라보던 은주의 눈은 더 한층 저주의 빛이 나타나며

"무엇이 어쩌고 어째요?"

이때 이 말에는 알지 못하는 가운데 참말로 의식 없이 춘실의 머리는 수그러지고 말았다.

"나도 처음에는 당신의 말만 믿고 그런 줄 알았어요. 그러나 나는 그 뒤에 여태껏 당신의 뒤를 다 조사하였어요. 당신이 가서 있다던 아내도, 없다던 민적도 다 있다던데요. 그리고…… 그리고 나는 이제는."

자, 여기 와서 춘실은 벌떡 일어나서 문을 박차고 달아나버리고 싶었다. 그의 열이 그만큼 올랐던 것이었다. 그의 감정이 그만큼 폭발되려는 것이었다. 그러나 그것은 은주를 속인 것으로 인해서 그의 사랑을 못 얻게 되고 잃어버리게 되니까 그것을 원망하고 그것을 아까워하고

그것을 저주함은 아니었다. 그의 모든 저주의 선線은 다 같이 함께 자기를 그러한 구덩이 속으로 몰아넣은 그러한 가정적 계급으로부터 자기가 태어난 조선의 옛 제도로 몰려가고 말았다. 옳다. 그를 그러한 구렁텅이로 몰아넣어서 여지없는 희생자가 되게 한 자는 옛 제도 아래에 굴복되어 있는 노예, 그의 아버지나 어머니와 같은 썩어빠진 송장들의 한 짓으로 인해서 그의 젊은 생의 발랄한 싹은 무찔리었던 것이었다. 그의 젊은 가슴은 옛 제도, 강제, 압박, 노예시奴隷視라는 시퍼런 창으로 찔리어 거꾸러진 것이었다. 그는 이렇게 가슴이 아팠다. 그만큼 머리가 어지러웠던 것이었다.

과연이었다. 그는 본처가 있었다. 그러나 그는 본국을 떠나온 지가 벌써 사오 년이 되었다. 그때 자기가 자기 나라를 떠나올 때에는 그때는 아직도 어린아이였었다. 나이 열아홉 살— 그때도 물론 싫다고 반대는 하였고 안 살겠다고 가끔 말도 하였지마는 그러나 부모는 한 웃음으로 돌려보내고 말았다. 춘실은 열세 살에 장가를 갔었다. 이만하면 그의 결혼은 부모들의 유희였고 따라서 그것이 전제專制였고 횡포橫暴였던 것을 짐작할 수가 있을 것이다. 그리하여 그는 아직 그러한 용기는 채 가지지 못하고 있었을 때 그만 동경으로 건너간 것이었다. 그래서 그럭저럭 하고 있다가— 이것도 이 그럭저럭이란 것도 그는 물론 부모의 물질로 공부하고 있기 때문에 만일 이혼이니 하는 문제를 꺼내면 부모는 물론 그 어떠한 협박으로라도 학비를 아니 보내주겠으니까 그때는 자기의 이상도 자기의 이론도 다 달아나버리지 않으면 아니되겠다는 그러한 약한 타협 아래에서 그럭저럭 참고 지내오면서도 언제든지 문제가 폭발되어 가지고 그 어떠한 파열이 날 것은 미리부터 짐작하고 있었던 것이었다. 그리고 은주 자신도 이러한 경우는 대강 다 짐작하고 있었던 것이었다.

아— 그러나 젊은이의 사랑은 그 시간을 여유하지 않았다. 그는 은주와의 사랑이 생기게 되었다. 그리하여 그는 처음에도 그것으로 인해서 퍽 혼자 괴로움을 받았다는 것은 이 위에도 썼지마는 그는 기어코 사랑을 위하여, 자기의 사랑을 얻기 위하여 임시의 기만적 행동을 취하지 않으면 아니되게 되었었다. 그리고 올 여름이라도 다시 본국에 돌아가서 최후로 이제는 해결하지 않으면 아니되겠다고 생각하였던 것이었다. 참으로 그렇다. 젊은이의 가슴에서 우러나오는 사랑! 그것은 그 자신의 주위와 환경을 돌아보지 아니하였었다. 만일 그 어느 의식적으로 돌아보게 된다면 그 사랑의 본질은 허위일 것이다. 자— 이만하면 독자여! 당신들은 이 주인공에 대해서 오히려 동정은 가질지언정 비난은 아니하리라. 이야기는 다시 계속된다.

그리하여 위에 말한 것과 같이 춘실은 은주에게 이렇게 속여왔던 것이었다. 그러나 오늘은 은주는 어떻게 알았는지? 그는 모든 것을 다 알아 가지고 춘실에게로 육박한다. 이것을 당하는 춘실은 다만 멍멍히 앉아 있을 뿐이었다. 꼼짝도 아니하고 전등불만 쳐다보고 가만히 앉아 있었다. 그러나 가슴에서 떠오르는 저주의 열! 머리에서 돌아다니는 제도에 대한 의식의 반역! 그 모든 것은 드디어 그로 하여금 눈물을 흘리게 하고 말았다. 그 울음은 오히려 자기의 과거로 인해서 현재의 사랑을 잃어버리기 때문에 슬퍼서 운다는 것보다도 자기를 그렇게 희생시킨 지배자라든지 계급인階級人에게 대한 울분으로부터 나오는 눈물이었다. 그는 눈물이 흐르는 눈으로 마주 앉아 있던 은주를 내려다보았다. 아— 그때 은주는 그만 엎드려 흑흑 느껴 울고 있었다.

"은주 씨! 나는 아무 말도 아니하겠습니다. 다만 내가 당신을 속인 것은 나의 허물이고 나더러 당신을 속이도록 시킨 것은 나의 허물이 아닙니다."

그는 여태껏, 아니 올 여름까지는 속여내려 가려고 했던 것이 이제는 할 수 없는 일이라고 생각되었기 때문에, 더구나 그가 우는 것을 보아도 이 위에 더 자기의 마음을 속일 수는 없는 일이라고 생각하였다. 또한 그의 지금하는 말은 모든 불평과 저주가 함께 흐르는 가슴에서 우러나는 비창悲愴한 부르짖음이었다.

그러나 기적은 일어났다.

은주는 다시 일어나서 눈물을 씻고 똑바로 앉으면서 춘실을 물끄러미 바라보더니 이러한 말을 부르짖게 되었다.

"관계없어요! 나는 당신을 사랑해요. 본처가 있는 것이 무슨 관계가 있어요. 민적등본民籍謄本이 무슨 소용이 있어요. 나는 민적등본보다도 더 당신을 사랑해요. 나를 사랑해주세요. 내가 지금 당신에게 대하는 것은 사랑뿐이에요."

미칠 듯이 부르짖는 소리는 춘실을 춤이라도 추게 할 듯이 기뻐하게 하였다. 그리고 그는 은주의 사랑을 의심할 여지가 없었다. 그리하여 그는 그를 힘껏 껴안고 싶었다. 그러나 은주는 하던 말을 계속하였다.

"내가 지금 운 것은 당신의 운명! 내가 또한 그러한 운명을 가진 당신을 사랑하지 않으면 아니되게 된 운명을 생각하니까 어찌된 일인지 울음이 나왔어요. 그리고 내가 뒤로 조사했다는 것도 거짓말이에요. 나는 다만 당신의 참사정을 알고 싶어서 일부러 그러한 말을 하였던 것이에요."

"은주 씨! 하여간 나는 지금부터 이상하였던 것을 버리고 이론을 버리고 나의 과거의 생활에 대한 파괴를 선언하겠습니다. 그리하여 실제로 들어가겠습니다."

"그것은 당신의 자유이시니까요."

이리하여 두 사람의 가슴과 가슴, 열과 열 그것은 서로 포옹抱擁되고 말았다.

그 이튿날부터 그들이 만나는 때면 침체는 용기로, 이상은 실제로 화化해버리고 말았다. 그리고 그 날 은주는 자기 삼촌이 있는 곳을 다녀

소설 57

오더니 춘실을 보고 하는 말이

"전 오늘 삼촌의 집에 갔다왔어요.(그의 삼촌도 그때 동경에서 공부하고 있었다) 삼촌은 알고서 묻겠지요. 그리고 그는 나더러 단념하라고 하겠지요. 그러나 나는 지금은 그가 나를 사랑하는 것보다도 내가 그를 더 사랑한다고 하였어요. 그리고 삼촌하고 싸우고 왔어요."

하고 말마다 힘이 흐르는 어조로 춘실을 보고 이렇게 말하였다. 그리고 그 뒤부터 은주의 손에는 춘실이가 사다준 반지가 늘 끼어 있었다.

또한 춘실은 그 이튿날 즉시 자기집에다 긴 사연의 편지를 써서 가정에 대한 반역을 선언하였다. 아무리 은주가 아무 관계가 없다고 하더라도 그 썩은 옛 도덕이나 제도의 유물인 그를 그는 자기와 일생을 같이할 친구라고는 생각지 못하였다. 더군다나 서로 불행하고 서로 모순된 생활을 해 가기는 그의 양심으로 허락되지 아니하였다. 그리하여 그는 옛것을 배척하고 새것을 요구한다는 그러한 공리적 견지를 떠나서 좀더 사람의 자유, 사람된 인권을 생각해서도 단연히 그러한 생활에서 떠나려고 한 것이었다.

그러나 그 답장은 냉연하였다. 네가 그렇게 오장五臟이 들어간데야 할 수 없다는 것 너와 나(父) 사이는 아주 절연을 하자는 것, 그리고 만일 그래도 네가 부모에게 대한 생각이라든지 가정에 대한 의무를 생각해서 집으로 돌아오려면 이 돈으로 속히 귀국하라는 말을 써보내고 끝으로 너 같은 것은 공부해서 소용이 없다는 조건을 붙여서 말하였다. 그리고 그 이튿날 전보환으로 돈 오십 원이 왔다. 그리하여 배달부를 문 앞에 세워두고 두 사람은 의논하게 되었다.

"우리 도로 돌려보내 버립시다."

하고 춘실은 흥분되어서 은주에게 이렇게 말하였다.

"마음대로 하세요. 도로 보내는 것도 좋지요."

이리하여 그들은 그것을 받지 않고 도로 돌려보냈다. 그리고 그들은 그 어떠한 부자유함을 떠나서 훨씬 유쾌하고 자유롭고 그 어떠한 모욕을 당하려다가 아니 당하는 것과 같은 느낌을 가지게 되었다. 그러나 이것은 그들의 정신이었다. 춘실은 그 후부터 생활이 문제였다. 은주의 집에서도 어떻게 알았는지 삼촌이 일렀는지 그 후에 편지가 오기를 "만일 그러한 기혼 남자나 그런 사람하고 교제를 할 것 같으면 학비를 아니 보내주고 단정코 데리고 들어오겠다"는 협박장이 왔었다.

그리하여 두 사람은 이제는 다 생활이란 밑바닥 속으로 떨어지게 되었다.

한 달이 지난 후이다. 그 후부터는 무장야武藏野에 한가히 거닐던 그들은 이제부터 '삶'을 위하여 싸우는, 자유를 위하여, 사랑을 위하여 싸우는 투사들이 되고 말았다. 그래서 매일 아침 새벽이면 그 귀족적이나 혹은 유한계급 사람들의 자제子弟와 같이 허여멀쑥하고 잘생기고 어여쁜 춘실의 얼굴엔 일종의 노동적 용기와 전투적 의지가 나타나 가지고 몸에는 한뗀(勞動服)을 입고 신문배달소로 나가는 그를 우리는 볼 수가 있었다. 이리하여 그는 아주 캄캄하고 답답하고 괴롭던 밤과 같은 생활을 떠나서 아침 새벽과 같은 시원한 희망 있는 생활을 붙잡은 듯이 날뛰게 되었다. 동이 트는 아침 새벽마다. 아침 새벽마다.

정월 이삼 도서관에서.
―《신여성》(1925. 3~4).

기념식

해마다 쓸쓸하던 S회의 기념식이 올해에는 대성황이었다. 여러 가지 이유가 많이 있고 여러 가지 조건이 많이 있었지마는 첫째 그 동안 얼마 동안을 두고(때장 시기를 두고) 도무지 모임이라 없었기 때문에 무슨 일을 하고자 하는 이나 무슨 일을 보고자 하는 이나 모두 다 눈살만 찌푸리고 지내던 까닭이었다. 그러다가 어찌 어찌 되어서 기념식이니까 관계치 않겠지 하는 주최자 측이나 또한 그것을 허가하는 데서나 서로 타협이 되어 가지고 그 날 그 모임을 열게 됨이었다.

그 날의 날씨가 꽤 선들선들한 초가을 저녁이었다. 흐리타분하던 모든 이의 머리는 새로운 그 무슨 살 듯한 빛이 떠오름을 깨달을 만하게 그렇게 신선한 가을날 저녁이었다.
C는 저녁상을 받으면서도 그 날 저녁 열리게 될 S회의 기념식을 상상해보았다. 또 어찌나 되려노? 하고 의문도 있었다. 그러나 어쩐지 올해 오늘 열리게 될 기념식은 사람이 빽빽이 들어차 가지고 환호하며 기꺼워할 것 같이 생각되었다. 그래서 그는 얼른 밥을 먹은 후에 누이동생을 데리고 집을 나섰다. "여덟 시라는데 왜 이렇게 일찍이 서둘러요!" 하는 누이동생이 길에서 떠들어댄다. 그러나 그의 대답은 "일찍

가야 자리가 있을 걸!" 하고 걸음을 빨리하여 기념식이 열릴 장소인 C가街의 YMCA의 정문을 들어서서 대강당을 향해 들어갔다.

아니나 다를까 벌써 회장 안에는 사람이 빽빽이 들어찼다. C는 빙그레 웃었다. 그리고 들어가려니까 어찌된 일인지 얼굴이 훗훗해진다. 아마 남이 보았으면 그때 그의 얼굴은 반드시 빨개졌으리라. 누이동생 둘은 부인석 앞자리로 보내고 C는 두리번두리번 자리를 찾게 되었다. 그래서 맨 한가운데 기둥 모퉁이에 가서 자리 하나를 얻었다. 그때야 겨우 모자를 벗고 얼굴을 강단으로 향하고 엉거주춤 앉았다.

시간은 이제 겨우 일곱 시가 넘을락 말락하지만 벌써 그렇게 사람이 가득 찼을 땐 물어볼 것 없이 오늘 모임은 대성황일 것이다. 사람은 자꾸 물밀 듯 들어온다.

S회의 간부는 얼굴에 기쁜 빛을 띠고 이리저리 갈팡질팡 돌아다닌다. C도 어쩐지 좀 기뻤다. 그래서 그의 눈초리에는 언제든지 빙그레 웃는 웃음 때문에 그어지는 금(線)을 내어 가지고 누이동생들이 앉은 부인석을 좀 어떠한가 하고 수줍은 듯이 힐끗 보았다. 그런데 웬일인지 다른 모임 같으면 부인석의 한 줄이 온통 다 가득 찼을 텐데 오늘은 오 분의 사가 남자의 것이 되어버리고 말았다. 부인이라고는 불과 수삼십 명 맨 앞자리에 가 앉아 있다. C의 웃음이 지워 있던 눈초리는 그리하여 펴지고 말았다.

시간은 아직도 멀었건마는 박수하는 소리가 우레 소리같이 일어난다. 말없는 어서 하라는 재촉이었다. 또 끊이지 않고 일어난다. 간부들은 쉴 새 없이 바쁜 모양이다. 사람은 자꾸 밀려든다. 그래서 처음에는 뒷자리 서는 데까지만 가득 찼다가 그 사람들이 하나씩 둘씩 밀려들어와서 통행하는 길에까지 죽 늘어서게 되었다. 앉아 있는 사람은 낯살이 펴 있지마는 서서 있는 사람은 갑갑함과 뒤에서 미는 바람에 얼굴이 잔뜩 찌푸려 가지고 있다. 기념식의 순서가 올라붙는다. 또 박수소리가 일어난다. 어서 진행하라는 재촉이었다.

조금 있다가 여덟 시가 다 되었는지 아니 되었는지는 모르지만 S회의 간부 L군이 등단한다. 또 박수소리가 일어난다. 그 소리가 그치자 그 젊은 얼굴에는 주름이 거진 잡힐 만하고 눈살은 항상 찌푸렸으며 입은 옷은 그저 아무렇게나 축축 늘어져 있는 자세로 험험 하고 너무도 흥분이 많은 듯한 그러나 어딘지 모르게 솔직하고 충직한 기분이 가득 찬 그는 개회를 선언하고 잇대어 개회사가 시작된다. 우리 회는 과거 사 년 동안을 두고 자본주의 사회에서 계급전선에 서서 여태껏 싸워, 굳게 싸워 가지고 내려와서는 오늘날 사주년 기념식을 거행하게 되는 것을 가장 기쁘게 아는 바이로라 하고 그의 개회사, 뚝뚝 끊기고 우수수 떨어지는 듯한 말이 그치자 기념가 한다고 한다. 그러자 여자 삼사 인과 남자 사오 인이 떼를 지어 등단한다. 그래서 반주도 없이 그냥 그대로 율律도 맞지 않는 노래가 시작된다. 과연 노래는 노래답게 되지 못하였다. 그러나 그 노래를 부르게 된 동기, 그 노래의 뜻, 그것이 여러 사람과 C를 기쁘게 하였다. 노래가 끝나자 박수가 일어난다. 또 그 다음에 연혁沿革 보고. I군이 올라선다. 노트를 가지고—

그는 가장 똑똑한 어조로 조리 있게 회가 어찌 되어서 생기게 된 동기며 어찌 되어서 회의 벽두에 성립되었던 강령이 중간에 와서는 완전히 민족운동을 내버리고 세계 민중과 함께 받는 고통과 착취를 박멸하고 파괴하기 위해 해방전선에 걸음을 똑같이하여 나아가게 되었다는 방향전환되었다는 설명이 있어 가지고 그 동안 싸움의 나온 전기戰記를 낭독한다. 사람들은 조용하였다. 고연 우리의 앞길이 그리로 가야만 되겠다는 수긍이었다.

C는 사 년 동안 우리가 고동을 외로 틀어 가지고 싸워나온 일이 눈앞에 상상되었다. 그리하여 그의 머리엔 고통과 번민이 쌓이게 되었지만 다시금 생각하면 그만큼 싸워온 기운이 아직껏 남아 있으리라, 있어야만 되겠다고 생각되었다. 그리고 지금 그의 눈에 보이는 모임을 볼 때 (사람은 가득 찼고 더군다나 그 모인 사람들은 다 거지반 학생, 직공, 돈 없는 사람이었다. 또 그리고 그 사람들은 다 젊은 나이였다) 북쪽에 있는 K 나라의 새로운 모임이 생각났다.

그 다음 축사가 있다. 맨 처음에 KN동맹의 늙은 장수將師가 올라선다. 그의 말에는 그리 감심은 못 되었다. 다만 몸이 늙고 나이 많을수록 일하기에 바쁘고 일하려는 그 마음이 청중과 C를 감격시켰을 뿐이었다. 다음에 어느 분 한 분의 축사가 잇대어 있다. 말을 해내려가다가 우리의 운동에 대한 고통을 이야기할 때 우리는 이중 삼중으로 압박과 착취를 당하는 그러한 특수한 사정이 있다고 할 때 그것이 이미 C도 아는 일이고 청중도 대부분은 아는 일이지만 그 소리를 들을 적마다 또한 생각될 때마다 그의 염통에서는 피가 바글바글 끓는 듯이 가슴은 답답하고 몸은 부르르 떨린다. 또 그 다음에 어떠한 이는 "S회의 사주년 기념일이 아니라 우리의 운동 사주년 기념일이라고 우리는 이 날을 부르는 것이 가장 적당하오" 할 때 그의 솔직하고 대담한 데 모두들 감탄하였다. C는 또 한 번 빙그레 웃었다. 그것은 그때 자기가 마침 생각하고 있는 말을 그가 하기 때문에 속이 시원하다는 웃음이었다. 그리고 "옳소" 하는 C의 소리가, 청중의 박수소리가 일어난다.

그러나 맨 끝으로 제일 이채를 띠고 또한 제일 심각한 인상을 준 것은 한 노동 여성의 축사였다.

"저는 과거 십여 년 동안을 두고 고무직공으로 제사공장으로 혹은 전

화교환수로……" 하고 목소리가 뚝 그치고 "해—ㅁ" 하고 기침이 날 때 C의 잔등에는 찬 땀이 쭉 흘렀다. 그 아무렇게나 발육이 된 육체— 그러나 강철판을 두들기는 듯한 쇠된 목소리엔 힘이 흐르고 하소연이 떠돌았다. 말은 계속된다. "사람으로는 차마 당하지 못할 모든 압박과 착취를 당하면서……" 말소리는 부르르 떨린다. 사람이 많이 모인 강당에 올라서서 하는 것이 부끄러워서 그러함인지, 그렇지 않으면 참말 흥분이 되어서 그러함인지 모르겠으나 하여간 그의 목소리는 조금 부르르 떨린다.

그리고 그 뒤에 하는 그의 말은 이러한 우리의 비참한 생활을 개조하기 위하여 새 살림을 찾기 위하여 노력하는 S회의 사주년 기념식을 축하한다는 말을 하고 내려간다. 박수 소리에 싸여서—.

그 뒤에는 S회의 간부 중에 간단한 답사가 있은 후에 청년운동의 표어를 쓴, 대서특필한 커다란 종이가 올라붙고는 고수머리에 얼굴이 새까만 C군이 올라서서 일일이 읽으면서 설명을 한다. 모두가 여섯 가지. 동지는 단결할 일— 반제국주의의 선봉이 될 일— 무산계급에게 지식을 여與할 일— 등 여섯 가지 표어를 내걸었다. 그리고 내려선다.

C는 아까 축사할 때부터 입에서 나올듯 말듯 한 말…… 뛰어올라 가고 싶은 마음 가슴이 벌름버름하고 주먹이 불끈불끈함을 참지 못할 만하였다. 그러나 어쩐지 그대로 삭아버리게 될 수밖에 없었다. 또 그러나 한 번 뛰어올라가서 "여러분!" 하고 싶은 마음은 늘 그의 마음을 떠나지 아니하였다. '못났어라, 왜 그때 뛰어올라가지 못하였는지?' 이것이 그가 약한 탓이었을는지? 그것은 C뿐만이 아니라 오늘 모인 청중 가운데 얼마든지 많이 있으리라고 생각되었다.

이제 차례는 폐회로 들어간다. L군이 나서면서 폐회하기 전에 만세를 삼창하지고 선언한다. 청중은 박수한다. 그리하여 맨 먼저 L군의 주창으로 "S회 만세!" 하니까 뒤따라 "만세!"라는 소리가 회장의 지붕까지 울린다. C도 소리를 벽력같이 질렀다. 그 다음엔 "OSCY 동맹 만세"를 부르자 아까보다 지르는 소리는 더 굉장하였다. 맨 끝으로 "만국 무산자 만세!" 할 때엔 모자를 들어던지며 부르는 사람까지 있게 되었다. 기쁨에 넘치고 힘에 넘치는 소리를 지를 때 C는 소름이 쭉 끼쳤다.

　이리하여 식은 끝나고 순서는 여흥으로 옮기었다. 청중과 주최자들은 다 함께 만족을 느끼는 가운데서 여흥은 시작되었다. 레코드가 시작되었다. 그러나 워낙 사람의 수선거리는 소리는 많은데다가 레코드의 소리는 작기 때문에 공기가 정돈되지 못함을 따라 그리 재미를 보지 못하게 되었다. 그 다음에 P군의 조선 소리가 상장되었다. 뚱뚱한 체격에다가 대모테 안경을 쓰고 딱 벌어지게 연단에 올라서면서 "구구천변 일륜홍—"을 부를 때 청중은 환호하였다. 그리하여 청중의 환호 속에서 노래는 계속되었다가 끝이 났다. 청중은 박수로 재청하였다. P군은 사양 않고 올라서서 또 다시 노래를 시작하였다가 맨 나중에 한창 신이 날 판쯤 되어서는 그 뚱뚱한 체격의 P군은 두 팔을 떡 벌리면서 빙그르 돌아 춤을 추면서 내려간다. 장내는 웃음소리뿐이었다. 참으로 애교 있고 귀염성 있는 그의 활개춤이었다.
　그래서 그의 노래는 여기에서 끝나고 웃음을 웃던 청중은 또 무엇이 나오나 하고 호기와 기쁨과 재미에 도취하여 가지고 있어서 아직껏 환호가 그치지 않을 때 돌연히 뜻하지 않은 변화가 생겼다.
　강단 위에는 지배자가 올라선다. 어디서 언제 왔는지 정복正服에다가 칼을 찬 이가 올라선다. 청중의 얼굴은 갑자기 긴장이 되었다. C는 벌써 그 무슨 예감이 있었다.
　"이 모임은 보안법 제2조에 의하여 해산을 명함" 하는 소리를 들은 청중의 감정은 그 찰나 동안은 꼼짝도 아니하였다. 그렇다가 갑자기

소설 65

"아―" 하고 성난 부르짖음이 일어난다. 한편에서는 "이유― 이유―" 한다. 윗층에서는 누구가 떠드는지 무엇이라고 절규한다. 또 한 모퉁이에서는 청중이 우루루 일어난다. C도 참을 수 없이 벌떡 일어나 가지고는 뒤로 슬쩍슬쩍 돌려나와 서게 되었다. 그의 얼굴은 불그락푸르락하였을 것이었다. 그러자 사회자는 도로 앉으라고 하고 강단 위에서 청중을 향하여 두 손을 위로 치켰다가 아래로 떨어뜨린다. 청중의 일부분은 앉는다.

"이유는 하여何如하였든지 보안법 제2조에 의해서 해산을 명한답니다. 우리는 그만 두는 수밖에 없습니다" 한다. C는 이에서 더 참을 수 없었다. 떨리는 목소리로 그러나 가장 큰 목소리로

"여흥이다!" 하고 N나라 말로 부르짖었다.

―《시대일보》(1924. 10. 13).

김첨지의 죽음

 아마도 오후 세 시가 넘은 때이다. 아랫방에 앉아서 무엇을 하고 있던 나는 대문간에서부터 나는 발자국 소리를 들었다. 그것은 분명히 여학교에 다니는 큰누이동생의 발자국 소리임을 나는 분명히 인식하였다.
"아이 어머니."
하고 마당에서 김장하시는 어머니를 부르면서 따박따박 하는 구두 소리와 함께
"김첨지가 죽었어."
하는 영옥英玉의 목소리는 방안에 있는 내가 들어도 전율과 공포가 섞인 조금 부르르 떨리는 목소리였다. 이 소리를 듣고 나도 놀란 것은 물론
"무어!"
하시는 어머님의 커다란 목소리는 경악이 가득한 거의 부르짖음에 가까웠다. 나는 만년필을 내던지면서 급격히 창문을 열어젖혔다. 그래서 나는 마당 한가운데 섰는 영옥을 보았다. 그는 얼굴이 핼쑥하여 가지고 더 말할 용기도 없는 듯이 그대로 그 무슨 석고와 같이 빳빳이 서 있고 어머님은 백차*에 속을 넣으시다가 그것을 그대로 쥔 채 덤덤히 영옥의

---
* 白菜 : 배추

얼굴을 쳐다보시며 있고 다만 아무 관계 없는 행랑어멈만 그저 아까 그 모양대로 배추를 뒤적뒤적하고 있다. 나는 물론 뚫어지는 듯한 시선으로 영옥을 건너다보면서 그 죽음의 이유도 물을 줄을 모르고 다만 여태껏 살았던 사람의 죽었다는 부음을 듣자 오죽 놀래는 마음, 아니 그보다도 붓으로는 어떻다고 기록하지 못할 만한 기분 속에 잠겨 있게 된 것이었다. 그대로 얼마 동안 지난 뒤

"아니 어떻게 해서."

하고 이제야 겨우 그의 죽음의 이유를 물어보시는 어머니의 표정은 처음과 같은 놀란 빛은 지나가고 이제는 확실히 어느 불쌍한 죽음을 조상하는 듯한 빛으로 변해지고 말았다. 나는 아직까지도 멍멍히 영옥을 얼굴만 바라다보고 있을 따름이었다. 또 한참 동안을 지난 뒤에

"이삿짐을 나르다가 넘어져서 죽었나봐."

하고 대답 겸 설명을 하는 영옥의 목소리는 울음이 약간 섞였다. 뒤미처

"그럼 길에서 죽었게?"

하시는 어머님은 ○○○○ 물으신다.

그제야 나도 겨우 입을 열어

"어디서 죽었단 말이야?"

하고 아주 아무 힘없는 놀람은 벌써 지나가고 슬픔은 지나치고 동정이라든지 조상하는 듯한 생각은 너무도 여유가 없는 어조로 물었다.

"요기 나가다가 국수집 앞에 다리목에서 이삿짐을 지고 가다가 그대로 엎드려져서 머리가 깨지고 혓바닥을 내밀고 피를 토하고 게거품을 흘리고 모로 쓰러져서 죽었어."

하고는 그 죽은 형상이 다시금 자기 눈앞에 나타나는 듯이 얼굴을 찡그리고 몸에는 소름이 끼치는 듯이 그의 몸은 약간 떨리면서

"아이 무서워."

하며 마루에 가 털썩 주저앉는다.

"이삿짐은 어떻게 되었누."

늙은 할멈의 묻는 말이다.

"뭐 그냥 궤짝은 떨어지고 사발은 깨지고 지게는 다리 밑에 떨어지고 말았어."

하고 그 사실을 보고하는 영옥은 자세하게 대답해준다. 나는 ○○게 ○○○을 것도 없었다. 그렇다면 그의 죽기까지의 ○○— 죽음의 진상을 다 알고 짐작할 수 있었다.

"목구멍이 무엇인지 내려먹다가 그랬구나!" 하시고는 어머님은 눈물이 글썽글썽 하시다. 그러나 아주 간단한 우리 어머니 말씀은 너무나 리듬이 처참하고 참으로 내가 뼈가 저릴 만한, 인생을 조상하는 듯한 어조이기 때문에 나도 알지 못하는 가운데 눈물을 아니 머금을 수 없었다. 영옥이도 물론 찔끔찔끔 울었다.

김첨지는 원래 우리와 한 고향 사람이었다. 강원도 H군 사람이었다. 그는 우리집 소작인이었다. 몇 해 전 우리집 가계가 자꾸 줄어져 들어가는 판에 마지막으로 우리 아버지는 H군 J면에 있는 토지를 동양척식회사에다가 그 땅을 팔아넘길 적에 김첨지도 그 토지에 딸린 여러 소작인 중의 한 사람이었다. 그래 우리가 그 땅을 동척에다가 팔아넘긴 후에 그 뒤 주인측에서는 어찌나 구실을 혹독히 매었던지 여러 소작인은 견디다 견디다 못해서 혹은 민원도 하고 혹은 쟁의爭議 비슷한 것도 났었으나 어떻게 옴치고 뛸 수가 없어 울며 겨자먹기로 그대로 지내오다가 어느 해 흉년에 그들은 참다 참다 못해서 지독한 쟁의까지 역시 패배가 되고 말았다. 그래서 그 중에 김첨지는 서울을 나가 빌어먹겠다 하고 단 양주兩主가 (그들에게는 소생도 없었다) 목적은 서울에서 드난살이를 하겠다는 생각을 하고 올라왔다. 그리하여 그들은 남의 집 행랑 구석으로 혹은 드난살이로 몇 해를 지내왔다. 그 몇 해 동안 그들은 가끔 우리집에를 찾아왔었다. 그러나 그들은 원체 늙었기 때문에 드난살이는 젊은 사람이 필요하다 하여 인제는 도처마다 거절을 당한다. 그래서 늙은 김첨지는 지게를 지고 남대문시장이나 병문屛門거리로 돌아다니게 되고 할멈은 그 중에다 어디서인지 뚜쟁이 노릇을 배워 가지고 돌아다니다가 늙은 것이 늙은 것은 싫다고 배반하고 저보다 나이 젊은 몇 살 아래 놈을 만나 가지고 어디로인지 종적이 묘연하게 되었다. 그리하여 김첨지는 사고무친의 외로운 홀애비가 되었다. 그래서 그는 이리 구르고 저리 굴러 돌아다니다가 우리집을 가끔 들른다. 그러면 어머님은 찬밥이나 있으면 먹이고 그 정상을 물으시면

"말씀 마십시오. 육십여 년 고생해온 것이 요모양이랍니다."

하고는 아주 기가 막히는 듯이 선웃음을 친다. 나는 옆에서 그 소리를 들을 때마다 가슴이 무너지는 듯이 아팠다. 그러나 김첨지에게는 반항하는 마음이 없었다. 제기나 하면 자기가 그렇게 된 것이 다 세상(?) 때문이건마는 그에게는 아무 반항심도 없고 아무 부르짖음도 없었다. 오히려 그런 고생을 해본 적도 없고 그런 경험을 당한 적도 없는 나이 어린 내가 '우리는 저들을 위해서 일하여야 하겠다' 하는 부르짖음과 울분이 떠오르는 것은 암만 생각해도 그 때는 몰랐었다. 과연 그 때 나는 마땅히 있어야만 할 곳에는 없고 없을 만한 곳에서 객관으로 생겨나는 울분과 반항이 타오르는 마음에 얼마나 의문이 있었는지 몰랐었다.

그 위에 우리 집도 차차 어려워져 가기 때문에 김첨지가 자주 자주 찾아온들 밥도 변변히 주지를 못하였다. 그리하여 얼마 후부터는 그의 그림자를 도무지 볼 수가 없었다. 그러다가 오늘 그의 죽었다는 소식을 들은 것이다. 보지 않고 상상만 하더라도 그의 죽은 원인은 첫째는 영양부족 둘째는 노쇠老衰 그러나 억지로 힘에 겨운 노동을 하다가 급기야 죽음을 얻게 된 것이라고 생각하였다.

나는 그대로 있을 수 없었다. 벌떡 일어났다. 두루마기를 되는 대로

걸쳤다. 그 때 나는 다만 '가보리라' 라는 마음밖에는 아무것도 생각할 여지가 없었다. 죽음을 보고는 어떻게 하리라는 것, 죽음을 보면 내 마음이 어떠하리란 생각까지도 없이 다만 본능적으로 옷을 입고 구두를 신고 끈도 아니 맨 채 대문을 나설 때

"글쎄 순사도 아니 오고 그대로 내버려두었게요."
하는 영옥의 조금 껄그러운 목소리가 들린다.

아, 나는 어찌하러 가는지 무엇하러 가는지? 죽음을 구경하러 가는지 죽음을 조상하러 가는지? 도무지 그 분별도 내 마음속에서 얻어볼 수가 없건마는 어찌한 일인지 힘이 한푼어치도 없이 어정어정 걸어서 요앞 국수집 앞에 다리목이라는 데까지 걸어갔다. 그러나 그 가는 동안 5분 아니 되는 동안에 몇 번인가 발을 돌이키려 하였지만 김첨지의 죽음은 나의 발을 그곳으로 끌어잡아들였다.

그러나 그곳까지 이른 때는 이미 때는 늦었다. 그 다리목 근처까지 가보아도 만일 김첨지의 시체가 그대로 있었을 것 같으면 구경꾼이 많이 모여 있었을 것이다. 그러나 다리목까지 다 이르도록 그저 전과 같이 사람은 다니고 길은 틔어 있다. 그래서 나는 그 무엇을 잃은 것과 같이 무엇을 찾는 듯이 머뭇머뭇 하면서 그 근방으로 배회하였다. 그러다가 별안간 나는

"저 피."
하고 거진 커다란 목소리로 소리칠 만하게 그렇게 몸서리는 쳐지고 입은 딱 떨리게 되었다. 과연이다. 다리 모퉁이 먼지가 푸—한 땅 위에 붉은 피가 그 무슨 검은 떡 조각 모양으로 붙어 있는데 그래도 그런 위에 가서 조금 붉은 기운이 도는 피가 약간 보이기 때문에 조금 있으면 모르되 지금까지는 누가 보든지 피라고 인정할 만하였다. 그것을 본 나는 '사람의 피'라고, 뒤미처 '노동자의 피' 하고 속으로 부르짖었다. 그 때 만일 나 아는 사람이 나를 보았을 것 같으면 내 얼굴이 새파랗게

질려 있는 것을 능히 보았으리라. 그리고 그 뒤에 눈 가는 곳은 사발이 깨어져 흩어져 있고 궤짝 부스러진 것이 한 모퉁이에 놓여 있고 그리고 다리 밑에는 지게가 떨어져 있다. 그리고 그 날 아주 중요한 세간은 아마 ○○ 임자가 가져갔는지 아무것도 아니 보인다. 나는 그 피 흐른 땅에서 김첨지의 얼굴을 보았다. 마치 흐릿한 환영을 보는 것과 같이 보였다. 주름살이 퍽도 많이 잡히고 하옇게 센 머리에다 수건을 쓰고 그의 눈에는 비지가 늘 낀 덥썩부리 김첨지를 보았다. 그 김첨지가 머리가 깨지고 얼굴이 긁혀 째지고 입에도 피와 게거품을 올리고 혓바닥을 내밀고 팔을 오므리고 다리를 쪼그리고 가쁜 숨을 헐떡거리며 쉬고 들어누웠다가 그 숨까지도 끊어지고 죽었겠지……(아직 꼭 죽었는지 모르지만)를 생각할 때 아니 울고 어찌하였으랴? 그러나 사람이 지나간다. 세상의 이목耳目은 너무도 밝다. 나는 어찌된 일인지 좀 어색한 생각이 들어서 억지로 참고는 돌아오려 할 때

"퉤 퉤."

하고 어린 아이 (그 동리 아이인 듯) 두엇이 그 피 흘린 자리에다가 침을 뱉고 달아나는 것을 보았다. 나는 그 때 '생장하는 어린 아이는 죽은 사람이 더럽다 하여서 침을 뱉는구나 그럴 일이구' 하고는 하도 기가 막혀서 나 혼자 어안이 벙벙하였다. 그래서 나는 집으로 돌아오려 할 때 그 옆 국수집에서 누군지

"늙은이는 팔자좋다. 경성부에서 송장을 치워주겠네그려."

나는 그 소리가 너무도 악착스러워 들었으면서도 아니 들었거니 하고는 빨리 집으로 돌아왔다.

집에 돌아오자 나는 그 때까지 마루 끝에 걸터앉은 영옥이에게서 "오빠 독하기도 하오. 그걸 일부러 보러 가우?" 하는 꾸짖는 말도 아니요 원망하는 말도 아닌 듯한 말을 들으면서 거의 미친 사람 모양으로

겨우 숨을 쉬었다. 그리하여 그 때부터 지금까지(이 다음은 모르지만) 김 첨지가 어떻게 살다가 죽었는지? 어찌해서 죽었느냐? 무엇 때문에 죽었느냐?는 생각이 다른 생각과 합쳐서 나를 괴롭게 군다. 그러나 그렇게 죽은 사람은 그대로 죽었지만 이렇게 살아 있는 사람은 이대로 살아 있다.

11월 18일 작.
―《매일신보》(1924. 12. 7).

걸인 덴둥이

1

 덴둥이라고 별명을 듣는 늙은 거지는 오늘 왼종일을 두고 N공원 들어가는 모퉁이에 앉아서 목이 쉬어라고 "돈 한푼만 줍쇼!"를 부르고는 겨우 돈 십칠 전을 벌었다.
 세말歲末이다. 날은 춥다. N산의 봉화둑에는 눈이 하얗게 쌓여 있다. 길모퉁이 개천에는 눈을 퍼다 내버린 것이 얼어서 그 위에 또 먼지가 앉고 흙이 쌓여서 송장의 썩은 얼굴과 같이 거무테테하게 쌓여 있다. 그는 웬일인지 길가—그런 데를 지날 때마다 '내 얼굴 같구나!' 하고 스스로 탄식 겸 부르짖는 듯이 중얼거렸다. 낮— 양지 쪽은 꽤 따뜻하여 비록 맨땅이나마 앉을 만하더니 저녁때가 되니까 바람세가 도로 쌀쌀해지면서 도로 추워지기를 시작한다. '이런 제기 이 밤을 또 어찌 지낸담!'—이 말이 아니 나올 수 없이 저절로 목을 넘어온다. '돈이나 좀 더 얻었으면 나무가게에 가서 썩은 장작 패놓은 것이나마 사가지고 가는 걸' 하고 뱃속으로 중얼거렸다. 그리고 또 다시 자기집(움) 생각이 났다. 훈련원 뒤 무덤과 같은 자기집이 생각났다. 땅을 깊이 파고 그 위를 짚더미와 헌털뱅이로 가린 자기집을 생각할 때 저절로 몸서리가 쳐진다. '또 그리로 가……' 하면서 생각하기를 '벌써 올해가 다 갔으면서른두 해째로구나' 하고 한숨을 후 쉬었다. 그의 입김은 찬바람 속에서 얼었는지 삭아져버렸는지도 모르게 없어져버리고 만다.

사람이 지나갈 때마다 "한푼 줍쇼!" 하고 쳐다도 못 보고 그 발 가는 데로만 눈이 따라갔다. 혹시나 자기의 있는 곳으로 향하나 하고. 왜 그런고 하니 자기의 앞으로 향하면 돈을 주니까.

신사, 숙녀, 노인, 학생, 관리들이 뻔질나게 자기 앞으로 지나간다. 설이 내일모레라 그런지 더군다나 일본 오카미상*은 보자기에다 무엇인지 한짐씩이나 싸가지고 지나간다. 어떤 오카미상은 지나가다가 데리고 가던 —아마 자기 딸인 듯싶다— 그 애 손에다 밀감 두어 개를 쥐어주면서 갖다주라고 한다. 그 애는 받아들고서 무서운 듯이 얼굴이 이상하게 변해지면서 찬찬히 걸어와서 얼른 손에다 던져주고는 빨리 자기 어머니 앞으로 달아간다.

이 꼴을 본 그의 어머니는 생긋이 웃는다. 그의 딸도 웃는다. 그리고 마음을 놓는 듯하다.

그러나 그는 그 꼴을 당할 때마다—그런 꼴을 한두 번 당하는 일이 아니건마는— 퍽 모욕을 깨달았다. 그러나 자기 몸을 또 다시 돌이켜 볼 때에는 '흥' 하는 탄식도 아니요 저주도 아닌 일종의 형언키 어려운 소리를 한 번 내놓는 버릇밖에는 없었다. 그의 얼굴은 쭈그러진 바가지 쪽 같다. 나이로 말하면 사십이 넘을락 말락하지마는 잘 먹고 사는 놈의 한 육십이나 넘은 듯한 놈과 비교를 하더라도 오히려 그의 얼굴이 늙었다. 머리는 가게에서 보는 근탄根炭과 같이 뽀얗고 보비재기가 일고 꼬불꼬불한데다가 어느 때인가 일본집 쓰레기통에서 주워서 쓴 어린아이의 쓰다 버린 모자가 그의 의관이었다. 몸에는 되는 대로 감는다. 이것도 쓰레기통에서 주운 헌 합비조각을 어깨 위에다 걸치고 아랫

---

* おかみ(女將) : (요정 등의) 여주인.

도리는 헝겊바지에다가 갈갈이 찢어진 홑고이를 입었다. 그러나 궁둥이는 더 한층 해어져서 거진 엉덩이가 내다보일 만하였다. 그리고 또 발에는 헌 일본 다비에다가 조선 짚새기를 신었다. 그래서 얼른 보면 일본 거지 같기도 한데 또 그렇지 아니하여 그의 성명이라든지 그의 조상이라든지 그가 난 곳이라든지 이 모든 것은 조선이란 배경을 등지고 태어난 그였다. 이런 거지는 식민지에서나 많이 볼 수가 있는 인물이었다. 그리고 자기가 빌어먹으러 나가도 똑 진고개 바닥이나 일본 사람 많이 사는 곳으로만 빌어먹으로 다녔다. 그것은 왜 그런고 하니 돈을 한푼을 얻어도 거기가 낫고 쓰레기통을 뒤져도 그곳이 나은 탓이었다.

눈곱이 덕지덕지한, 바람이 불면 게다가 눈물이 공연히 줄줄 흐르는 눈으로는 어두워가는 땅을 가만히 내려다보고는 때가 더덕더덕 붙은 귀로는 멀리 가만히 살펴보건대 혹 자기를 향해서 돈지갑을 여는 사람이 있을 것 같으면 뒤미처 오는 사람도 '나도 여기 있다' 하는 듯이 일종 호기 있게 남에게 나도 선심을 보인다 하는 듯이 지지 않으려는 듯이 그것도 일종의 공중에 뜬 명예로 인하여서 그리 되는 것인 줄을 요즈막에야 우연히 깨닫게 되었다. 그런 생각을 할 때면 반드시 그의 쭈그러진 뺨에도 엷은 미소가 떠오르는 때도 한두 번이 아니었다. 그 때마다 '달라는 나보다 주는 네놈들이 더 못났구나! 더럽구나!' 하는 생각이 어설피 머리속 한귀퉁이에서 일어남을 가늘게 깨닫는 적도 있었다. 그리하여 몸이 약해지고 쇠해지고 늙어갈수록 웬일인지 아무것도 생각이 없고 깨닫는 것이 없고 맛보는 적이 드문 그는 점점 '이놈 내가 몇번이나 달래서 너희들이 돈 한푼을 던져주나 보자' 하고서 일부러 속으로 세는 적도 있었고 공연히 일 없이 요사이는 몽둥이도 깎아가지고 다니기도 한다. 이리허여 그의 신경은 일종 변태적으로 활동을 하며 따라서 그의 행동조차도 자기 스스로 어떠한 위험을 깨닫게 되는 적이 있었다.

온종일 지나가는 놈들의 하반체下半體만 보면서 소리를 쳤더니 아침에 모주 두어 사발 먹은 것이 벌써 언제 먹었더냐 하는 듯이 뱃속이 쓰려오기를 시작하였다. 나중에는 머리가 다 욱신욱신한다.

2

자기의 머리 앞으로 웬 신사 한 분이 지나간다. 또 '한푼 줍쇼' 하고 늘 하는 목청과 버릇으로 이번에는 배가 몹시도 고파서 그리하였던지 부르짖듯이 소리쳤다. 그 신사는 무슨 생각을 하고 지나가던 판이었던지 그는 약간 놀래는 듯이 움칠하면서 고개를 모로 떨어뜨려 흘깃 보고는 지나간다. 그때 그도 머리를 번쩍 들었다. 의식없이. 그들의 눈과 눈은 마주쳤다. 신사의 눈은 완연히 자기를 모욕하면서 욕을 속으로 하는 듯한 눈으로 자기를 흘겨본다. 자기도 별로 자기는 대항을 할 생각도 없었건마는 본능으로 한 번 흘기었다. 그 때 마침 길가 전등에 불은 확 들어왔다. 아무 말 없이 눈싸움을 하던 그 싸움은 여기서 끝이 나고 말았다. 신사는 도로 천천히 단장을 끌면서 가버린다. 그가 가는 뒷모양은 완연히 '너 같은 것을 탄하면 무엇하겠니' 하는 듯한 말 한 마디가 늘 그의 발뒤꿈치를 따라가는 듯하였다. 그는 분하였다. 예전엔 그보다도 더 모욕을 받은 적이 몇천 번이었건마는 오늘은 웬일인지 가슴이 뻐기여지는 듯이 분해서 참을 수 없었다. 그의 깃도구쓰의 빠지직 빠지직 하는 소리는 겨울 영을 사뿐사뿐 밟아나간다. 아마 저녁을 일찍 먹은 그는 친구를 찾아가거나 어쨌든 어슬렁거리려고 나온 듯하였다. 그의 몸에는 털을 목에 댄 좋은 외투를 입었다. 모자도 윤이 번지르하게 흐르는 털모자를 썼다. 아까 보니 그는 좋은 안경을 썼다. 장갑을 낀 손은 단장을 흔들기도 하고 혹 끌기도 한다. 그의 목덜미는 좋은 음식을 많이 먹었다는 듯이 희고도 붉게 두툼하게 털목도리 속으로부터 멀리 보인다. 게다가 면도도 말쑥히 한 모양이다. 혹 그의 옆으로 어여쁜 여자가 지나가는 것이 있으면 싱글벙글하면서 금방 말을 건넬 듯이 공연히 지나가는 그림자를 노려보면서 '나는 당신에게 절대한 호감을 가졌습니다' 하는 듯이 고개를 갸우뚱하기도 한다. 그는 아마 배부르게 밥을 먹었으니까 그 나머지 짓으로 길가에 나와서 어여쁜 여자나 구경하자는 듯한 태도였다.

저녁 연기가 몇만 개의 전등불빛에 서려 뽀얗게 떠올라서 그러한지 저녁 안개가 차츰차츰 깊어간다. 차차 행인이 희박해지는 편한 길로 그 신사는 어슬렁어슬렁거린다. S정 가는 길로. 그는 잠시동안 고개를 영에다가 들이박을 듯이 어두컴컴한 땅을 뚫어질 듯이 들여다보고는 배고픔도 잊어버리고 가만히 무슨 생각인지 생각에 잠겨 있었다.

그의 눈앞에는 우선 구두가 나선다. 구두! 구두! 칠피 구두, 깃도 구두, 복수 구두, 검은 구두, 붉은 구두, 노랑 구두, 사내 구두, 여자 구두, 헌 구두, 새 구두!

생각건대 그는 몇십 년을 두고 그 구두 밑에서 살아왔다. 남의 발 밑에 떨어지는 돈 한푼씩을 집어서는 그것으로 기구한 생명을 이어왔다. 그는 소위 남들은 '마누라가 어쨌다' 는 소리만 들었지 그러한 계집 하나도 없고 자식 하나도 없이 다만 남의 발 밑에서 모욕과 학대와 압박 밑에서 굴종하면서 겨우 겨우 생명을 이어왔다고 그렇게 이지理智 있게 생각을 못하였으나마 어렴풋이 물에 잠긴 물건과 같이 어른어른하게 눈가에 눈물겹게 나타났다.

그는 일어났다. 추워서 차디차게 언 손에 쥔 몸둥이에다가 몸을 기대었다. 발이 저리다. 조금 있다가는 그것조차 없어지고 자기의 발의 존재를 의심할만치 그만큼 얼고 추워서 걸음을 걸을 수가 없었다. 그의 몸은 일순간 경련적으로 부르르 떨렸다. 일어서니까 뱃속의 공허는 더 간절히 느낀다. 그는 자기의 다 떨어진 전대 비슷한 속에 일 전짜리로

만 십칠 전이 든 것을 알기는 알지마는 그것을 가지고 모주집으로 갈 줄도 몰랐다. 웬일인지 끝없는 모욕과 원한과 비분과 또 난데없는 생에 대한 회오만 느낄 뿐이었다. 그는 그 신사의 가는 길로 천천히 자연히 절뚝절뚝하는 걸음으로 걸어갔다. 그는 그를 어떠한 투철한 의식도 없이 따라가는 모양이었다.

　자기 눈앞에 재쳐 나타나는 것은 돈이었다. 다만 일 전짜리의 동전이 수두룩하게 자기 발 앞에 걸린다. 그러나 여태껏 자기의 생명을 이어주던 그 돈이 별안간 모욕이란 글자가 뚜렷이 씌어서 자기의 머리 위로 우박 쏟아지듯이 떨어지는 듯한 느낌을 찌르는 듯이 받았다. 최후로 나타나는 것은 아까 그 신사의 흘기는 눈이 자기의 전 생애를 모욕하는 듯이 앞을 딱 가로막는다. 그는 눈을 들었다. 그 신사는 지금 자기의 발앞에 천연히 걸어간다. 그 뒷 목덜미는 온 세상이 다 태평하다는 듯이 또한 자기를 위하여 태평하여 있다는 듯이 들먹거리며 걸어간다.

　돈! 모욕! 죽음! 삶! 자유! 밥! 만일 그가 어떠한 세상에 대한 판단이 있고 또한 그것을 지식적으로 해석할 수만 있었다면 당연히 일어나 부르짖었을 것이다. 아니다. 자기에게 있는 것은 다만 감정의 존재뿐이었다. 지금 그의 감정은 그보다 더 이상의 강한 힘으로 에워싸여 있었다. 아까 저 신사가 자기를 눈흘기고 가던 것이 웬일인지 하필 오늘만이 그렇게 자기의 감정을 그렇게 폭발시켰는지는 자기 자신도 그 이유를 말할 수 없었다. 돌이켜 보건대 자기의 과거의 모든 것이 그러한 모욕과 학대 아래서 살아왔다는 것은 아주 명확하게도 자기의 감정을 찌른 것이라고 그는 무겁고 둔하나마 징한 의식으로 느끼게 되었다. 얼마 아니 가면 그의 등과 그의 배는 마주칠 지경이었다.

　'이놈. 너희들의 눈흘김! 학대와 모욕은 나한테서 평생의 모든 것을 빼앗아갔다. 나에게서 자유를 빼앗아갔다. 나에게서 태양을 빼앗아갔다. 나에게서 나 먹을 밥을 빼앗아갔다.

너희들은 나를 사람으로 대접하지를 아니하였다. 그러나 보아라. 지금 원수를 갚을 것이니, 그리하여 그것으로서 나는 너에게서 모든 것을 도로 찾아올 것이니!'

비록 의식은 없으나마 말은 이렇다 할 줄은 모르나마 지독한, 참을 수 없는 감정이 빈 뱃속으로부터 가슴으로 치밀어오른다. 그는 견딜 수 없었다.

때가 꾀지죄 흐르는 손에 쥔 몽둥이는 벌벌 떨린다. 다시금 아까의 눈 흘기던 그 눈이 자기의 머리 위를 덮어누른다. 천지가 팽팽 돈다. 그는 와락 앞으로 달려들어 모든 자기의 일점을 몽둥이 든 손에다 모아가지고 신사의 머리를 때렸다. 그는 '악' 하면서 앞으로 꺼꾸러진다. 사람 없는 호젓한 길이라 아무도 달려드는 사람이 없었다. 본 사람도 없었다.

그는 머리에 타박상을 당하여 뇌충혈腦充血로 그 자리에서 죽어버렸다.

이리하여 뎅둥이는 자기의 과거의 일체를 위하여 갚음을 하였다는 비분한 미소를 머금고 어디로인지 가버렸다.

—《조선일보》(1926. 1. 2).

바둑이

1

— 소위 인간이란 것들이 이 이야기를 읽을 것 같으면 원 이런 기괴한 일이 세상에도 있을 까닭이 있나? 하고서 선웃음을 칠 것이다. 그러나 이것은 나의 가장 친한 친구 바둑이가 온갖 학대와 온갖 아픈 맛이라고는 다 보고서 이에 참을 수 없어서 같은 동물로서 이렇게 학대하는 것은 참을 수 없다 하여 드디어 그 다섯 해 아니 여섯 해로군 그 동안 먹여 기르고 하던 그 주인을 물어 죽이고 자기도 죽어서 아마 지금쯤은 우리 동무 바둑이의 고기가 사람의 뱃속에 들어가 창자를 돌아나간 적도 이미 오래일 것이다. 나는 다만 이 사실 가운데서 바둑이를 도와주고 바둑이와 같은 행동을 취하던 한 놈으로서 이 글을 소위 만물지중에 최귀라는 인간에게 주어서 어서 어서 각성이 있기를 재촉한다. 바둑이의 동무 센둥이는 선언 — 또한 이 소설은 내가 지은 것도 아니고 아주 객관에 선 사람이 지은 것임을 말하여 둔다.

2

"이런 제기 나가자니 밖에는 나를 잡으러 온 백정놈이 서서 있고 그저 가만히 아궁이 속에 들어 엎드려 있자니 배가 고프고! 오늘은 마나님이 그 쉰 누룽지 찌꺼기나마 주지를 아니 하니 그것이라도 얻어먹든지 해야 할텐데" 하고 바둑이는 꼬리를 오므라뜨리고 대문간에서 개구멍 밑으로 가만히 그 똥그란 눈을 두리번 두리번하고 가슴은 벌떡벌떡 하면서 내다 보았다.

밖에는 그저 백정놈이 서서 있다. 그 협수룩한 머리에는 메다시보시 (目出帽子)를 쓰고 그냥 바지 저고리만 입은 데다가 새끼로 종아리를 거들 쳐매고 장작개비 같은 손에는 올가미를 똘똘 뭉쳐 가지고 서서 있다. 그러나 그나마 가만히 섰으면 좋으련마는 "휙! 휙휙휙" 하고 휘파람을 부는데 천연 주인집 서방님이 부는 소리 같아서 못 견딜 지경이다. "그저 그놈이 저 올가미만 가지고 섰지 않으면 곧 나가서 그놈의 멱줄띠를 한번 물어재꼈으면 좋겠다마는' 하면서 혼자 탄식 겸, 죽음을 무서워해서 공포에 떨리는 소리로 끙끙대면서 중문간으로 들어갔다가 대문간으로 나왔다가 뱅뱅 돌아다녔다.

'이런 때 주인집 작은 서방님이란 작자라도 있었으면 좋으련마는 그나마 학교에를 가서 없고 참 딱한 일이다.'
혼자 중얼대면서 가만히 중문간 헛간에 가서 앉아보았다. 암만 해도 기분이 착 가라앉지를 아니한다. 또 "휙! 휙휙" 하고 휘파람 소리가 들린다.

'옳다. 흥 네가 나를 꼬이는 수작이로구나. 그래도 내 아니 속을 걸. 엿먹어라. 어디 내가 아니 나가나 네가 도로 가나 누가 지나 해보자.'

이렇게 생각을 하니까 공연히 안전지대에 있으면서도 조바심을 하는 것이 못난 것 같기도 하여 좀 점잖을 빼고서 가만히 헛간에 가 들어앉아 있었다.

그러나 이가 부르르 떨리고 따라서 몸도 경련적痙攣的으로 떨린다. 도무지 참을 수 없었다. '이런 때 센둥이나 에스나 있었다면 한 서너 놈이 짝을 지어 가지고 덤비면 저도 꿈쩍 못하렷다.' 이렇게 뜻 아닌 공상도 해보았다. 또 다시
  '그러기에 나를 집에 두려면 이 집주인 영감이란 작자가 경성부에다가 돈 2원만 내두었다면 내가 이런 고초는 아니 당하련마는' 이렇게 주인을 원망도 하여 보았다. 그러나 또 다시 돌이켜 생각하면 '그러나 제기 시제밥을 굶는 형편이니 내 세금을 갖다 줄 수가 있나. 하긴 그래' 하고는 아주 자단自斷을 해버리고는
  '그러나 다시 생각하면 우습기도 한량없다. 내가 이 세상에 살아 있다는 값으로 일 년에 돈을 이 원씩이나 바치라고. 이런 제기. 내가 이 세상에 살아 있어서 저희들에게 조금이라도 해독을 끼치는 일이 있나. 기껏 얻어먹는다는 게 누룽지 찌꺼기나 얻어먹고 그렇지 않으면 팔자 좋은 놈이라야 빠다 바른 양떡 조각이나 얻어먹는 것을. 그 대신 내가 가만히 있나. 고양이를 쫓아주어 도적놈을 지켜주어— 하건만 내가 살아 있는 값으로 돈 2원씩을 세금으로 바쳐라. 내가 원 국고國庫에 대한 소비消費가 있나 저희들 일에 간섭을 하나. 왜 그런데 돈 이 원씩을 내게는 못 달래노. 참 우스워 죽겠다.'
하고서 그 하얀 수염이 붙은 콧잔등이 씰룩씰룩 해지면서 빙긋이 웃었다.
  그러나 또 다시 지금 자기를 잡으러 온 자기의 생명을 뺏으러 온 사자가 자기 앞에 있다는 것을 생각할 때 모든 것을 저주도 하고 싶었다. 죽음을 앞에 놓고 최후의 행동 아무 것도 무서울 것이 없었다. 다시금 자기는 돈 2원이 없어서 이 세상에서 가장 귀한 생명이 없어지는구나 하고 생각할 때 자기의 가장 친한 술집 더부살이 센둥이 그 언제인가 여러 억센 적을 물리치고 승리의 월계관을 얻어 아름다운 정을 맺은 에스— '에스가 엊그저께쯤은 애를 낳았을 텐데 거기도 좀 가보아야 하

겠는데 대단히 무정하게 생각을 하겠는 걸. 아하 돈 2원이 없어서 여섯 해나 살아온 내 목숨이 끊어지나 보다. 엣 망할 놈의 세상. 이런 살기 거북한 세상이 이 지구 위에 또 있을까?

이렇게 그는 생각을 거듭하면서 두 발을 앞으로 뽑고 머리를 그 사이에다 넣어 주둥이는 땅에 닿고 눈은 지붕 마루턱이를 쳐다보았다. 또 여전히 자기를 유혹하는 휘파람 소리가 들린다. 그는 분연히 참을 수 없어서 내달아 짖었다. 그러나 휘파람 소리는 더욱 잦아진다. 그는 다시금 주저앉아 그 시원스럽고 둥근 그 눈(그 눈 때문에 에스가 반한 것이었다)을 껌벅거리면서 우두머니 자기의 과거를 돌이켜보았다.

백정놈은 그만 지쳤던지 혼자서 이 다음 오기를 약속하였던지 다시는 아무 소리가 없다.

온종일 시달리고 나니 배는 고프고 허리는 꾸부러지고 엉덩이는 무거워 꼼짝할 수도 없다.

3

생각건대 바둑이가 태어난 지가 이미 그럭저럭 여섯 해째였다. 그는 올해 만 다섯 살이었다. 그가 태어나기는 어느 집 마룻구멍 속이었다. 그가 자기 어머니 배에서 나온 지 두 달만에 그는 지금 있는 집으로 옮겨왔다. 처음 이 집으로 올 때에는 참으로 더 말할 수 없는 이 집의 화형*이었다. 그 집에는 어린아이도 없는 탓으로 바둑이를 고이고이 길렀다. 더구나 그 집 둘째 아들 — 지금 학교에 다니는 이가 끔찍이도 바둑이를 귀히 알았다. 주머니에 돈푼이나 있으면 가게에 나가서 왜떡도 사다주고 혹 반찬 하려고 사다 놓은 고기 절멩이도 몰래 도적질해서 바둑이를 주었다. 바둑이는 그 덕택이라 그랬던지 날마다 보는 동안에 자랐

---

* 花形(はながた): 화려하고 인기 있는 존재.

다. 처음에는 깽깽하고 어미의 품안이 그립던지 잘 먹지도 아니하고 까칠하더니 얼마 지난 후부터는 그 집 마루 밑에 궤짝 속에다가 집을 정하고 날마다 날마다 끼니 맞춰 주는 밥을 아무 말 없이 잘 먹었다. 한 달 지나 두 달 지나 점점 그의 몸이 커질 때 혹 낯선 사람이 올 것 같으면 그 터잡히지 못한 쉰 목소리로 두어 번 짖기를 연습도 해보았다. 그 때 그 집사람들의 일동은 일종 경이(驚異)의 빛으로 바둑이를 보았다. 그의 몸뚱이는 하얀 바탕에다가 큼직한 점들이 여기저기 박혔기 때문에 그 집 사람들은 곧 그를 명명하기를 바둑이라 하였다. 바둑이도 처음에는 그것이 무슨 소리인지 몰랐었지만 차차 날이 갈수록 그것이 자기의 이름인 줄을 짐작하게 되었다. 그리하여 그 다음부터는 주인집 누구든지 입에서 만일 그러한 부르는 소리만 있을 것 같으면 좋은 일이든지 언짢은 일이든지 곧 달려갔었다.

그리하여 한 일 년이 지난 다음부터는 고양이 잘 쫓고 서투른 사람이 온 것 같으면 잘 짖기로 유명하였다.

그 번드르한 기름진 몸뚱이에다가 다리가 성큼하고 귀가 축 처진 것이라든지 두 눈 위에 검은 점이 둥그렇게 박힌 것이 누구가 보든지 점잖다고 하기도 할 뿐 아니라 귀염성스러워서 누구나 그를 처음으로 보는 사람은 손으로 머리를 쓰다듬어 주지 않는 이가 없었다.

어느 날 밤이었다.

그 날이 소위 그 집 제삿날이었다. 밤 아홉 시가 지난 후 그 집안 사람들은 음식을 다 만들어놓고 한 두어 시간 동안이나 여유가 있기 때문에 젯상에 배설까지 다 하여 놓았는지라 그 집 사람들은 다들 안에 들어가 있고 바둑이 혼자만 마루밑 구멍에 가서 낮에 낮잠을 잔 덕으로 그냥 눈알만 껌벅껌벅하고 누웠을 때 부엌 시렁 위에서 무엇이 덜그럭덜그럭하는 소리를 그는 들었다. 그는 두 말 할 것 없이 벌떡 일어나서 부엌창살 틈으로 가만히 엿보았다. 웬 고양이 한 놈이 시렁 위에 놓은

소설 85

무엇인지 캄캄하여서 잘 보이지는 아니하나 하여간 제사에 쓸 산적이다. 그렇지 않으면 무슨 나물 볶아놓은 것 그런 종류일 것이었다. 그런 것을 맛을 보는지 냄새를 맡는지 하는 모양이었다. 바둑이는 컹컹 냅다 짖었다. 그러나 달아날 줄 알았던 고양이는 그저 꼼짝도 아니하는 모양이었다. 원래 개와 고양이는 무슨 원수가 있는지 모르겠으나 하여간 서로 싫어하는 모양이었다. 더구나 바둑이는 그 고양이의 성질이 미웠다. 도적질하여 먹는다는 것이 설령 나쁘지 아니하다손치더라도 그의 하는 행동이 몹시 미웠든 까닭이었다. 그는 다시는 짖지도 아니하고 부엌문이 빠끔히 열린 그 앞에 쭈그리고 서서 고양이가 나오기만 기다렸다. 조금 있다가 고양이는 고기를 물었는지 하여간 무엇을 물고서 선 듯 문 밖에 나서는 놈을 널름 그 억센 이빨로 거리와 속도를 짐작하여 가지고 고양이의 허리를 물었다. 한참이나 물고서 놓지를 아니하였다. 얼마 동안이나 그렇게 승강이를 하다가는 땅에다가 내던지고서 채 정신도 차리지 못하는 놈을 재처 또 이번에는 대가리를 물었다. 한 바퀴 휘- 돌려놓으니까 고양이는 거진 죽어가려 할 때 바둑이는 컹컹 대청을 향하여 다시금 짖었다. 그때 여러 사람들은 내다 보았다. 마당에는 장쾌한 활극이 벌어져 있는 것을 본 그들은 다 각기 바둑이를 칭찬하여 주었다.

이리하여 꼭 한 번 그가 살생을 한 후부터 차차 철이 나고 지각이 난 다음부터는 다만 쫓아주기만 하였다. 그러나 한 번 그가 그렇게 한 것이 한 훌륭한 일화거리였다.

세상 일이란 참으로 측량키 어려운 일이다. 아니 그보다도 오히려 마땅한 일이라면 마땅한 일이었다. 원래 바둑이가 있는 집은 소위 세상사람들이 말하기를 부자라고 일컫는 사람의 집이었다. 아닌 게 아니라. 바둑이가 왔을 때는 그 해만 하여도 가을이면 쌀이 소에 실려 바리로 들어오고 장작이 마차로 들어오고 주인이란 작자는 아무 것도 하는 것이 없 그 중에도 남는 것이 있으니까 그것 가지고는 술 마시러 다니고 계집질하기에 바쁜 모양이었다. 바둑이가 와서 있는 동안에 3년도 채 되지 못하여 벌써 첩이 네 번째 갈려 들었다. 바둑이는 비로소 세상이란 참으로 불공평하다는 것을 이에서 깨닫게 되었다. 우선 그가 사랑하는 정부 에스의 집만 하여도 그 집주인은 날마다 나가서 헐떡거리고 돌아다니나 불과 서너 식구되는 사람이 조밥도 그나마 끼니를 맞춰 먹지 못하는데 한편으로 바둑이가 있는 집은 놀고 먹는데도 불과 3년에 첩을 서넛씩 갈아들이고 가만히 비단 보료 위에 앉아서 쌀 가져오는 작인들에게 호령을 하고 있는 꼴이란 바둑이 자신도 어떤 때에는 자기 집주인이 얼마나 미운지 몰랐다.

어느 해 겨울엔 이런 일이 있었다.

4

그 사실은 다음과 같았다.

그 날은 서리가 어찌 많이 왔던지 몸이 오슬오슬 추울 때이다. 바둑이는 아침을 먹고 사랑 마당으로 나아가 남향으로 된 그 사랑 마루 밑에 가서 볕이 따뜻한지라 식곤증이 나기도 하여서 꼼박 꼼박 졸고 있었다. 그때이다. 사랑 셋째 문이 열리면서 웬 얼굴이 누르고 두루마기는 맨 진흙 투성이가 되어서 말이 못 되는 것을 입은 사내 한 사람이 기운 없이 성큼 성큼 들어온다. 얼른 보아도 그가 시골서 오는 사람인 줄은 누구나 짐작할 수 있었다. 그는 천천히 걸어들어와 사랑 영창 앞에 섰더니만 기침을 한 번 캭 하고서

"영감 계십니까."

조금 있다가 방 안에선

"그 누구니?"

하는 소리가 난다.

"저올시다. 춘보올시다."

"응 너 올라왔니"

하는 약간 반가운 듯한 목소리가 아까보다는 저윽이 부드럽게 나온다. 하더니 창문이 열린다. 수염이 기다랗고 눈에는 안경을 쓰고 모본단 마고자를 입고 입에는 긴 담뱃대를 문 주인영감의 얼굴이 반쯤 내다 보인다.

"소인 문안드립니다."

하는 소리와 함께 그 춘보란 사람은 허리가 땅에 닿도록 꾸부리면서 또다시

"댁내 다 안녕하십니까."

하는 소리가 아무 기운 없이 무의식하게 흘러나오는 모양 같다.

"응. 그런데 너 왜 이제 오니?"

하는 주인영감의 소리는 이제부터 꾸지람이 나오는 예시豫示가 포함된 어조였다.

"녜. 황송하옵니다."

"그래 가져오긴 가져왔니?"

— 이크 또 시작이로구나 하고서 바둑이는 가만히 얼굴을 들어 눈깔을 껌벅거리면서 번갈아 쳐다보았다.

"못 가져왔어요."

더욱 춘보의 소리는 땅으로 기어드는 것 같았다.

"못 가져왔으면 오기는 왜 오니."

하는 영감의 소리는 저윽이 화가 나는 모양이었다.

"그래 소가 잘 있기나 하냐."

"녜—녜. 저— 소는 올 봄에 개우改牛를 하려다가 그만 이럭저럭 못 사게 되었습니다. 내년 봄에나 갈아놓으려고 합니다."

"뭐 이놈아 네가 그것을 말이라고 하니. 도지쌀은 작년에는 가물이 들었다고 못 가져오고 올해는 또 수재가 들었다고 못 가져오고 소는 개

우한다고 팔아먹고 너 무슨 뻔뻔으로 오기를 오니."
 바야흐로 호령이 추상 같다. 어찌나 목소리가 새되던지 사랑 대청이 다 덜덜 울린다. 바둑이까지 몸에 소름이 쪽쪽 끼쳐진다. 춘보의 머리는 더욱 푹 수그러진다. 그리고 아무 말이 없다. 아마 대답을 하여도 아무 소용이 없으리라는 짐작이 미리부터 있었던 모양 같다.
 "이놈아 네가 시속법률을 알고나 그런 짓을 하니."
하면서 담배통을 마루 끝에다 툭툭 털더니만 고만 영창문을 획 닫아버린다. 아마 추워서 그러는 모양 같다. 이제부터는 서로 얼굴도 보지 못하고 말만 건넨다.
 "이놈아. 가거라. 모른다. 나는 경찰서에 고소하겠다. 이놈 나쁜 놈 같으니 이놈."
 "여쭐 말씀 없습니다. 도무지 어떻게 할 수가 있어야 합죠."
 "뭐 이놈아. 뭘 어떻게 할 수가 없어."
 "도무지 살 수가 없어요."
 "살 수 없어. 오죽 못나야 살 수 없겠니."
 춘보는 아무 말 없다.
 그래 소는 얼마에 팔았단 말이냐.
 "팔십삼 원 받았습니다."
 "그래 그것은 어디다가 다 썼니."
 이 말에 저윽이 춘보는 자기가 지낸 일을 저저히 말할 때가 돌아왔다는 듯이
 "그런 게 아니오라 작년 흉년에 어디 사람 먹을 것도 없는데 더구나 겨울에 소를 놀리고서 먹일 수가 있어야지요. 그래서 작년 겨울에 남을 주었었습니다. 내년 봄에 농사를 같이 짓기로 약속하구요."
 잠시 말하는 동안이 떴으나 방안에서는 아무 말이 없다. 그는 다시금 말을 계속한다.

"그랬더니 거기서도 소가 잘 먹지를 못하였는지 자꾸 말라들어갑니다그려. 그래서 팔아 가지고 다른 소를 조금 작은 놈이라도 사다가 올 여름내 먹일 것 같으면 꽤 쓰게 될 듯하여 장에 가서 팔았습니다그려.”

장에 가서 팔았다는 말에 또 다시 심사가 틀리던지

“왜 이놈아 너더러 개우하라던. 또 그리고 그것도 그렇지. 팔 생각이 있거든 주인한테 물어봐 가지고 이것을 파니까 한다든지 무슨 말이 있어야지 네 맘대로 팔아. 이놈아 그것이 네 소냐.”

좀 말이 상스러워 간다. 아마 제 딴은 야성野性이 폭발되는 모양이다.

“그래 팔아서 어쨌단 말이냐. 이놈 팔아서 그것 가지고 노름했지.”

“아니올시다. 원 천만에 말씀이시지요. 제가 아무리 못된 놈이기로 소를 팔아 가지고 노름을 할 리가 있겠습니까. 하늘이 내려다 보십니다.”

하고 감탄적으로 대답을 한다.

“그래 팔아서 어쨌단 말이야.”

“팔아 가지고 그 날 장에는 어두워서 사지를 못하였습지요. 그리고 그 다음 장에 가서 사려다가 그 장에는 비가 마침 와서 또 못 갔다가 그 동안 제 계집이 해산을 하였습니다그려. 해산을 했는데 쌍태를 하였습지요. 그러지 않아도 번번이 먹지도 못하고 있다가 쌍태를 하고 보니까 산후에 후더침이 나고 어린것마저 성치를 못하고 땔 것이나 입힐 것이나 먹을 것이 없사온데 아무리 하늘이 무서운지는 알았사오나 어디 돈 두고 아니 쓸 수 있어야지요. 그래서 그 중에서 약간을 쓰고 있다가 산모와 어린것이 병이 점점 더하여 갑니다그려. 그래서 나중에는 기지사경이라 의원이라고 청해다 뵈오니 셋이 다 송장이 되리라고 합니다. 그래 그래서 하는 수 없시 어린것들은 죽이고 어미만 살려내었습니다.”

하면서 어조가 참을 수 없이 떨려 나오는 듯하더니 나중에는 벌벌 떨기까지 한다.

“그러니 이놈아 아무리 그렇기로 큼직한 송아지라도 한 마리 못 사와. 그리고 너 생각해 보아라, 작년 도지도 흉년이라 못한다 하기로 참고 올해로 미뤄주었더니 올 도지도 아니 가져오고 소까지 팔아먹고 게다가 아무리 편지를 수삼 차 해도 답장 한 마디 없더니 인제 와서 빈 손으로 온다니 너 생각에 어떠냐, 잘한 듯하냐.”

"소인의 잘못으로 말하오면 지금 죽어도 쌉지요. 그러하오나 흉년은 이태째 들고 먹을 것은 없고 돈벌이도 없고 참 살 수 없어 죽겠습니다, 통촉하십시오."

"그래 그러면 대관절 어쩌란 말이야."

"생각다 못하여 그러면 소인의 집간이나마 있는 것을 맡으십사고 왔습니다."

"집은 몇간인데 몇푼어치나 되기에 그것을 맡으라고 하니."

약간 노염이 풀이 죽은 어조였다.

"집— 그것이 다섯 간 반이올시다."

"나도 한 번 보았다마는 그것이 웬 다섯 간이 되니."

"안방 부엌 삼간에 마루가 간 반에 광이 한 간 그렇습니다."

"으—"

하는 긴 대답이 들린다.

"그래 그것을 맡으면 어떻게 맡으란 말이야."

"값을 쳐서 맡으시지요."

"그것이 지금 시세에 얼마나 간다는 말이냐."

"한 육십 원 가량은 나갈 것이올시다."

"그까짓 것이 무엇에 육십 원이나 간단 말이냐. 시골 구석에 전장이 달리는 것도 없고 맨숭맨숭한 집 하나만이 한 간에 십여 원씩 너 딴소리 하는구나."

"아니올시다. 그렇게 나갑니다. 내려오셔서 물어보셔도 알 것입죠. 밭날갈이나 제법 달린 것 같을 지경이면 매간에 이십 원도 넘는 집도 있답니다. 또 제 집으로 말할 것 같으면 지은 지가 얼마 아니 되어서 뼈대가 아주 성합니다."

"그래 그러면 모두 쳐서 오십 원 잡고 작년 도지 올 도지 합해서 모두 대두大斗 열 말인데 대두 열 말이면 가만 있거라."

하더니 주판을 꺼내며 셈을 쳐보는 모양이다.

"대두 한 말에 지금 시세로 삼 원 팔십 전 잡고 모두 삼십팔 원이로구나. 그러면 한 십 원가량 남는 모양인데 그것을 팔십삼 원에서 뗄 것 같으면 칠십삼 원이 되는구나. 그러면 그것은 가지고 내년 봄에 그만한 소를 사놓아야 한다 응."

하면서 재쳐 대답을 기다린다.

"네."

하고 춘보는 여전히 기운 없이 대답을 한다.

"그래도 작년 도지에 장리를 받을 것인데 그것은 아니 받는 셈이다."

아주 뜻 아닌 생색을 내는 듯이 어조가 그러하다.

"그런데 매매하는 방식은 어찌 한단 말이냐. 무슨 문서가 있니?"

하면서 저윽이 부드러운 어조로 말한다.

"네. 문서가 무슨 문서이오니까. 팔고 산다는 데 도장만 찍으면 그만입죠."

"그러나 그리되면 그것을 누구가 인정을 하겠니. 그래서는 안 된다. 얘 그러지 말고 그 매매계약서에다가 구장區長의 도장을 받아오너라."

"네. 그리합죠."

"그러면 언제 해 가지고 올라올 테냐."

"내월 그믐 전에 해 가지고 올라 오겠습니다."

"뭐야 무엇이 그리 오래 걸린다는 말이야. 내일이라도 내려가서 너는 글씨를 쓸 줄을 모르니 누구 동리 아는 사람한데 써 달래 가지고 구장한테 이 사람이 이런 사람한테 얼마에 판다는 계약서에다 도장만 찍어서 그런 줄을 자기가 인정한다는 표적만 받아 가지고 올라오면 그만이 아닐 것이냐. 만일 못 올라오겠거든 십 전 들여가지고 서류로만 올려보낼 것 같으면 되지 아니하니. 가만 있어라. 오십 원이면 삼 전 인지를 붙여야 한다."

"예."

"똑똑이 알았니."

"예."

바둑이는 그런 소리 저런 소리 듣고서 혼자 가만히 생각해보았다. "저런 불쌍도 하다. 가만히 있자. 어째서 먹을 것이 없다고 그럴까?" 하고 의심이 버쩍 들었다. 자기는 여태껏 경험도 하여 본 적이 없고 당초에 그런 소리를 들은 적도 없었다. 자기는 여태껏 몇해를 살아왔어야 만일 이 집에서 밥을 주지 않으면 자기는 만일 길로만 돌아다닐 것 같으면 얼마든지 먹을 것이 있었다. 또한 그뿐 아니라 다른 집에 가서 얻어먹어도 넉넉히 얻어먹을 수가 있었다. 그런 고로 그는 '사람 사는 곳과 나 사는 곳이 다른 곳인가?' 이렇게 생각을 하다가 '그렇지도 않은데.' 이렇게 의아하게 생각이 되었다. 그러고 "이 추운데 집 마저 내놓고 어디로 간담. 더군다나 먹을 것도 입을 것도 없는데 가엾은 일이다." 이렇게 그는 공연히 약간 심정이 흥분되는 것을 깨달았다.

그러나 이게 웬일이냐? 그는 순간에 별다른 광경을 또 다시 보게 되었다.

여태까지 묵묵히 서서 집석이 코만 내려다 보고 고개를 수그리고 팔짱을 끼고 다만 절대 복종만으로 시간을 보내고 하던 춘보가 별안간

"그런데 영감마님—."

하고 떨리는 목소리인지 슬퍼 부르짖는 목소리인지 간곡히 하소연을 하는 목소리인지 잘 분간도 못할 목소리로 부르면서 영창을 건너다본다. 그리하여 그의 고개는 약간 들리게 되었다. 그때 바둑이는 쳐다보

니까 확실히 그의 눈, 그 툭 내민 두 광대뼈 속에 가 파묻힌 힘 업는 눈알에는 눈물이 핑 돌아있는 것을 볼 수가 있었다.

"왜 다른 소리는 듣기도 싫다. 어서 내려가 해 가지고 올라오너라."

방 안에선 냉정한 목소리가 울려나온다.

"그럼 저는 어디로 가라십니까."

하면서 춘보의 고개는 다시금 아래로 내려졌다. 그 바람에 눈에 고였던 눈물은 툭 하고 집석 앞에 가 떨어졌다.

"몰라. 이놈. 네 죄는 네가 모르니."

도리어 꾸중이 또 다시 계속된다.

춘보는 흑흑 느끼어 운다. 그 터지고 찢어지고 거칠게 된 손등으로 눈물을 씻으면서 콧물을 횅 풀어버린다.

"저— 거리에 나앉는 놈이올시다. 계집이 있고 자식이 남매나 있고 하는 놈이 먹을 것이 없이 입을 것이 없이 집이 없이 이 심동深冬에 거리에 나앉는 놈이올시다. 영감마님 제가 영감마님께 참 소인의 집이라도 바치겠다고 여쭈었습지마는 설마 영감마님께서 그것마저 받으실 줄은 꿈에도 몰랐습니다. 영감! 영감마님! 저는 영감 댁에 소를 사 오 년 동안이나 가지고 있었으나 조금도 실수가 없었습니다. 그러다가 우연히 작년에 흉년을 만난 통에 더구나 계집이 무엇인지 자식이 무엇인지 차마 그것들을 다 죽일 수는 없어서 그만 영감 댁에 죄를 짓게 된 것이올시다."

"그러니 어쩌란 말이야. 듣기 싫다."

쏘는 듯이 말을 던진다.

"영감마님!"

"왜 그래."

"소인 집을 파셔도 올해 안으로는 파시지 마시고 내년 봄까지나 보아주십시오. 이 심동에 어찌합니까."

"안 돼. 나도 남에게 돈냥이나 갚을 것이 있고 더군다나 올해에는 작은아씨 혼인인지 그것으로 하여서 빚을 많이 졌으니 이 섣달 그믐 안으로 꼭 팔아야 하겠다. 내월엔 사람 내려보내마."

아주 딱 잘라 말한다.

춘보는 어안이 벙벙한 모양이었다.

이 광경을 본 마루 밑에 있는 바둑이는 가만히 눈을 감고 생각하여 보았다.

주인영감의 말은 멀쩡한 거짓말이었다. 작은딸의 혼인으로 말미암아 빚을 졌다는 것도 거짓말이고 혹 섣달 그믐 쇠느라고 그 집을 팔아다가 고기 절멩이나 사먹으려면 그것은 모를 일이었다. 그러나 남은 섣달 그믐에 길에 나앉게 되고 저는 그것을 팔아 가지고 고기를 사서 먹어 배때기에 기름을 올리고 참으로 우스운 세상이다. 이렇게 그는 생각한 후 그렇지 않으면 소위 이 시대엔 부르주아지들의 자선심이 는다더라. 그럴 것 없이 허울 좋게 인심쓰느라고 그 전 것까지를 면제해 준다손 치더라도 그 까짓 소 하나 없어졌다고 이 집 재산이 다 없어지는 것은 아닐 것이었다. 그야말로 소 잔등이에서 쇠털 빼기였다. 더구나 춘보로 말하면 그 집에서 십여 년 동안이나 그 집에서 하인 노릇을 하다가 그 동안에 돈푼이나 모아 가지고 지금 있는 그 집을 사 가지고 밭날가리나 얻고 소 한 머리를 얻어서 비로소 그 집에서 자유의 몸이 되어 가지고 자기의 생활을 자기가 비롯한 지가 불과 사오 년째 되었던 것이었다.

'그래 착취를 해먹어도 분수가 있지 그럴 수가 있나' 하면서 바둑이는 또 '들어덤벼 싸우지를 못하나 다 같은 기운을 가지고 몸을 가졌으면서 못나기도 했다.' 이렇게 윗턱과 아랫턱을 한테 모아 가지고 중얼거렸다. '우리들 중에 만일 그런 일이 있어봐. 누가 그 꼴을 보나 단박 육시처참을 하여 죽여버리지 그것을 가만 둬 흥.'

춘보는 다시는 말하여도 소용이 없겠다고 단정을 하였던지 아무 말

아니하고 다만 기운 없이 다리를 흐트러뜨리면서
"소인 물러갑니다."
"응 잘 가거라. 그리고 곧 해서 올려보내야 한다."
"네."
어찌 할 수 없었던지 대답을 아니하면 단박 또 호령이 내릴 터이니까 콧속으로 대답을 하면서 어청어청 사랑 대문을 나선다.
바둑이는 춘보의 뒤를 따라 대문 밖까지 나가서 전송을 하였다. 춘보의 집석이 뒷그림자가 그 골목을 막 돌아서려고 할 때 그는
"가서 무기를 준비하여 가지고 오너라."
이렇게 끙끙대면서 눈물겹게 그가 사라지는 그림자를 바라보아 주었다.

5

다거기둥 말한다마는 참으로 세상 일이란 헤아리기 어려운 일이다. 그렇게 위신 있고 그렇게 호기 있고 그렇게 거만하고 그렇게 횡폭하던 바둑이의 주인집이 망할 줄은 꿈에도 생각지 못할 일이다. 다만 하나의 예를 들려니까 춘보의 이야기가 나온 것이지 그 외에도 그보다 더 심한 일이 비일비재였다. 그렇게 남의 사정을 모르고 남의 것을 치고 빼앗다시피 빼앗아서는 뱃장구를 치면서 갖은 향락과 갖은 지랄을 다 하던 바둑이의 주인집은 차차 쇠퇴하기 시작하였다. 아무 것도 하는 일없이 다만 시골서 땀을 철철 흘려가면서 해마다 꼭꼭 갖다바치는 추수를 가지고 지내던 그 집이 차차 몰락되어 가기 시작하였다. 그 이유는 그 집주인은 그 오입과 잡기뿐이 아니다. 무슨 할 줄도 모르는 장사를 한다고 떠들고 다니면서 논을 판다 밭을 판다 하더니 그나마 있다던 것이 몽땅 빚으로 인하여(장사하다가 실패하여서) 다 팔아먹고 그뿐 아니라 그 중에도 그 집안에는 몇해 전부터 아들과 아비와의 신구사상 충돌로 인하여

서 집안이 일시도 조용한 때가 없었다. 늘 울근불근하였다. 차차 집안이 망하여 가니까 그 전에는 그렇지 않더니 저희끼리 심사를 부리고 싸움이 일어난다. 작년만 하더라도 그 집 큰아들이 어디다가 신식 여자를 얻어놓고는 자기 아버지가 얻어준 계집이 싫다는 이유로 집안에 큰 난리가 일어난 일이 있었다. 그럴 때마다 바둑이는 '원 사람 놈들의 세상이란 우습기도 하다. 싫으면 헤어지고 맘에 맞으면 같이 살고 절대 자유로 살 것이지 억지로 소위 법률이란 것을 만들어 가지고 거기에 속박을 받고 가라거니 아니가겠다거니 하면서 싸울 일이 무엇이람. 우리는 춘기 발동기가 될 지경이면 으레히 길에서 만나든지 어디서 만나든지 서로 냄새나 맡고 의사나 소통이 될 것 같으면 곧 성립이 되어 가지고 또 그 다음에는 저는 저대로 나는 나대로 이렇게 지내다가 만일 새끼가 날 것 같으면 그것들은 또 다른 데로다 각각 헤어져 저 살 대로 살아서 끔찍이 자유스러워 절대로 부자유라든지 구속이 없건마는 우리보다 낫다는 소위 인간들의 생각에 그렇게 말썽이 많아서야 어디 살 재미가 있겠나?' 이렇게 혼자 흥을 보았다.

그러나 세상 일이란 도무지가 다 바둑이의 생각과는 정반대였다. 그렇게 말썽이 많던 그 며느리가 집안이 점점 구차하여서 살 재미가 없어서 그랬든지 간에 그렇게 안 간다던, 아니 이혼하겠다는 이혼도 기어코 낙착이 나고 집안은 점점 어려워서 나중엔 세간을 팔아 밥을 지어 먹고 또 나중에는 옷을 저당 밥을 지어먹고 그것도 모자라면 남의 것을 꾸어먹고 하는 것으로 그날 그날을 지내게 되었다. 물론 그렇게 된 다음부터는 바둑이 집 주인이 오히려 남에게 창피를 당하는 일은 있을지언정 남을 창피 수는 일은 설대로 없었나. 그 망해 나가는 꼴은 참으로 눈에 불이 번쩍번쩍 날 만하였다. 망해 들어가는 것을 바둑이는 헛웃음을 웃어가면서 구경을 하였다. 그러니 그렇게 된 다음부터는 인제는 몸소 벌어야 할 텐데 과거의 호화로운 생활을 하던 마음은 있고 더구나 그 중에 기술이 있거나 재주가 있거나 그렇지 않으면 힘이 있거나 그렇지 못하니까 그렇지 않아도 모든 충분한 사람일지라도 이 현실을 가지고는 도저히 그 여러 사람이 얻어먹을 수가 없는 형편에 더구나 몰락된 부르주아에게는 직업이 있을 리가 만무하였다. 바둑이는 아무 말 없이 대단히 그 모든 광경을 역력히 보고 있었다. 그의 마음은 비록 자기의 주인이건마는 그의 주인의 망함이 당연한 일이라고 생각되었다. 한 부자가 망한다. 또 한 부자가 망한다. 그리하여 부자는 죄다 망하고 그 대신 춘보 같은 사람이 생활을 얻을 수가 있다. 그는 얼마나 통쾌하게 생각이 되었는지 몰랐었다.

  몇 달 전부터 바둑이에게는 밥도 잘 주지 않는다. 그것은 왜 그런고 하니 그 전에 밥술이나 넉넉할 때에는 개 밥통에 밥이 너무 남아서 걱정이었지마는 인제는 이러한 여유가 그들에겐 없게 된 까닭이었다. 누룽지가 조금 남아도 그것은 다 사람의 입으로 들어가고 마는 것이었다. 이러한 꼴을 당할 때 바둑이는 분하기 짝이 없었다. 한 집안에 같이 있는 식구로 굶으면 같이 굶고 누룽지라도 얻어먹게 될 것 같으면 다 같이 나눠 먹을 일이지 자기 혼자가 빼놓고 먹는 데 대하여 얼마는 그는 분격한 마음이 끓어올랐는지 알 수 없었다. 이것은 학대다 모욕이다 경멸이다. '저희만 생물이고 나는 생물이 아닌 줄로 아나.' 이렇게 바둑이는 분격히 부르짖었다. '그러나 참자. 너희는 딴 데 가서 못 얻어먹어도 나는 딴 데 가면 얻어먹을 수가 있다.' 이렇게 중얼거리면서 센둥이의 집에 가거나 에스의 집을 찾아간다. 에스는 물론이지마는 센둥이도 자기가 먹다가라도 바둑이가 대들면 으레 자기가 덜 먹더라도 바둑이가 먹는 것을 가만 내버려둔다. 이럴 때마다 바둑이는 친구의 정의에 얼마나 마음이 감격되었는지 몰랐었다.

  어느날 아침이었다.

  어제 저녁에 밥도 얻어먹지 못하고 쭈그리고 있는 바둑이의 귀에는 생전에 처음 들리는 소리가 귓결에 소곤소곤 들린다.

"글쎄 그렇지 않아요. 사람도 먹을 것이 없는데 개까지 먹여요."

"그래 어쩌란 말이야."

"팝시다. 팔아."

"사기는 저 까짓 것을 팔면 몇푼이나 받겠다고."

"저 까짓 것이 뭐요. 2원 받으랍디다. 원 개가 어찌 약은지 당최 잡혀지지를 아니한대. 그래서 개백정이 잡다 잡다 못해서 인제 팔라고 합디다그려."

"2원이면 할 만한데."

"2원이면 쌀이 두 되에 나무가 한 단이오."

"그래 언제 사 간대?"

"언제가 아니라 지금 골목 밖에서 기다리고 있어요. 그러니 슬그머니 영감이 데리고 나가다가 올가미 씌우는 것을 보고는 돈을 달래서 가지고 들어오시구려."

"여보 난 그건 못하겠소."

"그럼 어쩌자는 말이오. 저녁 지을 것이나 있는 줄 아우. 쌀 나무 다 없다우."

잠시 동안 아무 말이 없다. 그러더니

"그래 덕순이집 할머니더러 팔아 달랩시다."

하고 어렴풋이 영감의 너덜거리는 목소리가 귓결에 들린다. 바둑이가 이 소리를 듣고는 곧 뛰어올라가 두 년놈을 물어제낄 생각도 있었다. 그러나 지금은 낮이라 이목이 번다해서 도저히 자기가 성공할 가망이 없을 것 같았다.

또 다시 가만히 눈을 감고 생각건대 작년 춘보의 팔자가 요사이 자기의 팔자와 같다고 생각이 되었다. '여섯 해 동안 실컷 부려먹고 나는 충실장 노예 노릇을 하였는데 오늘날 와서는 저희들 밥 한끼 값에다 내 목숨을 대신하다. 그것이 십 년 동안이나 종노릇을 해서 밭날가리 소 하나를 얻어 가지고 농사를 지어먹다가 그 소를 팔아서 없앴다는 조건으로 섣달 그믐에 그 집을 빼앗아 가지고 내쫓는 것이나 다름이 없는 오히려 그보다 더 지독한 짓이다' 이러한 생각을 하고 나니까 치가 떨린다. 또한 모든 자기의 과거의 생애가 꿈과 같이 생각도 되었다. 생물이 다 같은 동류로서 누구는 그를 위해서 희생이 되고. 아니다. 마땅히 반역해야 될 일이다. 그는 단연히 일어났다. 하여간 '오늘이 나에게 마지막 사는 날인지도 모른다.' 이렇게 막연하게 생각을 하고서 몸을 일으켜 사람의 눈을 피하여 마루 밑구멍으로 들어가서 뒷툇마루 밑으로 빠져나와 가지고 이웃집 담 터진 데로 빠져서는 길을 돌아 윗길로 빠져나갔다. 그는 멀리서 보니 백정놈이 그 골목 밖에서 왔다 갔다 한다. 바둑이는 혼자 쓰디쓴 웃음을 웃었다.
"여보게 센둥이."
하고 그는 막걸리집 트막 옆에 가서 얼연히 앉았는 그의 가장 친한 친구 센둥이를 보고 힘있게 불렀다.
"응 자넨가. 밥 먹었나."
"밥이 다 뭔가."
"그럼 안 되네. 그래 왜 아까 오지."
"그런 게 아니라 여보게."
"응 무어야."
"나를 우리 집주인이 판다네. 백정 놈한테 저녁밥 쌀을 그걸로 산다나."
"무엇이 어쩌고 어째."
그는 한없는 날램에 반동이 되어 그랬던지 벌떡 일어나 그 길다란 주둥아리를 바둑이 주둥아리에다 갖다댈 만치 가깝게 갖다댄다.
"그런 못된 놈이 있나."
"육 년 동안이나 같이 있던 정리를 모르고 내가 그 집을 위해서 또한 얼마나 일을 잘해주었는데 그러나. 여섯 해 동안에 고양이한테 고기 한 메 잃어버린 일이 없고 좀도둑 한 번 든 적이 없네. 그런데 제가 오늘날 와서 저는 사람이고 나는 개다 하여 업신여기어서 나의 몸을 팔아서 밥 한끼를 지어먹겠다. 그런 악착한 연놈이 또 있다는 말인가. 나는 도저히 이대로 있을 수가 없네. 나는 그 주인 영감 놈을 죽이기로 작정하였네. 모든 죄악 모든 못된 짓은 그 놈이 다 짓고 있네. 이웃집 덕순 할머니한테 부탁하자는 것도 다 그놈의 꾀일세. 그러니까 어쨌든 오늘은 그놈이 죽든지 내가 죽든지 둘 중 하나는 죽어야 하지 않겠나. 자네 조역을 해주게."

하면서 그는 극도의 흥분된 어조로 절름절름 연설하듯이 이렇게 부르짖는다.

"그렇게 염려 말게. 그런 못된 놈이 세상에 어디 있단 말인가. 그럼자 우리 어떻게 할까."

하고 고개를 수그리면서 깊이 무엇을 생각하는 듯이 대답한다.

"나는 온종일 그 집엘 아니 가겠네. 왜 그런고 하니 내가 만일 갈 것 같으면 난 죽는 판일세. 그러니까 온종일 여기 있다가 밤 자정 때 그놈이 잘 때에 들어가서 우리 합력해서 죽이고 나오세. 그리고 우선 동지가 필요하니까 에스는 물론 끈이 깜장이한테도 다 통지하여 놓으세. 이것은 다 같은 생물로서 저희만 살겠다 하여 우리를 희생시키려는 행동에 대한 지당至當한 반역의 행동일세."

"동감일세. 그러세."

그는 쾌히 대답하였다. 그리하여 그날 온종일을 두고 바둑이와 센둥이가 장차 싸움할 궁리만 하고서 그 막걸리 집 안에 가만히 엎드려 있었다.

6

그 날 밤이다. 눈은 펄펄 날렸다. 선뜻선뜻한 눈발이 그들의 등 위에 떨어질 때 그들은 얼마나 새 정신이 나고 새 용기가 나는 것을 맛보았는지 몰랐었다.

자정 때쯤 되어서 별안간 바둑이 집 아랫방에서는 "억!" 하는 주인의 외마디 소리가 나면서 다시금 고요하였다. 그러나 그 중 맨 먼저 거사를 하고 나오던 바둑이는 그만 그 집 앞 골목에서 며칠을 두고 눈독을 들이던 백정의 올가미에 걸리고 말았다.

그러나 바둑이는 한 될 것이 없었다. 퍽 유쾌하게 기쁘게 즐겁게 죽음에 나아갔다.

아마 지금쯤은 바둑이가 화류교 다리께 개장국 집에서 죽은 지가 오래니까 바둑이의 고기가 사람의 오장을 둘러나간 지도 이미 오래일 것이다.

그러나 센둥이의 군우부터 날마다 날마다 밤이면 자기 친구의 죽음을 생각하고 그러함인지 대공$_{大空}$을 울려 짖는 소리! 온 세상을 정복할 듯이 우렁찼다.

— 《개벽》(1926. 2).

봉희

 올해는 봄도 이르기도 하다. 재작년에 내가 서대문 감옥 앞뜰에서 그를 만나던 때와 작년 이맘 때 내가 용정龍井에를 갔다가 그를 만나던 때는 아직은 먼 산에 남은 눈 그저 남아 있었고 바람은 몹시 찼는데 올해에는 웬일인지 벌써 이다지도 날이 따뜻하다. 날은 따뜻하여 마음 한 모퉁이를 센티멘털하게 만들건만 또 이게 웬일이냐. 그의 마음은 써늘하다. 그때나 이때나 세상은 아무 변함이 없이 나의 피를 뽑아가는 듯이 나의 몸은 파리해졌고 나의 마음은 시들어졌다. 재작년이 작년과 같고 올해가 작년과 같이 조금이라도 우리가 다리를 뻗을 만한 썸딩은 우리로부터 멀어진 지 이미 오래다.
 나는 다시금 이 해가 오자 이 봄이 오자 나를 오빠 하고 따르던, 나더러 선생님 선생님 하고 따르던, 무슨 일이든지 나에게 묻고 무슨 일이든지 내가 하라는 대로 하고자 하고 생각하던—내가 "이만하면 조선에도 한 개의 완전한 여성이 있게 되었다는 것을 나는 기뻐한다."—동지同志다. 동지! 오늘날의 조선을 움직일 만한, 이 캄캄한 땅덩어리를 햇빛 보이는 데로 끌어가고자 하는, 그러한 길로 걸어가는 많은 동지 가운데 한 개의 여성이 걸어간다. 그는 내가 사랑하고 내가 돌봐주던 봉희鳳姬를 이름이다.

김봉희, 이게 그 여자의 이름이다. 나는 봄이 오자 다시금 봉희의 일을 돌이켜 생각한다. 봉희는 지금 청국의 남방 소주蘇州라는 데가 있다. 그러나 나는 다만 그것만 알 따름이다. 지금 그 여자는 무엇을 하며 지금의 그 여자는 어떠한 길을 밟고 있느냐는 것은 생각할 수가 없다. 생각지도 않는다. 그러나 기억이란 무서운 것이다. '과거를 잊고 살자. 왜? 과거를 생각하면 우리는 과거를 생각하는 그만큼 미래를 향해 나가는 데 대해서 어느 경우에는 큰 장해가 있기 때문이다.' 그러나 어찌할 수 없다. 일어나는 기억, 마음에 거울과 같이 비치는 과거 이것을 나는 잊을 수가 없다. 그리하여 봄이 소곤소곤하면서 찾아드는 다 헐어빠진 들창이나마 그들 창 밑 컴컴한 구석 밑에 앉아서 다시금 그 여자를 위하여 따라서 여명을 바라보면서 아무쪼록 진실하게 나가기를 바라는 마음—동지들에게 대하여—이러한 생각으로 나는 이 붓을 잡았다.

나는 봉희를 생각한다. 과거의 반역자 봉희를 생각한다.

삼 년 전 봄이었다.

나는 그때 나의 고향인 S군으로부터 일부러 서울을 올라온 적이 있었다. 그것은 다름이 아니라 나의 동지 K군이 서대문 감옥에 입감한 일이 있어서 나는 그를 면회하고 또는 그의 뒷배를 보아주려고 올라왔었다.(그의 사건에 대해서는 이 지금 쓰는 이야기와는 관계가 없는 일이기 때문에 여기엔 약한다)

그래서 어느 따뜻한 봄 날 나는 처음으로 K군을 면회하려고 재판소에 가서 예심판사의 허가를 맡아 가지고 서대문 감옥을 찾아 나아갔다. 두 길이나 넘는 붉은 벽돌담이 악박골 뒷산 모퉁이 밑에서 세상을 떠난 듯한 쓸쓸하고도 정적한 맛이 떠도는 감옥 문앞에 당도하자 정문 옆으로 조그마한 그 문을 두드리니까 그 옆에 있는 창살이 달린 유리창으로부터 간수가 얼굴을 내밀더니 문을 열어준다. 내가 들어서자 그 문은 도로 답한다. 웬일인지 좀 마음이 불쾌하였다. 그리하여 면회하러 왔다는 말을 하고서 그 서면을 내주니까 간수는 저리로 가서 기다리라고 한다. 그 말을 들은 나는 웬일인지 묵직해진 다리를 끌고서 저편을 향하여 걸어갔었다. 내가 감옥의 경험이라고는 S군에서 C항으로 넘어가서 C항 감옥에 들어가 본 적이 있고는 이 서대문 감옥은 처음이기 때문에 우선 외관이나마 대충 둘러보았다. 먼지 한 점 없는 감옥의 마당, 불볕이 자글자글 끓는 모양이란 일종의 이상한 아름다움을 느끼게 된다. 뒷산이 맑고 앞이 탁 트이고 사방에 청결한 기운이 돌기 때문에 비록 감옥이라고 하지마는 별로 음울한(그 안의 제도 그 안의 살림은 모르지마는) 맛을 찾아볼 수가 없었다. 다만 어디든지 붉은 벽돌에다가 쇠살창이 달려 있는 것만을 바라보게 될 때 눈살이 찌푸려지면서 사람이 사는 곳에 반드시 이런 곳이 있어야만 하느냐는 의문보다도 일종의 분노를 참지 못할 만한 흥분된 감정을 가지고서 어느 편인지 벽돌담 밑에 나무걸상이 놓여 있기 때문에 그곳에 가 한참이나 걸터앉아 있었다. 벽돌담에다 잔등을 대고서 머리를 숙이고 나는 다만 동지의 면영面影만 생각하고서 만나면 반가울 마음 또한 울분한 마음이 떠오리라는 생각을 하면서 감옥의 뜰안 모래 바닥을 정신없이 바라보고 앉아 있었다. 그러나 옆에서 사람들의 지껄이는 소리가 나기에 자연히 아무 의식이 없이 다만 본능적으로 고개를 들 따름이었다. 아닌게 아니라 내가 오기 전부터 있던 사람이었는지 온 후에 온 사람이었는지는 모르지마는 한 오륙 인이나 나의 주위로 혹은 거닐면서 혹은 앉아서 대개 면회의 방법, 감옥의 규칙 이외의 어찌해서 누가 어떻게 되어서 들어왔다는 것을 이야기하고 있다. 그러나 다시금 새삼스럽게 내 눈에 띈 것은 저편 모래땅 위에 가 그저 털썩 주저앉아서는 모래를 가지고 장난하면서 그 옆에 가만히 앉아 있는 여자(그의 동무인 듯한)를 옆으로 흘깃흘깃 보면서 무슨 말인지 잘 들리지도 아니하나마 하여간 그도 어느 재감在監한 사람을 면회하러 온 것은 분명한 일이었다.

　모래 위에 털썩 주저앉은 그는 검은 나단 치마에다가 검정 나단 저고리를 입고 앉았는데 그가 고개를 들 때 우연히 건너다보니까 그는 얼굴빛이 좀 검은 듯하고 윤곽이 크고 비록 앉아 있는 키나마 꽤 큰 키를 가진 여자였다. 그리고 그의 머리털은 검다는 것보다도 오히려 조금 누른 편이었다.

　어느 겨를엔지
"우리 아버지도 나오셨겠다. 얘 우리 아버지도 나오셨겠다."
하는 그의 말이 나의 귀에 전해오는 것이 있었다.
　'아버지가 들어와 있는 게로군.'
　이렇게 나는 직각적으로 깨달을 뿐이고 그 다음은 다시금 심상하였다.
　마주 쳐다보이는 인왕산의 곡성曲城에 흰 두루마기 자락이 펄펄 날린다. 파란 하늘 밑 바로 그 아래인 듯한 높은 옛 성지城趾 위에서 날린다. 어디선지 호들기 부는 소리 그윽히 감옥의 벽돌담을 넘어 들어온다. 나는 꼼짝도 아니하고 다만 아까 그대로 앉은 채 눈을 감고 이 안에 들어 있는 친구와 저 산꼭대기에서 옷자락을 날리고 거니는 사람을 혼자 속으로 비교해보면서 어찌나 속이 답답하였는지 몰랐었다. 내가 남보다 비교적 이지의 움직임이 많고 테러의 기분이 적기 때문에 다만 이러하였는지 만일 한 개의 테러였다면 또 어떠하였을는지 나는 여기서 그 말을 그만 둔다.

　저편 벽돌집 모퉁이로 삼태기와 괭이를 든 죄수들이 쇠사슬과 쇠사슬 사이에 얽매여 한 사람의 간수의 뒤를 따라서 지나간다. 혹 그들 중에 어느 사람은 고개를 돌이켜 이편을 바라보면서 무엇이 부러운 듯이 흘낏흘낏 바라보며 지나간다. 붉은 옷—땅의 흙빛이나 그들의 옷빛이나 그들의 얼굴빛이나 분간할 수가 없을 만치 빛과 빛이 조화가 된다.
"도야지다. 도야지다. 이게 사람이냐 도야지다. 도야지!" 잇대어 속으로 부르짖기를 "나는 저들보다 좀 나을까. 마찬가지다. 나도 나에게서 생명을 찾아낼 수가 없다." 이렇게 떠오른 감정의 선언! 순간과 순간을 통하여 나아가는— 죄수의 차고 다니는 쇠사슬에서 절름절름 나는 덜그럭 하는 소리와 같은 그러한 토막 토막의 감정이 이어간다. 눈앞에 보이는 것이 감옥의 뜰 안인지 허허벌판인지도 분간할 수 없을 만큼 나의 마음이 어지러웠던 것이 분명하였다.

"이적李赤 씨가 누구요?"
하는 듯이 어렴풋이
 들리는 듯하더니만 바로 가까이 내 귀에 칼자루의 덜그럭하는 소리가 들린다.
"네 나요."
 소스라쳐 잠을 깨듯이 고개를 들었다. 나의 몸 앞에는 면도를 한 수염이 시커멓게 자란 턱주가리를 들먹들먹하면서
"왜 여러 번 불러도 대답이 없소?."
"에 듣지를 못하였소이다."
하고 나는 벌떡 일어났다. 그 조선사람인 듯한 간수는 적이 심사가 나는 모양이다.
"면회요."
 그래도 자기의 책임은 다 한다는 듯이 좀 목소리가 낮아진다. 그리고 앞서서 걸어간다. 나는 뒤를 따라갔다. 아무 말 없이.

 내가 면회를 마치고 나오자니까 아까 내가 들어가던 때 있던 사람들은 하나도 빠지지 아니하고 그저들 서 있다. 그리고 언제 알았는지 퍽 반가운 표정이라고 할까. 잘 되어서 고맙다는 표정이라고 할까. 어쨌든 평상시에 가지는 얼굴의 표정과는 좀 다른 표정을 가지면서 나를 맞아준다. 나도 빙그레 웃었다. 그리고 앞으로 걸어나왔다. 면회에 입회

하였던 간수는 흘낏흘낏 뒤를 돌아다보면서 저편 중앙사무실이 있는 쪽으로 사라져버린다. 그러나 여기서 한 가지 이상한 일이 생기게 되었다.
"아이. 저 선생님 성함이 누구시라고 하셨더라."
하는 소리가 나의 귀에 들린다. 그는 고개를 모로 돌이켰다. 그는 확실히 그 여자였다. 아까 우리 아버지도 인제쯤은 면회하러 나오는 곳으로 나와 기다리시겠다 하던 그 여자의 목소리가 분명하였다. 그래서 나는 우뚝 서서 있게 되었다. 바로 그의 옆에 가서 모로 서게 되었다.
"네. 나는 이적이라는 사람이올시다. 누구십니까?" 하고 분명히 물었다.
그대로 갈 것이겠지마는 아까 내가 면회하러 간수를 따라 들어가던 때에는 거지반 나를 반가운 낯으로 보내주었으며 또한 이번엔 일부러 나의 이름을 빗대어 묻고 묻는 데야 심상치 않은 일이라는 것을 나는 알게 되었던 것이었다.(나는 여기서 한 마디 붙여서 명언明言을 한다마는 그 때 나의 감정은 그 어떠한 이성을 접해보지 못하던 남자가 여자의 그러한 의심스러운 태도로 인하여 아주 곤혹한 태도라 또한 그 무슨 알지 못하는 가슴의 비밀이 움직이는 듯한 그러한 감정에 지배된 것은 아니었다.) 그리하여 그가 전부터 나를 알던 일이 있었든지 그렇지 않으면 그 당장에 나에게 무슨 물어볼 말이 있었든지 하기 때문에 그러는 것은 분명한 일일뿐만이 아니라 따라서 그의 태도는 어디까지든지 활발하고 적나라하다는 것은 나는 두 번도 말 아니한다.
"네. 저는 김봉희예요. S군에 계시지요."
자, 벌써 나의 고향까지도 안다.
"네 그렇습니다. 어찌 아십니까?."
나는 다시금 그에게 물었다.
"네 알아요. 저는 선생님을 잘 알아요."
"네 그렇습니까?"

하면서 나는 빙그레 웃었다. 이미 아는 일이라
"아버지께서 들어와 계십니까?"
하고서 으레 그러한 곳에서는 서로를 물어보는 어투로 물어보았다.
"네 그래요."
"무슨 일로요."
"이야기가 깁니다."
"네—."
하고 나는 길게 그대로 머뭇머뭇할 수밖에 없었다.
"고향이 어디십니까?"
"S군이에요."
"네 그러시든가요."
이때 나의 여태껏 의혹해서 웬 영문인지를 모르는 마음은 적이 풀렸다.
"동향이구먼요. S군 어디십니까?"
"C면이에요."
"네 그러면 나 있는 데서 불과 한 삼십 리 되는구먼요."
"네 그렇습니다. 선생님의 성화는 익히 그 전부터 집에서부터 들었습니다. 저도 언제나 할 것 없이 읍邑에를 지나갈 것 같으면 한 번 찾아뵙겠다는 것이 늘 그렇게 되었습니다. 얼마나 많이 싸우신다는 말씀은 듣고서도 여태껏 한 번 만나뵙지도 못한 것이 오히려 죄송합니다."
이렇게 그는 유창하게 말을 하고는 쾌활하게 웃는다.
"원 천만의 말씀이올시다."
나도 오래간만에 피동被動이었는지는 모르되 한바탕 유쾌하게 웃었다.
"들어와 계신 이는 누구십니까?."
"K××이올시다."
"네, K씨 그 S군 ××사건에 들어가신 이요."
"네 그렇습니다."

"그러면 불복을 하고 공소控訴를 하셨던가요."
"네 그렇게 되었습니다."
이때 "김봉희 씨 김봉희 씨" 하고 간수의 부르는 소리가 난다. 그는 달려가면서
"잠깐만 기다리세요. 단 오 분밖에 더 됩니까. 같이 가세요."
하고 말을 던져놓고는 그만 간수를 따라 들어가버린다.
사정이 이쯤 되매 그대로 가는 수도 없는 일이라 나는 여러 가지 생각을 하면서 뜰 안을 왔다갔다 하였다.

"그래서요."
"그래서 국경수비대와는 만일 ××를 할 것 같으면 아니 잡아간다는 단단한 서로 약조가 있어서 들어오신 것인데 공연히 딴 곳의 밀정密偵의 보고로 인해서 잡히셔서 지금 저렇게 고생을 하고 계시답니다.
송월동松月洞 구석 어느 막바지 초가집 아랫방에서 나와 그는 마주 앉아 이러한 과거의 이야기를 듣고 앉아 있게 되었다. 따뜻한 볕이 창문으로 차츰차츰 기어오르매 우리 두 사람은 마주 앉아 이 걱정 저 걱정으로 몇 시간인지 보내게 되었다.
그 이야기를 대화체로 할 것 같으면 너무도 길 것이니까 대개 들은 대로 개요概要만을 여기다 적는다면 아래와 같다.

그의 아버지는 원래 만주 ××현에 근거를 둔 ××단의 단장이었다. 그리하여 ××운동이 일어나게 되자 그는 이곳 저곳으로 활약을 하기 시작하였다. 그리하여 그곳의 주민들은 경모敬慕하는 마음과 또한 공포하는 마음으로써 그를 맞고 보내기도 하고 그곳의 수비대는 늘 그의 뒤를 쫓아다녔다. 그러나 워낙 그곳에 익달하고 활약이 교묘한 그는 오늘은 여기 내일은 저기 이렇게 이래 사오 년 동안을 지냈다. 그러나 그는

몇 해를 지낸 작년 재작년에 이르러서 불가부득이 S군으로 잠깐 다녀가지 아니하면 아니 되는 사건이 생겨서 일부러―나중 일은 어찌 되었든지―국경에 있는 경찰과는 그러한 타협을 해 가지고 들어오려는 판에 그는 돌연히 만주 ××현에서 붙잡히게 되었다.

그래서 평양 지청에서 사형을 받고 서울로 공소를 해온 것이었다. 그러나 그것은 대개 이만큼 이야기하기로 하고 그 봉희의 이야기를 하는 것이 본뜻이기에 이에 나는 봉희의 이야기를 하겠다. 봉희는 그의 아버지가 그렇게 되었다는 말을 듣자 곧 그는 분노를 참지 못하였다. 그리하여 다니던 학교도 집어치우고 그는 곧 N군의 군사령부를 단신으로 찾아갔다. 찾아가서 군사령관에게 면회를 청하였으나 거절을 당하였다. 그러나 그는 파수병정의 총 끝에다 가슴을 대고 발악을 한 결과 겨우 사령관은 들어오라는 말을 하였다. 면회를 하게 되자 그는 곧 그에게 배신한 행위를 매도하였다. 그러나 그것은 그곳의 책임이 아니고 딴 데서 당한 일이니까 어쩔 수 없다는 설명을 하였다. 그러나 비록 사실은 그렇다 하더라도 도저히 그는 그 말을 믿지 않고 다만 우리 아버지를 살려달라는 말만 하면서 그는 사령관의 소매를 붙들고 야단을 쳤다. 마치 옛날 소설에서 보는듯한 느낌이 없지 아니하나 이 봉희에게 대해서는 참말 사실이었으니까 독자는 그쯤 알아두기를 바란다.

그래서 사령관도 무슨 마음이 있었든지 그렇지 않으면 그 무슨 얄팍한 책임을 가졌었던지 봉희와 함께 서울로 올라와서 재판소를 출입한 일도 한두 번 있었다고 한다.

"아마 덕택으로 사형은 면하게 되겠지요."

내가 쓴 것은 짧으나 이 긴 이야기를 해가 다 지도록 하고 있었다. 그리하여 그는 지금 아버지의 판결을 보기 위해 또는 모든 차입의 절차를 자기가 하기 위해 올라와서 일부러 감옥에 가까운 이곳에 주인을 정하고 있어 가면서 날마다 날마다 그는 그의 아버지를 한 번씩 아니 보고는 못 견딘다고 한다.

"오빠가 아니 계시던가요."

"있었어요. 그러나 죽었어요."

"어째서요. 언제 어디서?."

"만주에서."

이 외에는 더 묻지도 아니하고 다만 나의 가슴은 답답하고 따라서 이 맛살은 찌푸려지면서 그 무슨 납덩어리로 나의 머리를 탁 때리는 듯이 무겁게 눌리면서 몸을 경련적으로 부르르 떨었다. 그러나 그 순간을 지난 나에게는 어느 순교자의 만영이 나타난다. 나는 다시금 자기를 잊어버리고 황홀한 빛을 보았다.

"지금 어디 계세요."

"잠시 K동에 있습니다. ××번지예요."

"가두 괜찮습니까."

"네 놀러 오십시오. 모든 것을 선생님이 지도하여 주세요. 저는 아직 모든 것에 천박해요. 많이 좀 가르쳐주세요. 여기도 놀러와 주세요."

"낸들 별로 아는 것이 있습니까."

하고 나는 의례적으로 대답하였다. 그러나 그는 내가 하던 말을 한 마디도 허술히 듣는 모양이 아니었다. 그 기름하고 거무스름한 두 손을 한데다 깍지 끼고 떡 버티고 앉았는 것이라든지 그 너실너실한 눈이 가끔 미소 또는 어떤 때 자주 복잡하게도 그의 성격을 나타내는 동시에 어딘지 모르게 자기가 사람이든 사물이든 한 번 신뢰만 한다면 여간 그 의지가 변동이 없을 만한 그러한— 여자로서는 오히려 어느 강렬한 남자의 성격보다도 더 끈기 있는 것을 찾아볼 수가 있었다.

"선생님. 저는 서울에 있어 보고 싶은데요. 웬일인지 시골에 있으니까 시대에 뒤진 것과 같기도 하고 또한 아버지는 생명이 오늘 내일 하시고 계신데 따라서 저희 집이라고는 어머님 한 분만이 계시고 생활이란 터거리가 없을 뿐 아니라 또한 저의 사정도 절정에 달한 이 때에 공부라고 시골 ××학원 고등과라고 다닌다면 무엇을 합니까. 차라리 서울 어느 공장에라도 들어가 있는 것이 퍽 마음에도 좋겠어요."

어떠한 동기로 인하여서 나라는 사람을 신뢰하게 되었는지 모르나 아주 탁 가슴을 제쳐놓고 모든 자기의 환경의 변통까지도 의논을 스스로 가지고 오는 것을 볼 때 나는 여태껏 이러한 경험을 지낸 일도 없고 하기는 하나 자기가 자기의 과거를 이야기하고 또한 자기의 미래에 있어서 어찌어찌하면 좋겠다는 의논을 가지는 것을 보더라도 나도 그렇게 무책임하게 지나가는 말로 대답할 수 없다는 것을 새삼스럽게 깨닫게 되었다.

"생활은 어찌 하시렵니까. 물론 그만큼 생각이 드는 것이 당연한 일이라고 생각합니다. 오늘날 이러한 현실에서 소위 학교 공부를 한대야 무엇이 별로 신통한 일이 있겠습니까. 오늘의 조선의 문화라는 것은 남에게 눌린 우리들의 피의 기록이올시다. 결국 어떠한 사람에게 노예 노릇을 예비한다는 한 전제밖에는 아니 되니까요."

"그래요. 저도 비록 미거한 생각에나마 그러한 생각을 많이 느꼈어요. 생활이요? 생활은 아까 말씀한 것과 같이 공장에로 갈 터예요."

"네. 물론 이상은 훌륭합니다. 그러나 우리가 생각하는 사회와는 이 현실이 정반대의 위치에 서 있습니다. 당신이 공장에 가신다 하십시오. 당신이 물론 실지를 밟는다거나 가두街頭 민중 속으로 들어간다는 것은 퍽 좋은 일이겠지요. 그러나 당신은 결국 거기 가선 노예 노릇하는 것밖에는 없습니다. 또한 그곳에 있는 당신과 같은 여자들이 당신이 누구이며 그리고 당신이 무슨 말을 하면 그것이 진리인 것이나마 알 줄 압니까. 그러나 이것은 물론 어느 시기에 국한된 것이겠지마는, 그러므로 나는 이러한 의미에 있어서 전자前者의 현실의 교육을 받지 않는다는 것을 동감하는 동시에 또한 공장으로 간다는 것도 좀더 생각할 일이라고 생각합니다. 우리가 그런 곳으로 가는 데는 좀더 단련과 교양이 필요하겠습니다. 그리하여 우리는 그들을 교화할 만한 그 어떠한 온전한 생각을 붙잡아야 되겠습니다. 여기서 당신은 내 말을 똑똑히 알아들으셔야 합니다. 당신이 공장으로 간다는 것을 부정하는 것이 아니올시다. 몇만 년이라도 역사를 짊어지고 있는 이 현실에 만일 그 어떠한 새로운 것이 발견될 때까지는 우리가 얼마만한 힘이 필요하겠다는 것을 우리는 생각해보아야 하겠습니다. 물론 지금 이 자리에서 말하는 나부터도 결코 감정으로든지 기분만은 그렇지 않습니다."

이 말엔 봉희는 아무 대답이 없었다. 잠시동안 침묵하였다. 그러나 그는 별안간 발작적으로

"아이그 아버지가 돌아가시면 어떡해요. 아버지가 돌아가시면 아니 되겠는데."

그는 일부러 화제를 돌리려는 듯이 그러나 그의 영롱한 눈은 어슴푸레하게 물에 잠긴 구슬과 같이 눈물이 핑 돌면서 그의 얼굴에 나타나는 표정은 한없는 자극을 받은 듯이 이 자극은 나의 말함에 대해서 어떠한 느낌을 받은 것을 자기 아버지 생각에게로 돌려 가지고 그럼인지는 알 수가 없으나 하여간 그는 말할 수 없는 그 어떠한 감격에 흐르는 것과 같았다.

"물론 아버지 생각도 그러하시겠지요. 그러나 그는 벌써 한 개의 무능한 사람이 되었을 따름입니다. 다만 그에게 남은 것이 있다면 과거의 그것이겠지요. 그렇습니다. 당신의 아버지는 벌써 과거의 사람이 되고 만 것입니다. 그러한 당시 아버지의 과거의 기억만을 당신은 붙잡고 있으면 무엇을 하겠습니까. 물론 나는 확실히 당신이 그것만을 붙잡고 있다는 것이 아니올시다. 다만 이후에도 그렇게 하지는 아니하는 것이 좋다는 생각이올시다. 당신 아버지의 다음으론 오직 당신이 있지 않습니까."

또한 아무 말이 없다. 다만 그는 오직 감격에만 흘러 있는 것이 완연하다. 나의 눈에 보일 따름이었다. 또 다시 침묵.

"그러면 서울서 어찌 있을까요."

나는 가만히 생각해보았다. 그로 하여금 그 어떠한 몽환적 기분만이 넘치는 생각을 버리고 좀더 이지에 충실하도록 하라는 권고를 해놓았는지라, 나는 나의 머리속에다 이것저것 함께 더불어 가지고 생각하였다. 그러다가 나는 번개와 같이 여자××회를 생각하였다.

"이랬으면 좋을 것 같습니다. 여자 ××회에 드시지요. 그러면 다소간 편의도 얻을 수가 있겠고 따라서 자기가 활동만 하면 빵 문제도 그리 군색하지는 아니할 것이올시다."

그는 대단히 반가운 모양이었다.

"참 잊었어요. 여자 ××회는 시골서도 소문을 들었는데요. 그러면 거기를 아무나 입회할 수가 있나요."*

"단단한 소개만 있을 것 같으면 관계가 없겠지요. 만일 들어가신다면 내가 소개해 드리지요. 그 회장으로 말하면 나뿐 아니라. 우리 S군의 청년회와도 인연이 깊으니까요."

"그럼 그렇게 하여주세요."

"그럭하십시요."

　신뢰하는 선생님.
　선생님과 정거장에서 작별한 지도 이미 한 달이 넘었고 따라서 그 뒤에 편지 한 장도 똑똑히 못 드렸습니다. 모든 것을 널리 용서하여 주시기를 바랍니다. 비록 그러하나 선생님의 안부나 혹은 선생님의 싸우시는 그 소식은 가끔 신문지상으로 배견합니다. 또한 고향인 S군의 움직임이 얼마만큼이나

---

* 원문에는 '그러면 거긔를 아모나 립회할 수가 잇스니까요'로 되어 있으나 문맥상 '아무나 입회할 수가 있나요' 정도가 적당할 듯하다.

벌어진다는 것을 저는 똑바로 바라다 볼 때 얼마나 기쁜지 알 수 없습니다.

　선생님!

　저는 이전엔 다만 아버지와 같은 이를 찬미하였어요. 또한 그것이 우리의 마땅히 취할 길이라고 생각하였어요. 그러나 아버지는 다만 우리 민족만을 생각할 따름이었습니다. 물론 그것도 오늘날 우리의 처지로 마땅히 취할 길의 한 길이겠지요. 그러나 서울 계실 때 선생님의 권고와 선생님의 가르치심을 힘입어 책도 읽고 실지로 제가 당해보기도 하고 지내보기도 한 결과 오늘날 세계는 두 계급으로 나뉘어 있다는 것을 아는 동시에 또한 오늘날의 조선은 그 위에 더 남과도 유달리 다른 처지에 있는 것을 발견하였습니다. 그래서 아마 도회는 세계적이다 하나 보아요. 저는 그 동안 ××회 C형님의 힘도 많이 입었사오며 따라서 배운 것도 많이 있었습니다. 또한 그뿐 아니라 과도기에 있는 절정에 달한 우리의 처지를 뼈에 사무치게 생각할 때 나는 나의 소양 나의 전후도 불게 하고 동으로 뛰기도 하고 서로 날기도 하였습니다. 그러나 현실은 우리의 생각하는 것과 같이 그렇게 소홀히 볼 것이 아니에요. 얼마나 무섭고 굳고도 더러운 것인지 모르겠어요. 때로는 환멸을 느끼기도 하고 또한 때로는 그 반동의 힘으로 보다 더한 굳센 힘으로 용솟음하기도 하더이다.

　아아. 그러나 선생님.

　여자의 힘이란 왜 이리도 약합니까? 나는 여자 된 것을 한합니다. 조선의 여자는 다 저와 같을까요. 이것은 제가 딴 말을 하였습니다. 물론 다 저와 같을 것입니다. 내리누르는 위의 세력으로 인하야 움직여지는 남자의 환경에 거기 종속이 되어서 허덕거리는 우리 여자의 환경! 참으로 애닯습니다. 그뿐입니까. 물론 남자 본위의 이 현실이니까 그렇기도 하겠지마는 남자라는 한 자본가를 의지하지 않으면 우리의 생활은 제로입니다그려. 그러나 그 역 우리의 생활이란 어떠합니까. 사회적으로 어찌 되었든 소위 활동과 지반을 가졌던 저 남자들도 생활이 없는데 더구나 우리 여자야 말할 것이 무엇이겠습니까? ××회에 있는 여자 동지 제군도 말이 못 됩니다. 재봉틀 두 채, 잡지 몇 권, 이것이 그 안에 있는 이십 명의 생명을 유지시키는 유일의 생산기관이올시다.

이선생님! 이선생님!

어느 날 나는 잡지를 팔러 돌아다니다가 그만 설움에 복받쳐 회관으로 돌아와 가지고 밤새도록 느껴 운 적이 있습니다. 이것이 한두 번이 아니었습니다. 그러나 뒤에선 생활이란 무서운 채찍은 나의 등덜미를 여지없이 때립니다. 마치 농주農主가 농노農奴의 붉은 잔등이를 가죽 채찍으로 때리듯이 여지없이 때립니다. 그러나 목숨이 붙은 이상에야 어찌할 수 있습니까. 또 나아가지요. 이러한 긴 잔설은 그만 두겠습니다마는 나는 아무쪼록 진실하게 나아가고자 노력하였습니다. 사람답게 살아가려고 하였습니다. 또한 목숨은 두 가지 해방, 현시의 경제조직에다 또한 남자의 권력권내權力圈內에다 바치고서 뼈가 부서지도록 싸우려 하였습니다. 물론 남자의 권력이라는 것도 그들이 경제기관을 가지고 있기 때문입니다마는. 지금도 오히려 싸우고 있는 중이올시다. 그러나 요즈음 와서 나에게 한 큰 변동이 생겼습니다. 그것은 아마 타협이겠지요? 나는 어느 부르주아 집 가정교사로 가게 된 것이올시다. 어느 친구의 소개로 전에 맛보지 못하던 훌륭한 생활은 하고 있습니다. 나의 있는 집은 고대광실이올시다. 부귀영화를 나 혼자 누릴 것 같습니다. 한 번 웃을까요.

그러나 마음은 한없이 괴롭습니다. 나 자신을 허위의 뭉텅이로 보는 동시에 오히려 그 전보다는 생활이 좋아졌습니다마는 용기는 침체되는 듯하고 따라서 죽음을 늘 생각하게 됩니다. 이게 몹쓸 생각이겠지요. 이기겠습니다. 설마 — 이기겠습니다.

참 S군에는 여자 청년회가 새로 생기게 되었다지요. 남보다 앞서서 한 참호塹壕를 파는 것이 나에게는 얼마나 감격한 소문을 주는지 알 수 없습니다. 그것도 다 선생님이 그곳에 꽉 자리를 잡고 계시기 때문인 줄로 압니다. 또는 처음에 그 소리를 들을 때 곧 뛰어내려가 같이 싸우려고 하였습니다마는 첫째 지금 노비도 없는 형편이고 또한 되나 안 되나 지금은 남에게 매인 몸이 되었으니까 어찌합니까. 다만 화가 나고 답답할 따름이올시다.

　나의 발달한 생명은 허위에 얽매어 있습니다.* 생활에 쫓기어서. 생활이란 그 놈이 왜 우리에게는 없을까요. 이것도 사람입니까?

　얼마 아니 있으면 올라오신다는 소문도 들었습니다. 올라오시거든 꼭 한번 찾아와 주세요. 물론 와주시겠지요. 저는 그때를 기다리면서 이 컴컴한 땅속을 자꾸 파고 들어갈 따름이올시다.

　끝으로 그곳 ××여자 청년회 동지 여러분의 분투를 빌고 아울러 선생의 건투를 빌면서 이만 그칩니다.

　×월 ××일

봉희는

　이선생님 전

　이것은 내가 S군에 있을 때 언제인가 받은 편지이다. 내용을 한 번 쭉 읽어본 나는 그 동안 그의 생활을 활동사진 보는 모양으로 내다보면서 또한 그의 사상이 지금 얼마마한 정도에 이르렀다는 것을 여러 가지로 짐작할 수가 있었다. 그러나 마땅히 그렇게 되었겠지, 또한 그것이 그리 나쁜 일은 아니겠지 하는 마음이없지도 아니하건마는 웬일인지 좀 불쾌한 감정을 느꼈다. 그리고 좀 섭섭하였다. 그래서 그랬든 저래서 그랬든 또한 그때 나는 퍽 바쁜 탓으로 그만한 긴 사연의 편지를 받아보았건마는 그냥 엽서 한 장으로 편지 보았다는 말과 아울러 잘 있으라는 간단한 몇 마디를 적어보낼 뿐이었다.

----
* 원문에는 '나의 발달한 상명 허위에 얼거매이여 잇습니다' 로 되어 있는데, 문맥상 '나의 발달한 생명은 허위에 얽매어 있습니다' 로 옮기는 것이 적당할 듯하다.

그 다음 두 달이 지난 후 늦은 여름에 나는 또한 서울에 볼일이 있어 올라온 일이 있었다. 그 동안에도 편지가 왔다 갔다 하였으며 또 그뿐 아니라 나와 그와의 관계가 더 한층 이상하게 된 것은 다른 것이 아니라 어느 때 편지엔가 나더러 오빠라고 부르겠다는 사연이 씌어 있었던 적이 있었다. 그때 나는 다 같은 우리 동무 가운데 하필 윤리적으로 조금 기울어질 것이 없는 일인 줄 아는 동시에 또한 그렇다고 더 친절하게 되는 것이 아니라는 것을 짐작 못하는 것이 아니로되 하여간 저편에서 그러면 나를 대하겠다는 것이니까 구태여 그것을 아니 받을 필요도 없기도 하여 그대로 내버려두었었다.

내가 서울에 오던 그 이튿날인가 C동에 있는 그를 찾아갔다. 물론 가정교사로 있다는 그 집이었다. 집은 아닌게 아니라 훌륭하였다. 언뜻 나의 머리를 때리는 생각은 '타협보다도 침입' 이렇게 생각되었다. '그러면 오히려 낫겠다' 이렇게 생각되었다.

"오빠!"

하고 내달리는 그는 나의 손을 있는 힘을 다해 잡는다. 그리고 자기 방으로 끌어들였다. 그의 방은 그 집 대청을 돌아서 저 뒷방의 한 칸이었다. 매우 훌륭한 곳이었다. 첫째로 깨끗하고 또한 조용하고 그 다음으로 오히려 한적할 만하게 조용한 곳이었다. 그의 말을 의지하여 듣건대 하는 일이라고는 그 집의 아이가 둘이 있는데 학교에 다녀오면 저녁 먹은 후에 약 두 시간 가량을 복습시켜주는 일밖에는 없다고 한다. 그리고 자기도 낮에는 ××학원에 다니게 되고—.

"그 나를 안내하여 데리고 들어오던 남자가 누구이냐?."

나는 들어가 앉으면서 고향 소식 그 동안 지낸 이야기를 단편 단편으로 하다가는 약간 어조를 고쳐 가지고 이렇게 물어보았다.

"그이요. 그이는 이 집 주인의 조카라나요."

웬일인지 남의 이야기를 하듯이 일부러 당정하게 하려는 듯한 기색이 보인다.

"매우 친절한 남자던데."

이게 웬일이냐. 그의 얼굴이 약간 붉어지면서 아무 말이 없다. 평시에 말괄량이라고 별명을 듣고 그러나 한 번 자기가 사랑하는 동무일 것 같으면 그 사람의 일이라면 전후를 불계하고 살점이라도 베어 먹일 만한 그러한 굳센 정열이 있는 사람이라 어쨌든(결코 미인은 아니었다마는) 여러 친구에게서 결혼의 신립까지도 많이 들어왔건마는 모두 다 거절하면서— 나를 또 데려다가 빨아먹으려고, 나를 노예로 만드려고, 이렇게 그를 부르짖으면서 거절을 하던 그가 지금 와서는 완연히 한 변한 사람이 되어 있다는 것은 가늘게 느껴진다. 그의 지금의 환경이 나에게 그러한 보임을 주었던지는 모르되.

"어느 학교에 다니나?"

어리뻔뻔하게 웬일인지 그 남자가 자꾸 마음에 실려 자꾸 묻고 싶다.

"의학전문학교에 다닌대요."

"응—."

하게 길게 어설프게 한 마디 대답하여 두었다.

"그건 왜 자꾸 물으세요."

"얘. 너 그 사람하고 연애하지 아니하니."

별안간 치밀어 오르는 이러한 생각을 다른 사람은 모른다마는 나는 참을 수 없는 성질이었다. 이 말이 방안의 공기에다 대단한 파동을 준 모양이었다.

"아이, 오빠두."

하면서 참으로 급전직하의, 꿈에도 생각지 못하던 말이었던지 달겨들어 나의 무릎을 때린다.

"조심해라!"

무겁게 나는 이렇게 다만 한 마디 말해주었다.

봉희의 고개는 다시금 숙여진다. 그러나 그는 자꾸 끊임없이 그 무엇을 부인하는 모양이 내 눈앞에 보였다.
　다시금 어조를 돌려
　"공장에 다니겠다던 전의 네가 지금은 어떠냐. 변하지 아니하였니."
　좀 내 말이 처창하게 나아갔던 것이 사실이었다.
　"아니요. 오빠는 웬일인지 무서워졌습니다그려. 왜 그런 말씀을 하세요. 제가 그렇게 보입니까! 그러하다면 저는 지금이라도 이 집을 나가겠어요."
　"아마 내가 좀 단기短氣하여 그랬나 보다. 그러나 너는 어디까지든지 건실하여야 한다."
　"예."
하는 경련적인 대답이다.
　이리하야 그 날도 늦도록 놀다가 돌아오게 되었다. 그 애는 내가 떡을 좋아한다 하여서 인절미를 사다 준다 하면서 안방으로 드나들기도 하고 혹은 앉아서 웃고 놀기도 하였다. 내가 돌아오려고 그 집을 나올 때 사랑마당에서 꽃에 물을 주고 섰는 그 남자와 다시 한 번 보게 되었다. 그는 나에게 공손히 인사를 한다.
　대문 밖에서 나는 봉희의 손을 붙잡고서
　"또 다시 올는지 모르겠다. 지방의 일이 바쁘니까. 곧 내려가야 하겠다. 너는 아무쪼록 이 생활을 이겨야 한다."
　"예."
　또 아까와 같은 힘없는 대답. 웬일인지 나는 마음이 답답하였다.

　일 년이 지난 후이다. 만주의 봄은 몹시 추웠다. 내가 볼일이 있어 용정龍井까지 들어간 일이 있었다. 그때쯤 아마 내지內地에는 창경원의 벚꽃이 피었을 때인데도 어찌 추운지 그곳은 아직 얼음도 다 풀릴 날이 멀었었다. 나는 그때나 이때나 바빠서 이리 저리 돌아다니느라고 혹 어느 때 봉희의 생각이 나는 적도 없지는 않았지마는 그때쯤은 하도 오랜 일이었기 때문에 그의 주소가 어디인지도 똑똑히 알 수 없었던 때였다. 비록 최근까지의 주소를 안다 하다라도 잊어버려 간혹 편지나 한 장 해 주어야 하겠다는 생각이 나다가도 주소를 잊어버려 그만 둔 적도 한두 번이 아니었다. 무심하다면 무심한 편이었다.

 그러나 어느 날 내가 그곳 ××회에를 갔다가 여관으로 돌아오니까 난데없는 봉희의 편지가 와 있었다. 나는 한편으로 반갑기도 하고 또한 놀랍기도 하고 따라서 이상스럽기도 하였다. 봉희가 어찌해서 내가 여기를 온 줄 알았으며 따라서 나의 주소까지 알았을까? 나는 의심 일변 품으면서 편지를 뜯었다.

 오빠!
 세월이란 빠른 것이에요. 오빠에게 편지한 적도 벌써 반 년이 넘어갔습니다그려. 반 년이란 긴 동안 오빠는 내 소식을 모르셨겠지마는 나는 오빠의 소식을 듣고 있었습니다. 나는 참으로 아무리 내가 이 지경이 되어 있으면서도 오빠만은 잊지 아니하며 오빠만은 참으로 비록 천박한 의식이나마 의식으로 대하려고 합니다. 참으로 우리는 그리하였었지요.
 네? 오빠!
 저는 지금 이 편지를 쓸 때 손이 떨립니다. 그러나 오빠를 대하는 듯하거니 오빠에게 편지를 쓰거니 하면 늘 마음이 새로워집니다. 그 무슨 캄캄한 굴 속에 있으면서도 별안간 태양을 보는 듯한 그러한 느낌을 받으면서 머리 속은 황홀해집니다. 참으로 오빠의 감정만은 내가 늘 동경하는 그곳을 가보는 것과 같아요.
 아 오빠! 오빠!
 나는 지금 울고 싶습니다. 이게 웬일입니까. 오빠가 뚱딴지 말괄량이 장작개비 하던 나의 육체는 지금 다 썩어빠졌습니다. 왜 이다지도 괴로울까요. 세상이란 참으로 지옥이에요. 인류란 그 종류가 절종이 되도록 그들에게서 참다운 사람은 발견치 못할 것이에요. 나는 모든 인간의 운동에서 환멸을 느꼈습니다. 널리 인류에게 절망을 갖습니다. 나는 지고 말았어요. 이 세상과 싸우다가 비록 목숨은 살아 있으나 끊어진 것 같은 죽은 목숨이에요.

생각하면 우습습니다. 어떠한 곳을 향하여 반역을 하다가 지쳐 자빠지고 따라서 사람에겐 속임을 받고. 글쎄 어쩝니까. 내가 그렇게 호락호락한 여자는 아닌데 내가 가장, 이만하면 믿는다는 사람에게 속임을 받으니 이 아니 절망이오리까?

그러나 오빠. 꾸지람 마세요. 이 다 썩어진, 유린을 받던 저의 마음 가운데도 은연히 일어나는 불길이 아직도 남아 있답니다. 그것은 아직도―좀더 착실하게 살아보겠다든지―그것이 남아 있답니다.

아― 사랑하는 나의 오빠!

나를 구원해주세요. 이 세상 누구다도 당신이 오직 있을 뿐입니다. 이곳은 용정서 한 칠십 리 되는 촌이올시다. 저는 여기 있는 우리 고모 집에 와서 있습니다. 한 번만 가시기 전에 꼭 와주세요. 의논할 말씀이 있어요. 그리고 오빠.

나는 오빠하고 같이 용정으로 가서 병원의 간호부가 되고 싶은데요. 어떻습니까. 나에게 죽기까지 필요한 것이 다만 생활이니까요. 그리고 나는 남에게 속은 앙갚음을 해야 하겠어요. 오빠! 꼭 오세요. 기다리겠습니다.

××촌에서

봉희는

편지를 다 본 나는 무서웠다. 그러나 '얘가 미쳤나. 왜 이리 됐어?' 하는 부르짖음은 몇 분 동안을 두고 입에서 떠날 때가 없었다. 가만히 그 편지를 보며 무슨 말을 솔직하게 할 것을 가려 한 것이 분명하였다. 그러나 전광석화와 같이 번쩍 나의 머리를 때리는 생각이 있는데 나는 몸이 부르르 떨렸다. 나는 속으로 답답한 속으로 의학전문학교생도 연애 기만 허위 잉태 병원 하면서 마치 스크린에 나타나는 타이틀같이 토막토막 나오기를 시작한다. 나의 예측이 틀리지 아니하리라. 이렇게 나는 확신을 얻었다.

그러나 나는 가서 볼 수가 없었다. 여간 나의 일이 바쁘기 때문이었다. 그래서 편지를 하였다. 용정으로 오라는 편지였다. 그러나 무슨 사정인지 그는 오지를 아니하였다. 그리하여 기어코 서로 만나보지를 못하고 그만 나는 S군으로 다시 돌아오게 되었다. 섭섭하였다.

그 이듬해 봄에 나는 역시 서울로 볼일이 있어서 올라온 적이 있었다. 그때 어느 친구한텐가 소문을 들으니까 봉희가 어느 배우 양성소엔가 다닌다는 말이 들린다. 나는 그 소리를 들을 때 긴가 민가 하였다. 그러나 어쨌든 한 번 만나면 자세한 사정 이야기를 들을 수도 있고 또한 아닌게 아니라 비록 그가 배우 양성소에를 들어가 있다한들 도저히 나는 그 여자를 저버리기 싫었다. 나는 어느 날 시간을 타 가지고 그곳을 찾아갔다. 배우 양성소는 동대문 밖 어느 일본 집 이층집 전체를 빌어 가지고 있었다.

"오빠!"
하고 나를 맞아들이는 봉희! 나도 웬일인지 마음이 기쁘련마는 마음이 저어하고 그도 웬일인지 이상한 기색으로 나를 맞는다.

우선 생활이 다르다. 전세가 뒤집혔다. 윗층에서는 다다미 조각을 와삭와삭 밟으면서 스통소통 하고 유행가를 부르는 남자떼가 있다. 그리고 아래층 소위 응접실이란 곳은 컴컴하고 퀴퀴한 냄새가 이상하게도 나의 머리골치를 때리면서 눈앞에 보이는 봉희는 분을 바른다. 호베니를 칠한다. 손에다 팔뚝시계를 걸고 있다. 머리는 고데를 대어서 꼬불꼬불 지져 가지고 있는 것이 도무지 옛날 봉희의 얼굴은 조금도 찾아볼 수가 있었다. 그나 그뿐이랴. 그의 얼굴은 비록 화장을 하였건마는 광대뼈가 불쑥 나온 것이 몰라볼 만치 얼굴이 달라졌고 몸은 비록 풍풍한 편이었으나 건강하던 그의 육체는 가만히 보건대 허리가 한줌밖에는 되지 아니한다. 나는 다만 가만히 앉아 있을 뿐이었다. '웬일인가? 웬일인가?' 하는 대중없는 물음만 나의 가슴에서 복받칠 따름이다. "너이게 웬일이냐?" 눈물겨운 목소리로 이윽고 이렇게 물었다.

"뭐 웬일이에요. 나는 타락하였어요. 오빠 때문에 타락하였어요."

마지막 발악하는 모양으로 고개를 내 앞으로 바싹 내밀면서 야멸차게 돌려댄다.

"얘 봉희야. 그게 무슨 말이냐. 용정에서 내가 너를 못 가본 것이 나의 실수이다마는 대체 그 뒷이 어찌된 일이냐. 그리고 너의 생활은 이것이 무엇이냐."

"무엇이 무엇이에요. 배우예요. 배우. 나는 훌륭한 배우랍니다. 내가 훌륭한 배우가 될 수가 있겠지요. 오빠!"

오빠라고 부르는 말도 웬일인지 듣기가 거북하였지마는 나는 가만히 다만 고개를 수그리고 있었을 다름이었다.

"천만에요. 내가 오빠 때문에 타락될 리가 있겠습니까. 억지의 소리지요."

조금 눙치는 말로 이러한 소리를 하더니 나가버린다. 조금 있다가 우동이 들어온다 과자를 사 가지고 온다 한다. 나는 모든 것이 신신치 아니하였다. 가슴만 다만 답답할 뿐이었다. 그리고 무엇을 내가 잃어버린 것과 같은 감정을 느꼈다.

"얘. 대관절 이야기나 좀 하려무나. 내 속이 답답하다."

우동과 과자를 내 앞에다 갖다 놓고 마주 앉았던 봉희를 나는 건너다보고 이렇게 물었다.

"이야기할 것이 무엇 있나요. 이야기는 해서 무얼 해요. 다 지나간 일인데. 참 ××회의 C형님 안녕하십니까."

"응."

하고 신신치 못한 대답을 하고 그를 건너다보니 눈물이 되도는 모양이다.

일이 이만큼 되었으니 내가 이야기를 들으면 무엇하며 듣자고는 하여 무엇하랴! 나는 벌떡 일어났다.

"왜 일어나세요. 섭섭하지 않습니까. 이왕 이렇게 오셨으니 더 놀다 가세요."

하고 붙잡는 그를 나는 뿌리치면서 현관(문)을 탁 닫아버리고 돌아왔다. 그러나 그때까지도 있으면 이야기를 하겠다는 말도, 언제 한 번 찾아가겠다는 말도 아무 말도 없는 것을 보니까 지금 생각하면 오히려 내가 그때 찾아갔던 것이 그에게 재미가 없었던 모양이었다.

강철과 같은 그의 의지! 중석重石과 같은 그의 믿음! 남에게 눌리기를 싫어하고 남에게 지기를 싫어하던 그의 반역의 힘! 그것이 지금은 어디로 사라져버렸느냐. 생각하면 그것도 요 알뜰한 현실의 덕택이다. 지지 않으려는, 버티는, 굴종 않는 그를 무쇠 철사와 같은 험상궂은 바위덩이와 같은 현실이 그를 눌렀다. 그의 생명을 빼앗았다. 그를 속였다. 현실 환경— 단두대를 생각하던 그 자기 아버지의 나라, 자기가 디디고 섰는 현실을 그것과 싸우기 위해 한 이태 동안을 두고 서울의 거리로 나타나면서 가슴에 일어나는 불길의 화살을 세상에 던지면서 돌아다니더니 지금 그의 생명은 어디서 신음하고 있느냐. 생명을 빼앗긴 그의 산 등신은 어디서 움직이고 있느냐. 청국의 남방 소주에 있다니. 고향의 하늘에 태양이 비치는 것을 아느냐 모르느냐. 모름지기 너의, 봉희의 생명의 존재는 다시는 이 땅에서 찾아볼 수 있도록 다시 움직임이 있도록 나는 바란다. 현실은 한 번 너를 엎어뜨렸다. 그러나 너는 아직도 남아 있다. 현실은 네가 권토중래하기를 바라고 있다.

　작년 이맘때 동대문 밖에서 만나던 봉희를 이 해 이맘때 나의 집 어두컴컴한 들창 밑에서 굼실거리고 드러누워 생각할 때 이렇게 나 혼자 부르짖었다. 따라서 그에 피동이 되어 그리하였음인지 그 무슨 보이지 않는 희미한 탄력으로 인하여 순간에 나의 머리는 높고 높은 성벽城壁에다 탁 부딪는 듯한 느낌을 받았다. 나는 벌떡 일어났다.

―《개벽》(1926. 4).

경매

집이 날라간다. 집이 날라가—. 경매자다. 경매—자— 싸구료.
집이 날라가는구료, 채플린의 수염과 같은, 솔잎의 한 뭉텅이와 같은 수염이 얄밉게 달린 입술 밑으로 나오는 사람놈의 입김, 소리치는 바람에 싸이며 커다란 부동산不動産이 가을바람에 떨어지는 마른 포플러 잎사귀같이 날라가는구나.
재판소 제×호 법정, 쓸쓸하고 컴컴한 살풍경한 사각형의 푸르둥둥한 방안에서는
"자 지금으로부터 시작하겠습니다."
금테안경 살죽경을 콧잔등에다 걸고서 자그마한 키에 몸에는 '우라가에' 한 양복을 입은 뚱뚱한 친구는 이상하게도 나직한 목소리로 선언을 하고는
"오늘은 공매에 붙은 부동산이 사십사 건이올시다. 이따가 일일이 읽어드릴 터이니 여러분 중에 희망하시는 분이 있거든 해가격該價格에 십분의 일을 보증금으로 이 봉투에 넣어서 여기 갖다가 놓으시고 가격을 부르십시오."
이 소리를 들은 뭇사람은 앞으로 앞으로 달려든다. 보아라, 중절모, 캡, 중산모, 갓 들이 콩나물 대강이 솟아 있듯이 혹은 높고 혹은 낮아

불규칙하게 옹기종기 모여 섰다. 밖에 양지쪽 담모퉁이에 모여 서서 이러쿵저러쿵 하던 어수룩한 친구들도 그 안으로 몰려든다. 그리하여 제가끔 고개는 다들 위로 위로 치켜들고 있다. 누가 침이나 공중에서 탁 뱉으면 자라 모가지 모양으로 움쭐하고 들어갈 것들이 될 수 있는 대로는 모가지를 위로 치켜든다. 그리고 팔짱을 꼈던 팔대기, 옆구리에 찔렀던 손, 친구의 팔뚝과 어우러졌던 팔목이 제가끔 풀려 높다란 책대册臺 위로 올라간다. 그리하여 뚱뚱한 친구의 앞 책상 위에 쌓여 있던 문서조각이 하나씩 없어져간다.

"싼데—."
"이건 가격이 너무 과히 붙지 않았나……."
"채무債務가 많은 것이지."
"그건 쌀 게 없네. 집도 나쁘데. 아주 허술해."
"자리는 좋은 자린데."
"응 유망해."

주고 받던 이야기 소리, 혼자 중얼중얼하는 소리에 장내는 뒤숭숭하다.

또 저 얼굴들을 보아라. 빼빼 마른 얼굴에 게다가 기름이 자르르 흐르는 새카만 동정이 달린 꼬깃꼬깃한 두루마기를 입고 있는 사람, 박물관에 표본이나 될 만한 자가 알찐알찐하는 꼴이란 차마 못 보겠고, 이십금 금테에다 돌알을 박아 쓰고 양볼따구니는 살이 투실투실하여 기름이 찌르르 흐르고 몸에는 임바네스를 감았는데 움직이는 대로 버석버석한다. 외씨 같은 발 맵시에 뒷발막신을 신고서 벽에 기대서서는 회초리같이 빼빼 마른 친구가 앞에서 아른아른 하는 대로 고깃내 나는 미소를 띤다.

그리하여 그들은 마치 떠나가는 연을 잡으려고 하늘만 쳐다보고 달아나는 동리의 소년들 모양으로 집달리執達吏의 입술만 쳐다보면서 "비싸" "싸" "너무 부르는데" "좀더 올리지" 하면서 두툼한 문서조각을 잡으러 간다.

저 눈, 눈 보아라. '남이야 망하든 나만 싸게 사자' 하는 수많은 눈! 돈을 봉투에 넣어 가지고 섰는 물주物主의 눈! '저이가 사야 내가 돈푼이나 갖다가 저녁거리를 얻어 가지고 들어오기를 기다리고 있는 우리 마누라의 길만 내다보는 눈앞에다 갖다 던져야 할 텐데' 하는 빼빼 마른 친구의 허기진 눈! 그 눈들은 다 같이 함께 그 문서조각을 따라다닌다.

봉투에 넣은 돈이 부스륵— 툭 하고 집달리 앞에 우박 쏟아지듯이 날라든다, 떨어진다.

"자— 초가평가열두간, 건평建坪이 14평, 대지垈地가 26평 7홉, 대정大正 13년 12월 5일에 채권자는 김학선 채무자는 이호정 채무금은 475원, 주소는 시내 창성동 ××번지."

한숨에 여기까지 거의 본능적으로 아주 익숙한 어조로 물 내려 질리듯이 삽시간에 읽어버린 집달리는 한숨 쉬고는

"자— 희망하시는 이 없습니까?"

다시 한 번

"채무금 475원."

좀 크게 외친다.

저쪽 벽에 기대서서 담배를 피우던 어떤 중산모 쓴 친구가 기운 없는 목소리로

"사백, 칠십륙 원."

하고 빙긋이 웃는다.

"사백팔십 원."

중절모를 쓴 어떤 일본 친구가

"팔십일 원."

우수리는 제하고 부르는 말이다. 또 다들 빙긋이 웃는다.

"사백팔십오 원—."

중산모 쓴 친구는 또한 집달리를 쳐다보고 이번에 크게 부른다.

"얼른 휙휙 올려요. 그래야 쉬이 끝이 나지."

하는 어떤 병중의 쌔가리가 있다.

부를 때마다 집달리는 봉투 위에 부르는 성명 위에다 적어 놓는 모양이다. 그리하여 그 집값은 군중의 입 위에서 이리로 갔다가 저리로 갔다가 일 분 동안에도 몇 번이나 넘어간다.

"마침 잊었습니다. 이 공매물公賣物에 채권자가 오셨습니까?"

집달리는 급작히 나오는 어조로써 말하고는 살죽경 너머로 군중을 넘겨다본다.

"창성동 ××번지 채권자 오셨습니까?"

"네 왔소이다."

아무 근심 없는 태평스러운 대답하는 소리가 들린다.

초겨울의 오정이 좀 못 된 불그죽죽한 햇볕은 먼지가 케케 앉아서 부옇게 된 공매장의 유리창 너머로 뭇사람의 머리 위에 두껍게 비춰주고 있다.

2

아까 맨 처음 시작할 때부터 맨 끝 한 모퉁이에 가서 눈을 떴다 감았다 하고는 웬일인지 가슴이 울렁울렁해지면서 그러나 이제 와서는 하는 수 없는 일이다. '내 집을 누가 가져가나' 하는 다만 야릇한 호기심밖에는 남은 것이 없는 그러한 비울한 가슴속에서 부글부글 끓는 듯한 심사를 억지로 참으면서 웬일인지 입살은 마르고 또한 때때로 소름이 쪽쪽 끼치는 맛을 보면서 긴장한 시선으로 집달리의 입을 건너다보고 또한 될 수 있는 대로는 예민한 청각을 써서는 "얼마 얼마" 하는 소리를 듣고 가던 순구純九는 팔짱을 끼고서 지금 자기는 어디다가 시선을 두고 있는지 그것도 자기 자신은 모르면서 다만 어느 귀퉁이에서

"사백팔십오 원."
하면 자기도 입속으로 "사백팔십오 원" 하고 불러도 보고 또한 따라서 자기가 들어 있는 집 자기의 아버지 어머니 누이동생 아내가 들어 있는 집, 그 집은 사백팔십오 원이라는 돈, 굵다란 동아줄에 매달리어 자꾸 부르는 대로 올라가는 듯싶었다. 그리고 그 속에서는 사람 살리라는 아우성치는 소리가 새나오는 듯싶었다. 그러나 그뿐이냐! 조금 있다가 자기의 아버지 어머니 누이동생 아내는 그 속에서 쫓겨나와—떨어져 땅에다 떨어져—집은 날라가 그림자도 보이지 않고 알몸뚱이만 남은 오륙 인의 동물들만이 땅바닥을 두들기면서 울며 부르짖는 듯싶었다.

순구의 아버지는 십여 년 전에 시골서 벼 천이나 하는 재산을 가지고 서울로 살림을 와서는 오자마자 첩을 얻게 되고, 또한 따라서 그는 노는 게 심심하다 하여 자기는 봉건시대封建時代 적에 나서 비단옷 속에 싸여 자랐건마는 세상이 언제 변하였는지 그것도 모르고서 좀더 돈도 모을 겸, 심심파적도 할 겸, 이 논을 팔아다가 저 논을 사고 저 논을 팔아다가 이 논을 사고 하는 중간에 여간 몇천 원씩 떨어질 적도 있었지마는 한 번 크게 얼르다가 어떤 놈이 위조문서를 만들어 가지고 온 것을 사 가지고 도로 팔려다가 실패를 하여 자본을 융통해주었던 종로의 거상巨商에게 앰우런 견책만 보고 자가가 혼자 꼬박 물게 되어 대매 사만 원이라는 빚이 있게 된 후 이삼 년이 지나 있는 것을 다 팔아서는 갚아도 모자라고 있던 집까지 그에게로 넘기게 되고 지금 있는 초가집으로 이사를 왔으나 또한 모자라는 나머지 그것조차 그의 소유가 되자 나가라고 해도 나갈 수가 없게 된 형편으로 차일피일 거저 들어 있은 지 근 일 년이나 되자 돈 받을 사람은 되대여 몇십 원의 인지印紙 값을 내고 공매公賣에 붙이게 된 것이었다.

한편으로 그들의 생활은? 지난 달에는 뒤주를 팔아서 지내고 이달에는 삼층장 의걸이가 나가고 또 모자라서 있던 병풍이 나가고 그리하여

광 속이 텅 비고 마루가 휑하고 방안이 텅 비고, 그뿐인가 그도 또한 다 먹은 후는 짭잘한 옷가지라고는 다 나가고 어머니는 초겨울이건마는 홑 고쟁이를 입고 있고 아내는 과당포 치마에다가 행주치마만 입고 있고.

 오늘 아침에도 순구가 찬밥 있던 것을 데워 먹고 재판소를 향하여 나올 제, 갑자기 아직 쉬흔도 다 못 된 어머님은 주름살 잡힌 얼굴에 눈물이 흐르시면서

 "얘 어디로 넘어가나 가보아라. 심동에 내쫓기면 어쩐단 말이냐, 그 사가는 사람 보고 가서 애걸복걸 사글세로라도 우리에게 달라고 하여라."

하시던 어머님의 구슬픈 말씀— 지금까지 그의 귀에 남아 있다. 아닌 게 아니라 순구 자신도 오늘 아침엔 전보다 훨씬 일찍 깨서는 '이 집도 오늘이 마지막이로구나' 하며 생각이 되면서 또한 그가 자기 집 대문을 나설 때마다 가끔 한 번 그 전에 아니 보던 자기 지붕을 쳐다보고 온 생각이 떠돈다. 새삼스럽게 자기의 머리속에서 또한 자기가 여태껏 '어떻게 하면 이 집안식구들이 굶어죽지를 아니하고 살아갈 수가 있을까?' 하고는 이리저리 그가 직업을 구하러 돌아다녀 보던 생각이 났다. 그는 실직失職이 아니다. 나이 이십이 넘도록 여태껏 직업이라고는 붙잡아본 적이 없었다. 남 같으면 공부할 나이건마는 그가 신문을 혹간 볼 때에 나라 나라에 실직자가 근래에 많이 난다는 소식을 볼 때에 '그래도 이 아이들은 나보다는 다 복 있는 생활을 하던 사람들이다. 직업들을 다 붙잡아보고.' 이렇게 생각된 적이 한두 번이 아니었다. 일평생의 무직— 생활들을 못 가진 주림의 무리—그의 머리는 지금 혼선된 전기가 번쩍번쩍하듯이 칵칵 찌르면서 앞으로도 몽롱하였다. 그러나 '이곳은 별세계다. 삼사천 원, 몇백 원, 몇천 원을 뉘집 아이 이름 부르듯하니 정말 저것들이 돈이나 있나?' 하는 의심도 없지 않다.

 이때에 그의 귀에는 가늘게 멀리서 들려오는 소리와 같이 들려오는 소리는

"오백 원―."
하는 소리가 들려오고는 다시금 그는 몽유병 환자 모양으로 그의 생각은 그 무슨 줄을 타고 멀리― 어디인지 모르는 곳으로 달아난다.
며칠전 기억이 다시금 새롭다.
"그런 몹쓸 놈 의리부동한 놈. 제가 돈 내고 사서 만일 팔아서 이익이 남으면 같이 나눠먹자던 놈이 계약서라나 무엇이라나 그런 것을 아니 썼다고 시치미를 떼고 와서는 '난 그 손해 볼 수 없소' 하고 이 집 물컹이 영감에게 다 물리고는 돈 사만 원에 그래 돈 한 오백 원쯤 못 받았다고 그래 경매에 부쳐야 옳아. 그런 의리부동한 놈."
근래에 순구의 어머니는 거의 날마다 의리부동한 놈이라는 욕설이 입에서 떠날 새가 없다. 이러한 어머니의 자탄의 소리를 거의 날마다 듣다시피 하던 순구는 마음을 결단하고 최후로 그가 그 종로의 거상인 박씨를 찾아갔었다.
"글쎄."
몇 마디 말을 하였으나 대답이라고는 '글쎄' 밖에는 못 듣는 순구는 그래도 행여나 하고서 아니 나오는 목소리로
"이제 와서는 무엇이라고 말씀 드릴 수가 없습니다마는 겨울은 되고 살 수는 없고 어떻게 합니까? 내년 봄에 제가 무엇이라도 먹을 노릇을 할 때까지 좀 참아주십시오, 네?"
보료 위에 도사리고 앉아 있는 박참봉을 보고서 두 손을 마주 잡고 서서는 공손하게 차근차근하게 애원하였다.
"좀 취하取下를 해주시지요."
"……"
묵묵히 아무 대답이 없다. 순구는 갑갑한 대로 했으면 덤벼들기까지라도 하겠으나 그는 억지로 참으면서
"여태까지는 아버님 사정도 많이 봐주셨지마는 이제부터 몇 달 동안

은 이 겨울만은 저를 보고 살려주시는 셈치고서 좀 참아주십시오."

순구의 말은 어디까지든지 급하고도 또한 공포를 띤 어조이건마는 듣는 사람은 어디까지든지 여사태평인 모양이었다.

"글쎄."

또한 이 대답뿐이었다.

"먹기는 낙깨만 먹고 지내더라도 들어앉을 데가 어디 있습니까. 좀 양해해주십시오."

"글쎄 모르는 것도 아니야, 그러나 내 사정도 딱하이그려."

3

대머리진 앞이마를 쓱쓱 쓰다듬으면서 자기도 거북하였던지 좌불안석을 하면서 또 다시 하는 말이

"여보게 나도 올해에는 불경기不景氣로 도무지 돈도 바짝 마르고 자네도 소문 듣겠지, 포목금이 폭락일세그려, 어쩌나 어째 돈 만 원이나 착실히 손해를 보고서 이제는 수다 식구가 살아가기도 걱정일세그려. 나도 웬만하면 그러마 해보겠네마는."

"그러나 수십만 원 가지시고 영업을 하시는 박참봉께서야 설마 그만한 것은 아니 파셔도 아직큰 손해는 없으시겠지요."

몇만 원의 손해를 보았다는 말을 들었는지라, 웬일인지 마음에—정말일 것 같으면—시원하기도 하던 차에 우연한 버우정거리는 말을 무심히 하게 되었다. 하고 건너다보니 금방에 박참봉은 기색이 달라진다. '하는 수 없는 일이다. 이제 가자—' 하는 생각을 가지고서 인사도 변변히 아니하고서 B포목 무역상회의 응접실을 나온 순구는 집에 와서 그 말을 자기의 아버지께 전하니 아버지 말씀이

"어쩌니 다 내 잘못이지. 길에 나앉더라도 내놓아야지. 그러기에 이

젠 너도 명심해서 뼈가 부서지도록 벌어서, 잘 살도록 벌어서 한 번 잘 살도록 하여라. 재산이란 없다가도 있고 있다가도 없는 것이니까."

"……."

"다 이 세상에 남과 같이 못사는 사람들이란 다 제가 못나서 그러니라. 저만 잘나면 왜 남만큼 못산단 말이냐?

그는 여태껏 몸소 체험해온 속세의 철학을 말하고 있다.

"너만 잘 벌고 네 동생 녀석만 잘 벌면 또 한 번 세상에 떨치고 살 수가 있는 것이니라. 누구 누구 성가成家했다는 사람 보아라. 다 세상일이란 제게 달렸어. 아무쪼록 결심하고 '좀 보아라!' 하는 듯이 살게 힘써 보려무나."

과연 그의 과거에 대한 체험의 말이라고 순구는 생각하였다. '그것은 아버지의 신조다. 자기의 과거의 생활 속에서 우러나온 신조이다' 하고 그는 생각하였다. 그러나 자기는 그 아버지의 신조에는 웬일인지 동감할 수 없는 의심을 가지고 있다.

'그러면 애를 써 일하고 죽을 힘을 다하여 버는 사람은 왜 못사는고?'

대번에 이러한 의문이 들어가기 시작한다.

'저 서울에 노동자나 시골에 소작인을 보아. 그들은 주야장천 일하건마는 밤낮 못사니 그건 웬일일고?'

그리하여 그는

"세상의 부귀영화가 일 잘하는 힘써 일하는 사람에게로 돌아가게 된다면, 왜 노동자나 소작인은 평생을 두고 못삽니까?"

"그것은 제게 아니니까 제겐 소유권이 없으니까."

"왜 세상의 모든 부귀영화는 뼈가 부서지도록 일하는 사람에게로 간다면서요."

이 말을 하고는 순구는 쓰디쓴 웃음을 웃었다. 아버지도 "허허" 하고 선하품하듯이 기운 없이 웃다.

어찌 되었든지 자기네는 몰락이 되어서 이제는 완전히 프롤레타리아가 되었건마는 그의 아버지는 프롤레타리아면서도 부르주아 이데올로기를 가졌기 때문에 프롤레타리아의 비애를 완전히 맛보고 있는 순구에게는 의심을 주고 또한 순구로 하여금 한층 더 세상일에 대한 생각을 깊이 하도록 만든 것이었다.

"육백 원— 육백 원!"

"자— 육백 원 더 부르시는 이 없으십니까."

하는 소리에 그는 깜짝 놀라서 자기에 돌아오고 말았다.

집달리는 아래를 내려다보고 또한 군중을 건너다보면서 몇 번인지 거듭 외친다. 그러나 장내는 조용하다. 그만하면 다 불렀다고 하는 듯싶다.

"자— 시간 갑니다. 얼른 부르십시오."

역시 아무 대답이 없다. 어느 구석에선지

"그만하면 다 되었소. 그것도 처소가 좋으니까 그렇게 주지 누가 경매에 붙은 것을 매 칸에 오십 원씩—."

중얼거리는 소리가 들린다.

"자— 없으시면 등촌藤村 씨 도장 가지고 이리로 오십시오."

집달리는 누구인지 가리키면서 나오라고 한다. 말이 떨어지자마자 시멘트 바닥에 달그락 소리를 내면서 거무튀튀하고 얼굴에는 여드름이 많이 난 일본 친구가 사각형 순금반지가 번쩍거리는 손에다 도장을 내어 들면서 쫓아나간다. 순구는 의식 없이 자기도 뒤를 따라나갔다. 그는 아무 말 없이 곁에 가서 서 있었다. 등촌이는 만년필을 꺼내어 주소와 씨명을 쓰고 도장을 찍고 보증금 쳐놓은 것이 모자란다는 집달이의 말을 들은 그는 하부다이 검은 헝겊에 싼 지갑을 열더니 십 원짜리 두어 장을 꺼내어 봉투에 더 넣어두고 그 옆에 서서 있다. 별안간 순구는

"저 돈— 돈—"
하고 속으로 부르짖으면서 눈이 둥그래졌다. 그의 지갑 속에는 지폐만 가득히 들어 있다. 순간에 그는 배고픈 자기의 가족, 주머니 속에는 먼지만 든 자기의 품속을 생각하게 되면서 더 한층 세상과 같이 이상스러운 것은 또 다시 없게 생각이 되었다.

"외려 비싸이. 총독부가 옮기더니 막 비싸지는구나."
하는 어떤 친구의 커다란 소리가 들린다.

재판소에서 맡긴 문서 조각에다가 도장— 동그란 등촌이란 도장이 찍히는 것을 본 순구는 '이제 문제는 끝이 났구나' 하는 생각과 함께 웬일인지 모든 것이 기이하게 생각이 되었다. 순구는 이제는 그 마당에 더 있을 필요를 느끼지 아니하였다. 그는 고개를 그의 등뒤로 내밀어 "약초정 ××번지"라는 자만 똑똑히 몇 번인가 들여다보고 들여다본 후 웬일인지 가슴이 찌르르해지면서 그곳을 나와버렸다. 안에서는 여전히

"자— 천백 원."
"천백일 원."
"여기 일천백 원이다."

왁자지껄하는 소리가 들린다. 등 뒤에서는 "건평이 —평, 대지가 —평, 채권자 ×××, 채무자 ×××."

본능적으로 부르는 그 소리 뒷뜰로 불쑥 나온 재판소 제×호 법정 속에서 높게 떠오른다.

그날 밤 순구의 집에서는 여인네들의 훌쩍거리는 소리 때아닌 신세타령이 처참한 분위기 속에 파묻혀버리고 말았다.

훌쩍거리는 순구의 어머니의 우는 소리 더욱 높았다.

4

한 달이 지난 후에 순구의 집에는 집달리가 나와서 세간을 들어내놓고 사람을 내쫓은 후 문에다가는 기다란 널빤지를 가로 대고 턱을 박고 가더니 며칠 있다가는 한뎬을 입은 노가다 두 명의 통솔 아래에 그 집은 헐리고 네모가 반듯하게 터를 닦고는 새로운 깨끗한 일본집 하나가 서 있는 것을 그 동리 사람들은 볼 수가 있었다.

또한 순구의 가족들은 어디로 다들 풍비백산이 되어 갔는지 그것을 더구나 누구나 아는 이가 없었다. 다만 순구의 아버지 이호정이가 호주인 관계상 혹 "그이는 북간도로 돈 모으러 갔다더군—" 하는 애매한 소리가 가끔 가끔 그 앞 복덕방에서 집주름 잇새에나 오르내릴 뿐이고 그의 아들 순구의 소식은 아무도 아는 이가 없었다.

—《별건곤》(1926.12).

콩나물죽과 소설

1

 며칠 전에 쌀 몇 되와 납작보리 몇 되 판 것이 다 없어지고 엊저녁 짓고 나머지가 닷 곱 한 되도 채 못 되는지라 날은 춥기는 하고 전당 잡힐 것도 없고 하는 수 없이 추운 아침에 목구멍이나 지지려는 생각으로 콩나물죽을 쑤어서 집안 식구가 한 주발 혹은 한 대접씩을 먹고 나서 막상을 치우려 하는데 걱정 많으신 어머님은
 "저녁엔 또 무엇을 먹노?"
 자탄인지 독어인지 아마도 트림하고 한꺼번에 나오시는 것을 보아하니까 무심중 앞 걱정이 질려서 그리하시는 모양이다. 이 소리를 들은, 모처럼 맛있게 훅훅 들이마시고 콧물을 쓱쓱 닦아 가면서 먹고 난 집안 식구들의 표정은 일시의 순간 그 먹을 때의 먹는 맛의 쾌락은 잊어버리고서 별안간 얼굴엔 다 각기 컴컴한 표정이 떠돈다.
 "먹은 거 도로 올라오우. 모처럼 먹은 것이나 잘 삭혀야지."
하고 나는 내던지는 말로, 그러나 그리 불쾌스럽게는 말하지 아니하였다.
 모처럼 대여섯 식구가, 좀 거북한 형용이지만 마치 돼지가 밥통에다

주둥이를 대고 먹을 때 서로 꿀꿀대며 떠들고 먹듯이 김이 무럭무럭 나고 비릿한 콩내가 나서는 사람의 식욕을 동하게 하여 아주 이야기해 가면서 맛있게 먹었던 것이 상을 물릴 때쯤 되어서 수다하신 어머니의 말씀 한 마디에 그만 그야말로 의기가 저상이 되어서 다만 근심 띤, 또한 어딘지 모르게 불쾌한 빛이 떠도는 표정들을 지우면서 내 아내와 계수는 발 떨어진 상 조각을 내다놓는다.

그러나 아닌게 아니라 어머님의 그 말씀 한 마디가 사실은 사실이다. 참으로 명확한 사실이다. 어머님 말씀에 자극이 되어서 그랬던지 나는 먹던 마코 토막을 붙여 물고서 쪼그리고 앉아 바깥에, 마루 끝에 놓은, 다 먹고 내간 밥상의 어지러운 것을 보고서 앉아 있을 때, 눈 앞에 창 너머는 마루 끝에 놓인 뒤주—말이 뒤주지 예전에 잘 살 적에 팥뒤주로 쓰던 조그마한 다 헐어빠진 명색의 뒤주—가 보인다. 그 속엔 아무것도 없다. 참으로 기가 막히는 노릇이다. 요사이 어쩌다가 아침에 늦잠을 자다가 뒤주 밑이 빡빡 긁히는 소리를 들으면 나는 저절로 내 정신이 차려진다. 그러나 정신을 차리면 무슨 소용이 있나? 그러나 벌써 일 년 몇 달 전부터는 집안의 육칠 식구— 어머니, 나, 내 아내, 동생, 계수, 누이가 내 얼굴만 쳐다본다. 참으로 어떤 때는 기가 막히는 때도 한두 번이 아니다. 온종일 허덕허덕 이리 뺑뺑 저리 뺑뺑 돌아다니다가 나중엔 에라 도적질이나 할까? 하는 마음이 없지도 않았다. 아닌게 아니라 근래에 혹 가게 앞을 지나가든지 솟을대문집 앞을 지나갈 때면 가게에서 물건을 만일 도적하려면 어찌 어찌하게 아주 교묘하게 하고 솟을대문집 들어가서는 어찌 어찌 마치 탐정소설에 있는 그것대로 한 번 해보리라는 생각이 없지도 않았다. 무거운 다리 피로한 몸 착각이 많은 머리— 이 전체를 억지로 끌고서 돌아다닐 때 저녁때가 돼서 점심도 못 얻어먹고 돌아다닐 때에는 이러한 마음이 거의 날마다 날 적이 있었다. 그러나 나는 여태껏 한 번도 실행해본 적이 없다. 세상에선

이걸 순결한 마음이니 도덕적 양심이니 하면서 입에 침이 마르도록 지껄일 것이나 나는 이렇게 본다. 그게 다 사람의 성된 본능적 행동을 마비시키는 마취제라고. 양심이니 도덕이니가 다 무엇에 말라빠진 수작이냐. 나는 내가 그러한 짓을 못하게 되는 것은 다만 나의 못난 탓이라고 생각한다. 내가 못나서 그런 짓을 못한다고밖에 일컫고 싶지 않다. 그래서 나란 놈이 약아서 혹시 쇠토수 철창 단두대— 그것보다는 차라리 얼굴이 가죽만 남고 다리가 배배 꼬이고 뱃가죽이 찰싹 달라붙어서 죽는 것이 낫거든—.

또 한 가지 이유는 더러운 타협 혹시나 내가 좀 잘 되어서 무슨 행복이나 행여나 있을까 하는 마음, 그 마음이 나를 이 못된 개 같은 세상으로 끌고 다니는 것이지 그리하여 요 못된 마음은 이 다 말라빠진 커다란 덩치를 끌고 다니면서 조리를 돌리는 셈이다. 밖에서 "김형" 하는 부르는 소리가 들린다. 나는 벌떡 일어나 나갔다. T잡지사에 있는 P형이다.

"소설 어찌 되었소?"

그도 아침이나 든든히 먹었는지 홀쭉한 얼굴로 벌써 삼 년째 보는 굵다란 검정 무명 두루마기를 몸에다 걸치고서 피곤한 기색으로 묻는다.

"못 쓰겠습니다. 어제 저녁에 엽서 드렸지요. 참 못 쓰겠어요. 당초에 무슨 뭉텅이 짓는 생각이 나야지요."

"거 안됐다—."

그는 다만 입맛만 쩍쩍 다실 뿐이다. 어찌나 미안한지 두 사람은 묵묵히 얼마동안 서서 있었다. 아마 서로 하고 싶었던 말이야 많았겠지마는 웃을 제는 아무 말이 아니 나온다. 그러나 될 수 있으면 할 말을 다 하려고 애쓰던 나.

"내 요즈막은 아무 것도 못 하겠소이다. 내 언제든지 쓰거든 가지고 가지요. 그때 실어주십시오."

그도 별로 귀둥대둥 말이 많은 친구가 아닌지라
　"그럼 요다음에나."
　"예."
하고 오르르 떨고서 마당에 들어서니 모처럼 콩나물 죽 한 대접에 녹았던 몸이 또 사시나무 떨리듯이 떨린다. 나는 별안간 "콩나물죽과 소설— 콩나물죽과 소설—" 하고 입으로 중얼거리게 되었다.
　방에 들어서자
　"누구예요……."
하고 묻는 아내의 얼굴의 표정 혹시나 저녁 먹을 운동에 다소간이라도 도움이나 있나 하는 한 표정으로 적막하게 묻는다.
　"여보 지금 죽겠는 놈한테 와서 소설을 쓰라니 어쩌면 좋소?"
　"흐—."
하고 아내는 코웃음을 친다.
　"여보 참 딱하구려. 아침에 콩나물죽 한 대접을 김치도 없이 먹은 놈한테 소설을 쓰라니. 여보 무슨 이야기나 하나 해주든지 무슨 재료를 하나 제공을 하오. 그럼 내 쓸 것이니."
　나는 하도 모든 것에 기가 막히고 어이가 없어서 장난의 말로 이렇게라도 해서 좀 마음의 안정이나 또 혹은 잊어버리려는 마음으로 이러한 진실치 못한 수작을 건넸다.
　"그래 무엇이라고 대답했소?"
　"못 쓰겠다고 했지. 어떻게 결단코 회피적 감정이나 그런 것으로나 알아주지 말기를 바란다고 그랬지."
　"아 그러지 말고 쓰구료. 아침에는 콩나물죽 먹고 저녁거리는 없고 집안은 모두 근심 빛이고—. 당신이 늘 하는 말 '웬일인지 굶으면서 앉았으면 한 집안 식구라도 서로 보기가 창피하다'는 말까지라도 쓰구료."

아주 양기로운, 정열이 파묻힌, 마치 흐릿한 겨울 아침에 안개가 개고 아침 햇빛이 떠오를 때 우리가 가지는, 맛 못 보는 감정과 같은 그러한 양기로운 말을 나에게 던진다.

그 말을 듣고 나는 속으로 웃었다. 그러나 뒤미처 나의 가슴에는 찔리는 것이 있으니, 그렇다, 그것도 소설이다, 솔직한 인생의 가장 똑똑한 소설이다, 기록이다, 소설이다. 그러나 내게는 쓸 용기가 없다. 온 집안 식구는 벌벌 떨고 있고 저녁거리는 없고 나 역시 저녁 먹을 것이 까마득하고. 그리고 나는 소설을 쓸 수가 있을까?

나는, 나도 갈 곳을 알지 못하고 두루마기를 떼입고 나올 때

"아마 올해도 김장을 못 하는가보다. 이젠 틀렸다. 이렇게 추워졌으니 있기나 할라고. 씨도리라도 몇 짐 샀으면 좋겠다."

"글쎄 어머님도 딱도 하슈. 먹고 살 수가 없는데 김장 걱정은 열두째요."

웬일인지 나도 알지 못하는 가운데 홧증이 벌컥 났다. 그래서 마루에 내려서면서 이렇게 커다란 목소리를 동리 집까지 들리게 외쳤다.

"아이구 옛날에 배추 열 짐씩 하던 적이 다 어디로 갔누?"

혼자 영탄적으로 그 춥디 추운 다 헐어빠진 방구석에서 이러한 쓸데없는 회고의 영탄이 새나오는 것을 나는 등지고 밖으로 나왔다. 옛날의 잘 살던 생각만 하고 있는 어머님의 마음, 지금에 그는 어떠한 환경에 있는지 굶어 죽었으면 죽고 더 망하면 망하지 한 번 일어나 잘 살 수는 없는 것은 알지도 못하고 그래도 미래에는 옛날과 같은 살림살이가 또 다시 한 번 회복되려니 하는 헛된 무지의 바람, 용기도 없고 능력도 없고 알지도 못하고 다만 옛날만 생각하는 어머님의 마음이 불쌍하기도 하고 또 한편으로는 밉살맞기도 해서 가슴은 답답하고 머리는 아프고 모든 것이 갑갑만 하여 못 견디겠는 마음을 안고서 나는 일어나 부르짖었다. 속으로 생각한 것이었다.

'아— 이 마음이여. 걷잡을 수 없는 답답한 내 마음이여— 너는 오늘도 이 피로하고 아무 무능력한 이 고깃덩이를 끌고서 어디로 가려느냐? 종로의 큰길 거리로 친구 집 사랑으로 도서관의 신문 잡지실로—.'

2

온종일 헤매는 마음을 내가 갖고 다녔는지 헤매는 마음이 나를 끌고 다녔는지? 이리저리 돌아다니다가 털털이로 집에를 들어가니까 계수가 부엌에서 불을 때고 있다.

"밥은 어떻게 짓나? 그래도 사람이 죽으라는 법은 없나 보다."
하면서 나는 우선 방문을 열고서 고개를 먼저 쑥 들이밀어 가지고 어머니의 낯을 보면서
"어떻게 밥을 지었수?"
밥을 짓게 된 것이 아닌게 아니라 나에게는 그보다 더 반가운 일은 없었고 또한 다행한 일은 없었다. 그래서 맨 처음 묻는 것이 어찌해서 밥을 짓게 되었는가? 하는 그것을 먼저 알고 싶었던 것이었다.
"옆집에서 쌀 한 되 꾸었다. 거기도 오늘 어찌 어찌해서 쌀을 석 되를 팔았다나? 어쨌든—."
"그거 잘 되었군요."
"넌 어떻게 되었니? 돈 좀 꿔달라는 것이 되었니?"
방안에 들어서는 나를 보고 이렇게 온종일 궁금하게 여기던 것을 어머님은 물으신다.
"돈이 무어요. 누가 주어야지 꿔달라기는 갚을지 못 갚을지도 모르니까 그저 좀 달랬지."
어머님은 깜짝 놀라신다.
"너도 딱하다. 남더러 그저 어떻게 달라니?"

"내 오늘 생전 처음으로 그런 소리 좀 해보았소이다. 있는 친구 됐다가 좀 달라면 어떤가요."

"남더러 거저 달라니까 누가 주겠니."

말은 이에서 끝났다. 온종일 그들은 집안에서 지내고 나는 밖에 나가서 돌아다니던 결과의 보고가 간단히 우선 이에 끝이 났다.

그러나 내 눈앞에는 극히 이상스러운 것이 띄게 되었다. 누군가 아랫목에 이불을 쓰고 드러누웠다. 검은 머리털만 반쯤 밖으로 나오고는 두루뭉수리가 되어 가지고 때가 꾀죄죄 흐르는 이불 속에 들어 있다. 나는 직감적으로 '아— 아내로구나.'

우선 급한 이야기하기에 아내가 어디로 갔는지 그것도 알려고 하지 않았던 것인데 나는 이불을 쓴 사람이 아내인 줄을 이제야 알게 되었다. 나는 그의 머리 앞으로 천천히 가서 앉았다.

"왜 어디가 아프우."

그는 아무 말 없이 몸을 뒤치더니 "끙" 하면서 병인의 앓는 소리를 한다.

"아까 온통 야단이 났단다. 기구 배가 아프다구 그러구 아침 먹은 것이 체했나 보더라. 아까 찬물에 네 셔츠하고 제 고쟁이인가를 빨더니 꼭 질렸다 보더라."

어머님은 두서가 없는 말로써 단편적으로 대강을 이야기하신다.

"콩나물죽이 체했구나."

나는 이렇게 그 순간에 속으로 부르짖었다. 나는 차디찬 손을 비벼 가지고 아내의 이마를 만져보았다. 내 손이 차기도 하지마는 열이 어지간히 있는 모양이다.

"대단히 아프우. 추운데 빨래는……."

빈곤이 갖다준 병. 그도 알건마는 나는 아무 것도 그의 병을 낫게 할 아무 것도 갖지 못하였다. 그러니 나는 다만 빈말로써나 그를 위로나 할까? 하는 말밖에는 나도 아무 것도 가지지 못하였다. 지금 나의 주머니 속은 털털이다. 나는 다만 차디찬 빈손만 가졌을 뿐이다. 차라리 원망이나 하면 빈곤 그것이나 원망이나 할까. 원수다. 빈곤이 원수다. 여기까지 이르러서는 이러한 빈곤을 낳게 하는, 생기게 하는 그 원인 그것도 알 것이 없다. 알면 무엇을 하니. 알기는 안다. 그러나 그 안다는 것으로는 지금 우리가 당하고 있는 빈곤에 대해서는 아무런 해결을 주지 못한다. 내가 왜 이 모양이며 우리 집안이 왜 이 모양이며 여러 사람이 왜 이 모양인지 나는 안다. 그러나 그것이 무슨 소용이냐. 아무 것도 아니다. 이 세상에 진리라는 것도 아무 것이 아니다. 진리대로 되어간다는 것도 나는 의심을 한다. 이러한 생각까지 하게 되는 그 마음조차 아무 것도 아니다. 지금 당장 아내는 앓고 나는 주려 있다. 이러한 바람갑이 생각이 토막토막 머리를 때리면서 나의 눈은 나의 아내를 떠나지 아니하였다. 별안간 아내는 벌떡 일어나며 윗목을 가리킨다. 직각적, 혹은 본능적으로 내 손은 요강으로 갔다. 요강은 그의 앞에 놓였다. 그는 주르르 하고 토한다. 나는 그의 등을 툭툭 쳐주었다. 그는 한두 번 띄엄띄엄 마치 장마통에 처마 끝에서 낙숫물이 쏟아지듯이 입에서는 먹은 것이 토해 나온다. 콩나물 대강이가 혹은 성한 채 혹은 반 토막이 되어 가지고 나온다. "이걸 먹고 사람이 살다니." 나는 지금 보는 것, 당하는 것밖에는 아무 것도 없다. 그는 나중엔 몸을 한 번 급한 속도로 경련적으로 부르르 떨더니 어머님이 갖다주시는 냉수로 입을 닦고는 자리에 쓰러진다.

  어두컴컴하다. 아니 아주 캄캄해졌다. 석유 등잔에 불을 켜야 하겠다. 불은 켰다. 그 불빛은 희미하게 아내의 드러누운 모양을 내 앞에 갖다 놓는다. 유령과 같이 그의 머리는 흐트러진 채 씨그러졌다. "아 못 보겠다. 못 보겠다." 얼마나 나는 부르짖었으랴마는 나는 여전히 나의 아내의 머리를 짚고 앉아 있다.

저녁밥이라고 들어왔다.

앓는 사람은 앓거니와 성한 사람은 또 먹어야지.

밥이 꾸역꾸역 식도를 넘어간다.

아내는 콩나물죽에 거꾸러져 있건마는 밥을 먹은 인간들은 우두머니 들 앉았더니마는 꼬박꼬박 졸기 시작하다가 그대로 쓰러진다. '이게 사람의 사는 것이냐?' 나는 공중을 우러러 외치고 싶었다. 그러나 내 고개는 기껏 천장밖에는 못 쳐다보고 있다.

밤은 점점 깊어 간다. "야기모" "야기모" "만주노 호야호야"가 저녁 도 변변히 못 먹은 나의 식욕을 그래도 또 자아올린다. 나는 원망한다. '왜 위장은 생겨나서 못 살겠구나. 차라리 위도 없고 오장도 없고 다만 공기만 마시고 사람이 살게 되었다면' 한다.

나는 또한 천장을 쳐다보고 껄걸 웃으면서 벽에 기대었다.

병이 났으니 약이 필요하다. 의사가 필요하다.

"대관절 토악질이 심하니 주사나 한 대 주고 차차 진정되는 대로 약 이나 먹였으면—."

"그것도 그만 두고 영신환이라도 한 봉 사다 먹였으면—."

그러나 영신환 살 돈도 업다. 만뢰*가 고적하다. 돈 취하러 가도 좋겠 지마는 줄 놈도 없거니와 또 다들 자리라.

"참아보자. 아까 소금을 먹이니까 그래도 좀 진정이 되더군."

나는 이렇게 움찔거리면서 벽에 가 기댄 채 나 역 잠이 오는 흐릿한 시선으로 아내의 얼굴을 내려다보았다. 아내는 혼몽해 있는데 자는지 아니 자는지?

나는 의사한테로 빨리 달려갔다. 의사는 있었다. 그는 나와 보통학교 동창이었다. 그리하여 내 이야기를 들은 그는 실쭉해지면서 '추운데

---

* 萬籟 : 자연계에서 나는 온갖 소리.

귀찮게―' 하는 듯이 따라나선다. 가까우니까 인력거도 아니 불렀다고 하고서 걸어서 데리고 왔다. 그는 아내가 누워 있는 방으로 들어올 때 자연 냄새가 있을 것이다. 고개를 돌이키면서 들어와서는 우선 청진기를 꺼내어 아내의 가슴에다 대고 듣고는 나에게 병의 시초와 병의 증세를 묻더니만 무슨 주사인지 한 대 주고는

"원래 위가다루가 심한 데다가 영양부족에 기가 허약해져서 관격이 된 모양이고 또 단적丹積이 있는 모양이외다"

하고 그는 일어선다. 나는 그를 따라갔다. 가면서 돈이 없어서 어쩌나? 어쩌나 하는 근심이 한두 번이 아니었다.

'그러나 설마 아는 처지에―.'

하고 따라가서는 물약 한 병 가루약 2일 분을 가지고 일어서 나오려 할 때

"여보 박형 내 지금 별안간 돈이 없는데―."

하고 머뭇머뭇하니까

"응 그만 둬― 그런데 언제 자네 집안이 그렇게 되었나. 아니 가져와도 좋아."

겨우 약병을 든 손, 걱정하던 마음은 안심이 되었다. 그러나 웬일인지 뒤이어 모욕 또한 능멸 그 무슨 한 없는 무시를 당하는 것과 같았다.

'세상에 남에게 자선을 받는 이들의 마음이 다 이러할까?'

하고 느껴지면서 나는 보아주고 도와주면서도 그의 마음은 푸대접으로 대접해준 옛 친구 박의사의 행동에 한없는 불평을 품으면서

"성의 없는 놈."

이렇게 중얼거리고 우리 집 골목에까지 들어와 걸어올 때 원체 전등 하나가 달리지 않은 컴컴한 동리라 삐끗해 넘어지면서 약병은 깨지면서 약물은 쏟아져 나왔다.

"아― 요강 요강."

하고 부르짖으며 흔들어 깨는 바람에 깨보니 아내는 벌떡 일어나 나를 흔든다. 요강을 갖다 댔다. 그는 토했다. 어머님도 깨신다. 와서 등을 문질러주신다. 나는 그제야 정신이 들면서
 '꿈이었다?'
쓰디쓰게 웃으면서 그러나 그 꿈이 얼마나 아까웠는지 몰랐었다.
토하는, 괴로워하는 아내를 보니 말이다.
짧은 꿈 괴로운 가운데서 그 밤은 벌써 밝아졌다. 창문이 하도 환하기에 내다보니 밤 사이에 올해 들어서는 처음으로 눈이 왔다. 여기저기 소두룩이 가장 어여쁘게 쌓여 있다. 그 눈 빛으로 인해서 동도 트지 않은 창문이 환하다. 어느 동리 집에선지 닭이 홰를 치고 운다. 떼굴떼굴 굴러가는 수레 소리가 나며 물지게 소리가 나기 시작한다. 또 세상이 움직이기 시작하는 판이다.
 '빌어먹을 밤이 왜 밝아!? 아주 굳어버리지―.'
하고 나는 역시 속으로 중얼거렸다.
얼마 있다가 말쑥히 갠 쌀쌀한 하늘엔 햇빛이 보인다. 지붕 마두턱이 남짓하고 햇빛은 와서 앉는다. 또 병―의사―영신환―주림―이 모든 것의 걱정이 혼선이 되어 가지고 나의 머리에 와 부딪는다.
"에이 해 뜨는 게 원수다."

―《별건곤》(1927. 1)

이 살림을 보아라

 길성吉成이 어머니는 길성이가 어디로인지 아침밥을 얻으러 간다고 가버린 후 웬일인지 오정이 지나도록 오지 않기 때문에 그만 기다리다 기다리다 못해 거적을 뒤집어쓰고서 자기 혼자 홧증을 내며 이리 뒹굴 저리 뒹굴건마는 누구 하나 돈 한 푼 던져주는 이 없고 배는 고파 기신을 못 차릴 지경이라 눈이 아물아물해지면서 가을날 한낮 따뜻한 볕이 거리에 비친 것을 바라볼 때 이상하게도 아둥아둥해지면서 햇볕이 주황朱黃빛같이 보이기를 시작한다.
 '이 애가 어찌 안 와?'
 이렇게 그는 간단하게 다만 미쳐 돌아다니는 자기 아들이 오기만 기다리면서 나중에는 하는 수 없이 헛기운을 내가지고 두 손으로 거적을 힘껏 쥐어잡아 들이면서 모로 씨그러졌다.
 어디서 떠들어온 거지인지는 모르지마는 요사이 탑골공원 뒷문— 문간에는 살림 한 자리가 지나가는 사람과 동리 아이들의 구경거리가 되고 있다. 어떤 심한 아이들은 무슨 곡마단曲馬團 구경이나 가듯이 밥만 뚝O 먹으면 공원 뒷문 근처에 와서는 혹은 가까이 서서 혹은 멀찍이 서서 이 늙은 마나님 한 분과 젊은 아들의 살림살이를 구경하고 있다.

오그랑바가지쪽 같은 얼굴에 주름살이 어찌나 몹시 졌는지 마치 장마통에 훌쳐내려간 큰길 거리의 물 내려간 자국과 같은 주름살이 종횡으로 수없이 져서 있으며 키는 오그라붙었는데 쪼그라져서 그러한지 앉은키가 보통사람보다는 작으며 아침 저녁으로는 꽤 선들선들한 가을날이건마는 헌 베적삼에다가 아랫도리는 겉에는 부대 조각을 감았는데 그 속으로부터 빼빼 마른 종아리 혹 허리통이 내보인다. 그 중에 제일 가는 특징이 또 하나 있는데 그것은 그가 머리를 잘라서 나팔대강이가 된 것이다. 그래서 더욱이나 이 동리 아이들의 호기심을 끌게 되었으며 따라서 별명이 있으니 그는 '단발미인' 이라는 별명을 가지고 있다.

이 '단발미인' 이 공원 뒷문 호주戶主인 박길성朴吉成의 어머니요 이 단발미인에게 젊은 아들이 하나 있으니 그는 항상 다 찢어진 셔츠 바람에 잠방이를 걸치고서 대지팡이를 짚고 큰 행길로 다니며 하는 말이

'이 지구는 다 내 것이다.'

'우리 아버지가 살아와야 내가 잘 산다.'

이렇게 외쳤다 중얼거렸다 하면서 돌아 다니는 실진한 그가 이 '단발미인' 의 아들이었다.

또한 네모가 진 문간에 영 바닥은 축축하고 기둥이 있는 주춧돌은 항상 축축하여 습기가 차는 그 속에다 멱서리를 두어 잎이나 쪼개어 깔고 한 잎은 덮었으며 한쪽 귀퉁이에는 깨진 양철통이 디글디글 굴러다니며 또한 모퉁이에는 헌 누더기 조각이 한 묶음 있는 것이, 그것이 그들의 살림살이였다.

마나님은 혼자 뒹굴면서 아무리 자기 아들이 오기를 기다려도 아침에 어디로인지 간 길성이는 영영 돌아오지를 아니한다. 화가 나는 푼수로 말하면 곧 어디로 찾아나가든지 그렇지 않으면 자기 혼자 어디로 무엇을 좀 얻어먹으러 가도 좋으련마는 원수의 다리로 해서 도무지 한 ○년 째 그 아들이 부축을 하지 않으면 한 발도 옮겨놓을 수가 없는 형편

이니 가슴만 답답할 뿐이었다. 그는 그 전에는 빌어먹어 다니는 것을 한탄을 하게 되었으나 요즘 와서는 그보다도 자기의 다리가 자기를 싣고 다니지 못하게 된 것을 얼마나 현재의 자기가 지내는 정황보다도 원망스러웠는지 몰랐었다.

허기가 져서 몸은 쓸데없이 자기도 모르게 속 오장부터 경련적痙攣的으로 떨리는데 그에게는 또 한 가지 걱정이 있으니 그것은 날마다 오정이 지난 후면 으레 한 번씩 와서 "어디로 딴 데로 가라"는 말을 하면서 혹은 발길로 차고 가기도 하고 혹은 나무라고 호령도 하고 가기도 하는 나리님이 또 오실까봐 그것이 또한 한 큰 걱정이었다.

우연히 그는 본능적으로 혹시 길성이나 오나 하고 또한 나리님이나 아니 오시나 하는 마음으로 배고픔, 조바심, 갑갑한 마음, 부르르 떨리는 육체의 경련— 무엇이라고 형언할 수 없는, 단순하지 아니한 시선으로 길가를 건너다보았다. 그는 반쯤 몸을 움직여 몸을 길가로 향한 것이었다.

건너편 가게에 시뻘건 사과, 고구마, 북어, 미역, 이 모든 것이 그의 안공眼孔에 비치는데 목에서는 침이 바로 바위 틈에서 샘 솟듯 솟아 가지고 다만 흘러가느니 그의 말라빠진 목구멍으로만 흐르고 흘러 들어간다. 먹고 싶다는 그러한 욕망도 감히 내지 못하고 다만 바라볼 따름…… 그는 사과, 고구마가 비치는 그 눈에 눈물이 핑 돌았다.

옛날에 옛날에 자기 남편이 육군 정위正尉를 다녔을 때에는 그 언제인가 길성이를 뺐을 제 감자가 먹고 싶다고 하여 감자를 그의 남편이 댓 냥 어치나 사다주어서 맛있게 혼자서 다 먹던 생각도 몽롱하게도 떠올랐다. 그는 도로 거적을 쓰고 고요히 드러누웠다. 그것은 저편에서 순사 나으리 두 분이 무슨 이야기인지 하면서 이쪽으로 향하여 오기 때문이었다.

"여이, 야이, 일어나."

아니나 다를까 이러한 소리가 자기의 귀에 들리면서 그의 마르디 마른 갈빗대에는 무엇인지 툭 와서 닿는데 그는 반동적으로 입을 딱 벌리지 아니치 못하였다. 두 번째는 그 발이 거적을 끄집어들인다. 그는 일어나지 아니치 못하였다. 그는 드디어 일어나 앉아 귀신의 눈과 같이 헤멀건 두 눈으로 그 두 나으리를 쳐다보았다.

"왜 안 가고 여기 있어?"

"……."

"엉?"

"나리님 배가 고파 죽겠습니다. 가는 것이고 무엇이고."

"배 고프다는 말 누가 하랬어. 어서 일어나 가."

하면서 나중 말은 일본말로 무엇이라 하면서 옆에 섰는 동관을 보고 말하는데 한 분은 조선 양반이고 한 분은 일본 양반인 모양이었다.

"어서 가—."

하고 이번엔 일본 양반이 서투른 발음으로, 그러나 야멸찬 어조로 이렇게 말하면서 또 발길이 오는 것을 이번에는 몸을 움찔하여 가지고 피하니까 그는 그만 헛땅을 딛고 말았다. 모를레라, 이것이 도화선이 되어서 그리함인지 그는 싱글싱글 웃으면서 거적 위에 올라서서는 흰 장갑 낀 손으로 서양철통을 집어던진다, 누더기 뭉텅이를 집어던진다, 거적 귀퉁이를 치켜든다, 혼자서 야단이다.

"더러워요, 더러워."

조선 나리님은 이렇게 일본말로 하는 모양이다.

"네 아들 어디 갔니? 왜 아들 오면 나간다더니 왜 아니 왔니? 어디 가서 아니 와, 아니 오기를, 응?"

"모르겠어요. 아침 얻으러 가서는 아니 온답니다. 나리님, 며칠만 참아주세요, 네. 어찌합니까? 네?"

"대체 너 어디서 떠들어온 것들이냐? 너 네 남편은 언제 죽었니?"

"합병合倂통에 죽었세요. 그래 집안이 망했지요. 아들은 미치고."

여기저기 구경꾼이 몰려든다. 그 앞 넓은 마당이 빽빽해진다. 양철통 구르는 소리에 군중은 고개가 일시에 그리로 몰렸다가 순사의 고개가 뒤로 제껴지면서

"가―."

소리를 지를 때에는 일시에 몸들이 골패짝 쓰러지듯이 멈칫한다.

어디서 뛰어들어 왔는지 웬 일본 오카미상* 한 분이 맨 앞에 서서 자기가 가장 그 거지의 내력을 잘 아는 듯이 그 옆에 섰던 어떤 된장집 반토** 같은 친구에게 일장을 설명을 하고 서서 있다.

"이 마누라쟁이 아들은 참 내지 말을 썩 잘 해요. 만나면, 내지 사람들만 만나면 그저 잡담 제하고 붙들고 서서는 '우리 아버지는 합병통에 죽었습니다. 우리 어머니는 다 죽어 갑니다. 저는 미쳤습니다. 한푼만 줍쇼' 하면서 어찌나 내지 말을 잘 하는지 모르겠어요."

"아마 어렸을 적에 보통학교나 좀 다녔나 보지요."

이것은 듣고 섰던 반토의 말이다.

"글쎄요. 그리고 제일 우스운 것이 미친놈이 어쩌면 제가 저더러 미쳤다고 합니까?"

"글쎄요. 미치지는 아니한 것이지요. 상업수단商業手段으로 일부러 그러는 것인 게지요"

하면서 반토는 빙긋이 웃는다.

"그러나 하는 짓은 꼭 미친놈이에요. 더구나 눈 같은 것을 보면 꼭 미친놈의 눈이더군요."

"제일 우스운 게 그 가느다란 댓개비를 들고 다니면서 하는 말이 '우리 아버지는 육군 정위를 다니었지마는 나는 인제 육군 대장이 된다,

---

* おかみ(女將): (요정 등의) 여주인.
** ばんとう(番頭): 상가의 고용인 우두머리. 상점의 지배인.

그러면 너희놈은 이 칼에 죽어보아라. 삼척장검三尺長劍이다' 하는 꼴이란 참 못 보겠어요."
 들고 있던 좌우의 군중들은 픽픽 웃는다.
 이때에 또 멍석 위에서 야단이 일어났다.
 "가—. 아니갈 테야. 아니 가면 잡아간다. 공연히."
 "아이구 겁나겠소. 잡아가우, 잡아가. 왜 안 잡아가우. 나는 잡아가기만 기다리는데"
하면서 길성이 어머니는 악에 받쳐서 입에 침이 고이면서 그리o인다.
 "너를 잡아가면 무엇에 쓰게 되지 못하게 머리는 왜 깎았어?"
 조선 나으리님은 이렇게 중얼거리면서 팔짱을 끼고 서서는 빙그레 웃는다.
 "머리 깎은 이유가 또 우습지요."
하면서 오카미상은 뒤를 잇는다.
 "당자는 당초에 말도 아니하는데 길성이 말이 '우리 어머니는 열녀烈女지요. 다시 시집 아니 가겠다고 머리를 잘랐답니다' 하고 다니는데 어찌 우스운지— 호호호."
 모두 다 이번엔 대성으로 깔깔 웃는다.
 또 다시 양철통이 날아간다. 거적이 뒤척거려지면서 먼지가 풀썩풀썩 일어난다.
 "안 갈 테냐. 안 가면 이거 모두 걷어다가 쓰레기통에다 넣는다."
 "그러지 말고 날 죽여주우. 흥, 우리 살림이 누구 때문에 망했는데 그래. 이 살림을 좀 보슈. 양철통 거적 조각을 못 갖다 버려서 걱정이시우. 날 죽여요. 이까짓 인생이 살면 무엇을 하겠수. 자— 그 칼로 내 모가지를 잘라주시우."
 늙은 마누라는 거적으로 머리통까지 집어쓰면서 데굴데굴 구른다.
 "원 이걸 어째."

혼자서 조선 나리님은 한숨이시다.

"자, 죽여주어요. 죽여주어요."

옆에 섰는 군중은 누구 하나 '그르다 좋다' 말 한 마디 하는 사람 없이 다만 동물원에 구경 간 격으로 잠잠히 서서 구경만 할 따름이다.

"우리 영감은 총 맞아 죽구, 우리 아들은 미쳐서 돌아다니고, 나는 굶어죽겠구. 어차피 이래 죽으나 저래 죽으나 매일반이요. 어서 죽여주어요. 더 살면 무엇을 하겠소. 더 살자는 년이 망나니 같은 년이지."

이러한 난장판 가운데 어디서인지 뉘 소리인지

"육군 대장 오신다. 육군 대장 오신다."

하는 소리가 들린다. 일제히 고개가 그리로 돌려진다.

맨발 맨몸뚱이에 셔츠, 잠방이만 걸친 길성이는 한 손에는 그 속에는 무엇을 쌌는지 신문의 뭉텅이를 하나 들고 마치 전승戰勝한 개선장군凱旋將軍 모양으로 위풍이 당당하게 자기 어머니를 찾아온다. 여러 사람은 비켜준다.

"어머니 떡 잡수시우."

하면서 자기 어머니에게 떡을 주려던 손, 그 손에 든 떡은

"이놈아 왜 인제 와. 어서 가거라."

하면서 철걱 붙이는 나으리님의 따귀 한 번에 그만 땅에 떨어지고 만다.

"네, 가고 말구요."

그는 따귀 한 번에 제정신이 든 듯이 조용히 그의 어머니 앞으로 가까이 가면서

"어머니, 일어나셔요. 가십시다."

하면서 부축하여 그의 허리를 일으킨다.

"애, 길성아. 어디 좋은 데 있든?"

"있고 말고요."

"어디가?"

"이 지구 덩어리는 다 내 집이야요. 그리고 나는 인제 육군 대장이 될 테인데."

조용했던 군중들은 픽픽 웃는다. 나리님도 웃는다.

그리하여 그들은 일어섰다.

그리고 거적을 잡아 질질 끌면서 양철통을 어깨에 주렁주렁 매달고서는 군중을 헤치며 나아간다.

"애야. 글쎄 어디를 간단 말이냐. 떡 집었니? 배가 고파 못 가겠다."

"네, 여기 있습니다. 그리고 이 넓은 세상이 다 우리 집인데요."

하면서 그는 걸어간다. 군중 속에서는 '미친놈이 아니로군그려' '글세' 하는 소리가 들린다.

한편에서는

"철망을 갖다 쳐야지. 갑시다. 에이 시원하다. 온 관내에 저런 것들이 있으면—."

하면서 두 나으리님은 동으로, 길성이 모자는 서로, 군중만이 그 가운데 띄엄띄엄 서서는 속으로 어떤 자는 '철망 철망' 하면서 그 길성이 모자가 있던 대문간을 무심히 바라보고 섰는 이도 있었다.

—《매일신보》(1927. 1. 1).

무엇?

　—그가 땀을 흘리고 사람에게 부려질 제 뼛속에서 피가 솟도록 일을 할 때 무엇을 요구하겠습니까?
　엊저녁에는 진눈개비가 오더니 오늘 아침은 날씨가 바짝 추워지면서 질컹질컹하던 땅바닥이 수레 자국이 그대로, 사람의 짚신 자국이 그대로 다식판에 박아놓은 듯이 득득 얼어붙어서 구두 밑에서는 달그락 소리가 나며 또한 찍찍 미끄러지는 어느 추운 날 아침때가 겨울 때였습니다.
　그나 그뿐입니까? 매운 바람이 휙휙 불어옵니다. 아무 걱정이 없을 것 같으면 뜨듯하게 불을 때고 이리 뒹굴 저리 뒹굴 계집과 히히 지껄이고 해태표나 애꿎이 태우면서 해가 서로 떨어지는지 동으로 기울어지는지도 모르고 히히 지껄이련마는 도무지 세상 일이란 그렇지 못하여 그는 이 바람을 맞으며 이 얼음판 위로 기우뚱 기우뚱 걸으면서 그의 노동하는 곳으로 가지 아니하면 아니 되게 되었습니다. 누구나 언뜻 생각하면 그것이 사람의 하는 직분이다. '노동은 신성하다' 하는 말이 빗발같이 일어나겠지마는 웬일인지 그러한 의미에서는 정반대의 선물이 그에게는 오고 또한 그의 눈앞에다 갖다 주는 것이 아무리 생각하여도 그저 '노동은 신성하다' '사람이란 그렇게 살아야 된다' 또한 '사람은 그렇게 살아야 사는 본의가 있다' 는 인식은 받지 못하게 되는 사실이 날마다 그에게는 느껴지는 이 어찌합니까?

자, 오늘도 우선 그는 자기가 노동하는 곳에서 이러한 것을 보게 되었습니다.

그가 노동하고 있는 곳은 새문턱 높다랗게 지어놓은 전신국이었습니다. 또한 그가 있는 방은 그곳 문서계실文書係室이었습니다. 잠깐 들여다보면 훌륭하지요. 깨끗한 방안에 증기 스팀이 있어서 방안은 훈훈합니다. 또한 결 고운 나무로 짠 테이블이 쭉 둘러놓여 있습니다. 그러나 앉기는 어떻게 앉았으며 또한 그들이 일은 어떻게 하겠습니까? 맨 앞 전면으로는 퉁퉁한 체격에 O도 일부러 점잖게 내가지고 하는 주인이 앉아 있습니다. 그리고 그 자리를 잇대어서 쭉 그 아랫 지차사 부원들이 둘러앉아 있게 되었습니다. 그는 일상 맨 끝에 앉아 있습니다. 그러나 일은 항상 누구보다도 그 중 많이 합니다. 그리고 그보다 조금 높은 사람이 또 조금 일하고 또 그 위가 또 조금 덜하고 이렇게 하여 가지고 그 퉁퉁한 주인이라는 친구는 나중에 도장만 찍습니다. 그는 하는 것이 없습니다. 온종일 앉아서 도장만 찍고 그것도 불이 번쩍나게 찍는 것이 아닙니다. 하루에 서너 번이나 찍을까요? 그리고 여송연이나 피우고 앉아서는 그 음침스러운 시선으로 그 아래 사무원들이 일하는 것을 노려다보고 앉아 있습니다.

그는 어찌하여 자기는 남보다 많이 일하고도 자기 집안 식구는 쌀밥 한끼 똑똑히 못 얻어먹나? 하는 생각을 할 때 그는 가슴이 터지는 듯하였습니다. 그리고 그럴 때마다 그는 당장에 책상 발이라도 빼가지고 휘젓고 싶었으나 그는 그러지를 못하게 되니 고민인들 오죽하겠습니까?

그러므로 그는 꼬치꼬치 말라갑니다. 잘 먹지도 못하고 또한 게다가 자기 정력은 다 뺏기고 또 그로 인하여 고민이 생기는 것으로 인하여 또한 마르고 누구가 이 야속한 사정을 고쳐주겠습니까?

점심시간이 되었습니다. 종이 땡땡 울립니다. 각 방에 그 음향이 울릴 때 그도 또한 남들의 뒤를 따라 식당으로 가서 벤또라고 먹고 나서는 자기가 있는 방으로 또 다시 들어와 영창에 가 기대어 바깥을 내다볼 때 서울 장안의 한 모퉁이가 다 자기의 눈 아래서 움직입니다. 먼 데 것은 보이지 아니하나 그는 "앗" 하고 깜짝 놀래면서 또한 소름이 별안간 몸에 끼치는 사건이 눈에 보이는 것이 있으니 그것은 말이 매를 맞는 것이었습니다. 원래 그 앞은 높은 언덕입니다. 모든 수레란 수레는 모두 올라오기에 힘이 듭니다. 하다 못해 그 엄진하신 자동차님까지도 "푸르르" 하고 된소리를 내고는 겨우 천천히 올라오는 곳이니까요.

가뜩이나 빙판인데 말은 석탄인지 무엇을 섬에다 실은 것을 한 마차 가득 싣고는 까딱 안 하고는 서서 있습니다. 그리고 그 옆에는 그의 주인인 마부가 회초리를 들고서 사정없이 갈깁니다. 비록 약간 동떨어져서 보이는 곳이나마 그 말은 때때로 엉덩이를 얻어맞으면 뒷발을 들고 모가지를 얻어맞으면 대가리를 돌이킵니다. 그리고 그 추운 겨울날이건마는 그의 몸은 땀에 흠뻑 젖었습니다. 그리고 때때로 말은 경련적으로 몸뚱아리의 일부를 부르르 떱니다. 그러나 누가 압니까, 주인은 막 때립니다.

사람일 것 같으면 비명도 지를 터이고 달아나기라도 하겠지만 그는 꿋꿋이 서서 맞습니다. 그리고 또한 이상한 것은 어찌하여 이 큰 짐승이 그 조그마한 빼빼 마른 사람에게 이렇게 지배와 학대를 받게 되는 것입니까?

말의 몸뚱아리에서는 땀이 흐르기 때문에 그것이 추운 공기 속에서 수증기가 되어가지고 무럭무럭 어디로인지 올라갑니다.

반항이 없는 묵종默從! 이것이 말이 짊어진 운명일까요?

그는 그것을 내다볼 때 자기 같았으면 대번에 자기의 등에 얽어맨 멜빵 질대를 끊어버리고 덤벼들어 한 번 그 주인을 물어제낄 것 같았습니다. 그러나 자기는 지금 어떠한 환경에 있으며 또한 어떻게 부려져 있습니까? 그는 생각하였습니다. 그 말과 지금 이 방 따뜻한 스팀 앞에 가 서서 창에 기대어 있는 지금의 자기의 몸이 똑같다고 생각하였습니다. 그 운명이라면 운명이.

이상하게 짜여진 법칙이며 또한 그 법칙을 자기는 조금이라도 벗어나지 못하게 되는 것을 생각할 때 그는 가슴이 아팠습니다. 아프다 못해 저리었습니다.

그는 공연히 무슨 생각으로인지 밖으로 나왔습니다.

지금 그는 바로 마차 앞에 가 서서 있습니다. '어찌하면 이 말이 올라가도록 만들어주지 못할까?' 하는 마음이 들건마는 도저히, 비록 자기가 그 수레바퀴에다 어깨를 끼고 떠민다 하더라도 그 말이 저 고개까지 올라가지 못할 것을 깨달았습니다.

나와서도 역시 자꾸만 생각되는 것은 자기가 그 뚱뚱한 주인의 쇠눈깔 같은 눈깔 앞에서 꼼짝도 못하고 팔목이 시도록 무엇을 쓰고 적고 눈이 활활해지도록 바쁘게 노동하는 것을 벗어나지 못하고 종노릇하는 것과, 또한 이 말의 저 주인의 매 끝에서 헤어나지를 못하고 어찌할 수 없이 매인 몸이 되어 가지고 소리 한 번 크게 지르지 못하고 허위적거리는 것이 똑같이 생각이 되어서는 공연히 자기의 몸이 어떠한 기운의 충동을 받아서 그만 맥이 없어지고 또한 따라서 무거워지는 것을 깨달았습니다.

또한 수많은 노예를 그 두리번 두리번하고 휘두르는 그 눈으로 감독을 하고 그리하여 그들의 땀을 뽑아내는 분량이 많으면 많아질수록 자기는 집이 한 개가 더 늘고 첩이 하나가 더 늘어나며 몸이 점점 더 뚱뚱해져 가는 꼴과 이 말 하나가 건강하게 아무 말 없이 매를 잘 맞고 잘 부려질수록 다소간이라도 잘 먹게 되는 이 주인을 생각하게 되니 좀 의미는 다르다 할지라도 그는 가만히 그대로 차마 그대로 있을 수 없었습니다.

"가만히 좀 때리지 말고 쉬어가게 하시지요."

그러나 사람의 심사란 고약한 것입니다. 그는 한 번 더 때립니다.

"여보 때린다고 가지 못할 것이 가지오."

이번에야 주인은 수긋해집니다. 그러나 그 대신 욕을 합니다. 그러나 그것은 자기가 먹는 욕이었습니다.

그러나 이때 그는 "억" 하는 소리와 함께 본능적으로 뒤를 돌아다보게 되는 사실이 또 한 개가 생기게 되었으니 그것은 그곳에서 모였던 군중이 "어— 어—" 하고 부르짖는 소리가 그의 귀에 들리기 때문이었습니다.

전신주에서 사람이 떨어졌다.

비록 몇 사람 아니 되지마는(그곳은 호젓한 곳이라) 군중은 "와—" 하고 한 곳으로 몰렸습니다. 아, 아, 이 광경을 어찌 봅니까? 떨어진 사람은 단단한 얼음이 깔린 땅바닥에 거꾸로 떨어져 가지고는 사지를 비비꼽니다. 마치 그 무슨 버러지 모양으로.

조금 있다가 "저 피, 저 피" 하는 군중의 소리와 함께 그는 입으로 피를 토하면서 숨을 가쁘게 쉬는데 그 피는 차디 찬 얼음 바닥을 검붉게 물들이고 있습니다.

그곳은 전신국이 바로 그 앞이라 전신국에서 나오는 강력 전선에 고장이 생겼기 때문에 아까부터 전신부가 그 앞 전신주에 올라가서 수선을 하다가는 아마 날이 추워서 몹시도 손이 시려 잘못 전선을 만졌던 것이기 때문에 그만 감전이 되어 떨어진 것입니다.

순사가 옵니다. 의사가 옵니다. 그러나 그는 그들이 오기 전에 벌써 버둥버둥 하고 뒹굴다가는 그만 그 자리에 절명이 된 것같이 모든 사람에게 생각되었습니다.

난데없는 들 것이 오더니 그를 담아갑니다. 군중은 불의의 조객弔客이 되어 그 뒤를 따라갑니다. 마차의 말은 그곳에 그저 서 있습니다. 주인은 어디로 갔는지 보이지도 않습니다. 그는 그 앞 전신주에 기대서서는 가만히 눈을 감았습니다.

　말은 말이기 때문에 사람에게 부려지고 매를 얻어맞고 하루에 콩죽 두 그릇에 목숨을 매달고 있으며 자기는 하급 사무원이기 때문에 그 음흉한 눈깔 앞에서 하루에 열한 시간이나 부려지고 한 달에 사오십 원에 목숨이 매달려 있고 그는 어쩌다가 하루에 임금 일원 오십전에다 목숨을 걸고 매일 공중에서만 살다가 떨어져서는 죽었다는 것을 생각할 때 다 같은 사람인데 다 같은 생물인데 이 어떻게 된 이치냐? 이렇게 그는 생각될 때 아직까지도 아무러함이 없다는 듯이 모른다는 듯이 장사치의 외치는 소리, 수레의 구르는 소리, 떠들썩하는 소리, 모든 소리가 그 밑에서 움직인다는 묵종한다는 소식을 전하고 있었습니다.

　그러나 이때 그의 마음에는 그가 땀을 흘리고 일하고 또한 피를 흘리는 것을 볼 때에 무엇을 요구하였겠습니까? 또한 어떻게 되었으면 하는 것을 바랐겠습니까?

―《조선지광》(1927. 2).

죄

밤이다. 밤―.

막걸리 서너 잔에 몸뚱이가 비비 꼬이면서 등에는 지게를 걸머지고 내수사* 골을 걷는 우식宇植이 혼자 투덜거리면서 비틀 걸음을 친다. 오늘은 재수가 좋은 날이다. 돈 칠십 전을 벌어 가지고 막걸리 넉 잔에 온몸이 풀리면서 온종일 밥이라고는 구경도 못한 탓으로 그러함인지 다리가 허청거리면서 어슴푸레한 초생달을 머리 위에다 이고 집을 찾아 들어간다.

"에이 언제나 이 노릇을 면해?"

그는 날마다 이때면 더구나 막걸리나 서너 잔 들어가면 더욱이나 그 생각이 간절하다. 그렇다. 날마다 꼭 이때면 정해놓고―.

저편에서 수레 소리가 뚤뚤거리며 이리로 온다. 아마 함흥탄을 실어다 두고 오는 모양이다. 그 수레가 지나간 뒤에 그는 한 발은 서로 올라가고 몸은 왼편으로 기우뚱해지면서 '지게를 벗어버리고 수레나 좀 끌게 됐으면 좋겠다마는―' 그는 그러나 곧 그 생각을 잊어버렸다. 왜? 그것이 그에게는 공연한 헛된 바람이었기 때문이다.

---

* 內需司 : 조선시대에 왕실 재정의 관리를 맡아보던 관아.

늦은 몸 텁텁한 밤이다. 좁은 골목에 들어서자 실개천의 퀴퀴한 냄새가 코에 맡힌다. 그는 어느 야트막한 기와집 앞에 가서 지게를 내버리듯이 탁— 쿵— 하고 벽에다가 기대놓고는 대문을 바른손으로 밀었다. 대문이 아니 열린다.

"이건 벌써 잠궜나? 초저녁인데—" 하고 이어서 텁텁하고 거친 목소리로

"여— 복순아" 대답이 없다. 또 한 번, 이번엔 제집 대문 차듯이 발길로 툭 건드려보았다. 그리고 그의 고개는 왼편으로 기울여 자기가 있는 방(행랑방)의 들창을 보았다. 창에는 불그스름한 엷은 불이 비춰 있다.

"복순아!" 이번엔 크게 불렀다. 좀 정답게—.

"자나?" 재쳐 투덜거렸다.

그러나 이게 웬 말이냐? 방안에서는 수군거리는 소리가 난다. 또 방바닥의 쿵쾅거리는 소리가 들린다. 그는 전광석화와 같이 몸은 꼿꼿해지면서 정신이 바짝 들면서 무엇을 인식하게 되었다. 아니나 다를까? 방문 소리가 화다닥 나면서 빗장 여는 소리 고리 벗기는 소리가 요란히 나면서 바깥으로 튀어나오는 사람이 있다. 그는 본능적으로 꽉 붙들었다. 그리고 앞을 콱 막아섰다. 그래도 그는 처음에는 자기의 아내인 줄로 알았었다.

그러나 두루마기를 입은 사나이다. 그의 손은 벌써 그의 멱살을 꼭 붙들고 있다.

그는 다짜고짜로 그 흰 뭉텅이를 발길로 찼다. 주먹으로 뺨을 갈겼다.

"어쿠—."

하는 소리가 컴컴한 대문간에서 부르짖어진다.

"이놈!" 하는 소리, 분하고 또한 원통하고 쓰라리고 무어라 말할 수 없는 소리, 그러나 혹시나 남이 들으면 어찌할까? 하고 두려워하는 어조로 그는 숨차게 부르짖었다. 또한 그의 발길은 그 흰 뭉텅이께로 갔

다. 그러나 이번엔 헛수고였다. 벌써 그는 그 흰 뭉텅이를 놓치고 부엌 아궁이에 가서 자기 엉덩이는 들어앉았으며 그의 양편 손을 싸늘한 듯이 찬바람이 떠도는 것을 깨달았다. 또한 그뿐인가. 그는 그보다도 가슴이 두근거리고 골치가 횡해지면서 무엇으로 얻어맞은 듯이 몸이 무겁다. 다만 이것으로 그는 이것을 깨달을 뿐이었다. 그는 일어나 쫓아가려 하였다. 그리하여 그는 겨우 몸을 일으켜 반쯤 열린 대문을 향하여 발을 옮기려 할 때에 그는 자기의 아내가 그 문에 가 기대어 서서는 벌벌 떨고서—아마 홑고쟁이 바람으로—있는 것을 발견할 수가 있었다. 그는 뚫어질 듯이 그의 아내를 한참 동안이나 바라보았다. 그리고 와락 마치 주린 호랑이가 기가 질려 있는 동리집 개를 윽박지를 때, 그때와 같이 이를 악 물고 머리채를 휘잡았다. 그리고 아무 말 없이 방으로 끌고 들어갔다. 그리하여 그는 그의 방문을 잠가버렸다.

"이년!"

하고 그는 껍데기가 툭툭 터진 방망이 짝으로 계집의 무릎을 때렸다.

"에쿠" 하며 아파 슬피 부르짖는 계집의 목소리는 가냘픈 계집의 "애고고" 하는 목소리보다는 오히려 굵은 남성적 부르짖음이었다. 그리고 그 소리는 크지도 아니하였다. 그만큼 그의 몸은 몹시도 아팠던 것이었다.

펄펄 끓는 기름가마 속에 두 사람은 들어앉은 듯이 답답하고 가슴이 뛰고 얼굴이 화끈거리고 몸이 부다듯하고* 쓰리고 아프고 못 견디겠다. 방안에는 저기압이 흐른다. 벽에 삐뚜름히 달려 있는 석유 등잔의 불그림자는 이 방안의 무겁고 처참한 공기 속에서 반짝거린다.

우식은 방망이를 내던지고 그 두터운 손으로 계집의 뺨을 때렸다.

"이년! 이 몹쓴 년. 샘집 놈이로구나. 빨래장사 놈이로구나."

---

* 신열身熱이 나서 몸이 매우 덥다.

복순 어멈은 다만 엎드려 흑흑 느껴 운다.
"이년아 나보담 나은 것이 무엇이냐? 갓을 썼으니까 낫냐?"
"……."
"이년아 무엇이 못마땅해서—."
그는 윗목에 있는 갓과 감투와 두루마기를 집었다.
"이년아 이것을 봐라. 이게 몇십 년 묵은 갓이냐? 먼지가 케케 앉았구나? 요 모양에 양 테가 다 나갔구나! 요 두루마기를 보아라. 요런 꾀죄죄한 꼴하고 샘터에서 샘터 세 받아먹고 지내는 놈이 칠 년 가물이 들었더냐? 빨아 입지도 못하고—."
그는 자기의 아내 앞으로 바싹 달려들면서 그의 무릎 앞에다 내던지면서 지지 눌렀다. 다시금 손에다 들었다. 그는 미친 사람 모양으로 발기발기 찢었다. 그는 또 다시 부르짖었다.
"그 언젠가 나하고 너하고 같이 빨래 갔을 때 시장하겠다고 겐마이 빵*을 사다주던 놈이로구나. 이년아 그놈의 얼굴이 내 얼굴보다 나은 것이 무엇이냐? 말라깽이 검정둥이— 이년아 나는 이래뵈도 말라깽이 검정둥이는 아니란다. 이년아 이년아—."
그는 다시금 아내의 머리채를 잡아쥐었다. 이때이다. 그의 아내 복순 어미는
"으아—" 하고
"애—고고—" 소리를 쳤다. 방안이 울렸다. 서로 반항이 있었다.
폭군—폭군과 같이 그는 날뛰었다. 시기와 분노와 원한이 가득한 번쩍이는 두 눈, 그 눈은 그의 아내의 지금 자기의 손에 쥐고 있는 듯이 느끼었다. 그러나 밖에서 별안간
"아범!"

---

* 현미玄米(げんまい) 빵.

하면서 약간 떨리는 여편네의 목소리가 난다. 그는 깨달았다. 주인 마나님이다.

"아이 방문 열어―."

이번엔 방문 꼬리를 붙잡아 흔든다. 그 부르는 어조는 너무도 황급하였다. 그 때문에 또한 자기를 부리는 주인 마나님이기 때문에 또한 그뿐인가? 그 집에서 신세를 입고 있는 터이다. 거지반 본능적으로

"에―."

그는 마지못해서 길게 대답하였다.

"문 열어―."

"왜요?"

"글쎄."

"잠깐만 계세요."

"글쎄 문 열어."

"안 돼요."

"글쎄 안 열 테야."

"들어가세요."

"안 열 테야."

이번에는 앙칼지다. 그는 하는 수 없이 문고리를 벗겼다.

"아니 글쎄 이게 웬일들인가?"

어두컴컴한 방안에 성난 수탉들 모양으로 어깨들만 들먹들먹하고 앉아 있는 두 사람의 남녀를 볼 수가 있었다.

"아니 글쎄 이게 웬일들이야, 응."

"이년―."

하고 우식은 또 다시 달겨들었다. 그때 복순 어미가 화다닥 문으로 향하는 것을 번개같이 붙잡았다. 치마인지 고쟁인지 와닥 찢긴다.

"이년 어딜 가 달아날 줄 아니."

"아니 여보게 때리면 무얼 하나?"

"……"

"이왕 잘못한 것을—."

"……"

"참게 참어—."

"마님 이럴 수가 있습니까? 이년이 그럴 수가 있습니까? 네?"

눈물지은, 기가 막힌 사나이의 울음 섞인 어조이다.

"마님 들어가세요. 없는 놈은 계집도 못 지녀요."

하고 문을 탁 잠가버린다.

"때리지는 말게, 응, 아범. 살인 나리. 애 복순 엄마 빌어라 빌어, 응. 손이 발이 되도록 빌어라 빌어, 응."

하고 다시는 아무 말이 없다. 아마 안으로 들어갔나 보다.

"이년 경찰서 맛을 못 보아 그러니? 이년, 이년이."

"……"

"이년 나 너 같은 것이 살면 무엇하니. 감옥소로 가라, 이년. 가, 내일."

"……"

"어디 보자."

이번엔 등덜미를 발길로 차고 저만큼 물러앉다.

"여보—."

여태껏 얻어만 맞고 흑흑 느껴 울기만 하고 소리만 치던 복순 어미는 그 풀어진 머리를 흩뜨린 채 고쟁이— 찢어진 고쟁이는 엉덩이에 걸린 채 눈알은 시뻘겋고 뺨은 팅팅 부어 가지고 몸과 얼굴을 돌이켜 그의 남편을 바라본다. 그리고 엄숙하게— 그렇다, 그는 가장 엄숙하게 불렀다.

"왜 이래 이년이."

그는 주먹으로 계집의 가슴을 때려 밀쳤다.

"나를 때려 죽이시우, 자—."

"이년이 뉘게다 떼를 쓸까?" 또 한 번 어깻죽지를 때린다.

"여보 나를 경찰서에 정장*한댔지? 하우."

"그럼 안 해 이년아. 이년이"

하고 벌떡 일어나면서 발길로 찼다.

"이년 가자—."

머리채를 휘잡았다.

"갑시다, 가. 당신은 아니 들어갈 줄 아우."

"뭐, 이년아. 내가 왜 들어가 이년아."

그는 또 발길로 질렀다.

"생각해 보우. 당신은 죄가 없는 줄 아우."

"……."

"……."

두 사람은 잠시동안 멍멍하였다. 그러나

"이년이 별소리를 다 하네. 내가 이년아, 죄가 무슨 죄야 이년아."

"생각해보구료."

다시금 여태껏 폭군같이 날뛰던, 동물원에 갇힌 호랑이가 성나서 쇠창살을 향하여 날뛰듯 하던 우식은 아무 말이 없다. 그때 그 순간 우식은 자기 자신의 과거를 반성해보았다. 그리고 몸에는 기운이 하나도 없어지면서 이제는 술까지 깼나 보다. 이때에 그의 딸 복순이가 방문을 열려 하는 듯하다.

"어머니, 문 열어주어."

"복순아—."

우식은 자기 딸을 불렀다.

---

* 呈狀: 소장訴狀을 관청에 냄.

"네."
"너 예쁜이 집에 가서 더 놀다 오너라."
"싫어."
"그래 어서 이년."
그리고는 밖에서도 아무 말이 없고 안에서도 아무 말이 없다.
"여보."
복순 어미는 남편을 또 다시 한 번 불렀다.
"내가 서방질하는 것도 다 누구 때문인 줄 아우. 다 당신 때문이라우."
새삼스럽게 그는 흑흑 엎드려 느껴운다.
"뭐 이년아."
그는 펄쩍 뛰었다.
"아 이년아 내가 언제 너더러 서방질을 하라든. 참 그년이 사람 죽이겠네. 계집더러 서방질하라는 서방 녀석이 이 세상에 있는 것을 너 보았니?"
그는 별안간 호기심에 끌려 이렇게 물어보았다.
"말하자면 당신 때문이지. 당신 때문뿐만이 아니고 저 어린 것 때문이고, 또 나 때문이고, 또 당신 때문이지요."
"뭐야."
"우리가 요사이 어떻게 지내 가는지 아시우? 날마다 안에서 밥 한 그릇 주는 것으로 우리 세 식구가 먹고 살아가우. 또 먹기한 하면 제일이우. 벌거벗고 살우. 그래도—."
"……"
"그래도 영등포 있을 때가 나았었지. 영등포 있을 때 당신은 장국밥 집에 있고 나는 뜨내기로 날마다 여기저기 일하러 다니구. 그래도 당신은 못 살겠다구 하지 않았수. 그래서 당신은 도적질까지 하지 아니하였수. 남의 집의 장국밥 두 그릇을 갖다주고 그 집 주인이 십 원짜리를 바꿔오라고 주면서 사환 녀석을 따라 보내는 것을 길에서 속이고 그대로 도망을 해 서울로 올라오지 아니하였소. 그래 나를 그걸 가지고 또 불러 올리니 무슨 시원한 것이 있소. 당신은 벌이라고 나가면 버는 날은 당신이나 먹고 들어오고 못 버는 날은 그저 들어오니 그래도 사람은 먹어야 살지 나만 나무라지 마시우. 나도 사람이라우. 하고 싶어서 하우? 당신 몰래 해서 당신 보는데 잠시라도 먹고 지내는 것이 나는 나을 줄로 생각하우. 그러는 것이우."

폭백*이다. 어조가 폭백이다, 폭백.

"그러니 이년이 서방질을 해 먹구 살아? 그건 죄가 아닌 줄 아니?"

"왜 죄가 아니야. 당신이 도적질한 것은 죄가 아닌 줄 아우."

"왜 이년아 죄가 아니야, 죄지. 그러나 이년아 그것도 나 혼자 먹으려고 한 것인 줄 아니? 너희들 때문에 한 것이지."

"나두 살아 가기에 하두 군색해서 한 것이라우. 나두 잘못인 줄 알면서도 하는 일이니까……. 내 다시는 아니 그러리다."

우식은 벽에다 허리를 대고 기대어 앉았다. 복순 어미는 또 다시 흑흑 느껴운다. 바로 이때이다. 밖에서도 어린 계집애의 우는 목소리가 난다.

"어머니 으—응."

방문에 기대서서 우는 모양이다. 나중에는 소리를 쳐서 운다.

방안에 쓰러져 울던 복순 어미는 벌떡 일어나 남편에게 달겨들려 하면서

"여보 나를 갖다가 경찰서에다 정을 해주우. 차라리 이 살림하는 것보다는 모진 목숨 못 끊으니까 모든 것을 잊어버리고 저승에 간 셈 잡고 감옥살이, 징역살이나 하다가 죽겠소."

---

* 暴白 : 성을 내며 말함.

여태껏 기승을 떨던 우식은 아무 말이 없다. 그리고 어깨를 축 처드린 채 가만히 앉아 있다. 아내는 그저 울고 있다. 딸자식도 밖에서 울고 잇다. 그는 불이 타는 듯하던 분노와 증오의 감정이 이제는 회한과 탄식 저주로 변해버렸다.

그는 말똥말똥한 정신으로 생각해보았다. 자기가 수원 어느 촌에서 머슴 노릇을 하다가 저 여자를 얻어 그 뒤에 남의 집 소작인 노릇을 해, 그리고 살아갈 수가 없어서 서울이나 오면 나을까 해서 우선 영등포에서 얼마동안 지내봐, 그러다 살 수가 없어서 자기도 하고 싶지 아니한 양심에 꺼리기는 짓을 하고 서울로 도망을 해와, 그래도 살 수가 없어 나중엔 자기의 아내를 서방질까지 시키게 돼……. 그렇다 그는 자기의 아내가 서방질하게 된 것은 자기가 시킨 것같이 생각이 되었다. 그러나 또 다시 생각할 때 자기는 하느라고 하고 사느라고 애를 쓰는데도 그런 일까지 생기게 되는 것을 생각을 하면 웬일인지 자기가 시켰다는 것보다 더 큰, 살아간다는 것이 시켰다는 것을 깨닫게 되었다. 그는 자기의 아내가 지금 그렇게 고백한 것이 결단코 거짓 꾸며대는 수작으로 그렇게 대답하지 아니하였다는 것을 어렴풋이 깨닫게 되었다.
'그렇다. 그렇게 믿을 수밖에 없다.'
그는 가슴으로 이렇게 외쳤다. 폭풍우가 지나간 다음 말쑥한 거리같이 그의 마음은 깨끗하고 또한 선량한 양의 마음과 같이 돼버렸다. 그리하여 그는 다시금 자기들의 생활을 생각하고 이렇게까지 된 것을 생각할 때 오히려 눈물겨웠다.
그는 아내의 옆으로 가까이 갔다. 아내는 방바닥에다 머리를 대고 흑흑 느껴 울고 있다. 밖에서는 여전히 복순이가
"어머니 문 열어주어—, 응."
울음 섞인 어조로 칭얼대고 있다.

"여보게 그만 두게."
하고 그는 입을 그의 아내의 머리 위에다 대고 중얼거리듯이 말을 건넸다. 그럴수록 아내는 더 느껴 운다. 느껴 우는 소리가 나면 이번엔 밖에서 복순이가 복받쳐 운다.

그는 자기의 구차한 살림, 아내의 신세, 복순의 운명 이것을 생각하였다. 그러한 생각이 물레방아와 같이 떠돌았다. 아니 번개와 같이 그의 머리를 때린다. 그는 고요히 그의 손을 자기의 아내의 등에다 얹었다.

"여보게 그만 두게. 이 세상은 죄 안 짓고는 살 수 없는 세상일세. 자네의 잘못도 아니고 내 잘못도 아닐세. 그러고 그는 자기의 아내를 처들어 일으켰다. 몸은 매를 맞자 그러함인지 늘씬하게 된 그의 몸은 그에게로 쓰러진다.

우식은 다시금
"네 죄도 아니고 내 죄도 아니다."
이렇게 무겁게 부르짖었다. 그리고 그는 세상을 갈아 먹을 듯한 시선으로 어두컴컴한 불 그림자를 바라보면서 한 손으로는 방문고리를 벗겼다. 그리고
"복순아 들어온. 울지 말고, 좀 졸리겠니?"

—《별건곤》(1927. 7).

소설이 싸구료

소설이 싸구료―

소설이 싸구료―

외치는 소리 겨울의 밤. 눈이 내리려는지 더구나 섣달 그믐날 밤― 공중에 수증기가 많이 있는 날 밤, 그의 외치는 소리 그 밤 수증기에 싸여서 멀리 파동이 져간다.

"소설이 싸구료―."

"이야기책이 싸구료―."

선지피가 싸인 이 목소리는 어디서 나느냐! 천국이 내다보이는 듯한 무학재 고개밑 시뻘건 벽돌담 건너 개천가 쓰레기통 옆에서 《쌍옥루》《옥루몽》《구운몽》《강상추월》《추월색》《춘향전》을 내려다보고 뉘 손 오기만 기다리면서

"한 권에 오 전씩이요."

한다. 양지쪽 쓰레기통 옆에서 그는 겁바지통 옷에 헌 병정외투를 쓰고 앉아서 외치기를 시작한 것이 서너 시간이나 앉아서 맨 마지막으로 이 사간 데서도 재미를 못 보고는 그는 컴컴한 지 벌써 담배 두어 대나 더 태우기 전의 일이라 생각될 때

'오늘은 섣달 그믐이니 마지막으로 더 떠들어볼까' 하다가 양초 살

걱정에 그는 거듬거듬* 부담 속에다가 잔뜩 넣어 짊어지고는 옥천동 막바지를 올라서서는 어떤 개천으로 창이 난, 바람만 산 위에서 불어오면 찌그러질 듯한 언덕배기 집으로 찾아들어 갔다.

 그는 방문을 열자

 "아버지……."

하는 딸이 부르는 소리를 들으며

 "어머니 왔니?"

하였다.

 "없어……."

 둘러보니 과연 없다.

 "어디 갔니?"

 "몰라. 밥 먹구 아버지 밥상 차려놓고 나갔수."

하며 윗목에 있는 밥상을 갖다준다. 그는 조밥을 씹으며

 "혼자 나갔니?"

 "아니요 건너방 아주머니하구 나갔세요."

 "에—."

 그는 별안간 새삼스럽게 조밥의 밥맛을 잃었다.

 그는 혼자 속으로

 '고 여우년하고 또 왜 나갔누.'

하고 입맛을 쩍쩍 다셨다. 그는 밥이라고 떠먹고는 윗목으로 상을 물려놓고 소위 아랫목에 기대어 단풍표 한 개를 피워 물자 "앗 추워" 하면서 그의 딸 정순이는 윗목에 가 씨그러진다. 조금 있더니

 "아버지."

 "왜."

---

*흩어져 있거나 널려 있는 것들을 자꾸 대강 모으는 모양.

"내 댕기 못 샀지?"
"못 샀다."
한참 틈이 있다가
"낼 사주마."
"낼두 파나?"
"암—."
"가게 안 닫히구."
"그럼 어서 자."
그 방은 한참동안 조용하였다.
'이게 어디를 갔을까? 고 여우 같은 년하구.'
하고는 이번엔 정말 혼자 있으니 좌불안석으로 아까 소설이 싸구료 이야기책이 싸구료 외치듯이 혼자 속으로 이게 어디를 갔을까? 한참 있다가 '어느 놈하고 배가 맞아 달아나' '아니다' 하고 그는 사지가 풀리는 것을 깨달으며 눈꺼풀이 기운 없어지는 것을 깨달을 때
"글쎄 염려 말아요."
하는 자기 아내가 커다란 목소리로 그 창 앞을 지나오면서 소리치는 소리를 듣고 있자 일각 대문소리가 난다. 곧 그는 방문을 열며 우당탕하더니
"온 지 한참 되우. 진지 잡쉈소?"
"어—."
하고 말아버렸다.
"그래 얼마나 팔았소?"
"……."
"오늘 좀 나았겠구먼."
"열세 권 팔았네."
"무어 열세 권? 아이구 하나님 맙소사."

"……."

"돈 원이나 되면 쟤 댕기나 떠주고 떡국이나 쑤어먹쟀더니 틀렸구려."

"어쩔 수 있소. 그 육십오 전 가지고 떡국이나 쑤어먹고 또 한 살씩 나이나 더 먹지."

"참 큰일 났소. 나이는 하나씩 더 늙어가고 이러다가는 거리 송장 되겠으니 어찌 사오."

"……."

아무 대답도 아니하였다. 그것은 왜 그런고 하니 이제부터는 말이 나오면 서로 또 싸움이 벌어지게 될 터이니까 또 오늘이 섣달 그믐날 하니까

"여보 쟤를 저번 말대루……"

하고는 자는 정순이의 허리통을 가리킨다.

"그야 될 수 있소."

하고 그는 고개를 외로 돌렸다. 그의 아내는 입술이 비틀어지면서

"그럼 어떠우. 세 식구가 다 각기 먹고 살아야지. 건깽깽이로 살아요? 저 호강하고 좋지 뭐 무슨 관계 있소. 온 그래 당신 저 책 다 어쩐대요. 책 살 돈이나 있소. 그래 적어도 이건 받을 터인데."

그는 그리고 그의 손을 쫙 벌려 다섯 손가락이 다 천장을 가리킨다.

"저걸, 저 불쌍한 것을, 저 아무것도 모르고 잠자는 것을, 이제 열두 살 먹은 년을……."

하고 그는 한숨을 쉬었다. 그리고 또 눈물이 핑 돌았다.

'소설책에도 그런 년놈들은 다 죄를 받던데.'

하고 속으로 중얼거리면서

"아서 그건 말어."

하였다.

"흥 당신이 암만 그래도 이보다 더 궁해질 때에도 집칸이나 의지하던 것을 누가 요 딸을 만들어놓았는데."

"흥 너는 네 딸이 아니니까 그러는구나? 네 속으로 안 내질렀으니까 그러는구나. 글쎄 칠 년 흉년이 들었느냐. 딸을 팔아먹게."

"아따 그만 두구료. 잔소리는 웬 잔소리야."

하고 그를 툭 쏘았다. 그리고 그는 그의 이빨로 물어뜯을 듯이 덤비려다가는 그만 둔다.

"고만 두우. 내가 없어져서 이꼴 저꼴 안 보면 그만이지."

하고는 모로 씨그러진다.

밤은 깊어간다. 제야의 밤은 깊어갔다. 오막살이 아랫방 구석에도 이러한 썩은 송장의 냄새가 나는 듯한 얄궂은 싸움터에 제야의 밤은 깊어갔다. 그들은 어찌나 신경이 예민하였던지 한 마디 하면 두마디 시뻘개지며 은근한 싸움을 계속하였다. 그러나 밤이 깊어갈수록 그들의 어조도 힘이 없어져가며 술찌꺼기 모양으로 허멀개간다. 그리고 그 사이에 밤은 어두운 가운데서 높은 고개를 넘어가듯이 깊어가면서 밝아간다.

'도무지 못 살겠다. 이게 무슨 재미람. 내가 그러고 생명을 이어가. 이어가면 무얼 해. 이렇게 가난하고 이렇게 주리고 그리고 계집에게도 학대를 받으면서도 그러고도 살아가? 내 앞에는 무엇이 닥쳐올까. 이러고 좋은 수가 생길까.'

그는 어렴풋이 "복조리 사료" 하는 소리를 들으면서 구부리고 아랫목 벽을 향하여 꿈에 자기는 중얼거렸는지 그렇지 않으면 누구에게 하소연하듯이 말하였는지 자기도 모르게 다만 머리속에서는 어른어른거렸을 뿐이었다.

'소설에 있는 사람들은 모두들 초년 고생을 하면 후분에는 다들 잘 되던데 나도 그렇게나 되려나?'

'아이 모르겠다.'

하면서 그는 어두운 가운데 눈검은 속에서 ?추월색? 겉장 그림이 보이면서 그는 잠을 잔 듯싶다.

  외풍이 어찌 센지 아직 바깥은 조용하건마는 그는 눈을 떴다. 새벽은 지나간 이른 아침이다. 웬일인지 마음이 허술하다. 이게 웬일이냐? 아까까지 천연덕스럽게 쿨쿨거리고 자던 아내가 보이지 않는다. 그는 고개를 들어 윗목을 보았다. 누더기를 둘러쓴 조그마한 보따리(딸)밖에 보이지 않는다.

  "목간에를 갔나?" 하고서 돌아누웠으나 웬일인지 마음이 인다.

  정월 초하룻날 싸움이 났다고 이집 저집에서 차례를 지내다 말고 쫓아나왔다, 몰려들었다.

  "이놈아 그래 남의 계집을 멀쩡하게 팔아먹는 뚜쟁이 계집을 둔 네놈이 그리 장하냐?"

  "원 저런 놈 봐. 아 이놈아 네가 오죽 못나야 네 계집이 달아나니? 선달 그믐밤에."

  "팔아먹긴 누가 팔아먹어. 제가 팔려간 게지."

  이런 옥신각신 가고 오는 말이 건넌방과 아랫방의 싸움이 그 동리를 떠들썩하게 만들었다. 그리하여

  '정월 초하룻날 예편네 잃어버렸다고? 그건 참 소설책 같은데.'

하고 영감님 마나님 입에서 오르내리게 되었다.

  정순이 아버지는 하도 어이가 없어서 방안에 들어와 앉았으면서도 '그 여우 같은 년이 끌고 다니더니 팔아먹었지' '이년이 제가 딸을 팔아먹으려고 하더니 참 제가 팔려갔구나' '사귀 영신이 들려서.'

  그러나 한낮이 지나도록 정순이 계모는 돌아오지 아니하고 정순이만 혼자 훌쩍훌쩍 울면서 들락날락 하였다.

  그리하여 그는 멀건 떡국 그릇을 들고 앉아서

  "정순아."

길게 불러보았다.
"네."
하고 경련적으로 대답을 한다. 그러나 뒷말을 무슨 말을 하려고 해서 짧았던 것은 아니었다. 새삼스럽게 그는 적막을 느꼈다. 누가 다시 돌아오는 듯도 싶었다. 그러나 그 방안은 쓸쓸할 뿐이었다. 그는 그러나 다만 모든 것을 조용히 받고 조용히 지내려고 하였던지?

저녁 때가 되자 무학재 고개 어웅한 데를 바라보며 옆에는 정순이를 앉히고서 마치 자기의 지난 이야기를 팔 듯이 너저분한 이야기책을 내려다보면서

"소설이 싸구료."
"소설이 싸구료."
하면서 대공을 우러러 외쳤다.

—《매일신보》(1928. 1. 1).

종이

　제군— 여기에도 한 개의 빈궁貧窮의 이야기가 또 씌어지나니 이 어찌함이냐? 그것은 오늘날의 우리들의 생활기록이 그렇기 때문이라 하룻밤에서 땅 위에 균열龜裂이 새겨 튀어나온 지렁이 갈 바를 모르고 꿈틀거리듯 우리의 생활은 저주의 뭉치이기 때문이다.
　만일 오늘에도 그들이 일찌거니 아침밥을 해 먹고 나섰더라면 남과 같이 기운 있게 네 활개를 종로 네거리 배오개 네거리로 펴려마는 불쌍히도 그들은 오정이 넘어 겨울 햇빛이 차차 그나마 엷어 가는 것을 바라보면서 그들은 입에서 헛김만 뿜고 있었기 때문에 서로를 건너다보고 눈만 껌벅거리고 있었던 것이었다.
　종鍾이는 혼자 있는 방 벽에 기대앉아서는 '사람들이여 조용한 가운데 폭풍우가 휩싸고 있는 것을 그대들은 아는가? 모르는가?' 하고 혼자 속으로 중얼거렸다. 밥을 못 얻어먹은 사람들은 그 어찌 동물이 아니겠느냐? 그들은 다 각기 폭풍우를 그들 자신이 지어 가지고 있다. 그렇다. 아버지나 어머니나 종이나 종이의 아내나 종이의 누이동생이나 다 같이 무엇을 생각하고 있었느냐? 생각해보아라. 그들은 무엇을 생각하고 있었는가—.
　윗목을 건너다보았다. 헌 누더기 보퉁이와 석유 궤짝에 색지를 바른 것밖에는 없다.

생각은 마루로 옮겨간다. 흰 탁자 위에 맥주병과 깨진 사기그릇밖에는 없다. 또 다시 부엌은 물독, 냄비조각, 놋그릇이 있느냐? 잡혀 먹게. 숟가락밖에 없다. 부엌이 대답하리라.

자— 어쩌느냐? 사람은, 생물은 먹어야 산다. "못난 놈 같으니. 왜 먹지를 못해" 하고 비웃는 놈이 이 세상에 있느냐? 그러면 종이는 가서, 뛰어가서 물어보라.

언젠가 채플린의 〈황금광 시대〉를 본 생각이 났다. 그는 구두를 먹었다. 삶아서 맛있게 먹었다. 뚱뚱보 눈에는 사람이 닭으로 보였다. 총으로 쏘려고 하였다.

그가 양쌀 밥 한 그릇 먹고 난 지가 전후 십팔 시간 내지 이십 시간. "어머니 양쌀밥을 먹으면 더 쉬 내리" 하고 어젯밤 잠자리에서 누이동생이 어머님한테 하소연 비슷하게 중얼대고 자던 생각이 난다.

자애로우신 어머님은 어디를 갔다 오시는지 미닫이를 기운 없이 여시면서 다시 말씀하신다.

"동리가 구차해서 어디 꾸어주는 이가 있니? 창피만 당했지."

그는 왜말만큼 큼직한 자식 며느리가 있건마는 왜, 왜 동리로 다니며 구걸을 하지 아니하면 아니 되나? 세상아 이 꼴을 그대로 보고는 너도 무엇이라고 말하려느냐? 종아, 너는 왜 기운이 없니?

옆으로는 낙산, 앞으로는 총독부 병원 ○○ 솔밭 언덕 비탈에 초가집 기와집 오십여 채. 이것은 어느 회사의 소유이다. 종이 집도 그 중의 하나이다. 벌써 가을 바람이 불 제 연통이 깨어져 바람이 들어와서 아궁이로 나오고 장마통에 ○○○에 떨어져 ○○○ 없는 바람벽은 차기 얼음장 같다. ○○○ ○으로부터 오는 대륙선풍大陸旋風은 종이의 집 식구를 사시나무 떨 듯이 만들어놓고 만다. 저 불쌍한 ○○ 너희들은 무엇을 기다리고 ○○○고 있었느냐. 만일 이때에 무슨 ○○ 일이든지 무슨 조그마한 기막히는 일이 있든지 그 고비만 닥쳐오면 으아 하고 모두들 내달아 싸우든지 울든지 할 것이었다. "어머니, 아버지도 엊저녁에 나가셔서 여태 아니 오시니 이게 웬일이우" 하는 누이동생의 ○○ 하소연, 원망하는 말. "누가 아니. 어디 가 혼자 잘 먹고 돌아 다니는 게지!" 아버지를 원망하는 어린 누이동생의 마음, 이것은 이 세상에서 자기 아버지처럼 잘난 양반이 없거니 하고 ○○던 마음이 웬일인지 무너져버린 마음이다. 또한 자기 남편을 원망하는 어머님의 마음. 있는 것도 왜 못 지키고 흐지부지 거지가 되었느냐는 말에 그가 가진 고통이 있다. 억지로 죽을 기를 쓰고 지키고 버티고 하였건마는 세상이 고속도高速度로 자동차 바퀴, 기차 바퀴 아래에서 돌아가는 바람에 아버지와 같은 이는 이제는 하는 수 없이 패한 군사가 되고 만 것이다.

"이리오너라."

길게 부르는 소리가 그들 귀에는 가늘게도 들렸고 또한 생각하면 벽력과 같이도 들렸다.

"문 열어요."

확실한 남자의 소리다.

"나가우."

화를 내어 대답한 이는 종이다. 만일 이 부르는 소리가 못 들었던 목소리였다면 호기심이나 낄 것이어늘 벌써 종이네 집안 식구들은 눈살을 찌푸렸다.

아니나 다를까 대문을 열고 얼굴이 마주 닥치는 사람, 그는 어느 회사의 집세 받으러 돌아 다니는 집금인集金人이었다.

"오늘은 어떻게 좀 되었소?"

김서방도 부르르 떨면서 종종걸음을 치며 물어본다.

"에 오늘은 아침도 못 해먹었습니다."

퍽 불유쾌하게 들리는 말솜씨였던 까닭이던지 화를 벌컥 내며

"이건 아침 못 해먹었다는 것이 뉘게 땐가. 여보 그러지 말고 어떻게 해내우."

"떼는 왜 당신께 떼를 써요. 형편을 이야기하려니까 그렇지."

"당신도 기한은 알지?"

"알아요."

"몇 달째요?"

"글쎄요."

"글쎄요라니. 사람 대접을 그렇게 해서야 쓰우."

"……."

"이 달엔 못 해놓으면 집 내놓으라고 그랬지."

"네."

"그러면 집이라도 내놓아야지."

"엄동설한에 우리는 얼어죽고요."

"이 양반 말 봐라."

"솥 떼요. 다 가져가요. 이 집이라도 다 가져가요, 우리가 보기 싫거든. 우리도 떳떳하게 내고 살고 싶어요. 그러나 어쩌나요. 안 피는 것을."

"……."

"김주사도 떳떳하게 살려구 이짓을 하지요. 나도 떳떳하게 살려고 별짓을 다해도 아니되는 것을 어떻게 해요. 나는 제일 사람 값에 가지 못하는 것이 분해도. 우리 같은 사람이 사람인 줄 아시우. 가방이라도 끼고 종로 거리에 떡 버티고 서야 사람이에요. 헌 두루마기짜리에 이 골목 저 골목으로 돌아 다니는 나 같은 인간이 사람인 줄 아시우. 마음대로 하시오. 이 대문에 ○이라두 ○으세요."

"아이 나는 모르겠소. 회사일이니까. 가서 내 마음대로 어떻게 할 수가 있나? 가우— 또 만납시다."

찬 바람이 그의 등을 앞으로 민다. 그는 골목을 나선다. 종이는 대문을 탁 닫어버리고 안으로 ○을 ○○ ○○다.

흑흑 느껴 우는 그의 동생의 울음 소리가 안방에서 들려온다. 종이는

"너 왜 우니?"

"……."

"배가 고파서 우니? 못난 것."

"아니요."

"아니긴 뭘. 배가 고파서 울지."

어머님이 가로채셔서 말씀하신다.

"오빠 말을 듣고 울어요."

고개를 들지 아니하고 눈물을 팔로 거두며 대답한다.

"참말 우리는 분해요. 왜 우리는 밥을 못 얻어먹어요. 사범학교에서 나이가 너무 어리다고 아니 받고."

당치도 않은 문제를 끌어다 갖다 댄다. 그러나 누이동생으로는 아직 어린 생각에 분함을 이기지 못하는 것도 당연한 일이었다.

"그렇다 우리는 공부를 해서 무슨 소용이 있었느냐. 우리 집에 고등보통학교를 졸업한 사람이 셋이었다. 네 작은오라비도 고등보통학교를 졸업하고 직업을 구하니까 순사를 당기란다. 또 너는 사범학교에서 나이가 너무 어려 교사 노릇할 자격이 없다고 하고 네 형은 선생이 웃으면서 하는 말이 시집가고 뭘 직업은 가져 뭘 해. 살림이나 하지 하고는 콧방귀를 뀌고 만다."

그렇다—.

"자—우리는 어떻게 해야 문제를 해결하겠느냐."

소리를 지르고 다리를 쭉 뻗었다. 비록 때리고 쥐어지르고 싸우지는 아니 하였지마는 흥분이 되고 또 빈 속으로 헛 기운이 떠오르다가는 가라앉는다. 한없는 피로다. 울분이 피로다.

아— 먹일 것, 먹일 것— 밥— 밥— 하고 이러한 비분한 가운데서도 허리가 구부러진다. 눈에 핏줄이 서면서 이 구석 저 구석 보인다. 채플린의 ?황금광 시대?의 ○○○○집 방안의 광경이 나타난다.
"엣 아무것이라도 팔아서 먹어야 하겠다."
종이도 거지반 미친놈 날뛰듯이 문을 박차고 건넌방으로 건너왔다.
요때기를 뒤집어쓰고 아내도 고요히 앉았다.
"여보."
하고 그를 흔들었다. 그러나 순간이 지난 다음 불러놓고도 무엇을 말해야 좋을까? 하고 그의 옆에 바싹 다가앉았다.
"네."
하고 아내는 고개를 숙였다. 그리고 아내의 눈은 남편에게 실어가는 듯 윗목에 놓인 이불 고리짝을 —그것을 건너다보는 눈— 그 시선을 아무 반항도 없다는 듯이 다 잡혀먹어도 하는 수 없다는 듯이 쳐다보고 앉았다. 종이는 고요한 목소리로
"무엇 없을까?"

아내가 싸주는 보통이 한 개를 끼고 행길로 나온 종이는 닥치는 대로 무엇이든지 물어보고 싶은 마음으로 전신이 부르르 떨렸다. 아내의 고리짝 뒤지기도 오늘이 마지막이다. 직업 운동하러 다닐 때 입는다고 출입옷 한 벌 나단 검정 저고리와 남가 ○○ 치마 한 개.
"아 사람놈이 이렇게 살고서야."
종이는 가래침을 길에 탁 뱉고는 차디찬 겨울 하늘을 쳐다보았다.
언제인가 오랜 지나간 일이다. 작년 봄 어느 날 그들은 ○○동 개천가를 걸어가면서 따뜻한 봄 햇빛을 가슴에 안고는
"여보 당신하고 나하고 혼인을 해야 하겠는데 장차 어떻게 ○○○○요. 나는 직업을 얻으려고 인사상담소人事相談所까지 가도 안 되는구료."

"나도 그러려고요 뭐."

아내는 그때 과연 자기가 고등보통학교 졸업 받던 것이 이 세상에는 없는 큰 보배덩어리고 큰 자랑거리로 알았던 것이었다. 또한 그렇다. 중학교 졸업증서 하나 없는 종이로서는 그 ○○○○○안 할 수도 없는 일이었다. 그러나 지금 와서는 졸업증서도 그로 하여금 고리쌀을 뒤져서 학교 시절에 입고 다니던 옷 잡혀먹는 일밖에는 더 오지 아니하였다. 그러나 사랑이란 무서운 것이라고는 지금까지 종이에게 잊히지 않는 것도 사실이다.

도회다. 도회 낙산의 솔나무 아물아물하게 보이더니 총독부 병원 벽돌이 쪼개지는 것 같다. 공업전문학교의 우중충한 그림자가 거꾸로 서는 것 같다. 전차다. 달리는 전차, 일직선으로 나아가는 자동차, 훌구진 동대문, 처량하기 짝이 없다. 어디서 불이 났느냐? "왱—" 하는 소방자동차의 외마디 소리 다시금 정신을 종이에게 갖다준다. 싸늘한 먼지 도회의 상공으로 오르고 또 오른다. 한참만에 한 걸음씩 떼놓는 나무바리 장사 기운이 없느냐? 있느냐? 어느 얕트막한 기와집 처마 끝에 '질옥'이라고 문패가 대롱대롱 매달렸다.

"어머니 병원 기숙사에도 벌써 저녁을 하나봐요. 연기가 나는데."

좁쌀 양쌀에 버무래기를 주워 먹으며 누이동생의 말이다. 종이네 식구가 밥을 먹을 제 병원 기숙사에서 저녁밥 짓는 연기가 붉은, 거대한 연돌에서 치뻗치는 검은 연구 종이의 집 초가 이엉을 지나간다.

밥을 먹은 식구들은 기운이 없이 늘어진다. 종이는 집을 뛰어나왔다. 먹으나 아니 먹으나 다리가 허청 놓이기도 마찬가지이다. 그가 종로를 향하여 올라와 종로의 네 거리 위에 서서 있을 때 벌써 경찰서 시계는 오후 다섯 시를 가리키러 간다. 전기가 들어왔다. 자— 이제는 누구의 세상이냐!

싸늘한 길거리 어슴푸레하게 기운 없게 넘어가는, 죽은 사람 숨을 모으는 듯하는 겨울의 석양은 집으로 돌아가는 검은 그림자들이 발길을 재촉한다.

　종이는 어디로 가나? 그는 모든 정열과 모든 감정을 모아 가지고 날마다 날마다 걸어가는 그 길을 또 걷고 있었다. 동무를 찾으러 친구를 찾으러 안국동 네 거리를 바라보고 그는 달음박질로 발길을 옮겼다.

—《조선지광》(1929. 1).

도회소경

　그렇게 횡포橫暴한 겨울도 성난 수염을 가다듬었습니다. 그것은 봄바람이 차차 불어오기 때문이었습니다.
　개천이 풀렸습니다. 눈과 얼음이 풀려서 개천물이 졸졸거리고 흐르기 시작했습니다. 볕이 두텁습니다. 하늘이 맑고 푸르고 그 대신 사람의 얼굴은 더러워 보였습니다.
　도회는 입을 벌렸습니다. 다물었던 입을 벌렸습니다. 긴 하품을 하고 기지개를 켜고 일어났습니다. 움직입니다. 소리가 큽니다. 맥박이 돕니다. 심장이 뜁니다. 커다란 도회는 사람을 부리게 되는 시절이 닥쳐왔습니다. 도회의 머리에서 교향악이 일어납니다.
　어디서 죽었던 제비가 봄이 되면 전기선줄에 나아 앉듯이 어디서 몰려나오는지 찢어진 바지 헌털박이 저고리를 걸치고 나서는 무리들은 봄 거리 위로 흙차에 몸을 실고 달립니다.
　얼굴이 해쓱한 우식宇植이도 겨울에 주린 배를 봄에나 채워보려고 그 중에 한 O을 찌여서 올해에 처음 이 흙차를 타고 도회의 봄 거리 위를 횡단하며 달립니다.
　겨울에 벌이 구멍이 없어서는 낙개죽도 못 얻어 먹을 때 그의 아내는 일본 집 빨래를 맡아다가 빨아다주고 집안도 치워주고 돈 원이나 벌어다가 같이 먹었더니 어느 날인가 밤이 늦도록 아니 들어오더니 그만 어디로 갔는지 그 뒤로 볼 수가 없었습니다. 홀아비 행랑군 아니 둔다고 야단이 나는 바람에 내쫓기어 그는 친구의 방 윗목으로 돌아다니다가 오늘에야 처음 이 벌이를 잡아가지고 도회의 한길에 나섰던 것입니다.

"봄이 되면 또 다시 얻지, 무슨 걱정이야. 한길에 널린 게 계집인데"

하는 말은 그를 돌봐주는 같은 동향 친구 춘삼(春三)이가 기나 긴 겨울 밤에 우식이를 위로하여 주었던 말이었습니다.

"돈이 있어야 계집이 소용이 있지, 돈 없으면 계집도 진절머리가 나는 거야. 돈 있을 때 계집이 좋지 돈 없으면 계집도 원수니 오죽해야 제 계집을 팔아먹는 놈이 다 있나."

우식은 흙차를 몰아 달아나면서 하늘을 쳐다보고 웃었습니다. 그것은 차에 담은 흙이 죄다 돈으로 보였기 때문입니다.

"여보게 누군가 만들었는지 돈 만든 놈이 시러배아들놈이지?"

"떼끼 이 사람 그것도 그렇지만 돈을 몇 만원씩 은행에다가 맡겨두고 뱃속 좋게 놀면서 물 퍼 쓰듯이 쓰는 놈이 나는 더 밉더라. 그런 놈이 그런 짓 아니 하면 우리도 이런 짓 아니 하지."

우식의 눈에 자기 아내의 뒷 모양이 나타났습니다. 무슨 엷은 연두 저고리를 입고 검정 치마에 앞치마를 희둥그렇게 입고 앞으로 팔장을 끼고서 갸우뚱 갸우뚱 걸어가는 뒷모양이 꼭 자기의 아내였습니다. 그는 바라보고 달리고 바라보고 또 달리고 하였습니다. 그러나 꼭 자기의 아내가 틀림이 없습니다. 그는 손을 들어서 춘삼이에게 이야기를 건네고 손가락질을 하려다가 레일에 가로 떨어졌습니다. 뒤에 오는 차가 그의 허리와 다리를 무찌르면서 한칸 반통이나 끌고 갔습니다. 사람이 모였습니다. 감독이 왔습니다. 춘삼이가 달려들었습니다. 춘삼이 등에 업

혀가는 우식은
"나는 우리 여편네를 보았어— 보았어—"
하면서 병원으로 떠메어 갔습니다. 순간 그쳤던 흙차의 돌아가는 바퀴소리는 또 다시 계속되었습니다.
 겨울의 ××을 정복한 봄의 행진곡은 양지짝만 재글재글 바람만 따뜻하고 우식을 업고 가는 춘삼의 발 밑에서는 도회의 교향악이 봄맞이하여 소리칩니다.

—《조선일보》(1929.3.7)

항쟁*

"골이 왜 났느냐고요? 내가 송충인 줄 아십니까? 지렁인 줄 아십니까? 지렁이도 밟으면 꿈틀거려요."

그는 장작을 패는 팔뚝— 피가 뛰는 그 속에서 폭발되는 감정으로 억세게 기운차게 대답하였다. '내가 왜 이런 말을 하였던가' 하는 후회도 뉘우침도 그것은 나중 일이기 때문이었다. 그의 말소리는 어두워도 힘이 있고 억세고 워낙 깊은 창자 속에서 우러나오는 말이라 그러하였던

---

* 〈항쟁〉은 《학생》에서 기획한 문단 3회(최서해, 최승일, 최독견)의 연작 소설 가운데 두 번째이다. 〈항쟁〉의 서두에는 앞서 씌어진 최서해의 〈수난〉의 줄거리가 소개되어 있는바, 현대어로 옮기면 다음과 같다.

서울 있는 삼촌집에 와서 붙어 있으며 공부하는 종하라는 학생이 있습니다. 그는 자기 시골에서 겨우 보통학교를 마치고 아버지의 농사일을 거들어 드리고 있다가 서울에서 삼촌이 내려와 "너 서울 가서 공부하지 않으련?" 하는 말에 종하의 희망의 정열은 약동하였습니다. 그와 같이 자기를 서울 데리고 와 공부시켜주는 아저씨가 그는 한없이 감사하였습니다. 그러나 오늘 벌써 종하의 머리에는 그 감사하던 감격은 다 어디로 사라지고 자기가 지금 패고 있는 장작처럼 아저씨나 아주머니의 골통도 때렸으면 하는 그러한 종하가 된 것입니다. 이것은 간단하게 종하의 배은망덕하는 잘못이라고 말해버릴 수 없는 사정이 있습니다. 물을 길어라, 빨래를 해라, 장작을 패라, 불을 때라, 걸레질을 해라, 파를 다듬어라, 심지어는 학교도 야학으로 고치고 낮에는 집일을 봐라. 종하는 모래 같은 밥을 씹어 왔습니다. 아침 저녁으로 양양거리는 아주머니의 잔소리. 아주머니에게 매어 지내어 덩달아 못 견디게 구는 아저씨. 그들은 조카를 공부시킨다는 미명으로 속망음은 결코 그렇지 않았습니다. 이 날도 시험준비를 하고 앉았는 것을 번연히 아는 아저씨가 "얘 장작 좀 패라. 집안 일도 좀 해야지" 하고 처음 일이나 시키는 것처럼 말을 했습니다. 주인이 이와 같이하므로 부엌어멈도 종하는 으레 부려먹을 줄 알았습니다. 종하는 아주머니가 아저씨에게 "쟤를 야학으로 시킵시다" 하는 말을 듣고 몇번이나 주먹에 힘을 주었습니다. '에라 이 집을 나가면 그만이지…… 나가면 어디로?……' 종하의 번민은 깊어 갔습니다.

지 아저씨와 아주머니는 아무 말도 아니하고 가만 내버려 둔다. 그러나 확실히 아주머니의 뱃속에는 '네가 그러면 얼마나 그러고 내가 그 꼴을 보면 얼마나 보겠니? 이제 난 모른다. 네가 고학을 하러 일본으로 간다고 했것다. 가면 그만이다.' 이러한 생각이 들어 있었을 것이었다.

그는 저녁밥도 아니 먹고 자기방으로 들어와서는 다리를 뻗고 반듯이 드러누워서는 천정을 쳐다보았다.

무릇 동물이 동물과 사귐에 조건이 있어 사귀는 것이고 사람이 사람과 친해질 때 반드시 그 사이도 무슨 연결되는 조건이 있어서 친해지는 것이다.

혹은 가정적으로 혹 사회적으로 반드시 그 무슨 관계가 맺어지게 된다. 그리하여 내가 남을 이용하고 남이 나를 이용함에 있어서 그 중간에서 그들이 사는 사회는 혹은 진화도 되고 혹은 앞으로 나아가게도 된다. 그렇다. 모든 사람은 다 자기를 위하여 노력하는 것이다. 내가 아저씨 집에서 장작을 패주고 심부름을 해주고 공부를 얻어 하고 밥을 빌어먹는 것이나 나를 공부시켜주고 밥 먹이고 그 대신 심부름을 시키는 아저씨가 다 똑 같은 조건이다. 이렇게 그는 드러누워서 생각해보았다. 그러므로 한 사람도 나은 사람은 없다. 마땅히 이 세상에 존재할 일이다. 그리하여 그는 벌떡 일어나서 안방으로 도로 올라가서 아저씨 밥상 옆에 있는 자기의 밥그릇에다가 손을 대고 그리고 나서는 그는 자기방으로 나아와 새로운 마음으로 책상 앞에 나아가 앉았었다.

삼 년의 지난 봄이다. 종하의 친구들은 벌써 사방모자를 사 쓰고 돌아다니면서 고구라 양복을 벗어 내버리기에 종로의 거리로 그들의 커다란 발자국은 옮기어 놓는 모양이다.

오늘 날 저녁 때쯤 되어서 종하는 오 년 동안 결근이 없었다는 상장과 어느 고등보통학교의 졸업증서를 손에 들고 아저씨가 계신 안방으로

들어갔었다. 종하를 본 그의 아저씨 아주머니는 기쁜 낯으로 맞으면서
"어서 밥먹어라."
밥상을 받고 앉았는 종하에게 아저씨는
"얘 오늘 면소面所에서 편지가 왔다. 이십사 원— 초급에 이십사 원에 오라더라."
그는 아무 말도 아니하였다. 면소는 종하의 고향인 양주 어느 면 면소를 이름이다.
"얘 그것도 좌청우촉 억지로 참 내 얼굴 보아서 면장이 직접 친필로 내게 한 것이다."
아저씨는 물론 자기로서는 그릇됨이 없는 생각을 내고 있다.
"참 잘 되었지. 이젠 장가나 들고 내려가서 우선 그만하면 아버님 어머님 모시고 지내지. 집안에 보태 쓰시도록 하고—"
종하는 아무 말 아니하고 밥만 다 먹고 나서는 상을 들고 나가려 할 때 오늘은 웬일인지 아주머니가 일어나며
"게 놓아두어라. 내 내갈 것이니"
하면서 상을 빼앗아 내간다.
종하는 윗목으로 내려와서 쪼그리고 앉아 있었다. 다 떨어진 고구라 양복의 무릎팍이 똑 한 번 북— 하고 찢어진다.
"그래 넌 어떻게 할 작정이냐? 응."
아저씨는 또 물으셨다.
"글쎄요."
종하가 요즈음 와서는 삼촌 되는 자기 아저씨나 아주머니 말쯤은 이젠 귀에다 담아듣지도 아니하니까 욕을 하거나 언짢은 소리를 하거나 타이르거나 이제는 종하에게는 문제시 되지도 아니하였다. 그것은 벌써 아저씨가 생각하는 길과 종하가 생각하는 길과는 그 차이가 멀기 때문이었다.

"넌 공부를 더하고 싶다고 하지마는 어디 내가 그리 재력이 넉넉하냐! 아버님은 이젠 노쇠하시고 누가 네 학비를 대주니. 나도 너를 대학까지나 다니게 해볼까 하고 더러 생각도 해보았다마는 그 동안에 나도 전냥錢兩간 손해도 보고 할 수가 없구나."

사실 그렇다. 아저씨의 말이 결코 거짓말이 아니었다. 그러나 종하를 데려다 공부를 시킨 것은 우선 구차한 자기 형을 늘 봐줄 수가 없으니까 한 사오 년 동안 종하를 데려다가 어디메 중학교나 졸업시켜주면 제 부모 저 찾아가겠지 하는 생각으로 데려왔던 것인데 한창적에 그가 술잔이나 얼근하였을 때에는 "그래도 우리 집에 대학교 졸업생 하나는 생겨야 한다"고 떠들면서(사실인즉 실업학교나 사범학교에를 넣는다고 하더니) 고등보통학교를 들어가게 하고 나중엔 집안 형세도 전만 못한지라 종하더러 그만 두고 면서기를 해 가지고 고향으로 내려가라고 하는 것이었다.

"저는 공부를 더 하려면 일본으로 가서 고학을 하든지 할 터이고 시골을 가게 되면 가긴 가지마는 면서기는 싫어요."

그가 여름방학에 한 달쯤 가서 있는 동안에 면소에 있는 서기나 기수나 면장 같은 사람들이 동리 사람들에게 어떻게 하는 것을 잘 보았기 때문이었다. 그럴 때마다 그는 학교에서 배운 옛날의 로마를 생각하였다. 그리고 그의 젊은 피는 뛰었다. 그렇다 면서기 싫다는 이유는 여기에 있었던 것이었다.

"뭐 싫어? 얘가 그 밤이면 공부는 아니하고 학생과학연구회인가 다니더니 점점 이래지더라."
하면서 손가락으로 종하를 가리키면서 이번엔 아주머니를 바라보고 하소연을 한다. 그러나 하는 말은 종하를 보고 하는 말이었다.

"뭐 시골을 가면 청년회를 만들어 야학을 세워? 청년회가 밥 주니. 야학이란다. 뭐 말라뒈진 거냐? 딴소리 말고 부모 뫼시고 살 도리를 해."

소설 197

끝엣말은 명령적이었다.

"아저씨 말씀도 옳으시지마는 글쎄 아저씨 생각해보세요. 그 길로 나간다면 아주머니 말씀마따나 장가 들고 아버지 어머니 뫼시고 생활이 되어갈 줄 아십니까? 사실 말이지 제가 아저씨께 신세를 끼치고 공부를 하였습니다마는 돈 들여 공부할 적에 한 달에 저의 밥값 저의 학비를 다 치면 적어도 삼십 원씩은 저 자신이 쓰고 공부를 하였겠습니다. 그러나 이십사 원이라면 그것도 못 됩니다그려. 그렇다면 부모를 생각하는 것보다도 집안을 생각하는 것보다도 저는 저 하고 싶은 일을 하든지 일본으로 가서 고학이라도 하여 더 공부를 하든지 할 결심입니다. 무엇보다도 면서기의 하는 일을 저는 차마 제 동리 제 땅에서는 못 하겠습니다."

그는 동무들과 어젯밤에 졸업 후에 어떻게 하겠느냐는 데 대해서 자기들의 미래에 대해서 이야기할 제 이야기하듯이 그러한 어조로 거지반 연설조로 아저씨에게 이야기하면서 그는 주먹을 쥐어 가지고 방안 한복판으로 내어밀었다.

"그렇다면 나는 모르겠다. 나는 형님께나 네게나 다 할 만큼 했으니까 너는 너 알아 해라. 너도 한두 살 먹은 어린아이가 아니니까"

하면서 아저씨는 밖으로 나가버린다. 종하도 따라나와서는 자기방으로 돌아왔다.

그는 그 날 밤새도록 동경으로 가? 동경으로 갈 노자도 없다. 그리하여 그는 잇대어 농촌으로, 시골로, 고향으로, 이렇게 부르짖었다.

이튿날 새벽에 종하는 일어나서 세수를 하자마자 짐을 싸고 있었다. 그가 자고 일어난 방바닥에 놓인 ××일보 사설에는 '농촌으로 가는 청년에게' 라는 사설이 씌어져 있는 것을 그는 내려다보았다.

—《학생》(1929. 5).

이단자의 사랑

1

이리하여 나는 지나가는 세월에다가 그때 그 일을 흘려버리고 만 것입니다. 이것은 아홉 해 전 일이었습니다.

그때는 어머님의 품안과 같이 따뜻한 봄날이었습니다. 잎이 틉니다. 꽃봉오리가 터집니다. 하룻밤을 자고 거리에 나가면 하늘이 또 달라지고 땅이 또 달라지는 깊어 가는 봄날 어느 날 밤이었습니다. 여기는 자금산紫金山 아래 남경南京의 대동맥인 화패루花牌樓 거리 한 모퉁이의 YMCA입니다.

우리는 커다란 방안에 모여 앉아 있습니다. 우리네가 다 모인대야 젊은이만 모이면 한 칠팔십 명 모입니다. 토론회가 벌어졌습니다. 연사는 저편에 남자 두 사람 여자 한 사람, 이편에 남자 두 사람 여자 한 사람, 연제는 잊었으나 남녀평등 문제에 대한 것이었습니다.

새로이 그곳에 찾아간 우리나 오래 전부터 그곳에 있는, 말하자면 주인격 되시는 분들이나 얼마나 이 모임을 귀중히 아는지 몰랐습니다. 일

년에 한 번씩 신입생 환영회 겸 간친회로 토론회를 한 번씩 개회하고 과자를 사다 먹고 모르는 친구 얼굴 익히고 밤늦게 돌아가는 재미있는 모임이었습니다.

봄밤 달이 흐리멍텅하게 청년회의 유리창으로 넘겨다볼 때 그 방안에는 젊은 정열과 긴장한 빛이 얼굴의 전체를 차지한 젊은이들이 팔짱을 끼고 연단을 쳐다보는 사람, 턱을 괴고 노리고 보는 사람, 팔십여 명의 시선은 다만 한 목표를 향하여 몰려 있습니다. 이리하여 젊은이들의 뛰는 피는 봄밤, 커다란 방에서 천장을 때리면서 퍼져 나가는 것이었습니다.

아무든지 누구든지 아무런 소리를 하더라도 우리는 극히 자유로웠습니다. 어찌하여 우리는 그렇게 자유로웠는지? 이리하여 이것을 바라고 우리는 젊은 나그네, 젊은 방랑자가 되어 나가는 것이겠지요? 나는 한 번도 입에서 내어보지도 못하고 듣지도 못하던 참 정말 의리의 부르짖음을 들었던 것입니다.

도리어 우리는 우리의 자신을 의심할 만치 우리의 가슴속 부르짖는 말, 입속 머리를 의심할 만치 통절하게 우리가 하고 싶은 말을 다 하였던 것입니다. 이러한 광경은 이단자의 목숨이 이슬과 같이 사라지는 단두대 위에서 재판관이나 들어볼 수 있는 말이었습니다.

젊은이의 혀끝은 능히 천하를 만들어내고 능히 천하를 뒤집어엎을 수가 있었던 것입니다. 혀끝과 혀끝이 싸우기를 시작한 지 이미 너덧 사람이 지났던 때이었습니다. 이리하여 그들의 부르짖음은 자유로웠고 그들의 외침은 하고자 하는 말을 다 하였지만 사나이는 사나이의 자랑, 여자는 여자의 자랑—워낙 문제가 문제인 것만큼—사나이는 여자를 말할 때 여자를 그르다고 하고 여자는 사나이를 말할 때 사나이를 나쁘다고 하면서 때로는 얼토당토않은 탈선도 제법 하였던 것입니다. 나는 남녀평등이 아니 된다는 편이었습니다. 사회가 다음엔 김아무개를 소개한다는 말이 있자 나는 벌떡 일어나서 청중의 앞으로 바짝 다가서면서 가편을 향하여 반박을 하다가 끝에 가서는 결론이 아래와 같았습니다.

"여자는 생리적으로 남자를 따를 수가 없습니다. 우선 머리가 남자만 못합니다. 체질이 남자만 못합니다. 어머니의 젖(乳)은 어린 아기에게 필요하지 국가나 사회에까지는 진출해 나올 것이 못 됩니다. (중략) 아까 어느 분이 말씀합디다만 영국의 정치적 부인들은 부르주아의 매수 도구가 되어 있는 것입니다. 그들은 한 개의 매수 도구로 쓰려고 부인 선거권을 준 것입니다. 장종창張宗昌이가 제 삼십여 부인까지 두는 것과 똑같은 이유일 것입니다."*

청중은 깔깔 웃었습니다. 이때 시간도 다 되기 전에 저편의 맨 마지막 연사인 박경애朴敬愛 씨가 내 앞으로 가까이 오더니 의장에게 향해서며 "의장, 시간 다 되었습니다. 내가 할 차례입니다. 김선생 무어라고 하셨지요" 하면서 초면에 내게로 달려듭니다. 아마도 조바심이 나서 튀어올라온 듯하였습니다. 그는 머리를 깎은 여자였습니다.

2

태안잔泰安棧의 네모가 반듯한 안마당의 깔린 벽돌 위에는 봄볕이 영롱하게 끓고 있습니다. 봄볕은 사람의 마음을 잡아끕니다. 나는 보도에 나와 앉아서 수박씨를 까면서 나의 마음은 그 봄볕에 안기어 낮잠을 자는 듯이 고요하였습니다. 보도 저편 끝에 있는 파초의 푸른 잎은 봄바람에 흔들리면서 나를 지키고 있었습니다. 이렇게 정경은 조용하였건만 마당에 가득 찬 봄볕을 내려다보고 있는 나의 마음은 고요한 가운데

---

* 전쟁이 한창이던 1928년, 만주 지역의 군벌인 장종창이 전쟁자금을 모으기 위해 35명이나 되는 아내들 중 일부를 부하들에게 넘기는 이색대회를 열었던 사건을 염두에 두고 한 말.

서도 물결을 치는 것이었습니다. 그것은 어젯밤 일을 생각하고 물결이 쳐지는 것이었습니다. 그는 나를 향하여 일사천리 식으로 이렇게 몰아댔습니다.

"무엇이 어째요 김선생님! 영국 총리대신이 부인 선거권을 준 것이 장종창이가 처첩 삼십여 명을 둔 것과 똑같다고요" 할 제 듣고 있던 친구들 가운데서는 "언권은 저기 있다" "의장" "의장" "언권 침해" "의장" "의장" 객석이 요란해졌습니다. 이때 나는 "아니올시다. 나는 할 말을 다 하였습니다. 듣기나 하겠습니다" 하고 단에서 내려왔습니다. 아는 친구들이 나의 손을 붙잡고 "통쾌" "통쾌" 나는 다만 웃었고 또 나의 얼굴을 빨개졌을 따름이었습니다. 그는 내가 내려가자 자리를 고쳐 서면서

"(중략) 여러분 모계 시대에는 우리가 얼마나 위대하였습니까. 그때의 남자는 우리의 노예였습니다. 그러나 그 후에 모계 시대가 지나간 다음 여자의 경제는 점점 남자에게로 가버리자 사회의 모든 기관은 남자만을 표준하여 만들어지고 여자에게는 일반으로 지식을 주지 아니하고 경제가 그들에게는 없고 이리하여 몇천 년의 역사는 우리들을 이 모양으로 만들어 놓은 것입니다. 결코 여자가 남자만 못한 것이 아닙니다. 사람의 체력, 뇌력의 발전이란, 늘 환경을 따라서 못도 되고 잘도 되는 것입니다. 여자의 머리를 말하니 말이지 만일 이 사회가 완전히 모든 것을 남녀평등으로만 시설하여 몇 세기만 더 지나간다면 오히려 모든 능력 모든 움직임이 그때 가서는 남자보다도 우월하게 되어 도로 모계 시대가 돌아올는지도 모르는 일이라고 생각합니다." "거 꿈꾸고 있군" 하는 어느 친구의 놀리는 소리가 들리자 모두들 깔깔 웃었습니다.

나는 그 생각을 하고 혼자 봄 하늘을 쳐다보고 엷게 웃었습니다. 그리고 어젯밤부터 내 눈앞에 그려지는 그의 얼굴을 또 다시 봄 하늘을 쳐다보면서 솜과 같이 흰 구름 위에다가 올려 앉혔습니다. 그의 얼굴은

동그랗습니다. 그의 눈은 더 동그랗습니다. 그야말로 고리눈*이라든가요. 그러나 그 동그란 눈이 가는 대모테 안경 속에서 반득일 제 그의 정열은 눈알을 쫓아다니듯이 또릿또릿하였습니다. 코는 오뚝하고 입이 야무지고 귀는 칼귀, 그의 전체는 정열 대담 그것이었습니다.

나는 그를 보고 싶었습니다. 산골짜기에서 흐르는 물결치는 소리와 같이 울리는 그의 목소리 속에 담겨 있는 그의 정열을 나는 가지고 싶었습니다. 나의 정열이 그의 정열과 충동이 되고 싶었던 것이었습니다. 더구나 봄 하늘의 태양은 나를 그렇게 시키는 것이었습니다. 나는 그의 있는 곳을 압니다. 그는 C목사 집에서 유하고 있었습니다. 그와 나는 인사한 적도 없지만 어젯밤에는 아주 친한 친구끼리 말다툼하듯이 싸움까지 하였으니까 만나면 어떻게 어떻게 하리라 하는 생각을 가지고서 나는 태안잔의 문지방을 넘어 가지고 고루鼓樓 옆 금릉대학金陵大學이 있는 편 쪽으로 향하여 달음질쳤습니다. C목사 집에를 막 들어서자 경애는 깨끗하게 단장을 하고 달음질로 나오던 길에 나와 마주쳤습니다. "어젯밤은 실례하였습니다" 내 말이 건네지자 "원 천만에" 나는 그의 뒤를 따라갔습니다. "지난밤에 나는 나의 본의 아닌 말을 하였습니다" 하고 나는 웃었습니다. 그도 웃었습니다. 이리하여 우리는 어깨를 곁고 금릉대학을 왼편으로 꺾이어 호젓한 길로 걸어갔습니다. 그도 마침 동무의 집으로 놀러 가는 길이었습니다. 그날은 또 일요일 오후였습니다.

3

공자묘孔子廟의 밤 노래는 고향악의 그것이었습니다. 옛날의 공자묘가 지금에는 어디 가 있는지 우리는 그것을 알러 온 것이 아니기 때문

---

*고리눈 : 눈동자의 주위에 흰 테가 둘린 동그랗게 생긴 눈. 환안環眼.

에 돼지기름 냄새, 따패(마짱)*의 덜그럭거리는 소리, 호금胡琴의 슬피 우는 소리, 찻집 용마루에 달린 풍경의 흔들리는 소리, 이것이 공자묘의 교향악이었습니다. 우리는 흐르는 호수에다가 조그마한 유선遊船 띄우고 마주 앉아 차를 마시면서 두 편 언덕으로 일자一字 지게 뻗친 요릿집 유리창으로 흘러나오는 불빛이 물 위에 흔들리는 것을 내려다보면서 어디로인지 저어 올라갔습니다. 사랑하는 사람들이란 때로는 이야기가 많으나 때로는 가슴만 답답하고 아무 말도 못하고 뻔히 건너다만 보고 앉아 있는 수도 모든 사람들의 러브씬에 한목을 볼 것입니다.

우리는 벌써 사랑하는 사이가 되었던 것입니다. 토론회가 있은 지 불과 오륙 일이건만 그 동안에 벌써 편지를 두 번 주고 두 번 받고 하였습니다. 나는 그를 생각할 때 그의 전부는 토론회날 저녁에 가졌던 태도가 그의 전부라고 생각하였기 때문에 여기에 나의 편지 내용은 공개를 못합니다만 나라를 떠나서 이상을 달음질치는 젊은 사나이의 글발은 그 선이 굵었던 것은 사실이었습니다.

그 편지 두 장에는 나의 지나간 생활 전부의 공개, 신봉하는 이상의 고백으로 가득 찼었습니다. 그러나 그것은, 그 편지 두 장은 프롤로그였습니다. 나는 감히 '나는 당신을 사랑합니다' 라고 쓰지를 못하였습니다. 그것은 우선 나의 감정의 전부를 그에게 건네는 것이 첫째 목적인 까닭이었습니다.

그러나 그에게서 오는 편지는 간단히 편지 받았다는 말과 그렇게도 고향을 생각하시며 아울러 이만한 사람을 너무나 과도히 칭찬을 하시니 분수에 넘친다는 것이었습니다. 나는 이에 만족치를 못하여 오늘밤 산보를 같이 하자고 나와 가지고는 이 조그마한 배 위에 우리가 앉게 된 것은 행여나 나는 그에게 모든 것을 고백하려 하였으나 그를 좀더

---

* 따패는 다패多牌, 곧 마작패를 가리키는 듯.

우선 잘 알아야 하겠다는 목적이었기 때문이었습니다. 그러나 의외로 우리는 벌써 물 위에 뜬 조그마한 배 위에서 무릎을 같이 하고 턱을 괴고 흐르는 물을 내려다보는 마음, 그것은 둘이 다 같이 사랑하는 사이와 같이 보였습니다. 나는 물론 그렇게 인식하였지만 그도 또한 나에게 모든 것을 맡기고 의뢰하고 믿고 싶다는 마음을 가졌다는 듯한 표정을 나는 발견하였습니다. 그는 웬일인지 몹시도 괴로워하는 것 같았습니다. 때로는 한숨을 쉬고 나를 건너다보고는 또 물을 보고 한숨을 짓고 하였습니다. 그리하여 나는 완전히 실패하였습니다. 분위기가 이렇게 되고서야 아무러한 말도 하지 못하는 것이었습니다. 서로 즐거워하고 그 날 밤의 풍경을 말하고 세상을 이야기하게 되어야 차차 내가 묻고 싶은 말, 알고 싶은 일을 물어볼 터인데—.

　이리하여 나는 다만 나 혼자 즐거운 생각만 하고 저어 올라가는 것이었습니다. 그와 내가 편지를 주고 받고 두 번이나 하였건만 그 이야기조차 한마디 건네 보지를 못하였습니다. 이러한 침묵을 실은 배는 컴컴한 곳으로 이디로 가다가는 도로 뱃머리를 돌려서 아래로 내려오기를 시작하였습니다. 배가 아까 탔던 곳에 거진 다 오게 되자 드디어 장엄하게 지키던 우리의 침묵은 깨어졌습니다.

　"선생님, 저는 선생님을 잘 알아요"
　하고 경애는 나의 무릎을 짚고 일어섰습니다.
　"네, 그러면 내게도 당신을 잘 알게 이야기하여 주셔야지요."
　"글쎄요. 이제 아실 때가 있겠지요."
　나는 웬일인지 분하다 할까 불쾌하다 할까 하였습니다. 나 자신은 여자에게는 알리우고 상대자인 그 여자는 잘 모른다, 이러한 것이 웬일인지 불쾌하였습니다. 그러나 내가 집에 돌아와 앉아 생각할 때 '그런데 그 여자가 나를 곧잘 따라다니니 웬일일까?' 하고 웃었습니다.

4

그 이튿날 나는 같이 있는 정군에게 그 여자에 관한 의외의 놀라운 이야기를 들었습니다. 그러나 그 이야기는 아무리 생각하여도 허황된 수작밖에는 되지를 못하는 이야기였습니다.

"여보게 김군."

"응."

정군은 아침죽을 먹고 나서 담배를 피우면서 진실한 표정으로 나를 부르더니

"자네 어젯밤에 공자묘에 갔다 왔지?"

"그래."

"그 여자가 누구인 줄 아나?"

나는 참으로 기가 막혔습니다. 어젯밤에 우리가 배 타고 논 것은 우리 당자 두 사람밖에는 모르는 줄 알았더니 귀신이 아닌 다음에야 어찌 정군이 알 리가 있겠습니까? 연애는 때로는 동무끼리의 자랑거리가 되지만 때로는 지극한 비밀로 되는 까닭이었습니다.

"나는 잘 몰라. 하도 갑갑하기에 마침 목사님 댁에서 단둘이 만났던 터이라 산보를 나가자고 나간 것이 그리 되었어."

"이 사람아. 여자를 데리고 다니거든 그 여자가 어떠한 사람인지나 알고 다니게."

아닌 게 아니라 그렇습니다. 나는 곧 옳다는 뜻을 표하였습니다.

"그건 그래. 나도 알아. 그러나 알기 전까지 같이 마음대로 행동을 취할 수가 있는 것이야."

"뭐? 여보게 그건 어쨌든 그 여자가 여자 정탐偵探이라는 말이 있네."

나는 납덩어리로 가슴을 얻어맞은 듯하였습니다. 그러나 나는 냉정하기에 힘썼습니다.

"어째서? 그리고 누구의 입에서 나온 말인가?"
하고 가슴속은 급격한 반동으로 두근두근하지만 침착히 물었습니다.
"내 이야기를 좀 들으려나. 그 여자는 부모도 동생도 형도 아무도 없다대. 서울서 공부할 적에는 웬 청년 한 사람이 조건부로 학비를 대어 주었었다나. 그래서 졸업을 하고는 우습지 아니한가? 몇 해를 지나도 시집을 아니 가고 다니더니 학교 다닐 적에 친하던 ××선생의 집만 찾아다니고 도서관에나 가끔 다니던 사람이라나. 이 사람 웬만하면 작년 그때에도 붙잡혀서 며칠동안 고생이라도 하였을 터인데 그것도 없었고 올해 단몸으로 고리짝 하나를 끌고 이 남경에 가 떨어졌으니 더구나 여비의 출처가 의문이고 게다가 사칸(下關)에서 배에 내릴 때 아무도 나가 준 이가 없고 짐 같은 것을 어쩔지도 모르고 하여 한다는 소리가 일본말로 '고마타나' 하고 부르짖더라니 왜 하필 여기까지 와서 일본말을 쓸 일이 무엇인가. 이것은 그때 사칸에 볼 일이 있어서 나갔던 친구가 우연히 조선 여자를 보고 섰다가 그 소리를 듣고는 그만 내버려두고 올려다가 그래도 차마 그럴 수가 없어서 데려다가 장목사 집에다가 임시로 두었는데 장목사도 진절머리를 내었다대. 아마 며칠 아니 있으면 정체가 나타나겠지?"
나도 아무 말 아니하고 가만히 듣기만 하였습니다.
"그런데 여보게. 그의 하는 일이라고는 우습지 않은가. 밤이면 문을 잠그고 편지만 쓰는 것이 일이라니 그 역 의심나는 일이 아닌가? 자네 좀 속을 뽑아보게."
나는 여전히 듣기만 하고 가만히 있다가 혼자 속으로 '일본말 한마디에 여탐정!' 하고 괴롭게 웃었습니다. 과연 그러나 정군의 말을 우리도 똑똑히 들어야 할 필요가 있다고 나도 생각하였습니다. 그때 그곳에 있던 젊은이들의 마음이란 마치 전장에 나선 군인들의 마음과 같은 그러한 마음을 가지고 있기 때문에 거짓도 정말이라고 믿고 정말도 거짓이라고 믿을 만한 조금만 하면 움직이기 쉬운 마음의 소유자들이었습니다. 바람이 불어서 나뭇잎만 바싹하여도 그들은 '도적이야' 하고 소리칠 만한 긴장된 마음과 날카로운 신경의 소유자들이기 때문이겠지요. 그러나 경애가 밤마다 쓰는 편지란 내게 쓰는 편지나 아닌가 하고 나도 욕심쟁이 마음으로 억측을 하였으나 그것은 군더더기 생각이고 나도 과연 앞으로 더 며칠을 두고도 그를 잘 몰랐던 것입니다. 그리고 정군의 말을 들은 다음부터는 나는 자연 그를 멀리하였습니다. 그러나 나의 마음은 점점 더 그에게 가까이 가는 것도 사실이었습니다.

5

　정군이 그 여자의 일을 자세히 아는 것도 이상한 일이고 또는 어젯밤에 우리들이 배 타고 논 것을 아는 것도 괴상스러운 일이었습니다. 그리고 '여탐정' '여탐정' 하고 생각을 하니까 웬일인지 나의 마음은 늘 불안하였습니다. 그러나 그에 대한 윤곽만이라도 짐작하는 것이 내게 있어서는 경애에게 대한 지식이 느는 것이었습니다. 그러나 토론회날 밤 연단에 섰던 그를 내가 다시 생각할 때에는 나는 결코 그렇게 그를 생각하지 아니하리라고 굳게 마음을 꼭 붙들었습니다. 그렇지만 학교에서 나와서 몇해 동안 책 권이나 읽었다면 그만한 지식은 얻을 수가 있는 것이며 또한 그렇기 때문에 비밀히 자기는 그러한 일을 받아 가지고도 올 수가 있는 자격쯤은 가지고 올 사람이라고 보았기 때문에 나는 더 한층 그를 명확히 알고야 말리라고 생각하였습니다. 내가 처음에 그를 사랑하였다고 고백하였습니다. 내가 처음에 그를 사랑하였다고 고백한 것까지도 보니 이쯤 와서는 취소를 하고 싶으며 이제 와서는 우선 그를 잘 알아야만 하겠다는 마음밖에 없습니다.

　토론회가 있은 지 한 두어 달 지난 후 초여름 어느 날 밤 나는 여관

집 낭하 등의자 위에서 다음과 같은 편지를 받아 보았습니다.

드디어 그의 전부를 알게 될 날이 왔던 것이었습니다. 그는 나에게 아래와 같은 사연의 편지 한 장을 보내고서 미국으로 신혼여행을 가고 말았으며 이리하여 이 싱거운 이야기는 끝을 막습니다.

선생님. 이제야 모든 것을 선생께 고백할 날이 왔습니다. 그 동안 혹 소문에 내 이야기도 들으셨겠지만 나의 고향 생활에 대하여는 여러분 가운데로 돌아다니는 그 이야기가 정말 저의 반생의 전부였습니다. 그러나 정탐이라고 하는 것만은 거짓말입니다. 그것은 너무도 여러분이 신경과민이 되신 까닭이겠지요.

선생님이 그 동안 나에게 편지를 십여 차나 주셨고 나도 선생님께 오륙 차나 올리었습니다. 나는 선생님의 편지를 읽을 때마다 새로운 지식을 한 가지씩 한 가지씩 얻는 것이었습니다. 선생님의 사상, 다 압니다. 제가 토론회 적에 한 말을 저는 그다지 대수롭게 알지는 아니합니다. 저는 아직 주의자主義者가 아닙니다. 전사가 되자고요, 같은 선線에 나서서 최후를 맞자고요. 그러나 저는 저를 나무라시지를 마십시오. 저는 웬일인지 이 세상에서 고생살이를 하고 남만 못하게 사는 모든 사람들이 다 제가 잘못하여 그리 되는 것과 같이 생각됩니다. 저도 제가 이렇게 된 것이 다 제 잘못이라고 생각합니다. 제가 남경에 온 것은 사실 저를 공부시켜준 사람이 교환조건으로 결혼을 하자는 것이 싫어서 저는 도망질을 쳐서 온 것이었습니다. 온 지 며칠 못 되어서 선생님과 친하게 되고 선생님의 사상상 지도를 받고 선생의 편지를 받아 읽고 다른 이들에게 선생의 이야기를 들을 때 저는 선생께 '저를 구원하여 주십시오' 하고 부르짖고 싶었습니다. 그러나 제가 밤마다 쓰는 편지는 두 분에게 쓰는 편지였으니 하나는 선생님께 보내는 답장, 또 하나는 그 청년에게 하는 답장이었습니다. 그러나 내가 싫어하는 그는 기어코 나를 따라서 지금 상해에 와서 있습니다. 자기는 미국 갈 여행권까지 가지고 저도 그가 상해에서 어떻게 변통을 하여서 미국에를 같이 가자고 오라고 하기에 며칠 밤째 날을 새며 생각하다가 저는 선생님을 좋아합니다만 선생님을 따라갈 수는 없습니다. 미국에 가서 공부나 더 좀 하려합니다. 선생님은 나를 이단자라고 부르시겠지요. 아무쪼록 선생께서는 고향을 위하여 집안 식구들을 위하여 많은 힘을 쓰시기 바랍니다. 저는 정신이 피곤하여 그러한지 아직 그러한 정열의 소유자는 아닙니다. 그러나 어느 때 선생님이 생각하시는 그 선線에서 같이 만날 날이 있을는지도 모를 것입니다. 하여튼 저는 공부가 적은 까닭입니다. 그리고 우리가 여태껏 계속하던, 주고 받고 하던 감정은 이름하기를 '이단자들의 순간적 사랑'이었다고 불러볼까요! 자, 그러면 참 어젯밤 편지에는 동경으로 도로 가고 싶다고 하셨지요. 저도 거기에 대해서는 매우 찬성입니다. 그러면 언제나 또 만나뵐는지 내내 안녕히— 경애 상.

그가 두어 달 후에 상해에서 미국으로 가는 배를 탔다는 소식을 듣자 나도 그해 가을에 또 다시 동경으로 돌아갔던 것입니다.

—《조선일보》(1929. 4. 9~13).

희곡

1. 이국의 사랑

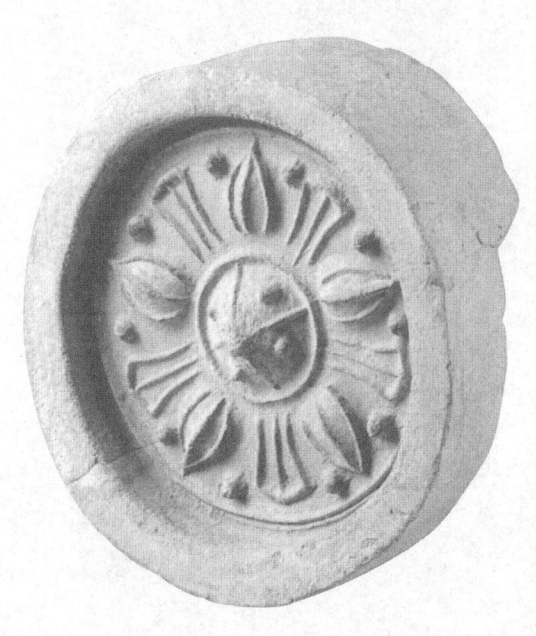

이국의 사랑

A 남경편南京編

　(멀리 반점에서 새어 나오는 중국 음곡音曲)
여　난 싫어요.
남　무엇이 싫다는 말이오.
여　당신과 같은 사나이가 싫다는 말이에요.
남　왜 싫다는 말이오?"
여　왜 싫긴 왜 싫어요. 싫으니까 싫지.
남　싫다면 싫다는 이유가 있을 것이 아니오?
　여　이유— 이유 있지요. 당신과 같이 자기반성이 부족한 사람이 싫다는 말이에요.
　남　자기반성= '나를 돌이켜 보아라' 아무리 돌아다 보아도 난 잘못한 것이 없는데.
　여　나와 당신이 무엇이라고 약조를 하였어요. 내가 먼저 서울을 떠나올 때 경성역에서 당신과 내가 무엇이라고 약조하였어요. 민적등본民籍謄本에 붉은 줄을 쳐 가지고 뒤를 따라가마고 하였지요.
　남　그래서요.

여 그래 가지고 왔어요.

남 죄, 죄, 암 그렇지요. 그것이 죄가 아니고 무엇이겠소. 그러나 나는 지금 한 여자만 생각하고 있지 결단코 두 여자를 거느리고 있는 것이 아니오. 보시오. 열두 살 적에 모본단 두루마기 해준다는 바람에 장가를 가고 보니까 초례청初禮廳에 선 그 여자가 전기선대만 하여 보이니 나의 아내라고 내가 영원히 불러야 옳겠소. (비통하게) 천하의 형제여! 자매여! 나는 부르짖습니다. '우리는 부모의 아들이요 딸이지 결코 노예가 아니올시다. 부잣집 덕을 보려고 양반의 집과 혼인하였다는 명예욕으로 아들을 장가를 보내고 딸을 시집보내니 우리는 이러한 부모의 죄악에 대해서 우리들이 책임을 져야 옳겠습니까. (목소리를 가다듬어 가지고) 여보 정순씨, 나는 그러한 죄악에 대한 책임을 가져야 옳겠습니까.

여 나는 그 죄악에 대한 책임을 말하는 것이 아니에요. 나에게 대한 책임을 지라는 말이에요. 나에게 대한 책임. 다시 말씀하지요. 민적등본에 붉은 줄 치는 것, 그것 말이에요.

남 아, 아, 사랑의 길은 가시덤불, 캄캄한 굴 속. 더구나 산 섧고 물 섧은 이국異國에서 맺어지려는 사랑. 여기는 화패루花牌樓의 번화한 거리. 여보, 정순씨. 우리의 감정은 저 자금산紫金山에 엄숙한 존재와 가치 있게 되고 우리의 사랑의 길은 저 중산로中山路의 탄탄한 대로(坦坦大路)와 같이 일직선으로 돌진하지를 못할까요.

여 글쎄요.

남 글쎄라니요. 자 — 여러분 지금에 나는 이 여자의 가면을 벗깁니다. 이 여자는 어느 때에는 민적등본에 꼭 붉은 줄을 쳐야만 되겠다고 하고 또 어느 때에는 그까짓 민적등본이 다 무엇이에요, 사랑만 하면 그만이지요 합니다. 그러니 대체 이 여자의 감정을 어떻게 조리調理를 하여야 좋겠습니까?

B 동경편東京編

　　(멀리 요정에서 흘러나오는 샤미센三味線 소리)

여　그래 말씀 좀 하여보세요.

남　무엇을 어떻게 말을 하라는 말이요?

여　그래 당신은……." (흑 흐느껴 운다)

남　울기는 왜 울어요."

여　여보 울기는 왜 울어? 나는 조선에서도 남경에서도 울어본 적이 없었어요. 사랑이란 이…….

남　울지 말아요. 지나가는 사람이 이상스럽게 생각지 않겠소. (퉁명스럽게) 울려거든 우리집으로 갑시다.

여　지나가는 사람이 이상스럽게 생각하면 어때요. 아니 세상사람이 죄다 이상스럽게 생각하면 어때요. 아, 아, 상야공원上野公園 불인지不忍池 사랑— 울음— 당신이 만일 조선으로 돌아가려거든 나를 데리고 가 주어요. 나를 조선에서 남경으로, 상해로, 동경으로 끌고 다니다가 이 꼴을 만들어놓고 당신만 살짝 혜숙이 꽁무니를 따라 조선으로 가려고……. 안 돼요. 안 돼요. (운다)

남　아니야, 아니야, 혜숙이는 왜? 혜숙이와 나와 무슨 관계가 있어?

여　무엇이 어쩌고 어째요? 혜숙이 하고 관계가 없어요? 그럼 편지질은 무슨 편지질이에요? 웨 나는 나이가 어리고 언변이 없고 연애에 재주가 없고 하니까 그 나이 많고 이무기 같고 잘 호리는 혜숙이가 정이 착착 붙지요? (혼잣말로) '오— 사랑하는 당신이여! 나는 당신을 천사라고 부릅니다' 하던 솜씨로 혜숙이한테는 무엇이라고 부른다고 하였노? 고급천사라고 하였나?

남　아니야, 여보. 혜숙이 알기도 당신 때문에 알았지 뭐요. 언니니 동생이니 하고 동성연애니 이성연애니 하는 바람에 알았지 뭐요. 아니야.

편지한 것은 책을 좀 빌려달라는 편지야. (혼잣말로) 이것 참 큰일났네.

여 아, 아, 남경에 공자묘孔子廟를 싸고도는 환락의 항港으로, 동경에 무장야武藏野의 넓은 들로 옮겨다니던 우리의 사랑이 기차를 타고 동해도선東海導線으로 혜숙이와 같이 조선의 온돌방(溫突)으로 돌아가는구료. 가려거든 가우. 가는 사랑 붙잡으면 한숨과 눈물만 남지 다시 돌아올 리 만무하니 가시오."

남 아니, 여보. 당신 미쳤소.

여 여러분. 지금에 나는 그 사나이를 놓아 보냅니다. 남경에 자금산에 뒷등 이태백이 묘 앞에 나의 무릎 앞에서 사랑을 빌면서 애원을 하던 이 젊은 사나이가 동경에를 오더니 다른 여자의 품 안에서 나에게 대 승리의 노래를 부르고 있습니다그려. 그는 부모가 시켜준 결혼을 부인을 하였습니다. 그리고 그는 사랑은 자연이고 감정이요 낭만이라고 하면서 떠들고 돌아다녔습니다. 그리하여 그는 나를 만났습니다. 다음엔 혜숙이를 만났습니다. 그 다음엔 그가 누구를 만날까요. 그리고 나는 일로부터 또 누구를 만나게 될까요? 만천하에 여성동지시여! 이것이 사랑의 진실을 찾아가는 길일까요?

—《삼천리》(1934. 11).

수필

신변잡사―동경행
라디오·스포츠·키네마
대경성 파노라마
누이 승희에게 주는 편지

신변잡사―동경행

현해玄海

"거짓말이 말아 거짓말―."

"아녜요. 아버지가 아버지가 정말 가 있세요. 대판大阪―대판 있세요."

"너― 아버지는 시골 있는데 가긴 어델 가 어대― 말이말아 네― 가장家長 따라가는 것이지. 가장이 먼첨 가서 오라고 한 게지. 이 여러 식구가 어델 간다구 그래. 어델 가 남의 집에 가서 드난살이 해. 드난살이."

말라빠진, 발육도 잘 되지 않고 머리통에 부스럼은 나서 파리들이 들꾀는 어린아이를 등에 업고 비지땀을 흘려가면서 어떤 젊은 여자 하나는 가만히 아무 말 없이 서서 있다.

"거짓말이 하면 안돼. 누가 보내나. 이걸로만 몇 십년을 해먹은 내가 그렇게 쉽게 속아?"

채플린의 수염 나듯이 윗입술 위에 수염이 서투른 어린애의 한 일 자 쓴 모양으로 붙어 있는 관리는 그렇게 짐작 잘하고 추리기 잘하는 것이 그 무슨 큰 영예나 되는 듯이 깔깔 웃는다.

고 주고받고 하는 말소리, 듣기에도 고약한 웃음소리는 한데 섞여 훗훗한 시금털털한 노동객들의 틈으로 나와가지고 넓은 부산의 앞 바다!

그 물 위로 바람을 좇아 흘러간다.

　부산의 부두 오른쪽으로 높이 솟아 있는 세관의 한편 방을 치우고 수상 경찰서 서원인 듯한 분 사오 인은 길게 가로막힌 테이블의 저쪽으로 몰려오는 군중들에게 향하여 호령이 추상같고 한편으론 어찌하면 이 난관을 면하나 하는 실직 기아의 민중들은 있는 말없는 말로써 이 굳센 성벽을 무너뜨리고 저편 넓은 바다를 건너 알지 못하는 곳! 막연히 생각되는 행복의 나라(?)로 달음질치려 하는 민중! 그들은 찌는 듯하는 염천炎天 아래에서 비지땀을 흘리면서 자기의 차례가 돌아오기를 기다린다.

　8월 7일 밤에 동경역에서 한韓군과 같이 일본을 가려고 기차를 타고 익일翌日 9시경에 부산 잔교棧橋역에 내려 곧 배를 타는데 잔교에서 갑판으로 올라가는 층층다리에서 나는 어떻게 되어서 일본 양반으로 보았던지 무사히 통과가 되고 초행인 한군이 붙들려 정차장 밖으로 나가는 것을 보고 곧 뒤를 쫓아가니 위의 이야기한 정경이 내 눈앞에 보인다. 한 중간쯤 되어서 한군의 차례가 왔다. 나는 미리 옆에 가서 몇마디 말을 일러두었다.

　"성명이 무어."
　"한××요."
　"몇 살이야."
　"열아홉이요."
　"무엇하러 가?"
　"공부하러 가오."
　"학비는?"
　"아버지가 대어주오."
　"자산資産은."

"한 삼만 원 되오."

이리하여 완전히 그 난관을 넘어서게 되었다. 삼만 원은 웬 삼만 원, 피천 샐 닢 없는* 놈이 엉터리없이 삼만 원을 부르는 바람에 얼른 도장을 찍어주는 것을 보니까 속으로 여간 우스운 것이 아니었다. 통쾌하다. 이래야만 산다. 하는 수 있느냐?

배 안에 들어가니 벌써 자리는 영기미상들이 다 차지를 하고 남 아니 당하는 꼴을 당하고 늦게야 오르는 우리에게는 자리조차 변변한 것이 있을 리가 만무하다. 이리저리 돌아다니다가 어찌 어찌하여 그래도 이런 꼴 저런 꼴을 같이 당하는 사람이나 혼자라 유랑, 이산의 동포들의 틈에 가서 한목을 끼게 되었다. 배는 흔들린다. 아마도 잔교를 떠나나 보다. 밖에 나가보니 갑판 위에 이 모퉁이 저 모퉁이에 상투 위에다가 그대로 밀짚 벙거지를 뒤집어쓴 이 뚫어진 양말에다가 고무신을 신은 이들이 혹간 그 중에는 무엇인지 깊은 감개와 회상과 장탄長歎이 있는 듯이 정신을 잃고서 차차 멀리 보이는 산비탈 위에다가 침수작업이나 하여 놓은 듯이 지어놓은 초가집 오막살이를 바라다보고 있다. 배에 오를 적에 떠들썩하는 때와는 아주 판판으로 다소간 조용하고도 웬일인지 어느 구석엔지 어설픈 비참한 기분이 떠도는 듯싶다. 나는 배 속으로 도로 들어와 드러누웠다. 배의 앞머리가 물결을 치는 소리 점점 높아간다. 양옆에서는 앙잘앙잘하는 일본 양반들의 이야기 소리! 들떠는 경상도 손님네들의 거친 말소리가 섞여 휘돈다.

"아이 내 이 배 타느라고 고생도 무척 하였네."

"자네야 어디 고생했나! 내사 노비路費도 다 묵어버리고 참 큰일이네."

처음으로 가는 친구들의 이러한 대화가 커다란 경상도 사투리로 주

---

*가진 돈이 한 푼도 없다는 말.

고받고 할 때 아마 일행의 통솔자인 듯한 하나는 주머니에서 시키시마(敷島) 한 개를 꺼내 빼어 물면서

"가면 곧 될 걸 으째 그러노. 돈벌이하러 가면서 그만한 돈도 아니 쓰고 뭐 할러 가노."

경상도 친구로는 꽤 걀캉걀캉한 친구였다.

그는 억지로 지어 웃는 웃음과 같은 가급적 쾌활한 웃음을 웃는다. 일동 중에도 쓰디쓴 기운없는 웃음을 웃는 이가 있다.

"이 사람 말 말게. 부모처자는 어찌하고—."

그렇다! 시키시마에 처자가 굶고 마사무네에 집이 떠나간다. 나는 이렇게 생각을 하면서 한군의 얼굴을 건너다보고는 돌아 드러누웠다.

"아이구 내야말로 우리 마누라가 으찌된 줄 모르겠다."

이러한 영탄(詠歎)의 소리가 뼈에서 사무쳐 나오듯이 누구의 입에선지 흘러나오는 소리가 들린다.

"요보는 참 온순한 백성이여요."
"네 참— 또 그리고 지성스럽게 우리에겐 해주든구먼요."
"그렇고 말고요. 그야 우리가 저희들의 주인이니까!"

하고 주고받는 그 무슨 승리자의 웃음소리와 같은 행복을 느끼는 이야기 소리가 나는 드러누운 오른편 쪽에서 일어난다. 발가벗고 훈도시* 만 차고 다다미쪽 위에 배때기를 문지르면서 사이다를 기울이며 이야기가 너저분하다.

"강경(江景)은 참 좋은 곳이라지요?"
"네 좋은 곳이고 말고요. 조선의 중부 지방치고는 그만한 옥야(沃野)는 없을걸요."

---

* ふんどし: 남자의 음부를 가리는 폭이 좁고 긴 천.

"그럴걸요. 강경에서 무엇을 경영하시고 계신가요?"

"경영하기는 과수원을 경영하고 있고 또 수리조합에 일도 보고 있습니다."

"그럼 바쁘시겠습니다."

"바쁜 것도 별로 없어요. 과수원은 요보 중에 충복이 있어서 우리 마누라하고 보고 있고 나는 온전히 수리조합 일만 보고 있는 셈이니까요."

"네 그럼 퍽 좋으시겠습니다. 어디까지 가신다 하였지요?"

"나의 향리鄕里까지 갑니다. 복강*이올시다."

"네 그러십니까?"

이번엔 묻지도 아니하는 말을 가장 자랑하듯이 나의 생활은 이만큼 안전하게 되었고 또한 여유가 있게 되었다는 설명이나 하는 것처럼.

"이번의 내지행內地行은 가족을 통데리러 갑니다. 가족이라야 육십 노모老母와 칠십 노부老父가 있고 내 동생은 촌역소村役所에 다니는데 그 동안에 고생도 무척 하였을 것이올시다. 이번에 가서 전부 다 데리고 올 작정이올시다. 아무렇게 조선 와서 굴더라도 거기서 촌역소에 다니는 것보다는 나을 것이니까요."

"그렇고 말구요. 그렇다 뿐이겠습니까? 조선은 참 좋은 곳이에요. 조선의 땅은 아직도 황지荒地가 많지 않습니까?"

"그렇지요. 땅을 인구에다 비교하면 아직 인구가 적은 셈이지요. 아이 일본은 좁아서 원……."

"참 그래요. 몰라서 그렇지 참 조선이나 만주에 가서 살 만하지요."

"그렇구 말구요. 나도 신의주 가서 한 오육 년 동안 영림창營林廠과 관계를 맺어 가지고 벌목 장사를 하였더니 지금은 어쨌든 형편이 괜찮습

---
* 福岡 : 후쿠오카. 일본 큐슈 지방의 도시 이름.

니다. 더구나 그 쪽 요보는 꾀를 부릴 줄을 모르고 일을 하거든요. 참말 감심感心할 만한 백성이에요."

"참 정말 그래요."

나는 웬일인지 이외에 더 듣고 싶지 아니하였다. 좀 일어나 갑판 위로라도 나가려 하였으나 배는 이미 현해탄의 중간쯤 들어와 있는지라 다소 배가 좀 몹시 흔들린다. 나는 도로 고개를 돌려 반듯이 드러누웠다. 내가 꿈적거리는 것을 본 그 텁석부리 벌목장사는 나에게 향하여

"어디까지?"

어설프게 묻는다. 꽤 저분저분한 친구다.

"동경까지―."

"음!?"

"공부하러?"

"여행가오."

"음!?"

더욱 이상스러운 모양이다. 내가 억지로 저희들의 말대꾸를 하는 눈치를 채더니 별안간 묻기를―

"조선엔 돈 가진 양반兩班은 무척 가지고 있고 가난한 사람은 한푼도 없으니 어쩐 일인가요?"

"당신이 조선 와서 돈을 많이 벌어보았다면서 그것도 모르오?"

무슨 소린지 모르는지 대답이 문문이 아니 나오는 모양이다.

"그러기로 우리야 알 수가 있소?"

"다 이유가 있지요."

"무슨 이유…… 참 조선엔 아직까지도 보통 일반에게 보편적 교육이 모자라더군요. 아마 그 이유인가요?"

어줍잖게 벌목장사가 교육 문제는 섭섭하나마 이렇게 생각을 하고서

"글쎄. 돈 모으고 생활을 여유 있게 만드는 데 다소 교육 문제도 있겠

지만 근본 이유가 있는 것이겠지요."
  이렇게 대답한 나의 태도가 극단의 냉정한 태도였든지 다시는 잇새를 어우르지도 아니한다.* 가슴이 답답하고 얼굴에 상열上熱이 되어 못 견디겠다.

  바다도 푸르고 하늘도 푸르다.
  배는 지금 물결이 용솟음치듯이 하늘이 올라가는지 물결이 내려가는지를 모르게 일어나는 그 가운델 칼로 베듯이 솨 솨 소리를 내면서 아무 것도 아니 보이는 다만 저편만 바라보고 달아난다. 뱃머리에 부딪치는 흰 물결은 서리와 같이 부서져버리나 역시 그곳에 떨어지고 만다. 며칠 전에 이곳에 고우故友 김우진金佑鎭 군과 윤심덕尹心悳 씨의 죽음이 여기서 있었겠지? 하면서 바다를 뚫어질 듯이 들여다보고 있었으나 바다는 역시 바다의 물결의 푸른 것만 나에게 보일 따름이다. 그리하여 다시금 여태껏 해결치 못한 두 죽음의 문제에 대하여 바다를 향하고 결론을 지어보려 하였으나 다만 가슴만 막막하고 아무 해결이 나서지 아니한다. 다만 두 죽음의 소식을 듣고 보니 웬일인지 세상만사의 허무만 느낄 따름이고 따라서 과거, 그들의 과거의 편편片片만이 머리 위에 떠오를 따름이다. 일찍이 동경서 극예술협회劇藝術協會에 대하여 의논하던 일—고전정** 우리 집에서—또한 보지*** 홀에서 학생극을 상연할 때 서로 미래의 포부를 말하며 가장 마지메하게**** 그 극 1막을 연출하던 생각이며 또한 올 봄에 그가 서울에 올라왔을 때 고한승高漢承 군의 집에서 나에게 조선의 사회운동 전선이 분리되는 데 대하여 그 원인과 장래의 추측을 나에게 질문한 데 대하야 졸견拙見이나마 이야기한 적이

---
  * 잇새도 어우르지 않는다 : 말 한 마디 없음을 비유적으로 이르는 말.
  ** 高田町 : 다카다쵸(たかだちょう). 동경에 있는 지명.
  *** 報知 : 호치(ほうち). 동경에 있는 극장 이름.
  **** まじめ(眞面目) : 진지하고 성실함.

있던 것이 생각난다. 또한 윤씨에게 대하여는 어느 날인가 그가 그의 동생과 일본을 향하여 떠나려고 하던 날 그 전날 밤에 라디오 방송국에 와서 마이크로폰 앞에서 가극 〈춘희椿姫〉중의 일부— 주인공이 혼자서 애타는 가슴을 하소연하는 장면의 노래를 방송하고는 밤비는 축축이 내리는데 자동차도 아니 타고 혼자서 너털웃음을 의미없이 웃어대며 걸어 나가던 생각이 난다. 다만 이것뿐이다. 나로서는 모른다. 미해결의 죽음. 또한 그 죽음에 대하야 비판—냉정이고 무엇이고 간에—도 하고 싶지 않다. 다만 아까운 동무가 죽었다는 그것뿐이다. 부질없이 과거의 인人, 그보다도 그들의 죽음에 대하여 이렇다 저렇다 말하는 것은 오히려 어리석은 일이다.

참으로 아까운 동무가 죽었다. 다시금 생각할 때 심군과 고군과 내가 셋이서 붙들고 울던 생각이 나며 나는 바다를 들여다보고 또한 울었다.

생활—학대虐待—추방—연애—인생—바다—이 여러 가지가 굵은 모래알이 되어서 다만 나의 머리를 때릴 뿐이다.

나는 그때 바다를 보고 었었는지 하늘을 보고 있었는지?

동경東京

하관下關(시모노세키)서 동경까지는 다만 더움과 검은 연기 속에 싸여 그대로 지내가게 되었다. 다만 그 가운데 기억이라고 남은 것은 신호神戶(고베)를 채 못 미쳐 명석明石의 절경— 빨리 달아나는 기차의 바퀴 아래에는 곧 뇌호瀬戶(세토)의 바다 푸른 물결이 잔잔히도 가만히 있다. 또한 비파호*의 승경勝景! 고요히 쟁반 위에 담은 물과 같이 흐르고 있는 호수 위에 고깃배, 헤엄치는 사람들. 더운 기차 속에서 내다보기에 얼마나 시원한지 몰랐었다.

---

* 琵琶湖 : 비와코. 일본 교토에 있는 호수 이름.

동경역에 내려 사방을 휘둘러볼 때 어디서인지 '오빠—' 하고 달겨드는 애는 오래 그리웠던 나의 동생 승희承喜였다. 그리고 석정막石井漠씨.* 다만 아무 말 없이 플랫폼을 나와 가지고 다시 쇼센(省線) 전차에 몸을 실었다. '아버지 어머니 안녕하세요.' 이국의 정조情操가 아주 꽉 차게 흐르는 그 애의 몸맵시—말조차 얼얼하는 조자調子이지만 어쩐지 퍽 감격하게 가슴을 찌른다. '그래—' 하는 대답과 함께 그 애는 눈물을 머금는다. 대단히 클 대로 컸다. 나이 겨우 15에 비록 이국의 생활이건만 퍽 기분이 활발해 보인다. 쭈그러짐이 없이 제 마음대로 자란다는 것만은 본때 있는 일이었다.

무장武藏(무사시)역에서 내려 비록 캄캄하여 모르겠으나 풀벌레 소리 많이 나는 수풀 속으로 마치 공원에 산보하는 격으로 얼마동안 걸어가다가 석정막 무용시연구소舞踊詩研究所라는 흰 말뚝이 박힌 곳에 한 집 걸러 들어 가지고는 우선 응접실에서 옷을 벗은 후 따뜻하게 끓여놓은 행수行水에 들어가 목욕을 한 후

"모든 이야기는 내일로 밀고 오늘은 일찍 주무시오. 나도 자겠소이다"

하는 석정 씨의 말을 좇아 곧 이층으로 올라가 우리 남매는 소랑小浪(고나미) 씨의 방을 잠깐 실례하여 가지고 자리에 누워—나란히 누워 새벽이 오는지도 모르고 집안 이야기 저 지내는 이야기 내가 이르는 이야기로 소곤거렸다.

동경은 더웠다. 비록 시외이고도 삼림 가운데였으나 가만히 앉아 있어도 등에서 땀이 흐른다. 이튿날 되는 그 날 저녁 때 넘어가는 석양이 죽림竹林에 빗기어 있을 때 응접실에 창문을 열어젖혀 놓고 맥주와 닭고기를 앞에다 놓고서 우리는 이야기가 벌어졌다.

"아무리 생각하여도 조선에서는 훌륭한 예술이 생길 것 같은데……."

---

* 이시이 바쿠. 일본의 무용가. 최승일의 동생인 최승희의 스승.

석정 씨가 먼저 입을 벌린다.

"글쎄. 그 말쑥한 하늘 그 대륙적 기분이 농후한 산천, 반드시 훌륭한 예술의 존재가 있을 것 같더군요."

작곡가 등정藤井(후지이) 씨는 이렇게 붙여 말한다.

"더구나 환경이 이상한 환경이니까."

성악가 재등齋藤(사이토) 씨는 이렇게 뒤를 댄다.

이리하야 조선의 예술 운동이, 아니 조선인의 환경 이야기, 나중엔 정치 문제까지 이르러 서로 의견을 주고받고 하였다. 나는 일본의 현시現時 문예운동은 대다수가 다 '부진면목不眞面目'*하다는 이야기까지 하게 되었다. 그들은 수긍하였다. 무장야武藏野(무사시노)의 대숲 속에서 서로 가슴을 틔워놓고 압박 피압박의 민족을 한층 건너뛰어서 적나라하게 그들과 이야기하게 된 것이 얼마나 내게는 상쾌한 일인지 알 수가 없다. 그들과 나의 대화가 약 이삼 시간, 다 쓰자면 이로 쓸 수가 없다. 또한 허許하지 않을 것이다. 자, 이제는 고국의 친구나 찾던 이야기나 하자꾸나.

上野 공원을 왼편으로 꺾어 가지고 그다지 시가의 시끄러운 소리가 들리지 않는 곳에 있는 김복진金復鎭, 안석영安夕影, 이승만李承萬 군을 찾았다. 참으로 의외이다. 서로 반기었다.

김군, 안군, 이군 — 우리는 자본주의의 화석인 은좌銀座(긴자)의 콘크리트로 단단히 굳어진 길바닥을 걷던 생각이 그저 남아 있겠지?

"빌어먹어도 밖에 나아가 빌어먹는 것이 낫겠어."

하던 김군의 소리가 그저 귀에 남아 았다. 왜 우리는 오늘날 이 지경이 되었느냐 말이다. 동무들뿐이 아니다. 나는 연락선에서도 보았다. 남으로 일본, 북으로 만주, 더 들어가서는 러시아.

* ふまじめ : 참되지 못함. 성실하지 못함.

오늘날 우리는 누구나 입으로 빌어먹자면 일본이나 만주! 일하자면 러시아를 찾게 된다. 마땅하다. 정해 놓은 팔자八字이다.

아— 동무여! 어디를 가서 빌어먹든지 부디 잘 되었다. 잘 돼. 잘 된다는 다만 이것뿐이다. 세계 어디를 가든지 조선인의 존재, 조선인이 잘 되어 있다는 것만이 오늘에 와서는 다만 한 개의 우리의 희망이다. 나는 유태猶太를 생각한다. 지나간 날의 피난을 생각한다. 피난의 민족은 자기의 억울함을 어디에다가 하소연할 길이 없었다. 그리하여 그들에게는 세계적 음악가가 생기게 된 것이다. 유태인猶太人을 보아라. 나는 이 위에 더 말하고 싶지가 않다.

모처럼 고생을 하고 모처럼 무슨 생각이 있어서 집이라고 찾아 들어와보니 기가 탁 막힌다. 숨을 쉴 수가 없다. 가족들은 다들 누렇게 병들어 있다. 옴치고 뛸 수가 없다. 이상도 아무것도 소용이 없이 되었다. 이렇게 되면 있어서는 무엇을 하니 또 다시 이 집을 떠나 나가거라. 집은 텅텅 비워 놓아도 좋다. 아무도 없어도 좋다. 지킨다는 것이 극도의 고통에 이르러서는 우스운 것이 된다. 자, 나갈 사람은 나가거라. 가서 어딜 가든지 잘 되었다. 우리가 잘 된다는 것이 어디를 가서든지 우리의 집안의 존재는 곧 말없이 알리는 것이 되고 만다.

김군, 안군, 이군— 우리는 여름날 뜨거운 햇빛 아래에서 자본주의가 단단히 깔린 은좌의 콘크리트 길바닥을 걸었었지?

겸창*

겸창 해안의 해빈海濱(가이힌) 호텔의 제5호실. 모처럼 삼사 년만에 진재** 이후의 동경에 발을 들여놓은지 불과 사오 일만에 별로 돌아다니지도 못하고 더구나 더위에 쪼들리고 참으로 어찌나 더운지 기가 탁탁

---
* 鎌倉 : かまくら : 가나가와(神奈川) 현에 있는 도시. 동경 부근의 휴양지.
** 震災 : 1923년의 관동 대지진을 지칭.

막힐 지경이기 때문에 다녀볼 용기도 나지 않을 뿐 아니다 동경의 얼굴, 긴자銀座만 한 번 휘돌아 보았으니 이만하면 그만이었다. 또한 한 가지 기억에 남은 것이 있다. 성선省線(쇼센)을 타고 목백目白(메지로), 지대池袋(이케부쿠로)를 지나갈 때 사오 년 전에 로맨틱하게 세월을 보내던 지나간 날의 나의 생활하던 생각이 나서는 다시금 약간 옛 기억이 새로워지는 동시에 좀 달디달았다.

동경역에서 요코스카센橫須賀線의 전기철도에다 몸을 실으니 우선 몸이 선듯선듯해지는 것이 동창東窓을 열어젖힌 채 그대로 터널로 들어가는 맛이란 참 빙고氷庫에나 들어가는 듯이 시원하였다.

버글버글 끓는 동경에서 비교적 조용한 겸창에 와서 내리니 벌써 기후가 다르다. 저녁 때면 더욱 시원하다. 응접실과 침방寢房이 한데 붙은 기다란 방 하나를 혼자 맡아 가지고 노대露臺에 앉아 은주전자에서 나오는 차디찬 홍차를 마시면서 귀로는 바로 그 앞바다의 물결이 들이치는 굉장한 소리! 종일을 그 소리만 듣고 앉아 있어도 싫증이 아니 난다. 가슴만 점점 더 시원하여질 뿐이다.

여름의 바다의 유혹, 사람의 몸과 마음을 끌어 잡아들인다.

또한 내 눈앞에 보이는 것 유탕遊蕩, 방종放縱, 화려華麗, 호사豪奢, 미인美人 그것뿐이다. 돈 많은 영미英米 놈의 돈지랄. 나는 생전에 처음으로 한 번 호사를 해본 것이었다. 그러나 거북한 것이 있다. 방안에서는 셔츠 바람에 맨발로 있는 석정막 씨나 부리나케 옷을 갈아입는다.

"어디를 가시나요?"

"잠깐 변소엘 가느라고……."

방안에 앉아 있던 사람은 깔깔 웃었다.

저 백인종은 여자 앞에서 아무리 덥더라도 윗저고리를 벗는 법이 없다. 그러니 백인종, 더구나 백인종의 여자나 만날 것 같으면 창피창피.

그뿐 아니라 같은 일본 사람에게도 욕을 먹을 테니까(대 일본 제국의 신사의 체면을 손상케 한다고) 하는 수 없는 일이다.

　호텔의 뒤 해안을 향한 널따란 방에는 라디오, 축음기를 틀어놓고서 단발녀— 팔뚝과 가슴을 하얗게 드러내놓고 자기의 가슴을 사나이 가슴에다 문지르면서 계집의 다리가 사내놈의 다리 속에 들어갔다가 사내놈의 다리가 계집년의 다리 속에 들어갔다가, 들어갔다가 나왔다가— 육肉의 교향악, 그것이 이것이다. 이것이 사교 댄스라는 것이다. 이상한 사교도 다 많은 것이다.

　이곳에서 '나는 인생에 피곤하였다' 하면서 '일본이 싫어졌다' 하여 불란서행을 전하는 무죽구몽이武竹久夢二(다케히사 유메지) 씨를 만났고 '연애는 인생의 청량제라' 하는 간판을 걸고서 부인잡지에 장편을 셋도 넷도 쓰고 있는 요사이의 구미정웅久米正雄(구메 마사오) 씨도 만나보았다. 무죽구몽이 씨는 퍽 선비다운 태도가 있는 사람이었다. 산뜻한 친구다. 십윤辻潤(츠지 준) 씨의 인상과 비슷한 인상을 받았다. 구미정웅 씨는 예의 전신前身 신교新橋(신바시) 색시인 부인과 동반하여 부인은 사장沙場에다 양산을 버텨놓고 앉아 있으며 그는 강렬한 근시경을 코 끝에다 걸고서 못생긴 이빨과 좀 실례이나마 그 추한 얼굴에 웃음을 띠면서 우리를 맞는다. 해 밑에 걸어서 그렇기도 하겠지만 웬일인지 그의 작품 〈여름날의 연애〉라는 희곡을 읽어본 생각이 나서 혼자 속으로 웃으면서 도무지 경애敬愛하는 기분으로는 그를 대하여지지 아니한다. 그만큼 섭섭은 한 일이다만.

　이 호텔 연예장演藝場에서 이틀 밤을 두고서 석정막 씨의 무용시舞踊詩 공연이 있었다. 이 석정막 씨의 무용시에 대해서는 불원간不遠間 기회 있는 대로 좀 아는 대로 적어보려는 마음으로 여기는 아무 것도 쓰지 않지만 다만 한 가지 말하고 싶은 것은 멀리 이국異國의 밤하늘 밑에서 바다의 부르짖는 물결의 노랫소리를 들으면서 어린 누이동생의 성장되어 가는 예술의 싹, 춤의 포즈를 쳐다볼 때 나는 여간한 만족을 느끼지 아니하였다.

　이리하여 사흘 동안 겸창의 놀이는 오늘밤에 끝이 났다. 이튿날 저녁에 나는 하관행 기차를 타고 석정막 씨 일행은 동경으로 갔다.

　가을에 신작 무용시를 많이 가지고 온다는 석정 씨를 하루가 바쁘게 기다리면서 나는 이 잡필雜筆을 초草한다.

　끝으로 이번 여행 중에 못 만나보고 온 아는 분 중에 중서이지조中西伊之助(나카니시 이노스케) 씨가 지방 유세遊說중에 있다는 소식을 듣고 찾지 못한 것이며 일본의 인기 남아男兒 십윤 씨도 좀 만나보고 올 것을 워낙 거리가 멀고 날짜의 여유가 없는 탓으로 못 보고 온 것이 대단히 유감이다.

―《별건곤》(1926. 11).

라디오·스포츠·키네마

라디오

좀 옛날 이야기 같지만 영국 런던에서 맥도날드 수상이 노동연설을 할 때에 그 앞에 있는 마이크로폰은 그 목소리를 받아 가지고 그것을 전파에 실어 파장 1500메톨이나 1600메톨로 보내 가지고 러시아 모스크바에서 수만의 민중이 들었다는 것은 벌써 이삼 년 전 일이다. 그러나 조선서는 아직도 그 소식이 새롭다.

라디오—현대 과학 문명의 극치—거미의 잔등과 같은 마이크로폰을 통하여 세상의 움직임을 듣는 수수께끼 같은 이야기. "아이 배고프다……" 하는 말 한 마디가 그 거미 잔등과 같은 마이크로폰 속에만 들어가면—전문가의 설명을 들어 말하면 그 소리가 공간 속에 섞여 있는 전기에 섞여 가지고 1초 동안에 이 지구를 일곱 번 반이나 돈다는—지금 우리의 귀에는 세계의 움직임! 지구가 돌아가는 소리— 정치가의 가라구리,* 상인의 사기! 부르주아의 배 불리는 소리! 노동자의 노호怒呼하는, 아우성치는 소리가 들리는 것만은 들을 수 있건만 70원짜리 수화기가 없어서 못 듣고 있다.

---

* からくり(絡繰り) : 실 등으로 조종함. 또는 그 장치(꼭두각시).

타작 마당에다가 바지랑대를 세우고 전지를 갖다 놓고 나팔통을 갖다 대면 JOAK가 나온다. 동경에서 기생이 소리하는 것이 들린다. 별안간 '오늘은 쌀이 한 되에 56전 하던 것이 57전이 되었습니다' 하는 소리가 들린다. 낫을 든 민중은 귀신의 장난이라고 한다. 과학의 신이다. 근대 문명의 새로운 신이다.

JODK, "여기는 서울 체신국이올시다". 뚝 그쳤다가 김추월金秋月의 남도 단가올시다. "백구야 훨훨 날지마라……"가 들린다. "엉" 하고 입을 딱 벌린다.

ROS, "세계의 노동자여! 우리는 당연하게 8시간만 노동합시다. 도회의 노동자여 우선 당신네들은 8시간 노동제를 하루 바삐 갖도록 하시오. 지방의 농민이여! 당신네들은, 자, 지주는 3할 소작인은 6할, 어떠하시오." 따바리 취 맑스는 이렇게 하였습니다. "영국의 무산자여… 단결하라"고요. 노어露語 영어가 섞여 나온다. '건개구리 우는 소리 같다.' 이것은 밭 두둑에 섰던 어떤 친구의 말이다. 그 대신 '놀자 젊어서 놀자'를 부르면, 런던에서는 어느 가정에서든지 어린아이가 듣다가 자기 어머니에게 수화기를 주면서 '홧?' 할 것이었다. 그와 동시에 상해에서 어느 늙은 청인은 듣다가 '찌거씀마?' 할 것이었다. 또 동경에서는? 다다미방에서 오카미상이 듣다가 '이게 뭘까요' 할 것이었다.

미국의 어느 신문기자가 북빙양에 탐험을 갔다가 뉴욕에 있는 자기 신문사에다가 라디오 단파장으로 탐험보고를 하기에 성공하였다는 것이 벌써 작년 봄의 소식이다. 사실상 라디오는 신문을 정복하고 있다. 그것은 재언再言도 소용없는 명확한 사실이다.

그러나 돈 없는 동무여! 당신네들은 팔구십 전을 내고 신문을 보듯이 그만한 돈을 내고 그 대신 라디오를 들을 수가 있을까요. 낮에는 신문이고 밤에는 유성기인 라디오를 들을 수가 있을까요? 그렇다, 생활과 라디오— 우리에게는 우리의 생활과는 아직도 멀다. 어느 것이나 아니 그러리요마는 문명, 그것도 돈 있는 자의 소용물所用物이다. 문명은 쉼 없이 새것을 내놓는다. 그것은 부르주아에게 팔려간다. 그리하여 모처럼 의식 있게 왔던 것이 그 본의를 잃어버리게 된다.

그리하여 문명이 운다. 문명이 운다. 서러워한다. 라디오가 운다. 우리와는 거리가 멀다.

대감님네 사랑에 라디오가 있어 박록주朴綠珠의 가야금 병창이 나와 가지고 무릎에서 일어나는 장단에 싸여 남초南草의 연기에 사라져버리고 만다. 조선의 음률— 동경의 어느 부자집 응접실까지 가지고서 다만 이국정조에 읊조리는 한 화제가 되고 만다.

그 어떻게 하여서 우리의 생활과 접근한 소식을 못 듣게 될까? 조선의 라디오! 그것은 우리의 것이 아니다. 그것은 세계의 라디오. 문명, 그것은 정복자의 전유물이다. 지금의 문명이 몰락되는 날은 곧 우리가 새 천지를 발견하는 날이다.

전기와 전기와의 싸움! 지금의 싸움은 과학의 싸움, 전기의 싸움이다. 눈에 보이지도 아니하는 몇만 척 공간에서 보내는 전파를 오지 못하게 하는 싸움! 전기의 타국 침입, 공격 방어! 이것이 전기의 싸움이다. 있는 사람의 장난거리가 되고 말아버린 문명의 산물! 참으로 우리는 과학에 대해서 면목이 없다.

그러나 나는 어느 무선잡지에서 러시아의 어느 농가의 가정에서 지금 라디오를 듣는 판인데 여덟 시에 모스크바에서 스탈린의 농촌에 대한 연설이 있다고 하여서 그 집 주인 늙은 영감이 얼굴이 긴장이 되어서 텁석부리의 수염 하나가 까딱이지 아니하고 수화기를 귀에다 대고 앉아 있는데 그 옆에는 그의 아들인 듯한 젊은 친구가 "아버지, 나 좀 들읍시다" 하면서 제 차례가 돌아오기를 기다리고 있는 그림, 이 마음에 맞는 그림을 본 일이 있다. 레닌은 "미래에 나의 바라는 세계는 전기의 세계다"고 하였다.

스포츠

야구 구경 한 번에 대매일원大枚壹圓. 좀 생각할 문제이다. 물론 취미성과 경쟁성은 포함된 운동의 경기이지만 사람의 몸을 강건하게 한다는 운동조차, 그 속까지 돈 주의主義의 '가라구리'가 들어 있다는 것은 좀더 생각할 문제이다.

스포츠맨이 돈 있는 사람에게 노예화, 운동경기장이 도박판이 된대서야 좀 거북한 일이다. 홈런볼 한 개에 몇만 원의 도박금이 대롱 매어달리고 번연한 스트라이크볼을 볼이라고 선언하는 한 마디에 몇천 원의 입 씻기는 돈이 양복 주머니 속으로 들어가게 되어서야, 기관氣管 속에…… 구역이 치밀어 오른다.

일본서는 야구 때문에 씨름이 세월을 잃게 되고 따라서 배트 한 번만 보기 좋게 갈기게 되면 그는 곧 미희美姬의 환희를 사게 된다. 곧 뒤를 이어 모던 걸의 동경하는 과녁이 되고 만다. 조선은 아직 가지고 이야기 할 거리가 되지 못 하지만 우선 일본만 하여도 전에 밀리타리즘의 횡행시대쯤은 양가의 처녀가 육군 소위 아무개 해군 중위 아무개 하던 것이 지금은 어느 대학팀의 피쳐, 캐쳐를 입술 위에다 올려놓는다. 참으로 새 것, 시대, 문화를 따라가는 사람의 심리란 측량하기 어려운 것이다. 미국의 권투가 셈부시가 일류 활동사진 여배우를 얻은 것이며, 일본의 정구선수 하라다(原田)가 모 자작의 영양令孃과 연담이 있게 된 것이 밝게 이 사실을 증명하고 있다.

운동 코치의 수입이 대학강사의 월급보다 더 많으며 활동사진 배우의 수입이 대통령의 연봉보다도 더 많게 되는 것은 그 속에는 돈 주의의 가라구리가 잠재해 있기 때문이다.

보아라, 미국의 권투선수 셈부시와 대니의 세계적 선수권 쟁패전에는 작년까지 7년 동안 선수권을 보지하였던 셈부시군이 졌어도 그는 한손에 86만 원이란 대금을 쥐고 나서게 되었다. 그러나 한 가지 우스운 일이 있다. 그가 왜 이번에 졌는고 하니 그는 일등 미인 여배우와 작년에 결혼하였기 때문이라고 한다. 가장 와일드한 성격과 기품을 가진 쾌남아를 동경하는 모던 걸은 기어코 그 모던 보이의 성격, 기품을 영원히 품에다 지니고 살게 되었다.

양키군軍과 카군의 시합이 열리면 철도성에서 한 밑천을 장만하고 그 라운드에 떨어지는 돈이 하루에 수십만원. 참으로 돈 있는 나라 사람들의 거룩한 장난이다. 우리네는 그리운드에서도 허덕… 하는 것을 볼 수 있다. 그 언제인가 경성 그라운드에서 미국의 어느 팀과 조선군이 어우러졌는데, 기름진 고기덩이와 빵과 달걀을 먹으면서 두툼한 벽돌집 속에서 자라난 기운, 목소리 부드러운 그 개구리가 우는 듯한 목소리와 밤낮 우거지국이나 껄끄러운 김치 깍두기만 먹고서 어설픈 기와집이나 얇은 초가집 속에서 자라난 기운과 목소리가 어우러지는 것을 나는 보았다. 돈의 승리. 참으로 뻐근한 것이다.

운동경기의 영업주의화, 스포츠맨의 노예화, 상품이다. 고기덩이와 고기덩이의 부딪침의 상품화, 이 현실에서만 볼 수가 있는 것이다. 많은 스포츠맨들은 쇠사슬에 걸려 자기의 주인, 배후에 있는 자본가를 위하여 명예의 우승기, 은컵을 타다가 바친다. 그리하여 그것으로 인하여 자기들의 목숨은 존재하여 간다(혹 학교 팀들은 그래도 좀 성질이 다르겠지만).

운동시합 한번이 열리게 되면 신문의 반면은 그 기사로 채우게 되고 어디서든지 항내巷內에서든지 관청에서든지 사회에서든지 카페에서까지라도 화제가 되는, 참으로 운동문화의 현실. 어떻게 되는 셈판인지? 무엇에 세계신기록을 지었느니, 무엇에 세계선수권을 얻었느니 하는 기사가 날마다 이 현실에서 새 문화를 만들어내고 있다.

그러나 우리가 누구나 자유로이 운동을 하게 될 수가 있고, 하루에 세 시간씩 어느 공공公共한 처소에 가서 가장 유쾌한 마음으로 마음대로 무슨 운동이나 할 수가 있게 되고(값 안 내고) 세계적 선수권대회 아니라 그보다 더한 것이라도 거저 아무나 구경하게 될 수가 있고 같이 즐기게 될 때가 올 것 같으면 그때 가서는 누구나 다 옛날의 야구 구경 한번에 대매 일원을 주고 구경한 일이 있다는 것이 꿈같이 생각되리라.

 운동경기의 상품화. 스포츠맨의 노예화. 이것은 이 현실에서만 볼 수가 있는 것이다.

 언제나 이 모든 것이 옛이야기가 될 때가 오려는고?

키네마

 사실상 영화는 소설을 정복하였다. 왜 그런고 하니 그것은 대체상으로 소설은 지식적, 사색적이고 영화는 시선 그것만으로도 능히 머리로 생각하는 사색 이상의 작용의 능력을 가진 까닭이다. 또한 경제상으로도 하루 밤에 3,4십 전만 내어 던지면 몇개의 소설(연출)을 직접 사건의 움직임을 보는 까닭이며 또한 소위 바쁜 이 세상에서 짧은 시간을 가지고서 사건의 전 동작을 볼 수가 있는 것이었다.

 조선에서 우리의 힘으로(돈은 말고) 되는 영화가 있어온 지 햇수로는 삼 년도 못 되는데, 벌써 기십 종은 넘었으리라. 스튜디오도 없이 만들어내는 영화가 벌써 10개를 넘은 지 오래이다. 날 흐린 날은 박이지도 못하고 하늘만 쳐다보고 있다가 해나 번쩍 나면 5전짜리 램프가 사람의 몸뚱아리에 가로 빗길 때 "자! 훌륭한 예술이오" "백입시다" 하는 소리가 산 모퉁이 집속 길가에서 일어난다. 이리하여 돈 천 원이나 잡아먹은 조선의 영화가 단성사, 조선극장에서 봉절*이 된다. 사람은 물밀듯이 들어온다.

 그리하여 연극이 없는 불쌍한 이 우리 사회에서 누구나 연극을 구경

---

* 封切 : ふうきり, (영화의) 개봉.

하는 셈으로 몰려들어 고개를 치켜들고 앉아 있다. 백의白衣가 영화면에서 펄펄 날린다. 아! 얼마나 가슴이 저리고도 회포 깊은 정경이냐? 민틋한, 아주 기운을 잃은 듯한 산모퉁이가 나오면서 여기저기 어린 솔이 자라나는 것이 보인다. 그러나 한심한 일이다. 우리는 그 배경 속에서 무엇을 보았느냐? 2,3의 고대소설을 각색하여 낸 것 외에는 〈장한몽長恨夢〉〈농중조籠中鳥〉를 보았을 따름이었다.

그나마 감독이라는 이가 옷 한 벌을 못 얻어 입어 여름 옷을 가을철에 입고 있으면서 배우들은 점심 한 끼 똑똑히 못 얻어 먹어서 눈이 퀭 들어가는 것을 당하면서 백이어 낸 것이다. 참으로 생각하면 필름에서 주림에 울던 피눈물, 탄식이 줄줄 흐른다. 그러나 그나마 자기들이 마음대로 똑똑한 것 하나 백여보지 못하고 그 알뜰한 돈 천원이나 내어놓는 대자본가의 비위를 맞추느라고 남이 다 구워먹고 난 찌꺼기를 건져다가 또 다시 구워내어 〈장한몽〉〈농중조〉나 얻어보는 꼴이라니 참으로 한심하기 짝이 없다.

또 보는 이들의 형편은 어떻고? 조선의 팬들의 주머니가 넉넉하기는 꿈에도 없을 일이다. 한참 적에는 그나마 상설관 서너 개가 문을 닫을 지경이라, 하는 수 없이 일금 10전 하니까 전에 못 보던 팬들이 우아! 하고 몰려든다. 내가 어렸을 적에 돈 10전을 내고 구경해본 적이 있지만 요즈막 와서 상설관에서 10전 받는다는 것은 아마도 이 지구 위에 조선밖에 없을 것이리라. 그러나 어쨌든 잘한 일이다. 다른 것, 모든 예술보다도 가장 민중과 가까운 의미를 가진 영화조차 일반 민중에게서 자꾸 멀어간다는 것이 좀 섭섭한 일이니까. 10전 받을 제 몰려들어온 새로운 팬! 그들이 정말, 영화의 팬인 것을 짐작해야만 될 것이다.

론차니 씨의 일주일 봉급만(1만5천 원) 가지면 적어도 우리 땅에서 그것 가지고 영화 다섯은 만들 만한, 이러한 하늘과 땅의 차이, 어찌하여 요 모양일까? 그러나 여기에 한 개의 획시대적 산물이 있으니 그것은 〈아리랑〉〈아리랑〉이 그것이다.

　공연히 학교에 다니다가 미쳤다는 주인공은 지금의 현실 속에 부대끼는 우리는 그가 왜 미쳤는가를 다시금 중언부언도 하기 싫다. 그 찌그러져가는 초가집, 가판장인 듯한 바깥 기둥에는 청년회라는 간판이 붙어 있다. 긴 두루마기 자락을 싸늘한 바람에 나부끼면서 일하러 다니는 농촌의 인텔리겐차인 박선생, 서울 가서 공부하다가 귀향한 대학생의 양복에다 고깔을 쓰고 농민들과 같이 '풍년이 왔네, 풍년이 왔다네'를 부르고 춤추는 씬. 이것이 조선에서 조선의 모든 것을 배경으로 하고 우러난 영화이다. 청년회의 깃발이 날리면서 회원들의 행렬이 보인다. 얼마나 그리운 이 장면이냐?

　화려하고 정묘한 장면이 없는 대신에 심장하고 비통한 오뇌懊惱의 못 견딤이 이 장면에 나타난다. 기교로 말하여도 영화의 역사를 수십 년이나 가진 일본의 영화의 그것보다 못지 않다. 나는 일본의 소위 신영화라는 것을 남 못지 않게 보았지만 이른바 일본이면 일본의 참된 냄새 나는 영화를 일찍이 본 적이 없다. 다만 광선이 없고 셋트가 없기 때문에 거기에는 우리가 양보할 수밖에 없다.

　나는 단 2년 동안의 조선의 영화계에서 이러한 수확이 있는 것을 못내 기뻐한다. 여하간 이 〈아리랑〉이란 영화는 과거의 조선의 영화를 모조리 불살라버리고 이 돈 없고는 살 수 없고 한숨 많은 이 땅 위에서 슬피 대공大空을 울려 그 무엇을 광호狂呼하는 한 개의 거상巨像이다.

　어쨌든 더욱 조선에 있어서 모든 것을 빨리 실어다가 우리들에게 보여줄 것은 다만 영화밖에는 없다. 5전짜리 레푸야. 길이 활동하기를 바란다. 조선의 문화도 차차 영화 속으로 들어가게 된다. 너나 할 것 없이 영화, 영화 한다. 한 개다 한 개, 〈아리랑〉 한 개다. 또 이후에는 우리에게 무엇을 보여주려느냐? 조선의 영화계여. 현대의 문명은 아무리 하여도 라디오, 스포츠, 키네마이다.

언제나 이들의 문명도 우리와 거리가 가까워지려는고?
―《별건곤》(1926. 12).

대경성 파노라마
(원명 취미만담)

　모던 문화는 백종百種의 근대적 기형아를 전 스피드로 산출하고 있으니 눈에 불이 핑핑 돌도록 그 바퀴의 회전이 빠르다.
　보아라 십여간 대로를 한일자로 시멘트를 다져놓고 그 위로 신형 포드가 1시간 5,6십 리哩를 놓고 달린다. 봄이 되매 날은 따뜻하여 하늘은 푸른데 그 밑으로 세루 두루마기에 각테 안경을 버티고 인조견으로 위 아래를 칭칭 감은 번쩍번쩍 눈이 부신 아씨들을 태워가지고 시외로 시외로 달린다. 전 스피드로―. 그들은 지금에 화성에나 기어올라갈 듯이 자동차 가솔린 냄새에 백주의 키스가 오고가고 한다. 달려라 푸른 송림 속 어설픈 무대식 건조 빼빼 마른 집 사각형 누더기 방석 위로 텁텁한 조선술 새큼한 정종 꿀덕 삼키는 맥주의 동안이로― 도취, 도취, 마록―. 이것도 조선의 젊은이의 레뿌식 광란장의 한잔의 취미.
　컴컴한 영화의 전당 스크린에서 젊은이와 젊은이의 입 어깨 허리가 가까워올 때 부인석 한 귀퉁이에서 어느 걸 한 분 분첩을 꺼내 가지고 돈짝만한 거울에다 요모저모를 들이대고 붉은 입술의 조형 분솜덩이의 타격 냄새가 엽에 앉은 나팔통바지에 월형月形 모자를 쓴 보이의 심장이 고동鼓動된다.

어둠에서 어둠으로 건너가는 시선— 커피를 갖다 드려라 캬라멜 초콜렛을 갖다 드려라. 여자의 냄새는 그들의 가진 분첩에서 방산放散된다. 열한 시 이십 분— 그들이 극장의 층층대를 내려올 때 거행된 굳은 악수는 문을 나서자 어디론지 어둠으로 사라지게 하고 만다. 토요일 낮이면 인조견 스타킹에 모던식 구쓰를 신고 유록 두루마기에 외투도 입으신 분들이 상설관으로 몰려오사 러브신이 스크린에 나타날 제 경련적으로 몸을 부르르 떨고 동무의 어깨에 기대면서 강렬한 자극을 향락하신다. 삼삼오오 짝을 지어 존 길버트, 로널드 골맨, 라몬 나바로 누구누구의 사진이 기숙사 사방私房 책상 위 벽에다 붙여놓고 해족 웃는다.

밤. 종로의 네거리에 라디오의 스피커에서 오리엔탈 오케스트라의 폭스 트로트가 흘러나올 제 추탕집 두부집 식당 등속에서 얼근히 취한 젊은이의 한떼 대롱대롱 몇십 전 주머니에 넣고서 진고개로 진고개로— 쇼윈도를 기웃거리자 거대한 책사冊肆를 뒤지자 내버리느니 카페 여왕 앞에서 돈 십 전 꼽아 올리고 커피차 한잔에 재즈의 레코드 바람에 공연한 헛주정을 한다.

유각골 친구들이 종로의 네거리를 내려오면 눈이 휘둥그레진다. 이 빼빼 마른 거리에 일금 오백 원의 현상간판이 엄연히 서서 있다. 취미잡지의 선전— 잡지 광고의 여리꾼의 외침과 같은 판매정책이다. 안국동 네거리 종로 네거리의 큼직큼직한 책사에 부인구락부, 소년구락부, 주부지우, 킹(キング), 후지(富士), 아사히(朝日)의 깃대가 펄펄 날리더니 취미잡지의 대거 출동. 여성잡지에도 취미 취미잡지에도 왈 고급취미— 야로(野郎)취미?

근대적 생산과정은 기계를 빌어서 대량생산을 하게 되고 그 속에서 핑핑 도는 인간— 군집들은 꿈을 꾸어도 강렬한 꿈을 꾸어야 속이 시원하게 된다. 사람의 마음은 자동차의 속도를 따라가게 되고 강렬한 자극과 고속도의 회전이 우리의 신경을 유쾌하게 한다. 자연주의 소설에 나오는 주인공의 심리와 배경의 묘사는 벌써 현대인의 발걸음 밑 시멘트 바닥 속에 파묻히게 되고 말았다. 유한悠閑은 금물이다. 그렇다. 좋다. 마땅히 그렇게 할 것이다. 현대 생활의 과정에 있어서 한 없지 못할 존재이다. 있어야 한다는 것보다도 있게 되는 것이다. 우리는 그것을 부인하는 것은 아니다. 우리도 남과 같은 과정을 밟아왔다면 단발랑을 옆에다 끼고 대로횡보에 찻집에 들어가 차 한잔 마시고 십 원짜리를 던져주고 나오게 되는 한 개의 과정도 밟아야 되겠지?

권태와 피로를 느낀 근대인의 심정은 오히려 유한하고 장한長閑한 것을 좋아하련마는 리뷰영화는 재즈나 강렬한 붉은 술을 요구하는 것이야말로 한 개의 기형적 출발이다.

그러나 이 모든 근대적 향락이란 자본을 가진 대머리통 영감님의 아드님이나 따님들의 마음에 아첨하도록 하노라고 요꼴 저꼴 산출되는 것이며 기계문명의 최후의 부르짖음! 환갑잔치에 여흥 있는 격으로 산물된 것들이니 이게 곧 전 사회적 공기— 유행적 분위기를 점령하게 되고 새로이 연속성 고속도로 진전하여 나아가는 것이다. 그러니 아무리 만주서 좁쌀을 갖다먹고 고무신짝을 걸고 다니는 우리네 젊은이들도 이 분위기에 광취狂醉되는 것도 사실이다. 그리고 근대적 신경의 소유자인 그들은 어렵고 꺽꺽한 것보다 감칠맛 있고 근저根底가 없으며 영구성이 없는 것, 다만 현재에만 만족하게 된 머리요 모든 책읽기에도 확실히 이러한 경향을 가지게 된 것이다. 일본에는 《개조改造》의 대중화가 비롯되어 취미 실익 본위의 잡지들이 대두— 명왈名日 대중— 대중화— 내용은 성욕애상도, 남녀연애비결, 당시기적 결혼향락법, 결혼개쾌심법結婚開快心法— 대중은 그리로 가야만 되겠느냐? 더구나 건성 남의 춤에 춤춘다는 격으로 명왈 난관— 제1 제2 제3 난관이 도금부都禁府 삼문三門 같으니까 우리는 향상向上 실익 취미 이렇게 부르짖으며 저들의 꽁무니를 쫓아가는 마음! 코르크 신에다가 여의 털목도리에 핸들백을 들고 시멘트 바닥을 걷는 아주머니 뒤를 평생 못 신어보던 게다를 신고 꾀죄죄한 행주치마에 흰 생목저고리를 입으시고 뒤따라가는 오마니와 똑같은 방법이다. 우리는 이것을 잘 알아야 한다. 옛날에 귀엽던 마음 똑바른 한 길— 날 밝은 길을 보고 얼굴에 상기가 되어 같은 마음을 또 다시 걷잡아 가지고 나아가야 하겠다. 도대체 취미란 배부른 사람에게 있어서는 그 맛이 달고 그렇지 못한 사람에게는 그 맛이 쓰다. 그리고 밥도 제대로 못 먹는 이가 활동사진을 즐길 수가 있겠는가도 문제겠지만 만일 찾는다면 그는 병적 광인일 것이다.

 취미를 모른다고 근대적 문화를 모를 사람이라고 할 자도 없겠거니와 우리의 근대적 문화를 부정한다 똑바른 생각을 가지고 똑바른 길로 근대문화적 교향악 속에서 취미행진곡 속에서 옆길로 들지 말고 똑바로 나아가자. 그 길은 우리를 저버리지 아니할 것이다.

—《조선문예》 창간호(1929. 5).

누이 승희에게 주는 편지

승희야! 지금은 밤이다. 달밤이다. 첫겨울에 달밤이다. 초가집 이엉에 부딪는 겨울밤의 우수수하는 바람소리에 문풍지가 운다.

겨울이 오면 입때 그때 일이 생각난다. 너는 그때 일이라니 어느 때 무슨 일인가 하겠지만 네가 열다섯 살 적 숙명여자고등보통학교 사학년 때다. 겨울의 어느 날 추운 밤, 나는 그 날 얼마 안 되는 원고료를 개벽사 차청오車靑吾* 씨에게서 받아 가지고 회월懷月 군과 선술 몇잔을 마시고 올라오는 길에 양쌀(대만미) 두 말과 팥 두 되를 사 가지고 적선동 어느 잡화상에서 검은 양말 한 켤레를 사 가지고 또 적선탕(목욕탕) 건너 과자 가게에서 모찌떡 이십 전 어치를 사 가지고 그럭저럭 열 시나 되어 집에를 들어가니 집안이 다 고요하여 나는 들어가는 길로 "승희야" "승희야" 하고 너를 불렀다. 그랬더니 너는 "네" 하고 일어나면서 남폿불을 돋우는가 보드라. 아, 그때 우리는 전기도 못 켜고 남폿불을 켰었다. 어머니는 어두운 마루로 나오셔서 쌀을 받아 쌀독에다 부으시고 우리 사남매는 남폿불 앞에 모여 앉았다.

"영희야(나의 큰누이동생) 너는 이 양말을 신어라. 그리고 승희 너는

---

* 청오靑吾는 개벽사 발행인 차상찬車相瓚의 호.

이 모찌떡을 먹어라."

　나는 그 날 밤 두 누이동생의 원을 풀어주었다고 생각한다. 왜? 며칠 전부터 영희는 양말이 구멍이 나서 조각을 대어 신다 못하여 한숨을 쉬는 것을 보았고 너는 "아이 모찌떡 좀 먹었으면" 하고 생글생글 웃던 생각이 났기 때문이다.

　"오빠 또 술 먹었구료. 오빠가 술 먹는 날이면 나는 좋은 날이야."
　"왜?"
　"날 뭐 사다주니까 그렇지."
　모두들 웃었다.
　그러나 조금 있다가 모찌떡을 먹고 있던 네 눈에서는 눈물이 도는 듯하면서
　"오빠 나는 내월부터 학교에서 월사금을 면제해준대. 그래서 나는 학교 뒷마당에서 한참이나 울었어."
　"울기는 왜 울어. 월사금 안 내고 좀 좋으냐. 우대생이로구나. 누가 그러던?"
　"아이 오빠두 성선생(성의경 선생)이 그러셔. 그런데 자꾸만 눈물이 떨어지겠지."
　"잘 울었다. 그것이 차차 세상을 알아 가는 울음이니라."
　"그런데 오빠 나는 대관절 내년에 졸업을 하면 무엇을 하면 좋겠수?"
　"너는 무엇을 하였으면 좋겠다고 생각이 되니?"
　"음악 학교."
　"그렇지. 너는 노래를 잘 부르고 율동체조를 잘 하겠다, 가만히 있거라. 내가 다 생각이 있다."
　"무슨 생각?"
　"승희야. 너 좀 들어볼래. 네가 아직 내 말을 알아들을 수가 있을라고. 그러나 오늘 내 처음으로 너한테 말해보지. 나는 지금 소설을 쓰고

이야기를 번역하여 어느 달에는 한 사오십 원의 수입도 있다. 그러나 그것을 가지고는 도저히 부모를 모시고 처자를 거느리지를 못하리라고 생각이 되니 나는 머지 않아 엄청난 노동을 하지 않으면 안 되리라고 생각이 된다. 만일 그렇게 된다면 내가 예술에 대한 노력은 적어지고 생활을 위하여 다른 에네르기를 짜내야 될 것이다. 그리하여 완전히 월급쟁이 살림꾼이 되고야 말 것이다. 그리고 그 다음 네 형은 사상이나 됨됨이가 남의 집 주부감이니 나는 손도 대지 않겠다. 그리고 네 작은 오빠는 벌써 중학교에 다니는 몸으로 처자가 있다. 그런데다가 우리 집안에 돈이 없다. 그러니 졸업을 하면 그날부터 다만 몇푼짜리나마 해야만 될 형편이다. 그러면 다만 나머지는 너 한 사람이다. 가만히 있거라. 사람이란 찬스가 있는 것이다. 내년 봄을 기다리자."

그리하여 너는 이듬해 봄 석정막* 씨를 따라가게 된 것이었다.

삼 년이 지난 어느 달 어느 날 나는 네게서 이런 편지를 받은 것을 기억한다.

"(전략) 오빠! 저는 요사이 무용예술이란 어떠한 것이라는 것과 예술가의 양심이라는 것을 깨달아 갑니다. 그것은 이런 데서 발견이 됩니다. 석정 선생이 처음 독일에서 돌아와 산전경작山田耕作 씨의 반주로 안무된 작품과 요사이 만드는 작품의 차이가 왜 그다지도 그 정신과 그 감흥이 다릅니까? 저는 차차 석정 선생에게 환멸을 느껴 갑니다. 요사이 그의 예술에는 시가 없어요. 그것도 무리는 아닙니다. 그는 춤을 추어서 수십 명 식구가 먹고살아야 합니다. 집이 없으니 집을 지어야 합

---

* 이시이 바쿠(石井漠, 1886~1962) : 1886년 일본 아키타 출생. 제국극장帝國劇場 가극부원. 1917년부터 무용시 연구실 운영. 1916년부터 무용시 공연 다수 개최. 1922년 신무용 공연 개최. 유럽 공연(1923~25). 조선 공연(1926~28)을 통해 최승희와 조택원을 제자로 확보함. 1928년부터 이시이 바쿠 무용연구소를 설립하여 교육과 공연 활동을 병행하였다. 대표작품으로 〈명암〉 〈사로잡힌 영혼〉 〈인간예찬〉 〈등반〉 〈방황하는 군중〉 등이 있다.

니다. 그러나 저는 이제는 더 참을 수가 없습니다. 제 마음은 요사이 마치 관솔불과 같이 탑니다. 러시아의 제실무용학교帝室舞踊學校에서 우러난 전통적 무용을 부숴버리고 민중의 힘과 노동의 시가 무용화된 예술을 보고 싶습니다. 그리고 독일의 뷔그만*의 무용, 이사도라 던컨이나 이진스키의 음악에 종속화된 무용을 박차버리고 무용 독자의 생명을 가진 음악이 없는 그의 무용을 보고 싶어요. 오빠! 이것이 나쁜 생각일까요. 제게는 너무도 이른가요? 편지하여 주세요. (후략)"

 이리하여 몇 달이 못 되어 너는 집으로 돌아와 가지고 열여덟 살 된 몸으로 러시아를 가려고 러시아 영사관에 있던 김온金蘊 군을 통하여 러시아행 운동을 하였었지. 그러나 그것이 뜻과 같이 아니하여 고시정古市町 언덕에다 연구소 문패를 붙이고 대담하게 안무를 하여보았것다. 너 생각나니? 깊은 밤 고요한 방에 너는 내 앞에서 크라이슬러의 〈인디안 라멘트〉를 눈물을 흘려 가면서 안무하던 생각을. 러시아로 가려던 정열을 우리는 그날 그밤에 〈인디안 라멘트〉 위에다 얹었었다.

 며칠 전에 나는 신문에 발표된 너의 양행설洋行說을 보았다. 그리고 나는 그 날 밤 웬일인지 밤이 깊도록 잠을 이루지 못하였다. 그것은 아마 너무도 반갑고 기쁨을 이기지 못하여 거의 흥분까지 된 긴장된 심경에 이르기 때문이 아닌가 하고 생각한다. 그리고 일전에 나는 네게서 이러한 편지를 받았다.

 "오빠! 저는 요사이 몸 성히 잘 다니기는 합니다만 웬일인지 때로는 공포를 느낍니다. 그것은 제 건강입니다. 오빠는 신문이나 잡지에 난 것을 보셨겠지만 스키야마(杉山平助) 씨나 개조改造사의 야마모토(山本) 씨

---

* 마리 뷔그만(Mary Wigman, 1886~1959) : 독일의 현대무용가. 처음에는 에밀 자크 달크로즈의 지도를 받다가, 후에 루돌프 본 라반의 문하에서 공부하여 1914년 라반의 조교가 되었다. 뷔그만은 라반의 이론을 실천에 옮기고 독자적인 무용이론을 확립한 독일 신무용계의 최고봉으로 무음악 혹은 타악기의 사용으로 춤을 '순수무용'의 경지로 끌어올렸다. 대표작에는 〈마녀의 춤〉〈희생〉〈사표〉 등이 있다.

같은 분은 저더러 보통사람의 일하는 것 삼배三倍는 한다고 합니다. 사실 저는 그만큼 바쁩니다. 이러다가 저는 혹시 무대 위에서 거꾸러지면 어찌하나 하고 걱정이 됩니다. 그러나 일본 전국에 가는 곳마다 환영이고 격려이니 그럴 때마다 저는 '내가 조선사람이다'라는 것이 생각될 때 한편으로 눈물겹게 기쁨을 느끼기도 하고 따라서 어떠한 일이 있든지 나는 폭탄과 같은 위대한 정열을 가졌다는 것을 그들에게 끝까지 내가 거꾸러질 때까지 보여주고 싶습니다."

이틀이 지난 후 너는 또 다시 나에게 이런 편지를 주었지.

"오빠! 오빠! 나의 존경하는 오빠! 기뻐하여 주십시오. 신문보다는 제 편지가 늦게 갑니다만 저는 명년 봄에 바라고 바라던 지구의 동편에서 동편으로 일주를 하게 되었습니다. 후원이라고는 철도성 관광국뿐입니다. 물론 물질적 후원자는 없습니다. 저는 가방 하나를 손에다 들고 동양의 리듬을 몸에다 지니고서 지구를 한바퀴 돌 작정이올시다. 여기는 구레(呉)시입니다. 바다에 뜬 큰 군함을 볼 때에 사람의 힘의 큼을 알 수가 있습니다. 그리고 함상에 걸려 있는 대포의 포구는 창공을 향하여 기운찬 팔뚝질을 하고 있습니다. 군함은 나라를 위하여 싸웁니다. 그러나 나는 조선의 리듬, 크게 말하면 동양의 리듬을 가지고 서양으로 싸움을 건너갑니다. 아, 나는 기쁩니다. 용기백배입니다. 그러나 한 가지 의심되는 것은 제 자신이 확실히 조선의 호흡, 조선의 리듬을 가지고 있는지 그것이 의문입니다. 저도 제가 조선사람인 바에야 조선의 혼, 조선의 리듬은 가졌으리라고 생각합니다만—.

오빠, 저는 생각해요. 어떤 경우라도 민족은 망하지 아니하고 그 민족의 예술도 결단코 망하지 않는다고요. 애급埃及이 망하였으나 그 민족의 그 민족의 예술은 망하지 아니하였으며 유대는 망하였으나 그 민족은 망하지 아니하였습니다. (후략)"

옳다. 그것이다. 나는 네 말에 수긍된다. 네가 한 말을 나는 일전에 대판조일신문에서 동경의 시인 야구미차랑野口未次郎 씨와 중국의 소설가 노신魯迅 씨의 회담중에서 발견하였다.

"(전략) 중국이 망할지라도 국가는 망하여도 민족은 영원히 아니 망한다."

이렇게 그는 말하였다. 그렇다. 이제 우리 조선은 최승희라는 한 사람의 조선 민족을 세계무대에 내놓게 되었다는 것을 너는 깊이 재인식하여야 할 줄로 안다.

그리고 네가 조선의 리듬을 어느 정도까지 가졌느냐는 것이 의문인 줄로 아는 모양이나 나는 이렇게 생각한다. 그 언제인가 나와 너는 석정막 씨의 캐리커쳐라는 제목으로 조선옷을 입고 추는 춤을 보고서 대단히 불유쾌하게 생각하여 곧 이기세* 씨와 의논하여 가야 산조 진양중모리에다가 안무하여 '우리들의 캐리커쳐'라는 제목으로 너로서는 처음으로 조선 리듬에 춤을 추지 아니하였느냐. 그때 일반의 평판도 좋았지만 나는 그때 '너는 조선의 딸이다' 하고 마음속으로 기뻐하였다. 왜? 너는 결코 그때까지 조선춤이라고는 구경도 한 적이 없었다. 그런데도 불구하고 나오는 춤가락이 다소 템포가 빠르고 몸 쓰는 것이 더러는 서양 기본연습에서 우러나온 것도 있었지마는 그것이 오히려 나는 좋다고 생각되었다. 왜 그런고 하니 가부키(歌舞技) 하면 삼백 년 전의 가부키와 지금의 가부키는 그 형태가 다르다. 그것은 역사의 진화를 따르기 때문이다. 그러므로 우리가 아무리 조선 리듬 하더라도 오백 년 전 조선 리듬과 지금의 조선의 리듬하고는 알지 못할 변화가 있으리라고 믿으며 또 있어야만 될 것이라고 생각한다.

---

* 이기세(李基世, ?~?) : 연극인. 개성 출생. 일본 도쿄물리학교 재학중 연극에 참여하였고, 시즈마 고지로(靜間小次郎)에게 사사하였다. 귀국한 뒤 개성극장을 짓고, 1912년 극단 '유일단唯一團'을 조직하였다. 주로 신파극 위주의 공연을 하였으나, 1919년 조선문예단을 조직, 지방과 서울에서 연쇄활동사진극 〈지기(知己)〉〈코르시카의 형제〉 등을 상연하면서 서양 근대극 쪽으로 방향을 바꿨다. 그 외에 〈운명〉〈희망의 눈물〉〈무한의 자본〉〈눈오는 밤〉 등을 공연하였다.

그러나 한 가지 네가 조심할 일이 있으니 그것은 요즘 네 명성이 세상에 떨치매 예술가로서의 가지기 쉬운 자만심, 자존심이 때로는 예술가로서 대단히 위험한 탈선을 하기 쉬운 것이니 그것을 너는 조심할 바이며 더구나 빠지기 쉬운 일이다. 우리는 과거에 그러한 예를 얼마나 많이 보았니. 너는 총명한 아이라 결코 그럴 리가 없으리라고 믿는다만. 그리고 또 한 가지 거리끼는 일은 요사이 '최승희는 조선을 팔아먹는다' 이러한 데마*가 돈다. 이것은 가장 중대하다면 중대한 문제이니 왜 그런 데마가 나느냐 하면 동경에서 조선춤을 추어서 그것이 평판이 좋다는 말이 나자 어찌어찌해서 그런 말이 나게 된 것이라고 나는 생각한다. 그러나 예술가로서 자기 민족적 유산을 정당하게 계승하고 이해하여 그것을 예술화하는 것이 예술가의 할 일이며 큰일이라고 생각한다. 그리하여 그것이 민족예술이 되는 동시에 또한 인터내셔널 예술이 되는 것이라고 생각한다.

여기까지 쓰고 나니 벌써 밤은 가고 새벽이로구나. 지금은 새벽 두 시. 나는 잠자는 어린것들 틈에 끼어서 이 편지를 끄적거리고 있지만 너는 지금쯤 어느 곳 어느 여관에서 찬 꿈을 이루는지. 아마도 오늘은 사국四國 덕도德島 시쯤 되리라고 생각한다. 아, 나는 너를 생각할 때 참으로 적막하다. 너는 '왜 적막이라니 별안간에 오빠두' 하리라마는 이 적막이란 무엇이라고 형언할 수 없는 적막이다. 이 지금의 나의 심경은 너도 모르리라. 지금에 세계를 무대로 삼고 발랄하게 진출하는 너에게 대하여 나는 왜 이러한 감정을 갖게 되느냐. 지금이 고요한, 쓸쓸한 겨울의 새벽이라 그런지 내 마음 나도 알 수 없어 서운하다. 그뿐이랴. 언젠가 내 편지 보고 네가 나한테 보낸 답장 속에 "오빠는 너무도 세속화

---

* '데마고기'를 줄여서 쓴 말. 데마고기(demagogy)는 사실과는 다른 선동적인 선전. 본래는 정치지도자의 바람직하지 못한 행태를 가리키는 말로서 그리스어의 데마고고스에서 유래한 말이다. 이른바 데마고그가 정동적 심벌, 선정적 슬로건, 허위정보 등을 교묘히 구사하여 민중을 정치적으로 조작하여 의도하는 방향으로 유도·동원하는 지배형태를 말한다.

하여 갑니다"라는 이 한 마디 나는 참으로 슬펐다. 그러나 나는 참는다. 그리고 기뻐한다. 이 형의 세속화란 내가 너와 고시정에서 무용연구소 간판을 붙였을 때 그때 이삼 년 동안 너를 데리고 있었을 그때 나는 각오한 바이다. 그러면 그 대신 이 형은 명랑하고 상쾌하고 기쁜 감정을 어디서 보충하겠느냐.

그것은 네가 열여덟 살 적에 동경에서 준 편지 중의 한구절

석정 선생은 요사이 그가 창작한 무용에는 시가 없어요. 그는 돈을 생각해요.

기탄 없는 이런 말과 또 요전에 나에게 준 편지 중의 한마디

나는 조선의 리듬, 크게 말하면 동양의 리듬을 가지고 괴나리봇짐 짊어지고 지구의 이 끝에서 저 끝까지 걸어보렵니다.

라는 이 한 마디. 나는 이러한 기특한 누이동생을 두었다는 행복을 한없이 느끼는 것이다.

너무 길었다. 또 쓰마. 나도 늘 근심하는 것이 너의 건강이다. 그리고 어디를 가든지 아무쪼록 자중自重하고 겸손謙遜하여주기를 바란다. 그리고 너는 '조선의 딸'이라는 것을 잊어서는 안 된다.

끝으로 네가 지구를 돌아 조선을 찾아올 때엔 '무엇을 어떻게 가져오느냐' 그것이 이 오라비에게는 큰 기대이다.

— 《삼천리》(1935. 12).

이념과 현실의 거리
―최승일의 생애와 문학

1. 최승일의 생애

염군사焰群社의 멤버였으며 초기 카프의 성립에 참여했던 소설가 최승일은 1901년 서울에서 부 최용현崔庸絃과 모 박용자朴容子 사이에서 2남 2녀 중 장남으로 출생했다. 일제시대 고전무용가로 세계적인 명성을 떨친 최승희가 그의 막내동생이다. 그와 최승희의 기록에 따르면, 그의 집안은 중농급의 그런 대로 넉넉한 편이었으나 점차 몰락하여 그의 성장기에는 무척 형편이 어려웠던 것으로 기술되어 있다.

배재고보를 3학년까지 다니다 중퇴한 최승일은 일본으로 건너가 니혼日本 대학 미학과에서 수학한다. 일본 유학 때 후에 매부가 된 안막安漠과 함께 프로운동에 가담하는 한편 연극활동에 열중한다. 1920년 봄 유학생들을 중심으로 한 우리나라 최초의 본격적인 근대극 연극단체인 '극예술협회' 의 창립에 참여한다. 1921년에는 김우진, 조명희, 유춘섭 등과 더불어 모국 각 지방에 순회 연극 공연을 갖기도 한다. 이 무렵 최승일은 잡지 《신청년》의 주간을 맡아보면서 시와 소설을 처음으로 발표하는 한편, 국내의 '극문회' 결성에도 참여한다. 1922년 형설회螢雪會에 가입하고, 1923년 7월 형설회 순회연극단에 참가하여 귀국한다. 이 순회공연은 7월 3일 동경을 출발하여 부산, 마산, 대구, 군산, 목포, 경성, 평양, 진남포, 원산 등지를 약 20일에 걸쳐 돌면서 공연하는 전국적인 규모의 행사였다. 이 순회연극의 목적은 조선인 유학생 기숙사 건축기금 마련을 위한 것이었다. 《조선일보》 1923년 6월 22일자에는 순회공연의 계획을 상세히 알리는 기사와 이들의 연습광경을 담은 사진이 실려 있다. 이 기사에는 순회극단의 구성원으로 최승일과 함께 고한승, 김영팔 등의 이름도 보인다.

사회 운동 단체 북풍회에 참여하다가 1922년에는 이호李浩, 김홍파金紅波, 심훈沈熏, 송영宋影 등과 함께 최초의 프로문학 단체인 염군사에 가담한다. 1923년 8월 국내 공산주의그룹 사이의 갈등으로 일어난 '낙양관洛陽館 사건'에 가담했으며, 1924년 4월 염군사 기자로 전조선기자대회에 참석했고, 그 해 12월 경성청년회 결성에 참여하여 집행위원이 되었다. 또한 그 해 소설 〈떠나가는 날〉을 《신여성》에 발표하여 본격적으로 문단에 등단한다. 이 무렵 최승일은 《신여성》을 중심으로 비교적 활발하게 소설을 발표하기 시작한다. 1925년 8월 조선프롤레타리아예술동맹 결성에 참여, 중앙위원이 되었다. 1926년 1월 청년운동 기관지 《청년의 성》 편집부원, 3월 경성청년회 교양부 위원이 되었다. 1930년 4월 카프 기술부 신설 과정에서 연극부 위원이 되었으나 이후의 조직 명단에서는 전혀 그 이름을 볼 수 없으며, 문단 활동도 중단되고 있다.(권영민,《한국 계급문학 운동사》, 문예출판사, 1998, p. 396)

1920년대 중반 최승일은 한편으로 카프 결성에 참여하면서, 다른 한편으로는 1926년 이경손, 김영팔 등과 함께 라디오극연구회를 결성한다. 라디오극연구회는 경성방송국에 의한 본격적인 라디오 방송이 시작되기에 앞서 여러 차례 시험방송을 한 바 있다. 그 첫 시험이 최승일 원작, 이경손 각색의 〈파멸〉이었다.(《동아일보》, 1926. 6. 27) 최승일은 라디오극연구회 활동을 거쳐 경성방송국에 입사하면서 한국 방송 초창기의 중심멤버로 활동하게 된다. 1927년 2월 16일 오후 1시 개국 당시 경성방송국에는 50여 명의 직원이 있었는데, 한국인으로는 기술 분야에 노창성, 한덕봉, 편성·서무 분야에 최승일, 아나운서로는 마현경, 이옥경 등이 있었다.《조선일보》1927년 1월 9일자에는 우리나라 최초의 정규 아나운서 2호인 마현경에 대한 기사가 실려 있다. 그 기사 가운데에는 그가 청년문사이자 경성방송국 문서계원인 최승일의 부인이라는 기술이 담겨 있다. 최승일·마현경 부부는 노창성·이옥경 부부와 함께 한국 초기 방송사의 주요인물로 설명되고 있다.(이내수,《이야기 방송사》, 다나기획, 2000. 참조)《동아일보》1937년 6월 15일자에 최승일은 최승희의 도미 공연과 관련하여 기자와 인터뷰를 하는데, 이때 기자가 최승일을 만나러 방송국으로 갔다는 기사가 적혀 있는 것으로 보아, 최승일의 방송국 활동은 적어도 1930년대 후반까지는 계속된 것으로 보인다.

1930년대 넘어오면서 최승일은 연극과 영화 쪽 사업에도 관여하기 시작한다. 1930년 8월 홍해성洪海星, 홍사용洪思容 등의 당시 소장 연극인들과 함께 창립한 단성사 중심의 '신흥극장' 문예부에서 활동하면서 연극에 새로운 의욕을 보인다. 이 해 9월에는 자신이 연출한 〈탄광부〉(원작 루 멕루덴의 〈산〉)를 미나토좌에서 상연하다. 1931년에는 박승희, 홍해성, 홍사용, 이백수 등과 함께 토월회를 재결성한다.(《조선일보》, 1931년 2월 14일자 기사) 당시에 수많은 희곡도 창작해서 주로 공연의 대본으로 활용했음은 물론이다. 이 무렵 최승일은 신흥극장 연기부에 소속되어 있던 배우 석금성石金星과 혼인한다. 1930년대 후반에 최승일은 동아흥업에 소속되어 영화 기획사업에 종사한다. 영화 〈춘향전〉 제작에 관여하기도 하며(《삼천리》, 1938. 10, 기밀실 란), 이기영 소설을 원작으로 한 〈대지의 아들〉을 기획하기도 한다.

해방 이후 그의 구체적인 행적은 잘 드러나 있지 않다. 다만 1948년 3월에 네 자식과 함께 월북하였으며, 한국전쟁중 행방불명되었다는 기록이 있다.(김찬정,《춤꾼 최승희》, 한국방송출판, 2003, p. 357) 이 기록에는 당시 UN군 점령하의 평양에서 취재한 요미우리 신문의 기사(1951년 5월 24일자)에 최승일이 최승희가 UN군 위문공연을 준비하고 있다는 내용의 발언을 한 것으로 되어 있으며, 이에 분격한 북한 주민들에 의해 목숨을 잃었을 가능성을 제시하고 있다. 이때 최승희는 실제로는 남편 안막과 함께 북경으로 피신해 있었다.

행방불명이 된 최승일의 네 자녀 중 두 명은 생존하여 북한의 무용과 음악계에서 활동하고 있다고 전해진다. 북한에서 박미성과 더불어 정상급 시인대우를 받으며 활약했던 최로사가 그 중 한 사람이다.

2. 최승일의 작품세계

(1) 자유연애와 반봉건의 이념

신경향파 소설로 나아가기 이전 최승일의 초기 소설 세계는 주로 연애 사건을 중심으로 한 자연주의적 서술 스타일의 심리묘사를 특징으로 한다. 가령 최승일의 첫 소설인 〈무덤〉(《신청년》 6호, 1921. 7)은 1년 전에 죽은 청년의 무덤을 찾는 여주인공의 심리 묘사에 서술의 초점이 맞춰져 있다. 그 사연은 구체적으로 소설 속에 밝혀져 있지 않지만, 2년 전 허영을 꿈꾸던 여주인공 김영원의 배반과 한때 그녀의 연인이었던 이한영의 죽음이 밀접하게 관련되어 있다는 사실이 암시되어 있다. 무덤을 찾고 난 후 영원은 죄의식으로 말미암아 결국 자살을 선택한다는 것이 이 소설의 결말이다. 서술의 초점은 여주인공 영원의 심리에 초점이 맞추어져 있지만, 이 소설의 실질적인 주제는 이한영의 죽음, 곧 현실에 대한 낭만적 부정으로서의 죽음이라고 할 수 있다. 죽음에 대한 그와 같은 태도는 무악재에 위치한 이한영의 '이름 없는 묘지'에 대한 서술, 곧 '거기는 살기 싫은 세상, 티끌 많은 이 세상을 떠나 영과 육이 같이 살아가며 살아 있는 사람의 더러운 행동과 우스운 생활을 비웃는 듯이 서로 소곤거리는 신神의 저자이다'와 같은 대목에서 잘 드러나고 있다. 다음 대목 또한 이한영의 죽음이라는 설정 속에 내포된 욕망을 보여주고 있다고 할 것이다.

아아! 그가 살았을 제 서울 안 청년 가운데는 별로 모르는 이가 없었다. 사람마다 그의 앞길이 유망하다 하여 부러워하였다. 그를 혹은 시기하는 자도 있었으며 사랑하는 자도 많았다. 그러나 지금은 그를 청년 가운데서도 이한영이란 이름조차 거의 의아할 만치 되었다.

죽음으로 인해 이한영의 존재가 잊혀졌다고 서술되어 있으나 실은 그 반대라고 보아야 할 것이다. 이 경우에는 삶에서 가리워진, 타인들이 알아차리지 못하는 가치를 드러내고자 하는 욕망의 매개가 곧 죽음이라고 말해질 수 있기 때문이다. 영원이 한영의 무덤을 찾아 자신의 배반을 후회하고 사죄하는 후반부는 바로 이러한 욕망의 실현이라 볼 수 있다. 영원이 환청으로 듣는 한영의 목소리, 곧 '만일 너희 사회의 모든 여성이 다 너와 같다 할진대 나는 우리의 동무와 짝을 지어 힘있는 주먹, 굳센 발길로 너희의 사회를 파괴하여버리고 말 터이다'와 같은 대목은 한영의 죽음을 통해 작가가 드러내고자 하는 바가 궁극적으로 현실에 대한 낭만적 부정임을 보여주고 있다고 하겠다. 근대 초기 소설에 나타나는 감상적 낭만주의 계열에 묶일 수 있을 이 작품은 현상 이면의 세계 탐구로서의 소설 쓰기라는 지향성이 드러나 있을 뿐 구체적인 사건이나 현실을 담아내기에는 부족한 일종의 습작이라고 보아야 할 듯하다.

최승일의 본격적인 소설 창작은 〈아내〉(《신여성》, 1924. 6)에서 시작된다. 〈아내〉는 이혼 소동으로 인해 별거 상태에 있던 주인공 철수의 아내가 다시 집으로 돌아오는 사건으로 시작된다. 이러한 상황 속에서 주인공 철수는 '모순된 생활'의 상태 속에 놓이게 된다. 곧 아내에 대한 연민의 감정과 그와 대립되는 욕망 사이에서 일어나는 갈등 속에서 철수가 놓여 있는 것이다. 아내에 대한 연민의 감정에는 가족에 대한 책임, 공동체가 부과하는 윤리적인 당위 또한 내포되어 있을 터이다. 말하자면 자신의 개인적인 욕망의 추구(자유연애)가 그와 같은 공동체의 가치들과 대립되고 있는, 봉건과 근대의 과도기적 상황을 이 소설은 주제화하고 있는 것이다.

답답한 심경을 안고 친구 S를 찾아간 철수가 S와 함께 술을 마시며 나누는 대화가 이 소설의 후반부를 이루고 있다. 조혼과 자유연애 사이에서의 갈등으로 대표되는 봉건적 규범과 근대적 욕망의 대립은 1920년대 전반 한국사회의 가장 민감한 사회적, 소설적 주제에 대응된다고 할 수 있다. 철수가 S와 더불어 술을 마시며 "무슨 시대병이나 마시는 듯이 가슴이 찌르르하였다"고 느끼는 또한 이러한 맥락에서이다.

그런데 대화의 과정에서 소설의 초점은 이전까지 진행되어왔던 맥락과는 다른 방향으로 전환되고 있다.

"그래 물론 자네 말과 같이 이혼이라는 것이 우리에게는 그 이유가 적당하니까 하자는 것이라든지 해야만 되겠다는 것도 우리의 고통이지만 이 바쁜 세상에 그리로만 머리를 부딪쳐가며 고통이니 번민이니 하며 떠들고 돌아다니면 무엇하나. 그래야 자네같이 약한 사람은 일 년이 되도록 하지도 못하고 도로 오게 만드는 것을…… 흥, 여보게 자네도 그런 지엽枝葉의 고통은 벗어버리고 이제는 확실한 강한 사람이 되어 ××하기에 전력하게. ××만 되면 모든 문제가 다 해결될 걸 왜 그러나?"

철수는 ××란 말에 무서워서 술 먹은 가슴이 으쓱하였다. 그리고

'사회주의자 허무주의자'

이 두 가지로 S를 판단하게 되었다. 그러나 확실히 자기보다는 강해진 것을 보았다. 그렇게 잘 먹던 술을 그 동안 한참 끊어가며 참되게 민중의

고통을 알아보려고 하는 것이라든지 더구나 오늘 와서는 술도 잘 아니 먹고 참마음으로 자기에게 하는 것을 볼 것 같으면 눈물이 날 만치 기뻤다.

이 대목에서 철수가 사적인 차원에서 겪는 갈등은 사회적인 차원의 혁명의 문제로 갑작스럽게 전환되고 있다. 이혼 문제로 인한 사적인 고뇌는 '지엽의 고통'으로 절하되고, 다시 그것은 사회 변혁의 문제로 대치되고 있다. 그리고 사적인 차원과 공적인 차원의 대립은 약함/강함의 대립구도로 치환되어 나가고 있다. 〈아내〉의 전반부가 철수의 내면의 모순을 기술하는 데 초점을 맞추고 있다면, 후반부에서는 그것을 극복하는 계기로 이념을 도입함으로써 이후 본격화될 신경향파의 방향을 예고하고 있다고 할 수 있을 것이다.

〈아내〉에서 제시된 두 가지 문제, 곧 봉건적 규범과 근대적 욕망의 대립과 그것을 극복하는 계기로서의 이념의 도입은 그 이후 최승일 소설의 두 가지 방향을 이룬다. 후자가 〈새벽〉(《신여성》, 1925. 3~4)을 거쳐 이후 신경향파 경향의 소설들로 이어지게 된다면, 전자는 〈아내〉에 뒤이어 발표된 〈떠나가는 날〉(《신여성》, 1924. 8) 〈그 여자〉(《신여성》, 1924. 10) 연작과 직접적으로 연결되고 있다.

〈떠나가는 날〉〈그 여자〉 연작은 일본을 배경으로 유학생인 주인공 순철과 그의 애인인 선애, 그리고 이 둘의 관계에 끼어든 선애의 친구 혜옥의 삼각관계를 중심으로 전개된다. 고국에 있는 순철의 아내 또한 이 구도에 꼭지점 하나를 추가하면서 인물들 간의 갈등을 한층 복잡하게 만들고 있는바, 이 연작이 전작 〈아내〉에 직접적으로 이어져 있음을 여기에서 확인할 수 있다.

〈새벽〉 역시 〈떠나가는 날〉〈그 여자〉와 마찬가지로 배경은 일본 동경으로 되어 있으며, 중심이 되는 사건 또한 조혼한 아내를 둔 남성과 신여성의 연애이다. 춘실과 은주가 그 주인공들이다. 갈등의 시작은 자신의 아내가 친정으로 돌아가 있고 또 민적에도 올라 있지 않다는 춘실의 말을 은주가 의심하면서 비롯된다.
　여기까지는 〈새벽〉 역시 조혼과 자유연애를 모티프로 한 동시대의 다른 작품들의 일반적인 서사구조를 따르고 있으며 〈떠나가는 날〉〈그 여자〉 연작의 구도를 반복하고 있다. 그런데 이 소설에서는 춘실의 말이 거짓이었음이 결국 판명됨에도 불구하고 이 둘의 관계는 파탄으로 치닫지 않고 오히려 그 갈등을 일시에 초월하는 현상이 벌어진다. 춘심이 자신의 잘못을 진심으로 뉘우치자 은주는 오히려 그러한 춘심의 태도에서 사랑을 확인하는 것이다. 그리고 이보다 더 중요한 사건이 바로 다음 장면에서 일어나고 있다.

　"내가 지금 운 것은 당신의 운명! 내가 또한 그러한 운명을 가진 당신을 사랑하지 않으면 아니되게 된 운명을 생각하니까 어찌된 일인지 울음이 나왔어요. 그리고 내가 뒤로 조사했다는 것도 거짓말이에요. 나는 다만 당신의 참사정을 알고 싶어서 일부러 그러한 말을 하였던 것이에요."
　"은주씨! 하여간 나는 지금부터 이상하였던 것을 버리고 이론을 버리고 나의 과거의 생활에 대한 파괴를 선언하겠습니다. 그리하여 실제로 들어가겠습니다."
　"그것은 당신의 자유이시니까요."
　이리하여 두 사람의 가슴과 가슴, 열과 열 그것은 서로 포옹抱擁되고 말았다.
　그 이튿날부터 그들이 만나는 때면 침체는 용기로, 이상은 실제로 化해버리고 말았다.

　위의 인용에서 드러나 있듯, 춘심과 은주가 봉건적 규범의 굴레를 벗어나 서로의 사랑을 확인하게 되는 사건은 두 사람이 기왕의 '이상'(이론)에서 '실제'로 나아가는 계기가 되고 있다. 이 지점에서 〈새벽〉에서의 자유연애는 특이하게도 반봉건의 차원을 넘어서 새로운 이념으로 전환되고 있다.

그리하여 두 사람은 이제는 다 생활이란 밑바닥 속으로 떨어지게 되었다. 한 달이 지난 후이다. 그 후부터는 무장야武藏野에 한가히 거닐던 그들은 이제부터 '삶'을 위하여 싸우는, 자유를 위하여, 사랑을 위하여 싸우는 투사들이 되고 말았다. 그래서 매일 아침 새벽이면 그 귀족적이나 혹은 유한계급 사람들의 자제子弟와 같이 허여멀쑥하고 잘생기고 어여쁜 춘실의 얼굴엔 일종의 노동적 용기와 전투적 의지가 나타나 가지고 몸에는 한뗀(勞動服)을 입고 신문배달소로 나가는 그를 우리는 볼 수가 있었다. 이리하여 그는 아주 캄캄하고 답답하고 괴롭던 밤과 같은 생활을 떠나서 아침 새벽과 같은 시원한 희망 있는 생활을 붙잡은 듯이 날뛰게 되었다. 동이 트는 아침 새벽마다. 아침 새벽마다.

자유연애를 모티프로 한 소설들에서 당사자들의 관계는 대체로 파국에 이르는 결말로 되어 있는 것이 보통이다. 이 경우 자유연애는 현실이라기보다는 반봉건의 이데올로기(관념)이기 때문이다. 이 관념이 실제 가운데에 놓일 때 그것은 파탄에 이를 수밖에 없다. 〈새벽〉에서도 초반부는 그와 같은 방식으로 진행되어 나간다. 아내와의 이혼 문제가 관계의 걸림돌로 등장하면서 춘실과 은주의 관계가 위기에 놓이게 되는 것이 그것이다. 그러나 〈새벽〉에서는 현실의 개입으로 말미암아 분열된 자유연애라는 관념을 또 다른 관념, 곧 계급이라는 관념으로 봉합하고 있다. 말하자면 〈새벽〉에는 최승일의 초기 소설의 모티프들이 혼재되어 있다고 할 수 있다. 물론 〈새벽〉에서는 이 혼란된 양상이 제대로 수습되고 있지 못하다는 점을 쉽게 지적할 수 있다. 그럼에도 이 소설은 최승일의 초기 소설 세계를 정리하는 것이자, 이후 본격적으로 분화되어 전개될 최승일 소설의 주요 모티프들을 담고 있다는 점에서 각별한 의미를 갖는 작품이라고 할 수 있다. 즉 〈새벽〉에 나타난 '빈궁' '자전' '여성' '계급의식' 등의 모티프들은 1920년대 중반 이후 본격화되는 최승일의 소설에서 자유연애라는 틀을 벗어나 다양한 방식으로 결합, 변주되면서 신경향파 시기 소설적 요구에 대응하고 있다.

(2) 신경향파와 계급 이념의 표출

자유연애의 반봉건 이념을 계급 관념으로 무리하게 초월하려 했던 것이 최승일의 초기 소설들이었다면, 이른바 신경향파 시기에 해당되는 그의 중기 소설들은 이념의 문제를 직접적으로 표현하는 것으로 시작된다. 〈기념식〉(《시대일보》, 1924. 12. 7)에서 그 전환의 양상을 확인할 수 있다.

〈기념식〉은 주인공 C가 두 여동생과 함께 YMCA회관에서 열리는 S회 창립 4주년 기념식에 참가하는 과정과 그 설렘의 분위기를 묘사하는 것으로 시작된다. 그리고 식이 개최된 이후는 개회사, 기념가, 연혁 보고, 축사, 여흥 등의 진행 경과에 따라 그 장면들을 묘사하는 방식으로 이루어져 있다. S회의 성격은 개회사의 요지와 연혁 보고의 과정에서 드러나 있다. 곧 '우리 회는 과거 사 년 동안을 두고 자본주의 사회에서 계급전선에 서서 여태껏 싸워, 굳게 싸워 가지고 내려와서는 오늘날 사주년 기념식을 거행하게 되는 것을 가장 기쁘게 아는 바이로라' 라는 개회사의 내용에서 보듯, S회의 성격은 계급투쟁을 목표로 하는 이념적 성격의 집단임이 드러나 있다. 한편 연혁 보고에서는 "회의 벽두에 성립되었던 강령이 중간에 와서는 완전히 민족운동을 내버리고 세계 민중과 함께 받는 고통과 착취를 박멸하고 파괴하기 위해 해방전선에 걸음을 똑같이하여 나아가게 되었다는 방향전환되었다는 설명'

에서 보듯 원래 민족주의적 성격을 띠었던 S회가 그 진행과정에서 점차 사회주의적 성격으로 이행해 나갔음을 알 수 있다. 이는 S회의 방향 전환일 뿐만 아니라, 1920년대 중반으로 넘어서면서 진행된 당시 사회운동의 전체적인 변화에 대응되는 것이라고 할 수 있다. 소설의 결말은 정복 순사가 등장하고 기념식이 강제로 해산되는 과정과 이러한 상황에 대해 떨리는 목소리로 부르짖는 C의 외침을 함께 제시하는 것으로 되어 있다.

소설의 서술자는 사회주의 이념을 기치로 내건 한 청년회의 4주년 기념식을 묘사하는 방식을 취하고 있지만, 기념식이 큰 성황을 이루었다는 것으로부터 시작하여 시종일관 이 단체에 긍정적인 입장을 굳이 감추려 하지 않고 있다. 두 명의 누이동생이 등장하고 있다는 점, 주인공 C의 이니셜 등은 이 소설이 실제 사건을 완전하게 허구 텍스트화 하지 않았다는 점을 말해주고 있다.(실제로 이 소설에서 S회의 기념식은 서울청년회 4주년 기념식이다. 서울청년회는 1924년 10월 6일 오후 8시에 중앙기독교청년회관, 곧 YMCA회관에서 창립 4주년 기념식을 가진 바 있다.)

〈기념식〉에서 직접적으로 표현된 이념적 방향은 빈궁의 문제를 형상화한 〈김첨지의 죽음〉(《매일신보》, 1924. 12. 7), 〈걸인 덴둥이〉(《조선일보》, 1926. 1. 2), 〈바둑이〉(《개벽》, 1926. 2) 등과 같은 작품으로 구체화되고 있다.

〈김첨지의 죽음〉은 '나'의 큰누이 영옥이 하교길에 '나'와 같은 고향 사람으로 '나'의 집의 소작인이었던 김첨지가 이삿짐을 나르다 죽었다는 소식을 듣고 가족들에게 전하는 것으로 시작된다. 뒤이어지는 김첨지의 약력에는 그가 소작인 출신으로 도시로 올라온 이후에는 남의 집 드난살이를 전전했고 마누라마저 다른 남자와 눈이 맞아 도망간 후에는 외로운 홀아비 신세로 전락하여 육십 평생 내내 불행과 고생을 겪어온 인물이라는 점이 부각되어 있다.

김첨지에게는 반항하는 마음이 없었다. 제기나 하면 자기가 그렇게 된 것이 다 세상(?) 때문이건마는 그에게는 아무 반항심도 없고 아무 부르짖음도 없었다. 오히려 그런 고생을 해본 적도 없고 그런 경험을 당한 적도 없는 나이 어린 내가 '우리는 저들을 위해서 일하여야 하겠다' 하는 부르짖음과 울분이 떠오르는 것은 암만 생각해도 그 때는 몰랐었다. 과연 그 때 나는 마땅히 있어야만 할 곳에는 없고 없을 만한 곳에서 객관으로 생겨나는 울분과 반항이 타오르는 마음에 얼마나 의문이 있었는지 몰랐었다.

김첨지는 육십 평생을 고생을 하며 살아왔지만 그럼에도 불구하고 '반항하는 마음'이 없다. 김첨지의 그러한 태도는 '나'에게 '저들을 위해 일하여야 하겠다'는 울분과 의지를 불러일으키는 계기로 작용했다. '나'가 김첨지의 죽음을 심상하게 받아들일 수 없는 것 또한 이러한 사정에서 말미암는다. 급기야 '나'는 김첨지가 죽었다는 장소를 찾아가기에 이른다. 거기에는 이미 시체는 치워져 있고 다만 붉은 핏자국만이 남아 있다. 피 흘린 자리에 침을 뱉고 달아나는 아이, "늙은이는 팔자 좋다. 경성부에서 송장을 치워주겠네그려"라는 어느 사람의 말, 김첨지가 죽은 장소를 찾아간 '나'의 행위를 일부러 시체를 보러 간 독한 행동으로 오해한 동생 영옥의 핀잔 등과 대비되어 김첨지의 죽음으로 인한 '나'의 심적 고통이 부각되어 있다. 그러한 고통이 '나'의 어떤 추상적 인식과 결의로 귀결되는 과정이 결말에 드러나 있다.

〈걸인 덴둥이〉의 주인공은 덴둥이라는 별명을 듣는 늙은 거지이다. 소설의 초반부는 덴둥이의 불쌍한 신세, 남루한 삶, 그리고 초라한 외양에 대한 묘사 위주로 전개된다.

그의 얼굴은 쭈그러진 바가지쪽 같다. 나이로 말하면 사십이 넘을락 말락하지마는 잘 먹고 사는 놈의 한 육십이나 넘은 듯한 놈과 비교를 하더라도 오히려 그의 얼굴이 늙었다. 머리는 가게에서 보는 근탄根炭과 같이 뽀얗고 보비재기가 일고 꼬불꼬불한데다가 어느 때인가 일본집 쓰레기통에서 주워서 쓴 어린아이의 쓰다 버린 모자가 그의 의관이었다. 몸에는 되는 대로 감는다. 이것도 쓰레기통에서 주운 헌 합비조각을 어깨 위에다 걸치고 아랫도리는 헝겊바지에다가 갈갈이 찢어진 홀고이를 입었다. 그러나 궁둥이는 더 한층 해어져서 거진 엉덩이가 내다보일 만하였다. 그리고 또 발에는 헌 일본 다비에다가 조선 짚새기를 신었다. 그래서 얼른 보면 일본 거지 같기도 한데 또 그렇지 아니하여 그의 성명이라든지 그의 조상이라든지 그가 난 곳이라든지 이 모든 것은 조선이란 배경을 등지고 태어난 그였다. 이런 거지는 식민지에서나 많이 볼 수가 있는 인물이었다. 그리고 자기가 빌어먹으러 나가도 똑 진고개 바닥이나 일본 사람 많이 사는 곳으로만 빌어먹으러 다녔다. 그것은 왜 그런고 하니 돈을 한푼을 얻어도 거기가 낫고 쓰레기통을 뒤져도 그곳이 나은 탓이었다.

이 소설이 실린 바로 전날인 《조선일보》 1926년 1월 1일자에는 현진건의 〈고향〉(원제는 〈그의 얼굴〉)이 실려 있다. 위에서 덴둥이의 외양에 대한 묘사는 〈고향〉에서 화자인 '나'가 기차 안에서 만난 사내의 외양에 대한 묘사를 떠올리게 한다. 그러나 〈고향〉의 사내가 절망과 무기력한 울분을 통해 식민지의 황폐함을 증언하고 있다면, 〈걸인 덴둥이〉에서 덴둥이는 자신이 놓인 상황에 대한 자각이 거기에 저항하는 의식을 이끌어내고 있다는 점에서 차이를 드러내고 있다.

구걸을 하면서 덴둥이가 발견하게 된 것은 사람들의 허위의식이다. 덴둥이는 자신에게 적선을 하는 인간들에게서조차 그 원인이 '일종의 공중에 뜬 명예'에 있음을 발견한다. 이 허위의식에 대한 발견은 차츰 현실에 대한 인식과 그에 대한 분노로 바뀌어가기 시작한다.

'이놈. 너희들의 눈홀김! 학대와 모욕은 나한테서 평생의 모든 것을 빼앗아갔다. 나에게서 자유를 빼앗아갔다. 나에게서 태양을 빼앗아갔다. 나에게서 나 먹을 밥을 빼앗아갔다.

 너희들은 나를 사람으로 대접하지를 아니하였다. 그러나 보아라. 지금 원수를 갚을 것이니, 그리하여 그것으로서 나는 너에게서 모든 것을 도로 찾아올 것이니!'

 비록 의식은 없으나마 말은 이렇다 할 줄은 모르나마 지독한, 참을 수 없는 감정이 빈 뱃속으로부터 가슴으로 치밀어오른다. 그는 견딜 수 없었다.

 결국 덴둥이는 지나가는 신사를 자신이 가지고 다니던 몽둥이로 내려친다. 신사는 그 자리에서 죽어버린다. '이리하여 덴둥이는 자기의 과거의 일체를 위하여 갚음을 하였다는 비분한 미소를 머금고 어디로인지 가버렸다'는 문장으로 이 소설은 결말을 맺고 있다.

 이 소설은 덴둥이의 궁핍에 대한 서술에 그치지 않고 그것에 대한 반항에 초점을 맞추고 있다는 점에서 신경향파적인 특성을 뚜렷하게 드러내고 있다. 그럼에도 덴둥이가 자신이 놓여 있는 상황을 자각하는 과정이 필연성을 결여하고 있으며, 반항의 방식 또한 우발적이고 개인적인 차원의 충동적인 행위로 드러나고 있다는 점에서 신경향파 소설의 일반적인 한계로부터 벗어나지 못하고 있다.

 〈바둑이〉는 동물을 주인공으로 한 일종의 우화소설이다. 신경향파 소설 가운데에는 이기영의 〈쥐 이야기〉(《문예운동》, 1926. 1)에서 보는 것처럼 동물 세계의 자연적 상태와 인간 세계의 인위적 모순구조를 대비시킴으로써 사회 현실을 비판하는 방식을 볼 수 있거니와, 〈바둑이〉 또한 이러한 범주의 작품으로 분류될 수 있다.

 신경향파적 특징과 관련하여 이 소설에서 살펴볼 수 있는 사항은 다음 두 가지이다. 첫 번째는 바둑이의 시선으로 인간 세계의 모순을 드러내는 것이다.

 '그래 착취를 해먹어도 분수가 있지 그럴 수가 있나' 하면서 바둑이는 또 '들어덤벼 싸우지를 못하나 다 같은 기운을 가지고 몸을 가졌으면서 못나기도 했다.' 이렇게 윗턱과 아랫턱을 한테 모아 가지고 중얼거렸다. '우리들 중에 만일 그런 일이 있어봐. 누가 그 꼴을 보나 단박 육시처참을 하여 죽여버리지 그것을 가만 둬 흥.'

 소작인 춘보가 주인을 찾아와 밀린 도지와 소값으로 인해 꾸지람을 듣다가 결국 자신의 집을 잡히는 장면을 바라보면서 바둑이가 하는 생각을 기술한 위의 대목에서 이 소설이 우화의 형식을 취한 이유를 확인할 수 있다. 그것은 곧 이념의 우회적 표현에 다름 아니다. 이 소설의 결말에서 그 성격이 분명하게 드러나 있다.

 그 날 밤이다. 눈은 펄펄 날렸다. 선뜻선뜻한 눈발이 그들의 등 위에 떨어질 때 그들은 얼마나 새 정신이 나고 새 용기가 나는 것을 맛보았는지 몰랐었다.
 자정 때쯤 되어서 별안간 바둑이 집 아랫방에서는 "억!" 하는 주인의 외마디 소리가 나면서 다시금 고요하였다. 그러나 그 중 맨 먼저 거사를 하고 나오던 바둑이는 그만 그 집 앞 골목에서 며칠을 두고 눈독을 들이던 백정의 올가미에 걸리고 말았다.
 그러나 바둑이는 한 될 것이 없었다. 퍽 유쾌하게 기쁘게 즐겁게 죽음에 나아갔다.
 아마 지금쯤은 바둑이가 화류교 다리께 개장국 집에서 죽은 지가 오라니까 바둑이의 고기가 사람의 오장을 둘러나간 지도 이미 오래일 것이다.
 그러나 센둥이의 군우부터 날마다 날마다 밤이면 자기 친구의 죽음을 생각하고 그러함인지 대공大空을 울려 짖는 소리! 온 세상을 정복할 듯이 우렁찼다.

한때 부자였던 주인은 방탕한 생활 끝에 몰락하고 급기야 바둑이마 저 팔아먹을 궁리를 한다. 이에 분노한 바둑이는 이웃 개들과 합세하여 주인을 물어버리기에 이른다. 바둑이 또한 주인이 내지 못한 바둑이의 세금 2원으로 인해 백정에 의해 잡히고 만다. 박영희의 〈사냥개〉(《개벽》, 1925. 4)에서 탐욕스러운 주인이 자신이 기르던 사냥개에 의해 물리게 되는 결말에서 보듯, 이 소설 또한 바둑이가 주인 영감을 무는 행위를 통해 지배계급에 대한 저항을 우회적으로 표현하고 있다고 할 것이다.

(3) 현실의 압력과 이념의 패퇴

대체로 최승일의 신경향파적 경향의 소설들은 폭행과 방화, 규호 등으로 결말을 맺는 신경향파 소설의 일반적인 특성과 한계를 공유하고 있는 것으로 보인다. 신경향파 소설이 초기의 한계를 벗어나 이념과 형상의 자연스러운 결합으로 나아가는 것과는 달리, 최승일의 이후 소설들은 본격적인 프로 문학으로 전개되어 나가지 못하고 현실의 장벽 앞에서 이념적 지향이 와해되는 비관적 양상으로 귀결되는 것을 볼 수 있다. '과거의 반역자'였던 봉희가 점차 현실에 물들어 타락해가는 과정을 그리고 있는 〈봉희〉(《개벽》, 1926. 4)나 소시민 가정의 몰락을 배경으로 삼고 있는 〈경매〉(《별건곤》, 1926. 12), 〈콩나물죽과 소설〉(《별건곤》, 1927. 1), 그리고 절대적 궁핍의 상황 속에 놓여 있는 인물들의 절망감을 표현하고 있는 〈이 살림을 보아라〉(《매일신보》, 1927. 1. 1), 〈무엇?〉(《조선지광》, 1927. 2), 〈죄〉(《별건곤》, 1927. 7), 〈소설이 싸구료〉(《매일신보》, 1928. 1. 1), 〈종이〉(《조선지광》 1929. 1), 〈도회소경〉(《조선일보》, 1929. 3. 7) 등의 작품들이 이러한 경향을 보여주고 있다.

〈봉희〉에서 '나'(이적李赤)는 3년 전 봄 서대문 감옥에 동지 K를 면회하러 갔다가 그곳에서 봉희를 처음 만났다. 봉희의 아버지 또한 S군 ×

×사건으로 감옥에 들어와 있었다. 그는 원래 만주××현에 근거를 둔 ××단의 단장이었고, 국경 경찰과의 사전 약조 하에 귀국하였으나 돌연 ××현에서 붙잡혀 평양 지청에서 사형을 받고 서울로 공소를 해온 것이었다. 봉희는 같은 고향 출신인 '나'를 알고 있었고 당돌하게 아는 체를 하고 말을 건네왔다.

나는 의례적으로 대답하였다. 그러나 그는 내가 하던 말을 한 마디도 허술히 듣는 모양이 아니었다. 그 기름하고 거무스름한 두 손을 한데다 깍지 끼고 떡 버티고 앉았는 것이라든지 그 너실너실한 눈이 가끔 미소 또는 어떤 때 자주 복잡하게도 그의 성격을 나타내는 동시에 어딘지 모르게 자기가 사람이든 사물이든 한 번 신뢰만 한다면 여간 그 의지가 변동이 없을 만한 그러한— 여자로서는 오히려 어느 강렬한 남자의 성격보다도 더 끈기 있는 것을 찾아볼 수가 있었다.

'나'는 봉희와의 대화에서 그녀가 단신으로 군사령부를 찾아가서 사령관에게 배신행위에 대해 항의하였고 그 덕택에 그녀의 아버지가 사형을 면하게 되었다는 것, 그리고 그의 오빠가 만주에서 사망하였다는 사실을 듣는다. 이처럼 처음 만났을 때의 봉희의 인상은 건강하고 강렬했다. 봉희가 서울 생활을 결심하고 상의해왔을 때 '나'는 여자××회에 가입할 것을 권유한다.
그 뒤 봉희로부터 온 편지의 내용에서 '나'는 그녀가 아버지로 상징되는 민족의식으로부터 벗어나 계급의식으로 전향하였다는 것과 더불어 여성의식에도 눈을 떴다는 사실을 확인한다. "목숨은 두 가지 해방, 현시의 경제조직에다 또한 남자의 권력권내에다 바치고서 뼈가 부서지도록 싸우려 하였습니다"는 봉희의 진술이 이 두 방향에 대한 의지를 뚜렷하게 보여주고 있다. 하지만 편지의 뒷부분에 그녀가 어느 부르주아집 가정교사로 있다는 이야기가 적혀 있다. 편지를 읽은 '나'는 그녀의 사상의 진전을 확인하는 한편 마지막 부분의 사연에 대해서는 모종의 불쾌감을 갖는다. 그 뒤 '나'는 서울에 올라온 길에 봉희를 방문한다.

"그이요. 그이는 이 집 주인의 조카라나요."
웬일인지 남의 이야기를 하듯이 일부러 당정하게 하려는 듯한 기색이 보인다.
"매우 친절한 남자던데."
이게 웬일이냐. 그의 얼굴이 약간 붉어지면서 아무 말이 없다. 평시에 말괄량이라고 별명을 듣고 그러나 한 번 자기가 사랑하는 동무일 것 같으면 그 사람의 일이라면 전후를 불계하고 살점이라도 베어 먹일 만한 그러한 굳센 정열이 있는 사람이라 어쨌든(결코 미인은 아니었다마는) 여러 친구에게서 결혼의 신립까지도 많이 들어왔건마는 모두 다 거절하면서—나를 또 데려다가 빨아먹으려고, 나를 노예로 만드려고, 이렇게 그를 부르짖으면서 거절을 하던 그가 지금 와서는 완연히 한 변한 사람이 되어 있다는 것은 가늘게 느껴진다. 그의 지금의 환경이 나에게 그러한 보임을 주었던지는 모르되.

봉희는 편지에 적은 대로 과연 훌륭한 부르주아 집에서 살고 있었다. 그리고 위에서 보는 것처럼 의학전문학교에 다니는 주인집 조카와 연애하고 있는 듯한 인상을 풍긴다. '나'는 그러한 봉희에게서 실망감과 답답함을 느낀다.
그 일 년 후 만주 용정에 온 '나'는 다시 봉희의 편지를 받는다. 거기에는 "나는 모든 인간의 운동에서 환멸을 느꼈습니다. 널리 인류에게 절망을 갖습니다"는 봉희의 넋두리가 적혀 있다. 아마도 부르주아 청년과의 불행한 연애의 결과일 것이다. 봉희는 간호부가 되어 새로운 생활을 하겠다고 하면서 용정 근처 촌의 고모집에 와 있으니 한 번 찾아와 달라는 부탁을 하지만 '나'는 그녀를 찾지 않는다. 다시 그 이듬해 봄 서울에서 '나'는 봉희가 배우 양성소에 다닌다는 소문을 듣고 그녀를 찾아간다. 그리고 거기에서 밑바닥까지 타락한 봉희의 모습을 확인하게 된다.

강철과 같은 그의 의지! 중석重石과 같은 그의 믿음! 남에게 눌리기를 싫어하고 남에게 지기를 싫어하던 그의 반역의 힘! 그것이 지금은 어디로 사라져버렸느냐. 생각하면 그것도 요 알뜰한 현실의 덕택이다. 지지 않으려는, 버티는, 굴종 않는 그를 무쇠 철사와 같은 험상궂은 바위덩이와 같은 현실이 그를 눌렀다. 그의 생명을 빼앗았다. 그를 속였다. 현실 환경─단두대를 생각하던 그 자기 아버지의 나라, 자기가 디디고 섰는 현실을 그것과 싸우기 위해 한 이태 동안을 두고 서울의 거리로 나타나면서 가슴에 일어나는 불길의 화살을 세상에 던지면서 돌아다니더니 지금 그의 생명은 어디서 신음하고 있느냐.

'나'는 봉희를 처음 만나던 그때를 회상하면서 '높고 높은 성벽에다 탁 부딪는 듯한 느낌'을 받는다. 봉희의 현실에 대한 반역의 의지는 결국 현실 그 자체의 무게로 인하여 꺾이고 만 것이다. 〈봉희〉 이후의 소설들에서는 이러한 의지를 짓누르고 있는 이러한 현실의 압력이 보다 구체적으로 그려지고 있다.
〈경매〉와 〈콩나물죽과 소설〉에는 공통적으로 소시민 가정의 몰락의 양상이 구체적으로 드러나 있다. 〈경매〉는 재판소의 경매 장면에 대한 묘사로 시작된다. 재판소의 풍경과 경매에 참여한 인물들의 대화를 객관적으로 묘사하던 시선에 서술자의 목소리가 개입되기 시작한다.

또 저 얼굴들을 보아라. 빼빼 마른 얼굴에 게다가 기름이 자르르 흐르는 새카만 동정이 달린 꼬깃꼬깃한 두루마기를 입고 있는 사람, 박물관에 표본이나 될 만한 자가 알찐알찐하는 꼴이란 차마 못 보겠고, 이십금 금테에다 돌알을 박아 쓰고 양볼따구니는 살이 투실투실하여 기름이 찌르르 흐르고 몸에는 임바네스를 감았는데 움직이는 대로 버석버석한다. 외씨 같은 발 맵시에 뒷발막신을 신고서 벽에 기대서서는 회초리같이 빼빼 마른 친구가 앞에서 아른아른 하는 대로 고깃내 나는 미소를 띤다.

부르주아의 외양을 탐욕스럽게 묘사하는 이 시선에 이미 이 소설의 전략이 드러나고 있지만, 어쨌든 소설의 초반부는 경매 장면의 묘사로 일관되어 있다. 여기에 순구 일가의 집이 경매에 부쳐지는 사건이 일어나면서 소설의 서사는 본격적인 궤도에 들어선다.

순구의 아버지는 십여 년 전에 시골서 벼 천이나 하는 재산을 가지고 서울로 살림을 와서는 오자마자 첩을 얻게 되고, 또한 따라서 그는 노는 게 심심하다 하여 자기는 봉건시대封建時代 적에 나서 비단옷 속에 싸여 자라났건마는 세상이 언제 변하였는지 그것도 모르고서 좀더 돈도 모을 겸, 심심파적도 할 겸, 이 논을 팔아다가 저 논을 사고 저 논을 팔아다가 이 논을 사고 하는 중간에 여간 몇천 원씩 떨어질 적도 있었지마는 한 번 크게 얼르다가 어떤 놈이 위조문서를 만들어 가지고 온 것을 사 가지고 도로 팔려다가 실패를 하여 자본을 융통해주었던 종로의 거상巨商에게 얌으런 견책만 보고 자가가 혼자 꼬박 물게 되어 대매 사만 원이라는 빚이 있게 된 후 이삼 년이 지나 있는 것을 다 팔아서는 갚아도 모자라고 있던 집까지 그에게로 넘기게 되고 지금 있는 초가집으로 이사를 왔으나 또한 모자라는 나머지 그것조차 그의 소유가 되자 나가라고 해도 나갈 수가 없게 된 형편으로 차일피일 거저 들어 있은 지 근 일 년이나 되자 돈 받을 사람은 되대여 몇십 원의 인지印紙 값을 내고 공매公賣에 붙이게 된 것이었다.

위의 대목에서 순구의 가정이 몰락하게 되는 과정이 상세하게 기술되어 있다. 위에서 보듯 소시민 가정의 몰락은 현실의 변화를 뒤쫓아가지 못하였기에 초래된 것이다. 그러한 가운데 순구는 아예 직업이라는 것을 가져본 적이 없는 무직자로 내몰려 있다. 집이 경매로 넘어가면 순구의 식구들은 거리로 내쫓길 판이다. 채권자에게 경매 취하를 부탁하러 간 순구는 부르주아의 위선과 몰인정한 이해타산만을 발견하고 실패한 채 집으로 되돌아온다. 집으로 돌아온 순구에게 아버지는 열심히 일해서 잘 살라는 이야기를 한다. 완전히 프롤레타리아가 된 이러한 상황 속에서도 아버지는 부르주아의 이데올로기를 벗어버리지 못했다고 순구는 생각한다. 순구의 집은 마침내 일본인에게 팔리고 순구의 집 자리에는 새로 깨끗한 일본집 하나가 서게 된다. 이후 북간도로 갔다는 순구네의 소문이 들린다.

〈콩나물죽과 소설〉 또한 소시민 가정의 몰락을 배경으로 하고 있는 작품이다. 그리고 여기에는 소설가가 가장으로 등장하고 있어 자전적인 색채를 띠고 있기도 하다. 소설가인 '나'는 어머니와 아내, 동생과 계수, 누이 등을 책임져야 하는 가장이다. 이 날 아침에는 남은 곡식으로 콩나물죽을 끓여먹었다. 이제 당장 저녁 먹을 거리를 걱정해야 할 판이다. 그러던 중 T잡지사의 P형이 소설 독촉을 위해 '나'를 찾아왔다.

"여보 지금 죽겠는 놈한테 와서 소설을 쓰라니 어쩌면 좋소?"
"흐—."
하고 아내는 코웃음을 친다.
"여보 참 딱하구려. 아침에 콩나물죽 한 대접을 김치도 없이 먹은 놈한테 소설을 쓰라니. 여보 무슨 이야기나 하나 해주든지 무슨 재료를 하나 제공을 하오. 그럼 내 쓸 것이니."

(……)

"아 그러지 말고 쓰구료. 아침에는 콩나물죽 먹고 저녁거리는 없고 집안은 모두 근심 빛이고─. 당신이 늘 하는 말 '웬일인지 굶으면서 앉았으면 한 집안 식구라도 서로 보기가 창피하다'는 말까지라도 쓰구료."

〈콩나물죽과 소설〉에서 '나'의 가정 역시 〈경매〉에서와 마찬가지로 예전에는 잘 살았으나 지금은 당장의 끼니 걱정을 해야 할 정도로 몰락했다. 현실 문제에 대한 걱정으로 혼란한 머리로 소설이 제대로 씌어질 리 없다. 소설을 쓰고 있지 못하는 '나'에게 아내는 아침에 콩나물죽 먹고 저녁거리 걱정하는 이야기라도 쓰라고 한다. 아내의 이야기를 듣고 '나'는 "그렇다, 그것도 소설이다. 솔직한 인생의 가장 똑똑한 소설이다, 기록이다, 소설이다"라고 생각한다.

이 소설에서 '나'의 어머니 또한 〈경매〉에서의 순구 아버지처럼 과거의 여유 있던 시절에 대한 생각에 붙들려 있다. 답답한 '나'는 집을 나와 무작정 거리를 배회한다. 집으로 돌아와 보니 어머니는 옆집에서 꿔온 쌀로 밥을 짓고 있다. 아내는 아침에 콩나물죽을 먹고 체하여 누워 있다. '나'는 그것이 '빈곤이 갖다준 병'이라고 자책한다. 다음 날 눈 내린 아침, 일어나자마자 걱정이 앞선다. "에이 해 뜨는 게 원수다"라는 이 소설의 마지막 문장은 몰락한 소시민 가정의 막막한 현실을 압축적으로 드러내고 있다.

〈종이〉 또한 '한 개의 빈궁의 이야기'이다. 낙산 옆 총독부 병원 건너편 언덕 위에 초가집에 살고 있는 종이의 가족(아버지, 어머니, 종이, 종이 아내, 누이동생)이 이 이야기의 주인공이다. 그들이 살고 있는 초가집은 어느 회사 소유의 땅에 지은 것이기에 매달 집세를 내야만 한다. 몇 달째 밀린 집세를 받으러 집금인이 찾아왔지만 이날 종이네는 아침도 못 해먹었다. 이런 종이네에게 나날의 생활은 그 자체가 '저주의 뭉치'에 다름 아니다.

"그렇다 우리는 공부를 해서 무슨 소용이 있었느냐. 우리 집에 고등보통학교를 졸업한 사람이 셋이었다. 네 작은오라비도 고등보통학교를 졸업하고 직업을 구하니까 순사를 당기란다. 또 너는 사범학교에서 나이가 너무 어려 교사 노릇할 자격이 없다고 하고 네 형은 선생이 웃으면서 하는 말이 시집가고 뭘 직업은 가져 뭘 해. 살림이나 하지 하고는 콧방귀를 뀌고 만다."
그렇다―.
"자― 우리는 어떻게 해야 문제를 해결하겠느냐."
소리를 지르고 다리를 쭉 뻗었다. 비록 때리고 쥐어지르고 싸우지는 아니 하였지마는 흥분이 되고 또 빈 속으로 헛 기운이 떠오르다가는 가라앉는다. 한없는 피로다. 울분이 피로다.

종이의 형제들, 그리고 종이의 아내는 고등보통학교를 졸업했어도 취직할 기회를 얻을 수 없다. 이러한 현실은 종이네와 같은 소시민 가정의 몰락을 초래한 원인이라고 할 수 있을 것이다. 울분의 근거 또한 이곳에 놓여 있다. 그리고 무기력한 울분의 반복은 그 자체가 피로일 수밖에 없다. 최승일은 한 설문에서 취직을 위해 인사상담소를 찾았던 경험을 고백한 바 있거니와(〈인사상담소까지 출입했습니다〉, 《별건곤》, 1927. 3), 소설 속에서 종이가 실직을 한탄하며 인사상담소까지 찾아갔던 경험을 이야기하는 장면을 포함하여 〈경매〉〈콩나물죽과 소설〉〈종이〉 등 소시민 가정의 몰락을 소재한 한 그의 소설들에는 작가의 자전적 경험이 그 밑바탕에 놓여 있음을 확인할 수 있다.
〈경매〉〈콩나물죽과 소설〉〈종이〉 등이 소시민 가정의 몰락을 형상화하고 있다면, 〈이 살림을 보아라〉〈무엇?〉〈죄〉〈도회소경〉 등의 작품은 궁핍으로 인한 극단적으로 암울한 현실의 풍경을 담고 있다.

〈이 살림을 보아라〉에는 거지 길성과 그의 어머니가 등장한다. 길성의 아버지는 과거 군인(육군 정위)이었으나 합병통에 죽었고 그 바람에 길성의 정신이 이상해졌다. 구걸하러 나간 길성을 걱정하며 기다리는 어머니에게 움집을 철거하러 온 순사들이 찾아온다.

"그러지 말고 날 죽여주우. 흥, 우리 살림이 누구 때문에 망했는데 그래. 이 살림을 좀 보슈. 양철통 거적 조각을 못 갖다 버려서 걱정이시우. 날 죽여요. 이까짓 인생이 살면 무엇을 하겠수. 자— 그 칼로 내 모가지를 잘라주시우."

늙은 마누라는 거적으로 머리통까지 집어쓰면서 데굴데굴 구른다.

"원 이걸 어째."

혼자서 조선 나리님은 한숨이시다.

"자, 죽여주어요. 죽여주어요."

옆에 섰는 군중은 누구 하나 '그르다 좋다' 말 한 마디 하는 사람 없이 다만 동물원에 구경 간 격으로 잠잠히 서서 구경만 할 따름이다.

철거하러온 조선인과 일본인 순사에게 길성 어머니는 '이 살림을 보라'고 외친다. 그러는 가운데 길성이 돌아온다. 정신이 이상한 길성의 행동은 사람들에게 웃음거리가 된다. 군중들은 길성 모자가 쫓겨나는 광경을 마치 동물원 구경하듯이 바라보고 있다.

〈무엇?〉에서 주인공 '그'는 전신국 문서계실에서 일하는 인물이다. 남들보다 더 많이 일하지만 그의 식구는 쌀밥 한끼 제대로 먹지 못한다. 자신의 이러한 처지를 생각할 때마다 '그'는 답답하고 억울하다. 점심시간에 창밖을 내다보던 '그'의 시야에 말이 주인에게 매를 맞는 장면이 들어온다.

　반항이 없는 묵종默從! 이것이 말이 짊어진 운명일까요?
　그는 그것을 내다볼 때 자기 같았으면 대번에 자기의 등에 얽어맨 멜빵 질대를 끊어버리고 덤벼들어 한 번 그 주인을 물어제낄 것 같았습니다. 그러나 자기는 지금 어떠한 환경에 있으며 또한 어떻게 부려져 있습니까? 그는 생각하였습니다. 그 말과 지금 이 방 따뜻한 스팀 앞에 가 서서 창에 기대어 있는 지금의 자기의 몸이 똑같다고 생각하였습니다. 그 운명이라면 운명이.
　이상하게 짜여진 법칙이며 또한 그 법칙을 자기는 조금이라도 벗어나지 못하게 되는 것을 생각할 때 그는 가슴이 아팠습니다. 아프다 못해 저리었습니다.

　주인에게 매를 맞고 있는 말을 바라보며 '그'는 처음에는 아무런 반항도 하지 못하고 맞기만 하는 말이 답답하게 보였지만 자신의 처지 또한 말을 처지와 크게 다르지 않다는 것을 새삼 발견한다. 거리를 내다보는 '나'에 시야에 들어온 또 하나의 장면은 전신주 위에서 일하던 사람이 땅에 떨어져 죽는 사건이다. 하루에 콩죽 두 그릇에 목숨을 매달고 있는 말이나, 한 달 사오십 원에 목숨을 매달고 하루 열한 시간씩 일하는 하급 사무원인 '그'나, 하루 임금 일원 오십전에 목숨을 걸고 매일 공중에서만 살다가 떨어져 죽은 사람이나 그러한 현실에 저항하지 못하고 묵종하고 있는 것은 매한가지이다.
　〈죄〉〈소설이 싸구료〉〈도회소경〉 등은 극단적인 궁핍으로 인한 가정의 해체 양상을 그리고 있다. 남의 집 행랑살이를 하는 우식은 막걸리 서너 잔을 걸치고 집에 돌아가다가 아내의 불륜현장을 발견하게 된다. 흥분한 우식은 아내를 마구 구타한다. 주인 마님이 개입하여 말리는 바람에 겨우 우식의 폭행이 멈춘다. 여태껏 얻어맞고 울기만 하던 아내가 항변하기 시작한다. 아내의 항변인즉슨, 그것이 '생활을 위한 매춘'이라는 것이다.

그는 말똥말똥한 정신으로 생각해보았다. 자기가 수원 어느 촌에서 머슴 노릇을 하다가 저 여자를 얻어 그 뒤에 남의 집 소작인 노릇을 해, 그리고 살아갈 수가 없어서 서울이나 오면 나을까 해서 우선 영등포에서 얼마동안 지내봐, 그러다 살 수가 없어서 자기도 하고 싶지 아니한 양심에 꺼리기는 짓을 하고 서울로 도망을 해와, 그래도 살 수가 없어 나중엔 자기의 아내를 서방질까지 시키게 돼……. 그렇다 그는 자기의 아내가 서방질하게 된 것은 자기가 시킨 것같이 생각이 되었다. 그러나 또 다시 생각할 때 자기는 하느라고 하고 사느라고 애를 쓰는데도 그런 일까지 생기게 되는 것을 생각을 하면 웬일인지 자기가 시켰다는 것보다 더 큰, 살아간다는 것이 시켰다는 것을 깨닫게 되었다. 그는 자기의 아내가 지금 그렇게 고백한 것이 결단코 거짓 꾸며대는 수작으로 그렇게 대답하지 아니하였다는 것을 어렴풋이 깨닫게 되었다.

흥분을 가라앉히고 생각해보니 우식은 아내의 항변이 사실임을 인정하지 않을 수 없다. 분노와 증오의 감정이 이제는 회한과 탄식으로 변하게 된다. 우식은 아내에게 "네 죄도 아니고 내 죄도 아니다"고 말한다. 그것은 "죄 안 짓는 살 수 없는 세상"에 근본적인 원인이 있기 때문이다.

〈소설이 싸구료〉의 '그'는 이야기책 장사이다. 때는 섣달 그믐 날이다. 이 날도 '그'는 책을 팔다가 별로 재미를 못 보고 집으로 돌아왔다. 돌아와 보니 딸 정순이만 있고 아내는 건너방에 사는 이웃 여인과 함께 나가고 없다. 돌아온 아내는 열두 살 먹은 딸 정순이를 내보내자고 한다. 아내는 정순의 계모였고, '그'에게는 그런 행위가 딸을 팔아먹는 것에 다름 아닌 것으로 생각된다. 결국 두 사람은 이 문제로 심하게 다

투게 된다. 다음 날 일어나 보니 아내가 보이지 않는다. 정월 초하룻날 아내를 잃어버린, 그가 파는 소설책 속의 이야기 같은 일이 '그'에게 일어난 것이다.

〈도회소경〉은 〈죄〉의 속편 격에 해당되는 작품이다. 우식은 가난 때문에 아내가 집을 나갔고 홀아비 행랑군을 두지 않는다는 바람에 내쫓겨서 친구 방을 전전하다가 오늘 처음 흙차는 모는 벌이를 시작했다. 그런데 길거리로 나간 우식의 눈에 아내의 모습이 비친다. 결국 우식은 교통사고를 내고 만다.

  춘삼이 등에 업혀가는 우식은
  "나는 우리 여편네를 보았어— 보았어—."
하면서 병원으로 떠메어 갔습니다. 순간 그쳤던 흙차의 돌아가는 바퀴소리는 또 다시 계속되었습니다.
  겨울의 ××을 정복한 봄의 행진곡은 양지짝만 재글재글 바람만 따뜻하고 우식을 업고 가는 춘삼의 발 밑에서는 도회의 교향악이 봄맞이하여 소리칩니다.

친구 춘삼의 등에 업혀 병원으로 옮겨지는 순간에도 우식은 아내를 보았던 이야기만을 반복한다. 우식의 불행이 봄의 분위기 속에서 더욱 비극적으로 부조되고 있다.

이상에서 살펴본 바와 같이 신경향파 시기 이후 최승일의 소설이 본격적인 이념의 표현으로 나아가지 못하고 오히려 이념이 질식된 비관적 상황에 대한 형상화로 귀결되고 있다. 숨막히는 현실이 그의 이념적 지향을 짓누르고 있었기 때문이라고 할 것이다.

(4) 현대성에 대한 탐구 — 최승일의 수필

위에서 살펴본 바와 같이 최승일의 1920년대 중반 이후 최승일의 소설들은 크게 보아 신경향파 소설로 분류될 수 있는 성격의 것이지만, 뒤로 갈수록 소시민 가정의 몰락과 극단적인 빈궁의 현실의 형상화를 위주로 한 비관적인 현실주의의 색채를 띠고 있다.

이 무렵 최승일의 이력에는 또 다른 중요한 축이 하나 발견된다. 경성방송국에서의 활동이 그것이다. 그러나 그의 손에 의해 씌어진 방송극들은 지금으로서는 확인할 길이 없고, 다만 그의 수필 가운데 〈라디오·스포츠·키네마〉(《별건곤》, 1926. 12), 〈대경성 파노라마〉(《조선문예》, 1929. 5) 등과 같이 현대성에 대한 고찰과 비판의 작업을 수행하고 있는 글들이 이 방면의 그의 활동에 대응됨을 확인할 수 있다. 최승일 본인이 이 방면에 깊숙이 관여했던 체험자이기에 구체적 실감이 담겨 있는 이 글들에는 신경향파 시기 그가 가졌던 이념의 관성이 크게 작용하고 있다.

〈라디오·스포츠·키네마〉에서 라디오는 당시로서는 문명의 첨단으로 소개되고 있다. 곧 라디오는 '근대 문명의 새로운 신'인 것이다. 하지만 그것은 부르주아의 전유물로 낫을 든 민중에게는 귀신의 장난과도 같은 것이다. 이렇듯 라디오를 포함한 문명이 정복자의 전유물인 현실이기에 아직 라디오는 민중의 현실과 거리가 있다.

그러나 나는 어느 무선잡지에서 러시아의 어느 농가의 가정에서 지금 라디오를 듣는 판인데 여덟 시에 모스크바에서 스탈린의 농촌에 대한 연설이 있다고 하여서 그 집 주인 늙은 영감이 얼굴이 긴장이 되어서 텁석부리의 수염 하나가 까딱이지 아니하고 수화기를 귀에다 대고 앉아 있는데 그 옆에는 그의 아들인 듯한 젊은 친구가 "아버지, 나 좀 들읍시다" 하면서 제 차례가 돌아오기를 기다리고 있는 그림, 이 마음에 맞는 그림을 본 일이 있다. 레닌은 "미래에 나의 바라는 세계는 전기의 세계다"고 하였다.

여기에서 최승일은 라디오를 비롯한 문명이 민중의 생활과 연결될 수 있는 새로운 세계를 상상하고 있다. 그것은 현재의 문명이 새로운 이념에 의해 극복된 이후에 가능한 세계일 것이다. 이러한 방식으로 최승일은 자신이 갖고 있는 계급적 이념과 경성방송국의 활동의 관련을 논리화하고자 하는 것이다.

스포츠와 영화라는 현대적 현상 또한 같은 방식으로 분석되고 있다. 스포츠나 영화 역시 문제는 자본주의 사회 속에서 금전의 논리에 의해 작동된다는 점이다. 그리하여 운동코치의 수입이 대학강사보다 많고 활동사진 배우의 수입이 대통령의 연봉보다 많게 되는 일들이 현실에서 벌어지고 있다. '참으로 새것, 시대, 문화를 따라가는 사람의 심리란 측량하기 어려운 것이다'고 최승일은 적고 있다.

그러나 우리가 누구나 자유로이 운동을 하게 될 수가 있고, 하루에 세 시간씩 어느 공공公共한 처소에 가서 가장 유쾌한 마음으로 마음대로 무슨 운동이나 할 수가 있게 되고(값 안 내고) 세계적 선수권대회 아니라 그보다 더한 것이라도 거저 아무나 구경하게 될 수가 있고 같이 즐기게 될 때가 올 것 같으면 그때 가서는 누구나 다 옛날의 야구 구경 한번에 대매 일원을 주고 구경한 일이 있다는 것이 꿈같이 생각되리라.

운동경기의 상품화. 스포츠맨의 노예화. 이것은 이 현실에서만 볼 수가 있는 것이다.

언제나 이 모든 것이 옛이야기가 될 때가 오려는고?

스포츠 항목에서도 역시 최승일은 스포츠라는 현대 자본주의의 현상이 민중의 삶과 연결되는 미래의 상황을 상상하고 있다. 하지만 그것은 구체적인 현실적 근거에 대한 분석을 결여한 채 다만 이념에 근거한 아이디얼리즘을 벗어나지 못하고 있다.

영화는 라디오나 스포츠에 비해 민중과 가깝게 연결된 당시 대중문화의 대표적 장르로 설명되고 있다. 영화는 소설을 정복했고 그에 따라 대중들에 대한 사색의 요구가 크게 약화된 것도 사실이다. 무엇보다 그것은 싼 비용으로 민중들이 즐길 수 있기 때문이다. 더구나 여기에는 조선적이고 민중적인 것을 담아낸 사례도 있다.

이것이 조선에서 조선의 모든 것을 배경으로 하고 우러난 영화이다. 청년회의 깃발이 날리면서 회원들의 행렬이 보인다. 얼마나 그리운 이 장면이냐?
조선의 문화도 차차 영화 속으로 들어가게 된다. 너나 할 것 없이 영화, 영화 한다. 한 개다 한 개, 〈아리랑〉 한 개다. 또 이후에는 우리에게 무엇을 보여주려느냐? 조선의 영화계여. 현대의 문명은 아무리 하여도 라디오, 스포츠, 키네마이다.
언제나 이들의 문명도 우리와 거리가 가까워지려는고?

최승일은 나운규의 〈아리랑〉을 조선 영화계의 큰 수확이라고 하고 거기에 큰 의미를 부여하고 있다. 그것은 문명과 민중을 연결시킨 모델의 일종으로 제시되고 있다.

〈대경성 파노라마〉에서는 '온갖 근대적 기형아를 산출하고 있는 모던 문화'에 대한 최승일의 비판적 견해가 드러나 있다. 자동차, 영화, 재즈, 취미잡지 등이 바야흐로 경성의 거리를 채우고 있고, 사람들은 점점 더 이러한 현대생활에 익숙해가고 있다.

그러나 이 모든 근대적 향락이란 자본을 가진 대머리통 영감님의 아드님이나 따님들의 마음에 아첨하도록 하노라고 요꼴 저꼴 산출되는 것이며 기계문명의 최후의 부르짖음! 환갑잔치에 여흥 있는 격으로 산물된 것들이니 이게 곧 전 사회적 공기— 유행적 분위기를 점령하게 되고 새로이 연속성 고속도로 진전하여 나아가는 것이다. 그러니 아무리 만주서 좁쌀을 갖다먹고 고무신짝을 걸고 다니는 우리네 젊은이들도 이 분위기에 광취狂醉되는 것도 사실이다. 그리고 근대적 신경의 소유자인 그들은 어렵고 꺽꺽한 것보다 감칠맛 있고 근저根底가 없으며 영구성이 없는 것, 다만 현재에만 만족하게 된 머리요 모든 책읽기에도 확실히 이러한 경향을 가지게 된 것이다.

만주에서 좁쌀을 갖다 먹고 고무신을 신고 다니는 식민지 조선에서도 현대 생활의 분위기에 대한 광적인 도취가 일어나는 일은 분명 아이러니에 속하는 것이다. 현대 생활의 유행적 분위기 속에서 실익과 취미의 경향이 점점 우세해져 간다. 아마도 근대문화를 부정하지 않으면서도 이념에 근거한 똑바른 삶을 사는 것이 카프 출신의 작가이자 근대적 문화산업에 종사하는 최승일에게는 절실한 문제였을 것이다. 하지만 최승일은 이러한 문제의 해결을 추구함에 있어 항상 원칙만을 확인하는 관념적이고 당위적인 차원을 좀처럼 벗어나지 못하고 있다.

3. 세 개의 증언—최승일 문학의 의의

최승일의 생애와 마찬가지로 그의 문학 또한 시대에 따라 그 변화가 심하다. 최승일의 전기적 사실을 살펴보면 생활과 이념이 나란히 가면서도 비대칭을 이루는 대목들을 몇 차례 발견하게 된다. 최승일과 관련된 기록들은 그다지 많지 않지만, 그 기록들 또한 공통적으로 이와 같은 그의 성향을 지적하고 있다.

씨가 마이크로폰 앞에서 '제이·오·디·케이, 지금부터 방송을 시작하겠습니다' 할 동안에 전파는 그의 목소리를 등에 지고 일 초 간에 지구를 일곱 번이나 휘도는 고속도로—스피드 풀—공기중에서 휘휘 돌아 여울친다. 눈의 불이 번쩍 나게 빠른 것만큼 씨도 차츰차츰 근대화해 가는 모양이다. 근래의 씨는 고속도, 풀 스피드 순간 정조情操의 구성! 이것이 그의 주위를 획획 돌아간다. 그래 그런지 씨는 조금만 흥분하며 상체를 앞으로 두고 발을 자주 떼는 것이 마치 수영하는 사람같이 보인다. 고속도의 그는 인간의 기계인 양각兩脚이 마음대로 빨리 가지 않고 마음은 급해서 상체 먼저 앞으로 나가는 모양. 씨는 가정에 있어서도 고속도는 망각치 않으신다. 책도 보시어야 하지만 영화 스틸도 안 보실 수 없고, 창작도 쓰셔야 하겠지만 고속도 식의 만담도 안 쓰실 수도 없다.(〈조선문사최근생활상〉,《조선문예》, 1929. 5, p. 83)

최승일은 한 가지 일에 끝까지 매달려 전념하는 타입은 아니었다. 그는 여러 가지 일을, 경우에 따라서는 서로 모순되는 일들을 동시에 해나가는 때도 많았고, 시대의 변화에 따라 새로운 일들을 선택하는 데 민감한 편이었다. 그것은 아마도 서울의 몰락한 중산층 출신의 지식인에게 내재된 운명이었을지도 모른다.

이시이바쿠(石井漠)이 서울서 공연하였을 때에 무용 세레나타로 일반 관중을 미혹케 한 최승희 양이 바로 이 홍안 미동 최승일 씨의 매씨다.
씨는 형설회 연극에 그 미소를 일반에게 보여주었지만 어쨌든 그 미소로 인하여 파란도 어지간하였단 말도 있었다. 씨는 문학청년들의 습작발표기관이었던 《신문예》나 기타 신문 문예란을 통하여 씨를 알게 된 사람이 많을 것이다. 씨의 작품 중에는 〈콩나물죽과 문예(?)〉 등이 있지만 어쨌든 신경향파의 문인인 듯싶다. 씨가 경성 방송국에 입국한 후로는 대개 그의 작품에는 라디오, 라디오 드라마 등 신경향파 문구가 삽입되는 것이다. 이리하여 씨는 독특한 문예를 창조하는 길에 들어서려는 듯싶다.

생활환경과 창작, 직업과 작품! 씨는 그만큼 솔직한 것이 다른 문인에게 볼 수 없는 특점이겠지? 현 일본 영화계가 대중적으로 변천되어 나간다는 셈으로 〈나니와 부시〉를 방송하는 것이 변하여 기타 다른 것으로 방송할 것을 예측함이리라고 할 수 있다. 대개 그의 작품은 씨의 안면에 주름살이 없는이만치 굴곡이 적고 씨의 혈색이 무시로 붉고 고운이만치 격랑이 없다고 하리라. 이 만화자는 씨를 이렇게 보았다.(ASC, 〈JODK 최승일 씨—만화자가 본 문인(6)〉, 《조선일보》, 1927. 11. 4)

안석영에 따르면 최승일은 '신경향파'의 문인이다. 그것은 이념적으로 신경향파이기도 하지만, 항상 새로운 경향을 추구한다는 점에서 또한 '신경향파'이다. 또한 위에서 안석영이 지적하고 있듯이, 생활환경과 창작, 직업과 작품의 병행은 최승일은 특징적인 면모라고 할 수 있을 것이다.

동아흥업의 최승일 씨는 어느 좌석 어느 식당엘 가든지 꼭 양洋자 붙은 것만 찾는다. 물론 이것은 씨의 구미에 맞는 탓도 있겠지만 정말이지 교묘하게도 씨는 양자 붙은 게 아니면 자시지를 않는다. 우선 가로되 양정식洋定食 양요리……. 그래서 화신식당에 가서도 김치 깍두기 다 제쳐놓고 보이를 불러서는 그저 덮어놓고 '여보 양정식'
하다못해 동경에 가서 여관에 드시어도 아침 저녁을 '양정식으로!'
술도 양주가 아니면 좋아하시지 않고 과자나 떡도 양과자나 양떡이 아니면 썩 입에 맞지 않으신다니 이 역시 재미있는 취미다. 아무래도 이러다가는 씨가 양행하시었다는 소문이 들리지나 않을지…….(〈최승일 씨와 양식〉, 《조선일보》, 1940. 2. 10)

동아흥업은 박영희 원작의 〈지원병〉을 제작하여 1940년 3월 개봉하였던 영화기획사이다. 위에서 기자는 최승일이 식당에 갈 경우 양정식만을 주문하고 술도 양주가 아니면 좋아하지 않는다고 비꼬고 있다. 말하자면 그의 서구 문화에 대한 사대주의적 편향성을 비판하고 있는 것이다. 최승일은 카프 작가로부터 근대적 대중문화산업인 방송과 영화 종사자로 변신했지만, 그리고 그의 수필들에서 그러한 근대적 대중문화와 계급 연결시키려고 했지만 실제로는 그 둘을 접목한 흔적을 보여주지 못했다. 그에게 생활과 이념은 조화되기보다 항상 모순적으로 혼재되어 있었다고 보아야 할 듯하다.
　이상에서 살펴본 바와 같이, 몰락한 소시민 가정에서 태어나 식민지 시대의 지식인으로 활동했던 최승일은 시대의 변화에 민감한 시선으로 현실을 포착하여 그것을 소설로 그려냈다. 초기에는 자유연애를 소재로 하여 반봉건의 이념을 표현하는 데 주력했고, 신경향파 시기에는 계급 이념의 지향성을 작품에 담았다. 그리고 신경향파 시기 이후 그의 소설들은 소시민 가정의 몰락과 극단적인 궁핍이 초래하는 암울한 현실을 형상화하고 있다. 또한 그는 시와 소설을 썼고, 연극과 영화에도 관심을 기울였으며, 초창기 한국 방송계의 중심인물이기도 했다. 이처럼 그는 다양한 방면의 활동을 통해 봉건적 세계로부터 벗어나 근대화의 도정에 놓여 있는 식민지 조선의 현실을 살았으며 그에 대한 이념적인 태도를 정립하고자 했다. 다양한 방면에 대한 관심과 재능이 그의 문학과 생애를 이끌었으나, 다른 한편으로 그것은 한 가지 문제를 깊이 있게 파헤쳐 무게 있는 성과를 이끌어내는 데에는 오히려 장애물로 작용했던 것이니 그의 작품들이 단편적이고 일관된 추구의 방향을 보이고 있지 못한 한계 또한 그와 관련된다고 할 수 있을 것이다.

작가 연보

1901년 (1세) 서울 출생. 아버지 최용현崔庸鉉과 어머니 박용자朴容子의 2남 2녀 중 장남으로 출생. 고전무용가 최승희崔承喜는 최승일의 막내 동생. 아호는 추곡秋谷. 배재고보 3학년 중퇴. 일본으로 건너가 니혼(日本) 대학 미학과에 적을 둠. 일본유학 때 후에 매부가 된 안막安漠과 함께 프로운동에 가담하는 한편 연극활동에 열중.
1920년 (20세) 봄 동경에서 유학생들과 우리나라 최초의 본격적인 근대극 연극 단체인 '극예술협회' 를 창립.
1921년 (21세) 김우진, 조명희, 유춘섭 등과 더불어 모국 각 지방에 연극 순회공연. 이 무렵 최승일은 신청년 주간.
1922년 (22세) 극문회 결성.(《개벽》, 1922. 5, 사회일지 란)
이호, 김홍파, 심훈, 송영 등과 함께 최초의 프로문학 단체인 염군사焰群社에 가담.
1923년 (23세) 7월3일 동경을 출발한 형설회 순회극단에 김영팔, 고한승 등과 함께 참여하여 귀국. 부산, 마산, 대, 군산, 목포, 경성, 평양, 진남포, 원산 등 순회.
1924년 (24세) 12월 30일 프로문사 간담 개최. 박용대, 김온, 김주원, 윤기정, 이호, 최승일 준비위원. 염군사와 경성청년 편집부 등에 있는 프로문학들이 발기.(《조선일보》, 1924. 12. 25일자)
1925년 (25세) 8월 카프 결성에 참여.
1926년 (26세) 8월 라디오드라마연구회 결성. 최승일, 이경손, 김영팔, 심대섭, 고한승, 박희수, 유일순 중심. 10회의 시험방송.
12월 18일 문예운동사 주최의 문예대강연회에서 희곡 낭독.
1927년 (27세) 우리나라 최초의 정규 아나운서 2호인 마현경에 대한 조선일보 기사(1927. 1. 9)에 그의 남편이 청년문사이자 경성방송국 문서계원인 최승일의 부인으로 기술되어 있다. 노창성, 이옥경 부부와 함께 최승일, 마현경 부부는 한국 초기 방송사의 주요 인물로 설명되고 있다.
7월 영화인회 창립에 참여. 심훈, 이구영, 안종화, 나운규, 최승일, 김영팔, 윤효봉, 임원식, 김철, 김기진, 이익상, 유지영, 고한승, 안석영 등.
1930년 (30세) 8월 홍해성, 홍사용, 박희수 등의 당시 소장 연극인들과 함께 창

　　　　　립한 단성사 중심의 '신흥극장'에서 활동하면서 연극에 열중. 이 무렵 연기부에 있던 배우 석금성石金星과 혼인.
　　　　　9월 14일부터 최승일 연출로 루 맥루덴 원작 〈산〉을 〈탄광부〉로 각색하여 미나 토좌에서 상연.
1931년　(31세) 토월회 재결성. 박승희, 홍해성, 최승일, 홍사용, 이백수 등 중심(《조선일보》, 1931. 2. 14일자 기사)
1938년　(38세) 영화 〈춘향전〉 제작에 관여(《삼천리》, 1938. 10, 기밀실 란) 이 무렵 최승일은 동아흥업에 소속되어 영화 기획에 종사. 이기영 원작, 안석영 감독의 〈대지의 아들〉 기획책임.(《조선일보》, 1940. 2. 22일자)
1948년　(48세) 3월 네 자식과 함께 월북. 한국전쟁중 행방불명. UN군 점령하의 평양에서 취재한 요미우리 신문의 기사(1951. 5. 24일자)에 최승일이 최승희가 UN군 위문 공연을 준비하고 있다는 내용의 발언을 한 것으로 되어 있음. 이때 최승희는 실제로는 남편 안막과 함께 북경으로 피신. (김찬정,《춤꾼 최승희》, p. 357) 행방불명이 된 최승일의 네 자녀 중의 두 명은 생존하여 북한의 무용과 음악계에서 활동하고 있다고 전해짐. 북한에서 박미성과 더불어 정상급 시인대우를 받으며 활약했던 최로사가 그 중 한 사람.

작품 연보

시
〈애愛와 이성異性〉,《신청년》, 1921. 1.

소설
〈울음〉,《신청년》, 1921. ?.
〈무덤〉,《신청년》, 1921. 7.
〈안해〉,《신여성》, 1924. 6.
〈떠나가는 날〉,《신여성》, 1924. 8.
〈그 여자(〈떠나가는 날〉의 속)〉,《신여성》, 1924. 10.
〈새벽〉,《신여성》, 1925. 3~4.
〈기념식〉,《시대일보》, 1924. 10. 13.
〈김첨지의 죽음〉,《매일신보》, 1924. 12. 7.
〈걸인 뎬둥이〉,《조선일보》, 1926. 1. 2.
〈바둑이〉,《개벽》, 1926. 2.
〈봉희〉,《개벽》, 1926. 4.
〈구세군〉,《문예운동》, 1926. 5.
〈홍한녹수〉,《매일신보》, 1926. 11. 21.
(최학송, 최승일, 김명순, 이익상, 이경손, 고한승의 릴레이 소설)
〈경매〉,《별건곤》, 1926. 12.
〈콩나물죽과 소설〉,《별건곤》, 1927. 1.
〈이 살림을 보아라〉,《매일신보》, 1927. 1. 1.
〈무엇?〉,《조선지광》, 1927. 2.
〈죄〉,《별건곤》, 1927. 7.
〈소설이 싸구료〉,《매일신보》, 1928. 1. 1.
〈종이〉,《조선지광》, 1929. 1.
〈도회소경〉,《조선일보》, 1929. 3. 7.
〈이단자의 사랑〉,《조선일보》, 1929. 4. 9~13.
〈항쟁〉,《학생》, 1929. 5.
〈어부의 아들(연작소설)〉,《별나라》, 1929. 4~.

〈거리의 여자〉,《대조》, 1930. 5.
〈누가 이기었느냐〉,《대조》, 1930. 8.

수필
〈무제〉,《신여성》, 1924. 10.
〈여성전선―권애라 씨에 대한 공개장〉,《신여성》, 1924. 11(전면삭제).
〈감정의 봄, 열의 봄〉,《신여성》, 1925. 4.
〈동경행〉,《별건곤》, 1926. 11.
〈라디오·스포츠·키네마〉,《별건곤》, 1926. 12.
〈버러지의 말〉,《조선일보》, 1927. 9. 22.
〈당나귀, 발동기〉,《중외일보》, 1927. 11. 16.
〈대경성 파노라마〉,《조선문예》, 1929. 5.
〈방송국 한화閑話―라디오의 낮잠〉,《학생》, 1929. 1.
〈라디오와 전기문화〉,《중외일보》, 1930. 1. 4.
〈봄의 예언〉,《별건곤》, 1930. 3.
〈방랑소경, 떠돌아다니는 사람들〉,《조선중앙일보》, 1933. 11. 1~9.
〈순례하는 마음〉,《신조선》, 1934. 10.
〈누이 승희에게 보내는 편지〉,《삼천리》, 1935. 12.

평론
〈건전한 프로문학(문단제가의 견해)〉,《중외일보》, 1928. 7. 14.
〈연극의 기업화〉,《조선일보》, 1935. 7.

희곡
〈이국의 사랑〉,《삼천리》, 1934. 11.

설문
〈제명사의 신조와 주장과 배척〉,《개벽》, 1921. 6.
〈공기와 연극, 무전극 20회 방소에 제하여〉,《별건곤》, 1927. 12.
〈선생님께 항복하던 일〉,《별나라》, 1929. 5.
〈인사상담소까지 출입했습니다〉,《별건곤》, 1927. 3.
〈심리학과 논리학〉,《대중공론》, 1930. 7.

책임편집 손정수

서울대학교 법과대학 공법학과를 졸업하고,
같은 대학교 대학원 국어국문학과에서 석·박사 학위를 받았다.
현재 계명대학교 인문대학 문예창작학과 교수로 재직하고 있다.
저서로 《미와 이데올로기》《개념사로서의 한국근대비평사》《텍스트의 경계》
《한국 근대문학사의 틈새》《뒤돌아보지 않는 오르페우스》 등이 있다.

범우비평판 한국문학·28-❶

봉희(외)

초판 1쇄 발행 2005년 8월 16일

지은이   최승일
책임편집 손정수
펴낸이   윤형두
펴낸데   **종합출판 범우(주)**
기 획   임헌영 오창은
편 집   장현규
디자인   왕지현
등 록   2004. 1. 6. 제105-86-62585
주 소   413-756 경기도 파주시 교하읍 문발리 출판도시 525-2
전 화   (031) 955-6900~4
팩 스   (031) 955-6905
홈페이지 http://www.bumwoosa.co.kr
이메일   bumwoosa@chol.com
ISBN   89-91167-18-7 04810
      89-954861-0-4 (세트)

* 책값은 뒤 표지에 있습니다.
* 잘못된 책은 바꾸어 드립니다.

근대 개화기부터 8·15광복까지
범우비평판

근대 이후 100년간 민족정신사적으로 재평가, 성찰할 수 있는

- ❶-1 신채호편 **백세 노승의 미인담**(외) 김주현(경북대)
- ❷-1 개화기 소설편 **송뢰금**(외) 양진오(경주대)
- ❸-1 이해조편 **홍도화**(외) 최원식(인하대)
- ❹-1 안국선편 **금수회의록**(외) 김영민(연세대)
- ❺-1 양건식·현상윤(외)편 **슬픈 모순**(외) 김복순(명지대)
- ❻-1 김억편 **해파리의 노래**(외) 김용직(서울대)
- ❼-1 나도향편 **어머니**(외) 박헌호(성균관대)
- ❽-1 조명희편 **낙동강**(외) 이명재(중앙대)
- ❾-1 이태준편 **사상의 월야**(외) 민충환(부천대)
- ❿-1 최독견편 **승방비곡**(외) 강옥희(상명대)
- ⓫-1 이인직편 **은세계**(외) 이재선(서강대)
- ⓬-1 김동인편 **약한 자의 슬픔**(외) 김윤식(서울대)
- ⓭-1 현진건편 **운수 좋은 날**(외) 이선영(연세대)
- ⓮-1 백신애편 **아름다운 노을**(외) 최혜실(경희대)

26권
발행 ▶계속 출간됩니다
크라운 변형판 | 각권 350~620쪽 내외
각권 값 10,000~15,000원
전국 서점에서 낱권으로 판매합니다

범우비평판 한국문학의 특징
▶문학의 개념을 민족 정신사의 총체적 반영
▶기존의 문학전집에서 누락된 작가 복원 및 최초 발굴작품 수록
▶학계의 대표적인 문학 연구자들의 작가론과 작품론 및 작가연보, 작품연보 등 비평판 문학선집의 신뢰성 확보
▶근현대 문학의 '정본'을 확인한 최고의 역작

집대성한 한국문학의 '정본'!

한국문학

문학·예술·종교·사회사상 등 인문사회과학 자료의 보고 —임헌영(문학평론가)

- ⑮-1 김영팔편 **곱장칼**(외) 박명진(중앙대)
- ⑰-1 이석훈편 **이주민열차**(외) 김용성(인하대)
- ⑲-1 홍사용편 **나는 왕이로소이다**(외) 김은철(상지대)
- ㉑-1 초기 근대희곡편 **병자삼인**(외) 이승희(성균관대)
- ㉓-1 이광수편 **삼봉이네 집**(외) 한승옥(숭실대)
- ㉕-1 심 훈편 **그날이 오면**(외) 정종진(청주대)
- ⑯-1 김유정편 **산골 나그네**(외) 이주일(상지대)
- ⑱-1 이상편 **공포의 기록**(외) 이경훈(연세대)
- ⑳-1 김남천편 **전환기와 작가**(외) 채호석(한국외대)
- ㉒-1 이육사편 **광야**(외) 김종회(경희대)
- ㉔-1 강경애편 **인간문제**(외) 서정자(초당대)
- ㉖-1 계용묵편 **백치 아다다**(외) 장영우(동국대)

발행 예정도서

▶김정진편 《**십오분간**》(외)—윤진현(인하대) ▶나혜석편 《**파리의 그 여자**》(외)—이상경(한국과기원) ▶이설주편 《**방랑기**》(외)—오양호(인천대)
▶정지용편 《**장수산**》(외)—이승원(서울여대) ▶김소월편 《**진달래꽃**》(외)—최동호(고려대) ▶이기영편 《**오빠의 비밀편지**》(외)—김성수(성균관대)
▶방정환편 《**유범**》(외)—이재철(한국아동문학회장) ▶최승일편 《**봉희**》(외)—손정수(계명대) ▶최서해편 《**홍염**》(외)—하정일(원광대) ▶노자영편
《**사랑의 불꽃**》(외)—권보드래(이화여대)

 종합출판 범우(주) 경기도 파주시 교하읍 문발리 525-2 출판문화정보산업단지
T(031) 955-6900~4 F(031)955-6905 ●공급처 : (주)북센 (031)955-6777

온고지신(溫故知新)으로 21세기를!

현대사회를 보다 새로운 시각으로 종합진단하여
그 처방을 제시해주는

범우사상신서

1 자유에서의 도피 E. 프롬/이상두
2 젊은이여 오늘을 이야기하자 렉스프레스誌/방곤·최혁순
3 소유냐 존재냐 E. 프롬/최혁순
4 불확실성의 시대 J. 갈브레이드/박현채·전철환
5 마르쿠제의 행복론 L. 마르쿠제/황문수
6 너희도 神처럼 되리라 E. 프롬/최혁순
7 의혹과 행동 E. 프롬/최혁순
8 토인비와의 대화 A. 토인비/최혁순
9 역사란 무엇인가 E. 카/김승일
10 시지프의 신화 A. 카뮈/이정림
11 프로이트 심리학 입문 C.S. 홀/안귀여루
12 근대국가에 있어서의 자유 H. 라스키/이상두
13 비극론·인간론(외) K. 야스퍼스/황문수
14 엔트로피 J. 리프킨/최현
15 러셀의 철학노트 B. 페인버그·카스릴스(편)/최혁순
16 나는 믿는다 B. 러셀(외)/최혁순·박상규
17 자유민주주의에 희망은 있는가 C. 맥퍼슨/이상두
18 지식인의 양심 A. 토인비(외)/임현영
19 아웃사이더 C. 윌슨/이성규
20 미학과 문화 H. 마르쿠제/최현·이근영
21 한일합병사 야마베 겐타로/안병무
22 이데올로기의 종언 D. 벨/이상두
23 자기로부터의 혁명 ① J. 크리슈나무르티/권동수
24 자기로부터의 혁명 ② J. 크리슈나무르티/권동수
25 자기로부터의 혁명 ③ J. 크리슈나무르티/권동수
26 잠에서 깨어나라 B. 라즈니시/김연
27 역사학 입문 E. 베른하임/박광순
28 법화경 이야기 박혜경
29 융 심리학 입문 C.S. 홀(외)/최현
30 우연과 필연 J. 모노/김진욱
31 역사의 교훈 W. 듀란트(외)/천희상
32 방관자의 시대 P. 드러커/이상두·최혁순
33 건전한 사회 E. 프롬/김병익
34 미래의 충격 A. 토플러/장을병
35 작은 것이 아름답다 E. 슈마허/김진욱
36 관심의 불꽃 J. 크리슈나무르티/강옥구
37 종교는 필요한가 B. 러셀/이재황
38 불복종에 관하여 E. 프롬/문국주
39 인물로 본 한국민족주의 장을병
40 수탈된 대지 E. 갈레아노/박광순
41 대장정—작은 거인 등소평 H. 솔즈베리/정성호
42 초월의 길 완성의 길 마하리시/이병기
43 정신분석학 입문 S. 프로이트/서석연
44 철학적 인간 종교적 인간 황필호
45 권리를 위한 투쟁(외) R. 예링/심운종·이주향
46 창조와 용기 R. 메이/안병무
47-1 꿈의 해석 ⓢ S. 프로이트/서석연
47-2 꿈의 해석 ⓗ S. 프로이트/서석연
48 제3의 물결 A. 토플러/김진욱
49 역사의 연구 ① D. 서머벨 엮음/박광순
50 역사의 연구 ② D. 서머벨 엮음/박광순
51 건건록 무쓰 무네미쓰/김승일
52 가난이야기 가와카미 하지메/서석연
53 새로운 세계사 마르크 페로/박광순
54 근대 한국과 일본 나카스카 아키라/김승일
55 일본 자본주의의 정신 야마모토 시치헤이/김승일·이근원
56 정신분석과 듣기 예술 E. 프롬/호연심리센터

▶ 계속 펴냅니다

범우사 서울시 마포구 구수동 21-1호 전화 717-2121, FAX 717-0429
http://www.bumwoosa.co.kr (천리안·하이텔 ID) BUMWOOSA

온고지신(溫故知新)으로 21세기를!

범우고전선

시대를 초월해 인간성 구현의 모범으로 삼을 만한 책을 엄선

1 유토피아 토마스 모어/황문수
2 오이디푸스 王 소포클레스/황문수
3 명상록·행복론 M.아우렐리우스·L.세네카/황문수·최현
4 깡디드 볼떼르/염기용
5 군주론·전술론(외) 마키아벨리/이상두
6 사회계약론(외) J.루소/이태일·최현
7 죽음에 이르는 병 키에르케고르/박환덕
8 천로역정 존 버니언/이현주
9 소크라테스 회상 크세노폰/최혁순
10 길가메시 서사시 N.K.샌다즈/이현주
11 독일 국민에게 고함 J.G.피히테/황문수
12 히페리온 F.횔덜린/홍경호
13 수타니파타 김운학 옮김
14 쇼펜하우어 인생론 A.쇼펜하우어/최현
15 톨스토이 참회록 L.N.톨스토이/박형규
16 존 스튜어트 밀 자서전 J.S.밀/배영원
17 비극의 탄생 F.W.니체/곽복록
18-1 에 밀(상) J.J.루소/정봉구
18-2 에 밀(하) J.J.루소/정봉구
19 팡 세 B.파스칼/최현·이정림
20-1 헤로도토스 歷史(상) 헤로도토스/박광순
20-2 헤로도토스 歷史(하) 헤로도토스/박광순
21 성 아우구스티누스 고백록 A.아우구스티누/김평옥
22 예술이란 무엇인가 L.N.톨스토이/이철
23 나의 투쟁 A.히틀러/서석연
24 論語 황병국 옮김
25 그리스·로마 희곡선 아리스토파네스(외)/최현
26 갈리아 戰記 G.J.카이사르/박광순
27 善의 연구 니시다 기타로/서석연
28 육도·삼략 하재철 옮김
29 국부론(상) A.스미스/최호진·정해동
30 국부론(하) A.스미스/최호진·정해동
31 펠로폰네소스 전쟁사(상) 투키디데스/박광순
32 펠로폰네소스 전쟁사(하) 투키디데스/박광순
33 孟子 차주환 옮김
34 아방강역고 정약용/이민수
35 서구의 몰락 ① 슈펭글러/박광순
36 서구의 몰락 ② 슈펭글러/박광순
37 서구의 몰락 ③ 슈펭글러/박광순
38 명심보감 장기근
39 월든 H.D.소로/양병석
40 한서열전 반고/홍대표
41 참다운 사랑의 기술과 허튼 사랑의 질책 안드레아스/김영락
42 종합 탈무드 마빈 토케이어(외)/전풍자
43 백운화상어록 백운화상/석찬선사
44 조선복식고 이여성
45 불조직지심체요절 백운선사/박문열
46 마가렛 미드 자서전 M.미드/최혁순·최인옥
47 조선사회경제사 백남운/박광순
48 고전을 보고 세상을 읽는다 모리야 히로시/김승일
49 한국통사 박은식/김승일
50 콜럼버스 항해록 라스 카사스 신부 엮음/박광순
51 삼민주의 순원/김승일(외) 옮김
52-1 나의 생애(상) L.트로츠키/박광순
52-1 나의 생애(하) L.트로츠키/박광순
53 북한산 역사지리 김윤우
54-1 몽계필담(상) 심괄/최병규
54-1 몽계필담(하) 심괄/최병규

▶ 계속 펴냅니다

범우사 서울시 마포구 구수동 21-1호 TEL 717-2121, FAX 717-0429
http://www.bumwoosa.co.kr (E-mail) bumwoosa@chollian.net

2005년 서울대·연대·고대 권장도서 및
논술시험 준비중인 청소년과 대학생을
범우비평판

1 토마스 불핀치 1 그리스·로마 신화 최혁순 ★●
          2 원탁의 기사 한영환
          3 샤를마뉴 황제의 전설 이성규
2 도스토예프스키 1-2 죄와 벌(전2권) 이철 ◆
          3-5 카라마조프의 형제(전3권) 김학수 ★●
          6-8 백치(전3권) 박형규
          9-11 악령(전3권) 이철
3 W. 셰익스피어 1 셰익스피어 4대 비극 이태주 ★●
          2 셰익스피어 4대 희극 이태주
          3 셰익스피어 4대 사극 이태주
          4 셰익스피어 명언집 이태주
4 토마스 하디 1 테스 김회진 ◆
5 호메로스 1 일리아스 유영 ★●◆
          2 오디세이아 유영 ★●◆

6 밀 턴 1 실낙원 이창배
7 L. 톨스토이 1 부활(전2권) 이철
          3-4 안나 카레니나(전2권) 이철 ★●
          5-8 전쟁과 평화(전4권) 박형규 ◆
8 토마스 만 1-2 마의 산(전2권) 홍경호 ★●◆
9 제임스 조이스 1 더블린 사람들·비평문 김종건
          2-5 율리시즈(전4권) 김종건
          6 젊은 예술가의 초상 김종건 ★●◆
          7 피네간의 경야(抄)·詩·에피파니 김종건
          8 영웅 스티븐·망명자들 김종건
10 생 텍쥐페리 1 전시 조종사(외) 조규철
          2 젊은이의 편지(외) 조규철·이정림
          3 인생의 의미(외) 조규철
          4-5 성채(전2권) 염기용
          6 야간비행(외) 전채린·신경자
11 단테 1-2 신곡(전2권) 최현 ★●
12 J. W. 괴테 1-2 파우스트(전2권) 박환덕 ★●
13 J. 오스틴 1 오만과 편견 오화섭 ◆
          2-3 맨스필드 파크(전2권) 이옥용
14 V. 위 고 1-5 레 미제라블(전5권) 방곤
15 임어당 1 생활의 발견 김병철
16 루이제 린저 1 생의 한가운데 강두식
          2 고원의 사랑·옥중기 김문숙·홍경호
17 게르만 서사시 1 니벨룽겐의 노래 허창운
18 E. 헤밍웨이 1 누구를 위하여 종은 울리나 김병철
          2 무기여 잘 있거라(외) 김병철 ◆
19 F. 카프카 1 성(城) 박환덕
          2 변신 박환덕 ★●
          3 심판 박환덕
          4 실종자 박환덕
          5 어느 투쟁의 기록(외) 박환덕
          6 밀레나에게 보내는 편지 박환덕

溫故知新으로 21세기를! 범우사
Tel 717-2121 Fax 717-0429
www.bumwoosa.co.kr

미국 수능시험주관 대학위원회 추천도서!

위한 책 최다 선정(31종) 1위!

세계문학

147권
발행 ▶계속 출간

▶크라운변형판
▶각권 7,000원~15,000원
▶전국 서점에서 낱권으로 판매합니다

◆ 서울대 권장도서
● 연고대 권장도서
◆ 미국대학위원회 추천도서

20 에밀리 브론테 1 폭풍의 언덕 안동민 ◆
21 마가렛 미첼 1-3 바람과 함께 사라지다(전3권) 송관식·이병규
22 스탕달 1 적과 흑 김붕구 ★●
23 B. 파스테르나크 1 닥터 지바고 오재국 ◆
24 마크 트웨인 1 톰 소여의 모험 김병철
    2 허클베리 핀의 모험 김병철 ◆
    3-4 마크 트웨인 여행기(전2권) 박미선
25 조지 오웰 1 동물농장·1984년 김회진 ◆
26 존 스타인벡 1-2 분노의 포도(전2권) 전형기
    3-4 에덴의 동쪽(전2권) 이성호
27 우나무노 1 안개 김현창
28 C. 브론테 1-2 제인 에어(전2권) 배영원 ◆
29 헤르만 헤세 1 知와 사랑·싯다르타 홍경호
    2 데미안·크눌프·로스할데 홍경호
    3 페터 카멘친트·게르트루트 박환덕
    4 유리알 유희 박환덕
30 알베르 카뮈 1 페스트·이방인 방 곤
31 올더스 헉슬리 1 멋진 신세계(외) 이성규·허정애 ◆
32 기 드 모파상 1 여자의 일생·단편선 이정림
33 투르게네프 1 아버지와 아들 이철 ◆
    2 처녀지·루딘 김학수
34 이미륵 1 압록강은 흐른다(외) 정규화
35 T. 드라이저 1 시스터 캐리 전형기
    2-3 미국의 비극(전2권) 김병철 ◆
36 세르반떼스 1 돈 끼호떼 김현창 ★●●
    2 (속) 돈 끼호떼 김현창
37 나쓰메 소세키 1 마음·그 후 서석연 ★
    2 명암 김정훈
38 플루타르코스 1-8 플루타르크 영웅전(전8권) 김병철
39 안네 프랑크 1 안네의 일기(외) 김남석·서석연
40 강용흘 1 초당 장문평
    2 동양선비 서양에 가시다 유영

41 나관중 1-5 원본 三國志(전5권) 황병국
42 귄터 그라스 1 양철북 박환덕 ★◆
43 아쿠타가와류노스케 1 아쿠타가와 작품선 진웅기·김진욱
44 F. 모리악 1 떼레즈 데께루·밤의 종말(외) 전채린
45 에리히 M.레마르크 1 개선문 홍경호
    2 그늘진 낙원 홍경호·박상배
    3 서부전선 이상없다(외) 박환덕 ◆
46 앙드레 말로 1 희망 이기형
47 A. J. 크로닌 1 성채 공문혜
48 하인리히 뵐 1 아담 너는 어디 있었느냐(외) 홍경호
49 시몬느 드 보봐르 1 타인의 피 전채린
50 보카치오 1-2 데카메론(전2권) 한형곤
51 R. 타고르 1 고라 유영
52 R. 롤랑 1-5 장 크리스토프(전5권) 김창석
53 노발리스 1 푸른 꽃(외) 이유영
54 한스 카로사 1 아름다운 유혹의 시절 홍경호
    2 루마니아 일기(외) 홍경호
55 막심 고리키 1 어머니 김현택
56 미우라 아야코 1 빙점 최현
    2 (속)빙점 최현
57 김현창 1 스페인 문학사
58 시드니 셸던 1 천사의 분노 황보석
59 아이작 싱어 1 적들, 어느 사랑이야기 김회진

범우학술·평론·예술

방송의 현실과 이론 김한철	텔레비전과 페미니즘 김선남·김흥규
독서의 기술 모티머 J./민병덕 옮김	아동문학교육론 B. 화이트헤드
한자 디자인 한편집센터 엮음	한국의 청동기문화 국립중앙박물관
한국 정치론 장을병	겸재정선 진경산수화 최완수
여론 선전론 이상철	한국 서지의 전개과정 안춘근
전환기의 한국정치 장을병	독일 현대작가와 문학이론 박환덕(외)
사뮤엘슨 경제학 해설 김유송	정도 600년 서울지도 허영환
현대 화학의 세계 일본화학회 엮음	신선사상과 도교 도광순(한국도교학회)
신저작권법 축조개설 허희성	언론학 원론 한국언론학회 편
방송저널리즘 신현응	한국방송사 이범경
독서와 출판문화론 이정춘·이종국 편저	카프카문학연구 박환덕
잡지출판론 안춘근	한국민족운동사 김창수
인쇄커뮤니케이션 입문 오경호 편저	비교텔레콤論 질힐/금동호 옮김
출판물 유통론 윤형두	북한산 역사지리 김윤우
통합적 마케팅 커뮤니케이션 김광수(외) 옮김	한국회화소사 이동주
'83~'97 출판학 연구 한국출판학회	출판학원론 범우사 편집부
자아커뮤니케이션 최창섭	한국과거제도사 연구 조좌호
현대신문방송보도론 팽원순	독문학과 현대성 정규화교수간행위원회편
국제출판개발론 미노와/안춘근 옮김	겸제진경산수 최완수
민족문학의 모색 윤병로	한국미술사대요 김용준
변혁운동과 문학 임헌영	한국목활자본 천혜봉
조선사회경제사 백남운	한국금속활자본 천혜봉
한국정치의 이해 장을병	한국기독교 청년운동사 전택부
조선경제사 탐구 전석담(외)	한시로 엮은 한국사 기행 심경호
한국전적인쇄사 천혜봉	출판물 판매기술 윤형두
한국서지학원론 안춘근	우루과이라운드와 한국의 미래 허신행
현대매스커뮤니케이션의 제문제 이강수	기사 취재에서 작성까지 김숙현
한국상고사연구 김정학	세계의 문자 세계문자연구회/김승일 옮김
중국현대문학발전사 황수기	불조직지심체요절 백운선사/박문열 옮김
광복전후사의 재인식 I, II 이현희	임시정부와 이시영 이은우
한국의 고지도 이 찬	매스미디어와 여성 김선남
하나되는 한국사 고준환	눈으로 보는 책의 역사 안춘근·윤형두 편저
조선후기의 활자와 책 윤병태	현대노어학 개론 조남신
신한국사의 탐구 김용덕	교양 언론학 강좌 최창섭(외)
독립운동사의 제문제 윤병석(외)	통합 데이터베이스 마케팅 시스템 김정수
한국현실 한국사회학 한완상	문화간 커뮤니케이션의 이해 최윤희·김숙현

범우사 서울시 마포구 구수동 21-1
전화 717-2121 FAX 717-0429

유럽 문단에 꽃피운 한국인의 얼과 혼(魂)!

이미륵 박사 주요 작품

정규화(성신여대 교수) 옮김

이미륵(1899~1950) 박사의 타계 50주기를 맞아 그가 남긴 여러 작품들이 더욱 빛을 발하고 있다. 그의 문학의 특성은 주로 한국을 중심으로 동양의 전통과 민족성을 소재로 하고 있으며, 우리 문화에 대하여 항상 사랑과 예찬으로 묘사하고 있다. 여기에 수년 동안 인기리에 판매되어 온 그의 작품들을 소개한다.

비평판 세계문학선 34-1
압록강은 흐른다(외)

정규화 옮김 크라운변형판/464쪽/값 10,000원
낭만이라기 보다도 작가의 모험과 성장을 내면의 유기적인 힘으로 이해하려는 휴머니즘의 정신이 짙게 깔려 있는 자전적인 글들을 모았다.
〈압록강은 흐른다〉 외에 〈무던이〉 〈실종자〉 〈탈출기〉 〈그래도 압록강은 흐른다〉를 실었다.

사르비아총서 301
압록강은 흐른다

전혜린 옮김 변형국판/224쪽/값 6,000원
사르비아 총서로 재편집되어 나온 개정판이다.
그의 소년 시절, 교우 관계, 학교 생활, 정신적이며 실제적인 관심사들을 한국의 윤리나 풍습을 곁들여 서술하였다.

사르비아총서 302
그래도 압록강은 흐른다

정규화 옮김 변형국판/296쪽/값 6,000원
독일에서 생활하면서 자기의 두 생활권과 성장 과정을 그린 자전적인 작품이다.
장기간의 유럽 생활에도 불구하고 동양의 전통적인 미덕과 한국 사상을 우아한 스타일로 서구 기계주의 문명에 투입시켰다.

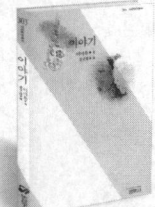

사르비아총서 303
이야기(무던이)

정규화 옮김 변형국판/224쪽/값 6,000원
이 책은 중편 〈무던이〉 외에 〈신기한 모자〉, 〈어깨기미와 복심이〉 등 21편의 단편을 모아 실었다. 〈무던이〉를 포함한 이 단편들은 독일에서 베스트 셀러가 되었다. 한국의 정서와 고유한 풍습, 동양적 내면 세계가 다루어져 있다.

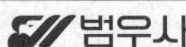 서울시 마포구 구수동 21-1호 TEL 717-2121, FAX 717-0429
http://www.bumwoosa.co.kr (천리안·하이텔 ID) BUMWOOSA

주머니 속 내 친구! 범우문고

【각권 값 2,800원】

1. 수필 피천득
2. 무소유 법정
3. 바다의 침묵(외) 베르코르/조규철·이정림
4. 살며 생각하며 미우라 아야코/진웅기
5. 오, 고독이여 F.니체/최혁순
6. 어린 왕자 A.생 텍쥐페리/이정림
7. 톨스토이 인생론 L.톨스토이/박형규
8. 이 조용한 시간에 김우종
9. 시지프의 신화 A.카뮈/이정림
10. 목마른 계절 전혜린
11. 젊은이여 인생을… A.모루아/방곤
12. 채근담 홍자성/최현
13. 무진기행 김승옥
14. 공자의 생애 최현 엮음
15. 고독한 당신을 위하여 L.린저/곽복록
16. 김소월 시집 김소월
17. 장자 장자/허세욱
18. 예언자 K.지브란/유제하
19. 윤동주 시집 윤동주
20. 명정 40년 변영로
21. 산사에 심은 뜻은 이청담
22. 날개 이상
23. 메밀꽃 필 무렵 이효석
24. 애정은 기도처럼 이영도
25. 이브의 천형 김남조
26. 탈무드 M.토케이어/정진태
27. 노자도덕경 노자/황병국
28. 갈매기의 꿈 R바크/김진욱
29. 우정론 A.보나르/이정림
30. 명상록 M.아우렐리우스/황문수
31. 젊은 여성을 위한 인생론 P.벅/김진욱
32. B사감과 러브레터 현진건
33. 조병화 시집 조병화
34. 느티의 일월 모윤숙
35. 로렌스의 성과 사랑 D.H.로렌스/이성호
36. 박인환 시집 박인환
37. 모래톱 이야기 김정한
38. 창문 김태길
39. 방랑 H.헤세/홍경호
40. 손자병법 손무/황병국
41. 소설·알렉산드리아 이병주
42. 전락 A.카뮈/이정림
43. 사노라면 잊을 날이 윤형두
44. 김삿갓 시집 김병연/황병국
45. 소크라테스의 변명(외) 플라톤/최현
46. 서정주 시집 서정주
47. 사람은 무엇으로 사는가 L.톨스토이/김진욱
48. 불가능은 없다 R.슐러/박호순
49. 바다의 선물 A.린드버그/신상웅
50. 잠 못 이루는 밤을 위하여 C.힐티/홍경호
51. 딸깍발이 이희승
52. 몽테뉴 수상록 M.몽테뉴/손석린
53. 박재삼 시집 박재삼
54. 노인과 바다 E.헤밍웨이/김회진
55. 향연·뤼시스 플라톤/최현
56. 젊은 시인에게 보내는 편지 R.릴케/홍경호
57. 피천득 시집 피천득
58. 아버지의 뒷모습(외) 주자청(외)/허세욱(외)
59. 현대의 신 N.쿠치카(편)/진철승
60. 별·마지막 수업 A.도데/정봉구
61. 인생의 선용 J.러보크/한영환
62. 브람스를 좋아하세요… F.사강/이정림
63. 이동주 시집 이동주
64. 고독한 산보자의 꿈 J.루소/엄기용
65. 파이돈 플라톤/최현
66. 백장미의 수기 I.숄/홍경호
67. 소년 시절 H.헤세/홍경호
68. 어떤 사람이기에 김동길
69. 가난한 밤의 산책 C.힐티/송영택

번호	제목	저자
70	근원수필	김용준
71	이방인	A.카뮈/이정림
72	롱펠로 시집	H.롱펠로/윤삼하
73	명사십리	한용운
74	왼손잡이 여인	P.한트케/홍경호
75	시민의 반항	H.소로/황문수
76	민중조선사	전석담
77	동문서답	조지훈
78	프로타고라스	플라톤/최현
79	표본실의 청개구리	염상섭
80	문주반생기	양주동
81	신조선혁명론	박열/서석연
82	조선과 예술	야나기 무네요시/박재삼
83	중국혁명론	모택동(외)/박광종 엮음
84	탈출기	최서해
85	바보네 가게	박연구
86	도왜실기	김구/엄항섭 엮음
87	슬픔이여 안녕	F.사강/이정림·방곤
88	공산당 선언	K.마르크스·F.엥겔스/서석연
89	조선문학사	이명선
90	권태	이상
91	내 마음속의 그들	한승헌
92	노동자강령	F.라살레/서석연
93	장씨 일가	유주현
94	백설부	김진섭
95	에코스파즘	A.토플러/김진욱
96	가난한 농민에게 바란다	N.레닌/이정îñ
97	고리키 단편선	M.고리키/김영국
98	러시아의 조선침략사	송정환
99	기재기이	신광한/박헌순
100	홍경래전	이명선
101	인간만사 새옹지마	리영희
102	청춘을 불사르고	김일엽
103	모범경작생(외)	박영준
104	방망이 깎던 노인	윤오영
105	찰스 램 수필선	C.램/양병석
106	구도자	고은
107	표해록	장한철/장병욱
108	월광곡	홍난파
109	무서록	이태준
110	나생문(외)	아쿠타가와 류노스케/진웅기
111	해변의 시	김동석
112	발자크와 스탕달의 예술논쟁	김진욱
113	파한집	이인로/이상보
114	역사소품	곽말약/김승일
115	체스·아내의 불안	S.츠바이크/오영옥
116	복덕방	이태준
117	실천론(외)	모택동/김승일
118	순오지	홍만종/전규태
119	직업으로서의 학문·정치	M.베버/김진욱(외)
120	요재지이	포송령/진기환
121	한설야 단편선	한설야
122	쇼펜하우어 수상록	쇼펜하우어/최혁순
123	유태인의 성공법	M.토케이어/진웅기
124	레디메이드 인생	채만식
125	인물 삼국지	모리야 히로시/김승일
126	한글 명심보감	장기근 옮김
127	조선문화사서설	모리스 쿠랑/김수경
128	역옹패설	이제현/이상보
129	문장강화	이태준
130	중용·대학	차주환
131	조선미술사연구	윤희순
132	옥중기	오스카 와일드/임헌영
133	유태인식 돈벌이 후지다	뎬/지방훈
134	가난한 날의 행복	김소운
135	세계의 기적	박광준
136	이퇴계의 활인심방	정숙
137	카네기 처세술	데일 카네기/전민식
138	요로원야화기	김승일
139	푸슈킨 산문 소설집	푸슈킨/김영국
140	삼국지의 지혜	황의백
141	슬견설	이규보/장덕순
142	보리	한흑구
143	에머슨 수상록	에머슨/윤삼하
144	이사도라 덩컨의 무용에세이	I.덩컨/최혁순
145	북학의	박제가/김승일
146	두뇌혁명	T.R.블랙슬리/최현
147	베이컨 수상록	베이컨/최혁순
148	동백꽃	김유정
149	하루 24시간 어떻게 살 것인가	A.베넷/이은숙
150	평민한문학사	허경진
151	정선아리랑	김병하·김연갑 공편
152	독서요법	황의백 엮음
153	나는 왜 기독교인이 아닌가	B.러셀/이재황
154	조선사 연구(草)	신채호
155	중국의 신화	장기근
156	무병장생 건강법	배기성 엮음
157	조선위인전	신채호
158	정감록비결	편집부 엮음
159	유태인 상술 후지다	뎬
160	동물농장	조지 오웰
161	신록 예찬	이양하
162	진도 아리랑	박병훈·김연갑
163	책이 좋아 책하고 사네	윤형두
164	속담에세이	박연구
165	중국의 신화(후편)	장기근
166	중국인의 에로스	장기근
167	귀여운 여인(외)	A.체호프/박형규
168	아리스토파네스 희곡선	아리스토파네스/최현
169	세네카 희곡선	테렌티우스/최 현
170	테렌티우스 희곡선	테렌티우스/최 현
171	외투·코	고골리/김영국
172	카르멘	메리메/김진욱
173	방법서설	데카르트/김진욱
174	페이터의 산문	페이터/이성호
175	이해사회학의 카테고리	막스 베버/김진욱
176	러셀의 수상록	러셀/이성규
177	속악유희	최영년/황순구
178	권리를 위한 투쟁	R. 예링/심윤종
179	돌과의 문답	이규보/장덕순
180	성황당(외)	정비석
181	양쯔강(외)	펄벅/김병걸
182	봄의 수상(외)	조지 기싱/이창배
183	아미엘 일기	아미엘/민희식
184	예언자의 집에서	토마스 만/박환덕
185	모자철학	가드너/이창배
186	짝 잃은 거위를 곡하노라	오상순
187	무하선생 방랑기	김상용
188	어느 시인의 고백	릴케/송영택
189	한국의 멋	윤태림
190	자연과 인생	도쿠토미 로카/진웅기
191	태양의 계절	이시하라 신타로/고평국
192	애서광 이야기	구스타브 플로베르/이민정
193	명심보감의 명구 191	이용백
194	아큐정전	루쉰/허세욱
195	촛불	신석정
196	인간제대	추식
197	고향산수	마해송
198	아랑의 정조	박종화
199	지사총	조선작
200	홍동백서	이어령
201	유령의 집	최인호
202	목련초	오정희
203	친구	송영
204	쫓겨난 아담	유치환
205	카마수트라	바스야야니/송미영
206	한 가닥 공상	밀른/공덕룡
207	사랑의 샘가에서	우치무라 간조/최현
208	황무지 공원에서	유달영
209	산정무한	정비석
210	조선해학 어수록	장한종
211	조선해학 파수록	부묵자

www.bumwoosa.co.kr TEL 02)717-2121 범우사

대영박물관 신화 시리즈
최상의 연구진들에 의한 권위있는 신화 입문서!

이집트 신화
조지 하트/이웅균·천경효 옮김 신국판 · 186쪽 · 값 8,000원

고대 이집트 신화에 대한 풍부한 파노라마가 무덤 회화, 신전 조각과 파피루스를 통해 펼쳐진다. 이것은 헬리오폴리스, 멤피스 그리고 헤르모폴리스의 창조 신화와 함께 시작하며 세계의 시초를 해명하기 위한 이집트인들의 지적 투쟁을 보여준다.

메소포타미아 신화
헨리에타 맥컬/임웅 옮김 신국판 · 184쪽 · 값 8,000원

영생의 비밀을 찾아가는 한 인간의 모험담인 길가메시 서사시는 노아와 방주의 이야기에 앞서는 홍수 장면을 담고 있다. 인간의 기원에 대한 대안적 판본이 메소포타미아 창조 서사시에 묘사되어 있으며, 반면에 에타나 이야기는 가니메데스 그리스 신화의 전조가 된다. 이 신화는 서구 문학 전통의 토대가 되는 이야기들이다.

아즈텍과 마야 신화
칼 토베/이웅균·천경효 옮김 신국판 · 180쪽 · 값 7,000원

고대 아즈텍과 마야 신화들은 현대 멕시코와 중앙 아메리카의 민간 전승 속에서 여전히 살아있는 메소아메리카 문화적 전통을 담고 있는데 이 책은 많은 부족들이 서로 다른 문화 속에서도 천 년의 세월 동안 광범위한 접촉을 해왔음을 재평가해 보이고 있다.

로마 신화
제인 F. 가드너/이경희 옮김 신국판 · 186쪽 · 값 7,000원

아에네아스 이야기, 로물루스와 레무스 이야기, 그리고 '일곱 왕'의 이야기는 도시의 창건을 다양하게 설명해준다. 그 신화들은 또한 영웅주의와 시민적 의무라는 과거의 행위들을 서술함으로써, 로마의 지배 가문들의 권력에 대한 정당성을 강조하고 있다.

그리스 신화
루실라 번/이경희 옮김 신국판 · 186쪽 · 값 7,000원

여기서 재론되는 트로이 전쟁의 서사적 투쟁, 오디세우스의 방랑, 오이디푸스의 비극적 운명, 헤라클레스, 테세우스, 페르세우스 그리고 이아손의 영웅적 모험은 그리스 신화 중 가장 강력하고 흥미있는 것들이다.

잉카 신화
게리 어튼/임웅 옮김 신국판 | 156쪽 | 값 8,000원

잉카인들에 관한 수많은 신화는 주로 잉카 왕의 부활과 천년 왕국의 도래에 관한 것이다. 스페인 식민세계의 파멸과 최고 지도자로서 잉카 왕의 복권을 포함한 여러 신화는 잉카인들의 믿음과 희망을 담고 있다.

페르시아 신화
베스타 커티스/임웅 옮김 신국판 | 182쪽 | 값 8,000원

이란의 전설적인 과거로부터 끄집어낸 페르시아 신화는 조로아스터교에서 드러나는 선과 악의 대결, 신들의 행적, 영웅들과 전설적인 동물들의 공적에 대한 페르시아 사회의 태도를 반영하고 있다. 샤나메의 전설적·신화적 동물들, 키루스와 알렉산더 이야기가 펼쳐진다.

http://www.bumwoosa.co.kr
서울시 마포구 구수동 21-1 전화 717-2121 팩스 717-0429